SALIM
GÜLER

MORD
§ 78

Ein Lübeck-Krimi

EDITION M

Die Originalausgabe erschien 2014 unter dem Titel
»Mord §78« im Selbstverlag.

Veröffentlicht bei
Edition M, Amazon Media E.U. Sàrl
5 Rue Plaetis, L-2338, Luxembourg
Oktober 2015

Umschlaggestaltung: semper smile, München
Umschlagmotiv: © caesart/Shutterstock; Jessmine/Shutterstock
Lektorat: Stephan Schirm
Satz: Monika Daimer, www.buch-macher.de
Printed in Germany
By Amazon Distribution GmbH
Amazonstraße 1
04347 Leipzig, Germany

ISBN: 978-1-503-95264-5

www.amazon.de/editionm

§ 78 StGB: Verbrechen nach § 211 (Mord) verjähren nicht.

– Strafgesetzbuch –

KAPITEL 1

Hass! Kein Gefühl, keine Emotion kann das Herz mehr vergiften als der Hass. Doch Hass entsteht nicht einfach so, aus einer Laune heraus. Er entwickelt sich oft über Jahre oder gar Jahrzehnte hinweg, ernährt sich vom Leid und Schrecken derer, denen Grausames widerfuhr. Hass ist das Ergebnis der Unfähigkeit, sich gegen eine Ungerechtigkeit zu wehren, während man sich zeitgleich nichts sehnlicher wünscht, als Gerechtigkeit zu erfahren oder gar selbst herbeizuführen. Dieser Wunsch bemächtigt sich nach und nach unseres Verstandes, und der Verstand beginnt, nach Lösungen zu suchen, wie der Hassende seine Peiniger bestrafen kann, damit der Gerechtigkeit endlich Tribut gezollt wird.

Und er trug großen Hass in sich. Weit mehr sogar, als sein Verstand ertragen konnte. Lange Zeit musste er mit sich selbst ringen, Gerechtigkeit herbeizuführen. Viel zu lange hatte ihn die Angst zurückweichen lassen. Aber jetzt, jetzt nicht mehr!

Er traf eine Entscheidung und in dem Moment, in dem er sie traf, überkam ihn ein Gefühl, das er so noch nicht kannte. Ein tiefes Gefühl der Befriedigung. Nein, es war noch viel stärker als das. Es war, als fiele eine Last von ihm ab, als könne er fliegen.

Glück? Er hatte schon von diesem Wort gehört, aber was es bedeutete, das wusste er nicht wirklich. Sein Leben war niemals wirklich von Glück berührt gewesen. Ja, vielleicht war es tatsächlich Glück oder das Glücklichsein. Vielleicht auch nicht. Er hatte noch kein Wort gefunden, das dieses Gefühl wirklich beschreiben konnte. Aber es war seit Jahren das erste schöne Gefühl, das er verspürte.

Ein Gefühl, das er erst wahrnahm, als er entschied, seinem Hass Taten folgen zu lassen. Es war die richtige Entscheidung – daran gab es keinen Zweifel.

Seit langer Zeit beobachtete er ihn nun schon. Jeden Tag, pünktlich um 18 Uhr, machte sich der alte Mann auf den Weg, wie ein Schweizer Uhrwerk, so verlässlich war er.

Sein Spaziergang durch den Wald dauerte knapp 90 Minuten, bis er den Wald schließlich wieder hinter sich ließ und in seine Wohnung zurückkehrte.

Nachdem er dem Alten zwei Tage hintereinander unauffällig gefolgt war, hatte er sich am Vormittag des dritten Tages allein in den Wald begeben und war den Weg abgelaufen, um eine günstige Stelle zu finden. Er wollte nichts dem Zufall überlassen, obwohl er den Weg in- und auswendig kannte.

Die Vorfreude auf dieses Schauspiel – das Schauspiel, den alten Mann seiner gerechten Strafe zuzuführen – stieg mit jeder Stunde, mit der der Zeitpunkt näher rückte, da der Alte seine Wohnung verlassen würde.

Und nun sollte es so weit sein. Er war dem alten Mann seit einiger Zeit gefolgt, immer in sicherem Abstand. Er hatte ihn nicht bemerkt. Die Uhr zeigte 18.45 Uhr, als er ihr seine Aufmerksamkeit schenkte.

Der alte Mann befand sich inzwischen tief im Wald auf einem immer noch recht breiten Waldweg. In wenigen Augenblicken würde er diesen breiten Weg verlassen und einem schmaleren folgen. Und genau dort würde er ihn zur Rede stellen.

Er musste sich beeilen, wenn er ihn an der ausgesuchten Stelle erwarten wollte, und so erhöhte er sein Tempo. Eine

Abkürzung brachte ihn nach einigen Gehminuten schließlich pünktlich an den Ort, an dem alles seinen Höhepunkt nehmen sollte. Es war ein recht kalter und klarer Abend. Die Eile brachte ihn ein wenig außer Puste und er konnte deutlich seinen Atem in der kühlen Abendluft sehen, wie er hektisch Mund und Nase verließ.

Der Himmel war sternenklar und der Boden steinhart von den Minustemperaturen. Die Stelle war perfekt. Sie lag tief im Wald versteckt auf einer kleinen Lichtung, umgeben von Bäumen, die dicht Stamm an Stamm in die Höhe wuchsen und durch die der Schein des Mondes dringen konnte. Daher wirkte dieser kleine Abschnitt auch nicht so dunkel und finster wie der restliche Wald, wo die Bäume noch dichter beieinander in die Höhe wuchsen.

Er schaute auf die Uhr: 19.03 Uhr. Jeden Augenblick müsste der alte Mann in Sichtweite kommen. Während der letzten drei Tage hatte er sich oft gefragt, warum der alte Zausel überhaupt zu so später Stunde allein spazieren ging. Hatte er keine Sorge, dass er bei der Dunkelheit im Wald stolpern und sich verletzten konnte? Oder dass ihm jemand auflauerte? Bei der zweiten Frage musste er unweigerlich schmunzeln.

Der alte Mann verzichtete sogar auf eine Taschenlampe. Nur der Mond und die Sterne spendeten ihm Licht.

Wie ein Schweizer Uhrwerk, dachte er sich, als er die Umrisse seines Gegenspielers erkannte.

Der alte Mann marschierte geradewegs auf ihn zu. Er schien ihn nicht wahrzunehmen, weil er weder sein Tempo verringerte noch Anstalten machte, ihn zu grüßen oder auszuweichen.

Sollte man nicht ein wenig Angst haben, wenn man abends im Wald einer wildfremden Person begegnet?, dachte er verärgert.

»Verzeihen Sie?«, ergriff er die Initiative.

»Wie bitte?«, fragte der alte Mann und blieb stehen.

Auge um Auge, dachte der jüngere Mann, antwortete aber stattdessen: »Ich glaube, ich habe mich verirrt.«

»Verirrt? Hier?«

»Ja, ich bin nicht von hier. Eigentlich wollte ich nur ein bisschen spazieren gehen, aber irgendwie bin ich vom Hauptweg abgekommen.«

»Das ist nicht schlimm. So groß ist der Wald nicht«, lachte der Alte freundlich. Eine Freundlichkeit, die ihn wütend machte. »Folgen Sie einfach dem Weg, dann gelangen Sie automatisch zurück auf den Hauptweg.«

»Danke«, war seine kurze und knappe Antwort – er reichte die Hand zum Abschied. Leichtfertig erwiderte der alte Mann diese vermeintlich nette Geste: Als er seine Hand wieder lösen wollte, hielt sein Gegenüber sie jedoch fest im Griff.

»Was soll das?« Die Worte des Alten klangen zornig, aber Angst konnte er in ihnen nicht erkennen.

»Bereuen Sie?«, fragte er in bestimmtem Ton, aber dennoch leicht nervös. Er hoffte, dass der Alte ihm seine Nervosität nicht anmerkte. Er musste stark bleiben, auch wenn es sein erstes Mal war. Gerade deshalb musste er stark bleiben und durfte kein Zeichen der Schwäche zeigen. Versagen war keine Option!

»Lassen Sie mich los!«, schrie der alte Mann und versuchte, seine Hand zu lösen, war seinem jüngeren Gegenüber körperlich aber natürlich deutlich unterlegen.

»Bereuen Sie?«, fragte er erneut und versuchte seine Stimme bedrohlich klingen zu lassen.

Ich bin ein Entdecker, ein Pionier, dachte der jüngere Mann und es erregte ihn, dass er dieses bislang unbekannte Terrain betrat, besonders weil er nicht wusste, was als Nächstes geschehen würde. Das hier, das war das echte Leben, kein Drehbuch, wo er genau wusste, welche Schritte als Nächstes passierten.

Obwohl – es war schon eine Art Drehbuch. Aber ein unvollständiges. Er wusste durchaus, was als Nächstes folgte, aber er wusste nicht, wie der alte Mann reagierte. Er hatte den Ablauf schließlich nicht mit dem alten Mann abgesprochen, daher musste er, wenn notwendig, improvisieren. Und genau dieses Unwissen machte ihn zu einem Forscher und Entdecker, davon war er in diesem Moment jedenfalls überzeugt.

»Sind Sie bekloppt? Lassen Sie mich sofort los, Sie Arschloch!«, schrie der verwirrte alte Mann in ängstlichem Ton.

Ich rieche deine Angst, dachte er und rümpfte die Nase, als würde er tatsächlich einen Geruch wahrnehmen.

»Sie bereuen also nicht!?« Der jüngere Mann zog ein Messer aus der Jackentasche und sein Gegenüber geriet in Panik. Seine Augen waren weit aufgerissen und glasig.

»Was soll das? Lassen Sie mich bitte gehen.«

Doch daran, sein Opfer gehen zu lassen, dachte er keineswegs. Er genoss das Flehen und Jammern des alten Mannes und zog ihn mit einem kräftigen Ruck an sich.

»Alles ausziehen!«

Der alte Mann bewegte seine Lippen, aber es folgten keine Worte. Vollständig von seiner Angst umnebelt, zog er seine Jacke aus und hielt inne.

»Alles, sagte ich!«, schrie der Jüngere und schlug zu. Der alte Mann schrie kurz auf und zitterte am ganzen Körper. Mit zittrigen Händen öffnete er sein Hemd, zog seine Schuhe und Hose aus, bis er in Unterwäsche vor dem stand.

»Schiesser«, kommentierte der jüngere Mann die Feinripp-Unterwäsche des Alten.

»Was?«

»Halt's Maul! Ich sagte doch: Alles ausziehen!«

»Bitte, was habe ich Ihnen getan? Lassen Sie mich gehen.«

Der Jüngere schlug erneut zu, und wären die Handschuhe nicht gewesen, die er gegen die Kälte und mögliche Fingerabdrücke trug, hätte der Schlag den alten Mann wahrscheinlich k. o. geschlagen. Der alte Mann schrie dennoch vor Schmerz und hielt instinktiv die rechte Hand schützend vor die Wange.

»Gehen? Ja, in die Hölle wirst du gehen, wo du seit langer Zeit hingehörst. Und jetzt zieh endlich diese peinliche Schiesser-Unterwäsche aus!« Der junge Mann schrie ihn an und ließ keinen Zweifel daran, dass ihm seine Worte ernst waren und er vor Gewalt nicht zurückschreckte.

Ängstlich zog der alte Mann sein Unterhemd und seine Unterhose aus und stand nun nackt, zitternd und voller Angst vor ihm, sein Blick schamerfüllt zu Boden gerichtet.

»Gut so. Und jetzt – auf die Knie!« Er verspürte ein Gefühl, das ihn die kalte Luft vergessen ließ.

Es war das Gefühl, das er auch damals schon wahrgenommen hatte, als er entschied, dass er den Hass nicht mehr einfach nur in sich tragen, sondern ihn als Botschaft seines Verstandes auch endlich ausleben wollte.

Der alte Mann gehorchte.

»Ich habe irgendwie das Bedürfnis, mich zu entleeren«, verhöhnte ihn der jüngere Mann, steckte das Messer zurück in die Jackentasche und öffnete seinen Reißverschluss.

Der Alte wehrte sich nicht, als der Fremde ungeniert auf ihn urinierte, er weinte nur, und der junge Mann wurde immer mehr von diesem neuen Gefühl eingenommen.

»So fühlt sich Glücklichsein an«, gab der junge Mann von sich und trat mit dem Fuß gegen den Bauch des alten Mannes, der unter schreiendem Schmerz sofort auf den harten, gefrorenen Boden sackte.

Er zückte das Messer – ein handliches Fleischermesser – wieder aus der Jackentasche.

»Willst du um Vergebung für deine Sünden bitten?«, fragte er lachend und in sarkastischem Ton.

Seine Augen waren weit aufgerissen, seine Pupillen deutlich erweitert. Ein Hauch von Wahnsinn umgab ihn.

Der alte Mann antwortete nicht. Er wäre auch gar nicht in der Lage dazu gewesen, denn Angst und Kälte lähmten ihn.

Nur sein klägliches Weinen war bitterer Zeuge seiner Gefühlswelt und Panik.

»Ich habe nicht vergessen!«, schrie der jüngere Mann und Sabber lief sein Kinn herunter.

Er bückte sich zu seinem Opfer herab und stach in dessen linke Brust. Der alte Mann schrie auf, das Blut spritzte in alle Richtungen. Er wollte sich wehren, aber der Angreifer hatte sich inzwischen auf seinen Bauch gesetzt und stach wieder und wieder auf die linke Brust des alten Mannes ein.

»Ich habe nicht vergessen!«, schrie er ihn immer wieder an und wie im Wahn stach er auf den leblosen Körper ein.

Seine Handschuhe, seine Jacke und sein Gesicht waren vom Blut des alten Mannes rot gefärbt. Nach unzähligen weiteren Stichen hielt er inne.

Er atmete schnell und mit seiner rechten Hand wischte er sich das Blut vom Gesicht und den Lippen. Dann schaute er den leblosen Körper des alten Mannes an. Er saß noch immer auf ihm.

»Erinnerst du dich jetzt?«, verhöhnte er sein Opfer fies lachend und fügte hinzu: »Die Gerechtigkeit hat endlich gesiegt! … wir sind noch nicht fertig!«

KAPITEL 2

»Wer hat die Leiche gefunden?«

»Du bist aber spät dran!«, bekam er als Antwort zurück.

»Ja, ich weiß. Aber ich hatte Sebastian gerade in den Kindergarten gefahren, als die Meldung reinkam.«

»Ist schon gut. Zum Glück war ja deine Partnerin rechtzeitig hier. Dafür machst du den Papierkram«, antwortete die Kollegin mit einem ironischen Lächeln.

»Witzig, Elke.« Auch der Kollege lachte. »Und wer hat die Leiche entdeckt?«

»Ein Jogger, der hier regelmäßig vorbeikommt.«

»Ist er noch hier?«

»Nein, wir haben ihn vor zehn Minuten nach Hause geschickt, nachdem ich sämtliche Informationen und seine Personalien aufgenommen habe und er eine ärztliche oder psychologische Betreuung abgelehnt hat.«

»Ich hoffe, das war clever …«

»Mensch Arndt …, denkst du, der Jogger war es? Jetzt werd' nicht albern. Wir können ihn immer noch jederzeit aufsuchen.«

»Na okay. Was wissen wir über die Leiche?«

Arndt folgte Elke zum Fundort. Die Kollegen von der Spurensicherung waren noch mitten in ihrer Arbeit, das Areal war großzügig mit rot-weißem Polizei-Trassierband abgesperrt und an verschiedenen Stellen hatten die Kollegen von der Spurensicherung kleine Marker aufgestellt. Zwei Polizisten machten eifrig Fotos.

»Vorsicht, Kollege, du verwischst noch Spuren.«

»Sorry ...«, war die kurze Antwort von Arndt, der jedoch nicht die Absicht hatte, sein Vorhaben zu unterbrechen. Er bückte sich, um sich die Leiche genauer anzuschauen. Der Kollege von der Spurensicherung schüttelte nur den Kopf.

»Wer macht so was Krankes?«

»Gute Frage. Vielleicht Satanisten?«, antwortete Arndt Schumacher. »Was wissen wir über die Leiche?«

»Noch nicht viel. Ich schätze mal – zwischen Mitte 60 und Mitte 70. Er hatte keine Papiere bei sich.«

»Und der Jogger? Hier auf dem Lande kennt doch jeder jeden.«

»Auf dem Lande? ... Also Lübeck ist nun auch nicht der Nabel der Welt, lieber Arndt.«

»Du weißt, wie ich das meine«, erklärte Arndt und versuchte damit seine Vorurteile gegen das ländliche Leben zu überspielen. Seine Kollegin, Elke Henschel, war das, was man ein echtes Landei nannte. Obwohl sie bei der Kripo in Lübeck arbeitete, wohnte sie nach wie vor in Pansdorf, wo sie aufgewachsen war. Daher war sie auch die Erste am Tatort gewesen.

»Wie kommst du auf Satanisten?«, wollte sie genauer wissen.

»Na ja, schau dir mal die Leiche an. Nackt, zig Stichwunden in der linken Brust und die Augäpfel fehlen. Könnte ein typischer Ritualmord sein.«

»Und das A auf dem Oberkörper?«

»Soviel ich weiß, haben doch die Satanisten ein A, womit sie den Teufel anbeten.«

»Ich weiß nicht recht. Pansdorf und Satanisten, das passt einfach nicht zusammen. Soweit ich mich zurückerinnern kann, gab es noch nie einen Mord in Pansdorf. Landleben ist friedliches Leben.«

»Kollegin, ich kann dich ja gut verstehen, aber wonach sieht das für dich dann aus?«, antwortete Arndt und konnte sich ein Lächeln wegen Elkes Bemerkung bezüglich des friedlichen Landlebens nicht verkneifen. Er ließ dies aber unkommentiert.

»Vielleicht ein Kapitalverbrechen. Vielleicht hat der Täter ihn getötet, um an seine Geldbörse zu gelangen. Deswegen haben wir keine bei ihm gefunden.«

»Na, hör auf. Warum sollte er ihn dann so zurichten?«

»Spuren verwischen.«

»Das glaube ich nicht. Wir müssen wohl abwarten, was die Spurensicherung herausfindet. Wenn wir wissen, wer der Tote ist, erfahren wir bestimmt auch bald, warum er getötet wurde.«

»Da gebe ich dir recht.«

»Ole, schon eine Idee, wann er ermordet wurde?«, fragte Arndt an seinen Kollegen von der Spurensicherung gewandt.

»Aufgrund der Kälte ist die Totenstarre noch nicht voll ausgeprägt. Daher ist der genaue Todeszeitpunkt jetzt schwierig zu ermitteln. Wir müssen die Laborwerte abwarten.«

»Mensch, Ole, was sagt denn dein gesunder Menschenverstand?«

»Wenn du mich so fragst, dann irgendwann gestern – 16 Uhr bis heute Morgen 3 Uhr in der Früh. Aber nagle mich bitte nicht fest«, antwortete Ole mit einem Lächeln.

»Und wie schaut's mit verwertbaren Informationen aus? Fußabdrücke, Fingerabdrücke oder so?«

»Wie immer die Ungeduld in Person, lieber Arndt. Aber ich fürchte, da wird nicht viel kommen. Bis jetzt haben wir nichts wirklich Verwertbares. Aufgrund der Eiseskälte ist der Boden furztrocken und stahlhart. Ob wir da verwertbare Fußabdrücke finden – ich wage das zu bezweifeln. Und bei Fingerabdrücken bin ich leider auch sehr skeptisch. Die Kälte ist für die Spurensicherung nicht gerade förderlich.«

»Verstehe! Na gut. Wie schaut's aus? Braucht ihr uns hier noch?«, fragte Schumacher.

»Nein, nein, du verwischst mir nur die Spuren. Wir werden noch eine Weile beschäftigt sein. Sobald wir Ergebnisse haben, melde ich mich.«

»Danke«, antwortete er und richtete seinen Blick wieder zu seiner Kollegin. »Ich denke, wir sollten aufs Revier. Willy meinte am Telefon, als ich herfuhr, dass wir beide direkt aufs Revier kommen sollen, sobald wir hier fertig sind, wegen der weiteren Vorgehensweise.« Arndts Stimme klang nicht wirklich erfreut. Er war zwar bei der Kripo, aber er hasste Büroarbeiten, oder vielmehr das Büro im Allgemeinen. Seine Welt war die Straße, so jedenfalls interpretierte er seinen Job, und er nutzte jede Gelegenheit, das Revier zu meiden. Daher schaute Elke auch erstaunt und sagte: »Ich habe eine bessere Idee …« Gerade als sie ihren Satz beenden wollte, fiel ihr Arndt ins Wort.

»Schau mal vorsichtig auf 11 Uhr.«

»Wieso?«

»Ich glaube, da beobachtet uns jemand.«

Elke neigte ihren Kopf ganz langsam ein Stück nach links.

»Den kenne ich«

»Echt? Wer ist das?«, fragte Arndt überrascht.

»Wie der heißt, weiß ich nicht. Wir nennen ihn hier nur alle den Waldmensch.«

»Waldmensch?«

»Ja, weil der im Wald lebt. Er hat sich eine provisorische Hütte aus alten Ästen und Zweigen gebastelt. Wenn du dem Hauptweg tiefer in den Wald folgst, kommt in knapp 500 Metern, ein bisschen versteckt, ein kleiner Teich und dort steht sein ›Domizil‹. Den Teich nutzt er zum Duschen und Fischen.«

»Du verarschst mich gerade, oder?«

»Nein, nein. Ich meine es vollkommen ernst. Das ging vor einigen Jahren sogar durch die Presse. Man hat versucht, ihn loszuwerden, aber das hat nicht geklappt. Seitdem lässt man ihn in Ruhe.«

»Und da wunderst du dich, warum ich lieber in der Stadt wohne«, lachte Arndt.

»Der ist ungefährlich.«

»Egal. Vielleicht hat der was gesehen. Jedenfalls beobachtet er uns noch immer – für meinen Geschmack schon etwas zu lange.«

»Was willst du tun?«

»Mich mit ihm unterhalten.«

»Sei aber nett, nicht dass du ihn …«

»Ich bin immer nett, Kollegin.«

»Ja, ja.« Elke lachte.

Arndt ging langsamen Schrittes in die Richtung, von wo aus der Waldmensch sie beobachtete. Elke folgte ihm.

»Hi«, kündigte er sich mit lauter Stimme an. Der Waldmensch blickte zu ihm herüber und schien nervös.

Arndt erhöhte das Schritttempo. Als er noch circa 20 Meter entfernt war, drehte sich der Waldmensch um und ging tiefer in den Wald.

»Scheiße!«, schrie Arndt und die beiden Polizisten begannen zu rennen.

»Bleiben Sie stehen!«, schrie Arndt, doch der Waldmensch schien ihn zu ignorieren, wurde immer schneller und rannte immer tiefer in den Wald hinein.

Arndt hatte Mühe, ihm zu folgen. Elke noch mehr. Er achtete aber nicht auf seine Kollegin, sondern hatte nur den Waldmenschen im Blick, damit er ihm nicht entwischen konnte.

Wenn er so unschuldig ist, wieso läuft er weg?, war sein Gedanke, der ihn sein Tempo erhöhen ließ, damit er ihn einholen konnte. Es trennten sie vermutlich nur 30 Meter, aber auch unzähliges Gestrüpp, Bäume und Äste. Die hatten durch den Winter zwar glücklicherweise ihr Blattwerk verloren, sodass Arndt relativ weite Sicht hatte, aber leider trennten sich die Dornenbüsche nicht auch von ihren stacheligen Begleitern. An einem dieser Sträucher verfing sich Arndt mit seiner Jacke und als er sich mit einer schnellen Bewegung lösen wollte, peitschte ein Strauchzweig mit seinen fiesen Dornen direkt in sein Gesicht.

Er schrie kurz auf und auf seinem Gesicht bildete sich sofort eine von Blut gefärbte Linie.

»Bleib stehen, du Wichser!«, schrie Arndt wütend, aber der Waldmensch dachte gar nicht daran und lief unbeirrt immer tiefer in den Wald hinein.

Ans Aufgeben wiederum dachte er nicht. Der Waldmensch mochte den Wald besser kennen als er, aber Arndt bildete sich zumindest ein, dass er der Trainiertere von beiden war, und vor allem auch der Hartnäckigere. So folgte er dem Waldmenschen immer tiefer in den Wald, wich Ästen aus, sprang über totes Holz und versuchte, nicht gegen einen Baumstamm zu laufen. Mit jeder Minute kam er dem Waldmenschen ein Stück näher.

Sein Atem wurde immer schneller, die kalte Luft presste sich in seine Lungen und löste Schmerzen aus. Arndt fing an zu keuchen. Er wusste, viel länger würde ihm die Kraft nicht mehr reichen. Aber ans Aufgeben wollte er nicht denken. Allein der Gedanke, dass ihn dieser komische Kauz abschütteln könnte, ließ ihn den stechenden Schmerz in der Lunge vergessen und weiterlaufen.

Und dann machte der Waldmensch den entscheidenden Fehler. Er drehte sich im Laufen zu Arndt herum, weil er sehen wollte, wie groß der Abstand war. Dabei übersah er einen großen Holzstamm, der quer auf dem Waldboden lag, stolperte darüber und fiel unsanft auf den harten, gefrorenen Boden.

Diesen Fehler nutzte Arndt und setzte die letzten Kraftreserven in seinem Körper frei, erhöhte das Tempo und sprang über den Stamm und auf den am Boden liegenden Waldmensch, bevor der aufstehen konnte, um zu fliehen.

Mit letzter Kraft drückte er den Waldmenschen mit beiden Händen gegen den eisigen Waldboden.

»Verdammt noch mal! Warum sind Sie weggelaufen?«, schrie er den Waldmenschen an.

KAPITEL 3

Hass! Laut Duden wird damit eine heftige Abneigung, ein starkes Gefühl der Ablehnung gegenüber einer Person, Gruppe oder Sache beschrieben. Der Duden schreibt nichts darüber, ob Hass etwas Schlechtes oder Verwerfliches sei. Also war Hass in seiner reinsten Form auch nichts Schlechtes. Also war Hass etwas Gutes!

Ja, Hass war etwas Gutes, denn er hatte es dem Hass zu verdanken, dass die Ungerechtigkeit endlich gesühnt wurde. Der alte Mann hatte es verdient zu sterben, denn er hatte sich schuldig gemacht. Er war ein Mörder und Mord verjährt niemals: auch nicht der Mord, der vielleicht niemals aufgedeckt wurde. Wenn die Staatsgewalt versagte, mussten ehrbare Bürger sich um diese Aufgaben kümmern. Und er war ein ehrwürdiger Bürger. Bisher hatte er einfach nur noch nicht genug Mut gehabt, um endlich Gerechtigkeit walten zu lassen. Aber der Hass hatte in den letzten Jahrzehnten den See, genannt Mut, mit stetigem Tropfen gefüllt, bis er genug Mut angesammelt hatte, um endlich das zu tun, was richtig war.

Niemand hätte ihm geglaubt. Die Vergangenheit hatte dies längst bewiesen. Also musste er es selber in die Hand nehmen. Er hatte die ganze Nacht kein Auge zugetan. Noch immer war er erregt von seiner Tat. Es war immerhin die erste »Gerechtigkeitstat«, so jedenfalls nannte er den eiskalten Mord am alten Mann.

Er hatte die Tat eigentlich ganz anders geplant gehabt. Eigentlich wollte er ihm auflauern und ihn mit einem gezielten Stich ins Herz töten. Ohne Palaver, ohne Zwischenfälle, ohne Emotion. Einfach so töten, durch einen gezielten Stich mitten ins Herz. Aber manchmal passieren Dinge, die man vorher nicht bedacht hatte. Schließlich hatte er noch nie zuvor einen Menschen getötet, das jedenfalls glaubte er. Er hatte ja nicht einmal in der Bundeswehr gedient, sondern statt des Wehrdienstes eine Zivildienststelle in einem Krankenhaus angenommen.

Doch als er dann vor dem Alten stand und ihm das Messer in die Brust rammte, wurde er von einem Gefühl begleitet, das er schon zuvor einmal gespürt hatte, damals, als er sich dazu entschieden hatte, seinem Hass die Lenkung seines Körpers zu überlassen.

Als er dann aber das Blut in alle Richtungen schießen sah, überkam ihn Angst. Am liebsten wäre er weggelaufen, aber dieses andere Gefühl, dieses Gefühl der Dominanz, war dadurch längst nicht verschwunden. Es war weiterhin präsent und sehr stark und befahl ihm, das Messer wieder und wieder in die Brust zu rammen, und so folgte er mit zittrigen Händen diesem Befehl und stach erneut auf den armen Mann ein. Und mit jedem Stich in dessen Brust wurde das Gefühl der Dominanz, aber auch der Genugtuung, immer größer und größer, sodass er abermals und erneut und noch einmal auf die eigentlich schon leblose Brust einstach. Das Blut spritzte nur so. Und obwohl der Mann längst am Boden lag und nicht mehr reagierte, stach er weiter auf ihn ein. 70 Mal. Er zählte jeden Stich und bei exakt 70 hörte er auf. Er hatte das nie so geplant, aber sein Hass hatte ihn geführt – und er hatte ihn gut geführt. Die 70 machte Sinn für ihn. Einen sehr großen sogar!

Er hatte sich vollkommen seinem Hass unterworfen und der Hass hatte ihn mit einer Symbolik belohnt, an die er nicht einmal gedacht hatte. Er war dem Hass zu Dank verpflichtet und beschloss in dieser Nacht, fortan nur noch auf seinen Hass zu hören.

Aber der Hass hatte noch ganz andere Ideen, an die er selbst nie gedacht hätte. Die Augäpfel! Er nahm sein Fleischermesser, entfernte damit die Augäpfel des alten Mannes und steckte sie anschließend in seine Jackentasche. Warum er das getan hatte, das wusste er zu diesem Zeitpunkt eigentlich gar nicht. Aber der Hass hatte ihm geflüstert, dass das eine sehr gute Idee sei, also hatte er es getan.

Anschließend ritzte er ein großes A in den leblosen Oberkörper. Diese Idee jedoch, so lobte er sich, war seine eigene. Sie sollten alle sehen und erfahren, warum er diesen alten Mann getötet hatte. Diejenigen, die bereit waren, die Symbole richtig zu deuten, wüssten sehr schnell, dass hier nicht einfach nur ein alter Mann ermordet wurde, sondern dass hier jemand seine gerechte Strafe erfuhr.

Nach seiner Tat betrachtete er noch eine ganze Weile still sein eigenes Kunstwerk, seine »Botschaft an die Lebenden«. Ja, es war viel mehr als nur ein Kunstwerk. Es war eine Botschaft an alle, die all die Jahrzehnte über ihre Augen verschlossen hatten. Die Botschaft, dass es eine Person gab, die nicht wegschaute!

»All die Jahrzehnte hast du in meinem Kopf gespukt, mich nachts in meinen Träumen heimgesucht und niemals zugelassen, dass ich frei bin. Aber siehe, wer lebt jetzt? Ich bin frei von dir, Vater!«

Doch sein Vater antwortete nicht, und das war ein sehr gutes Gefühl. Noch immer voller Erregung begab er sich nach Hause. Dort angekommen, wusch er seine Jacke, seine Handschuhe, das Messer und anschließend sich selbst, befreite sich vom Blut des Bösen, vom Blut des Mörders. Er gönnte sich ein ausgiebiges Bad und seine Gedanken kreisten um seine erste Tat, sein Kunstwerk, seine Botschaft. Und er überlegte, was er gut getan hatte und was er hätte besser machen können. Und wie er so überlegte, meldete sich sein Hass zurück und flüsterte ihm ins Ohr: »Beim Nächsten wird es noch schöner. Du musst mir nur vertrauen. Vertraust du mir?«

»Ja, ich vertraue dir.«

Der Hass lächelte ihm zu und klopfte ihm auf die Schulter. Der Mann war neugierig geworden, was der Hass wohl damit meinte, dass es beim nächsten Mal noch schöner sein würde. Und wie er so darüber nachdachte, kam er zur Erkenntnis, dass der Hass recht hatte. Es musste eine Steigerung geben. Sein alter Plan war einfach nur naiv. Man konnte die Bestien nicht einfach bestrafen, indem man ihnen ein Fleischermesser ins Herz rammte. Nein, er musste eine Botschaft hinterlassen. Doch er machte sich keine Vorwürfe über seine Naivität, denn schließlich war es seine erste Tat. Und Menschen lernten doch durch ihre Taten. So auch er.

Der Gedanke daran, wie er seine zweite Tat ausführen sollte, erregte ihn. Er spielte an sich selbst und überlegte, ob er kommen sollte, aber die sexuelle Erregung war nicht stark genug. Sein Glied wurde einfach nicht steif.

»Scheiß drauf, das hier hat nichts mit Sex zu tun. Ich bin keiner dieser Freaks, die es geil macht, jemanden abzuschlachten. Ich bin ein Richter der Gerechtigkeit, ein Judge Dredd!« Mit diesen Worten wischte er seine Lust beiseite und stieg aus der Badewanne. Nackt ging er in den Flur und nahm die beiden Augäpfel, die er dort vor der Reinigung der Jacke auf einem Tisch abgelegt hatte.

»Was mache ich nur mit euch beiden?« Dann der Geistesblitz: konservieren!

Aber er hatte keine Ahnung, wie man Augäpfel konservieren sollte.

»Google hilft dir«, grinste er und setzte sich nackt auf seine Couch, auf der sein Laptop lag. Er klappte den Laptop auf, der mit einem leisen Surren aus dem Stand-by-Modus erwachte.

Danach öffnete er ein Browserfenster und gab in die Suchmaske von Google *Augäpfel konservieren* ein. Zu seiner Überraschung zeigte Google 29 500 Ergebnisse an. Er klickte auf den ersten Link und fand auch direkt die Antwort auf seine Frage: *Formaldehyd!*

Er grinste. Die moderne Technik war schon etwas ausgesprochen Tolles. Aber er hatte kein Formaldehyd. Also googelte er *Formaldehyd kaufen.*

Google zeigte über 1,5 Millionen Ergebnisse. Auch hier klickte er auf den ersten Link und erfuhr, dass man Formaldehyd als Formalin 37%ig in der Apotheke beziehen konnte. Der Liter kostete um die 20 Euro. Man musste nur ein EG-Sicherheitsdatenblatt ausfüllen, damit man sich der Risiken bewusst war und versicherte, dass man das Gift (nichts anderes war es nämlich) nur für bestimmte legale Zwecke verwendete. Und genau diese Absicht hatte er auch. Er wollte niemanden vergiften, nur Augäpfel konservieren, stellte er amüsiert fest.

Er überlegte kurz, ob er sich das Formalin wirklich in einer Apotheke besorgen sollte, entschied sich dann aber dagegen. Man konnte nie wissen, ob so ein Apotheker nicht neugierig wurde und dumme Fragen stellte, oder seine Informationen nicht sogar weitergab. Nein – Neugierde konnte er nicht gebrauchen. Also googelte er weiter und zu seiner Überraschung brachte ihn ein weiterer Link auf den Online-Shop eines Händlers für Fischzubehör. Dieser warb damit, dass er alles rund um den Koi-Teich anbot. Auch Formalin 37 %!

Was Koi-Besitzer mit Formalin machten, war ihm egal. Aber es war eine Möglichkeit für ihn, an den begehrten Konservierungsstoff zu gelangen. In seinem Eifer bestellte er gleich fünf Liter, und während er bestellte, kam ihm noch ein weiterer

Gedanke. Er musste lachen, da das Offensichtliche so nahe lag, dass er es gar nicht erkannt hatte. Google würde ihm auch hier helfen. Ja, Google hatte Milliarden von Webseiten gespeichert, hatte somit Milliarden von Informationen vorrätig. Einige davon waren, wie man Augäpfel konservierte, und sicherlich würde er auch Informationen finden, wie man am besten Menschen ihrer gerechten Strafe zuführen könnte. Er meinte damit nichts anderes als eine Anleitung zum Töten!

Der Mann war stolz auf diesen Geistesblitz. Warum sollte er sich unnötig damit quälen und sich überlegen, wie er sein nächstes Opfer töten sollte, wenn Google ihm die Ideen liefern konnte!?

Er fütterte die Suchmaske mit *Menschen töten.*

Über 4,5 Millionen Ergebnisse. Das freute ihn, zeigte es ihm doch, dass er mit seiner Idee goldrichtig lag. Er würde die Suchmethoden noch verfeinern, aber Google würde ihm die richtigen Inspirationen liefern. Der Mann hoffte, dass auch sein Hass darüber froh sein würde und er die Idee mit Google nicht ablehnen würde. Er war schließlich kein Mörder, sondern ein Richter. Als geistesgestörter Mörder hätte er sicherlich abartige Fantasien gehabt, Menschen zu töten, aber da er eben kein geistesgestörter Mann war, sondern nur jemand, den es nach Gerechtigkeit dürstete, konnte man von ihm nicht verlangen, solch abartige Ideen einfach aus dem Ärmel zu schütteln. Aber im Internet wimmelte es nur so von Psychos und er würde sie finden. Und damit auch ihre Vorgehensweisen, die Idee war genial. Wie könnte der Hass sie also ablehnen? Und als suchte er geradezu nach dieser letzten Bestätigung, hörte er, wie der Hass lächelnd zu ihm sagte: »Gut, sehr gut! Ich bin stolz auf dich!«

Doch bevor er sich mit der intensiven Google-Suche beschäftigte, musste er sich um die Augen kümmern. Er hatte zwar die Bestellung für das Formalin online abgeschickt, aber es würde einige Tage dauern, bis die Bestellung eintraf. Und bis dahin würden die Augen sicherlich vergammelt sein, wenn er sie nicht vorab konservierte. Das Gefrierfach!

Er griff nach den Augen, steckte sie in einen Gefrierbeutel, vorher streichelte er sie und flüsterte ihnen zu: »Ihr werdet niemandem mehr Angst einjagen.«

Dann verstaute er den Gefrierbeutel im Tiefkühlfach. Die Situation war nicht sonderlich befriedigend für ihn. Viel lieber hätte er die Augen im Wohnzimmer gehabt, wo er sie sich jederzeit ansehen konnte. Aber er musste sich in Geduld üben. Sobald er das Formaldehyd hätte, würde er die Augen in einem Glas konservieren und dann könnte er sich zu jeder Zeit an ihnen ergötzen. Glas?

Richtig, er musste morgen unbedingt im Supermarkt ein paar Marmeladengläser besorgen. Die Marmelade würde er wegschmeißen und die Gläser säubern. Der Gedanke an seine Trophäen löste einen Sturm von Glücksgefühlen in ihm aus. Er bekam einen Steifen und massierte seinen Penis freudig, ließ es dann aber wieder sein.

Schließlich war er kein Freak! Er tötete nicht, weil es ihn sexuell erregte, sondern weil es der alte Mann verdient hatte. Diesen Gedanken versuchte er zu verinnerlichen, damit die sexuelle Erregung nachließ. Aber sein Glied war noch immer erigiert, also nahm er seine rechte Hand und drückte seine Hoden zusammen, bis es ihn schmerzte. Der Schmerz half. Das beruhigte ihn.

Er schaute auf die Uhr. Sie zeigte bereits deutlich nach 1 Uhr morgens an, also begab er sich ins Bett und versuchte, Schlaf zu finden. Vergebens. Er zitterte am ganzen Körper und in seinen Gedanken spielte er die Tat wieder und wieder durch. Er wusste nicht, was geschah, aber plötzlich fing er an zu weinen. Er fand keinen Grund für seine Tränen, sie waren einfach da.

Und so ging es die ganze Nacht, sodass er gegen 10 Uhr morgens entschied, aufzustehen. Er könnte eh nicht mehr schlafen und der Tag brachte noch jede Menge Arbeit mit sich.

Er ging ins Bad, wusch sich sein Gesicht und blickte sich im Spiegel an. Er sah einen Mann im besten Alter. Er war nicht hässlich. Guter oberer Durchschnitt, wie er immer zu sagen pflegte. Aber der Spiegel sah nur die Fassade, nicht die Wunden, die man seinem Herzen und seiner Seele zugefügt hatte.

Der Mann trocknete sein Gesicht mit einem Handtuch ab, danach schaute er wieder in den Spiegel, doch diesmal war er nicht allein. Es war noch jemand mit ihm im Zimmer. Aber er erschrak nicht, denn er kannte diesen Anderen. Es war der Hass.

»Hallo«, sagte der Mann in ruhigem Ton.

»Zweifelst du?«, fragte ihn der Hass.

»Sollte ich?« Er konnte dem Hass nichts vormachen, das wusste er. Ja, er zweifelte.

Warum? Das konnte er sich nicht erklären. Lag es an der schlaflosen Nacht? Lag es daran, dass er noch keinen Kaffee hatte, oder lag es daran, dass ihn der Mord sexuell erregt hatte, mehr, als er sich eingestehen wollte? War es überhaupt ein Mord? Gedanken, an die er gestern nicht einmal gedacht hatte, hatten ihn auf einmal heimgesucht.

War es richtig gewesen, was er tat? Oder sollte er lieber zur Polizei gehen und ihnen erklären, was er gestern getan hatte, warum er es getan hatte? Aber würden sie ihn verstehen, oder würden sie ihn einfach nur für einen Freak halten und dann verhaften?

»Nein, dafür gibt es keinen Grund. Du schaffst Gerechtigkeit.«

»Aber warum fühlt sich das dann nicht so an …?«

»Weil du müde bist und Angst hast.«

»Müde und Angst?« Der Mann verstand nicht. Warum sollte er Angst haben? Müde, ja, er war müde. Aber Angst? Vor was hatte er Angst?

»Die Angst macht dir ein schlechtes Gewissen. Es ist die gleiche Angst, die dir über Jahrzehnte eingeredet hat, dass sie unschuldig sind, dass du sie nicht ihrer gerechten Strafe zuführen darfst. Aber ich bin jetzt für dich da. Vergiss die Angst.«

Der Mann antwortete nicht sofort, stattdessen betrachtete er sein Spiegelbild und den Hass, der übermächtig neben ihm stand und seine Hand auf seine Schulter gelegt hatte, als wolle er ihm zeigen, dass er ihn beschütze, dass er jetzt einen Freund hatte, der für ihn da war. Ein Freund? Ja, ein Freund. Er war all die Jahre allein gewesen. So viele einsame Jahre. Aber jetzt, jetzt hatte er einen Freund, dem er vertrauen konnte, der ihn verstand und der dafür sorgte, dass er keine Angst mehr haben würde.

Der Mann lachte und nickte seinem Spiegelbild zu. Der Hass schenkte ihm ein Lächeln und sagte: »Gut!«

Ja, alles war gut. Er war nicht mehr allein und gemeinsam würden sie für Gerechtigkeit sorgen und niemand, auch nicht die Angst, würde sie beide stoppen können.

KAPITEL 4

»Aua, Sie tun mir weh. Lassen Sie mich los!«, schrie der Waldmensch und versuchte, sich aus der Umklammerung zu lösen. Aber Arndt dachte gar nicht daran, locker zu lassen. Er saß auf dem Waldmenschen und hatte ihn so weit in der Zange, dass er ihm die Arme auf den Rücken drehen konnte.

»Es liegt an Ihnen, wie schmerzhaft es wird.« Um seinen Worten Nachdruck zu verleihen, drückte Arndt sein rechtes Kniegelenk in den Rücken seines Gefangenen. Er schrie auf.

»Was machst du da?«, schrie Elke, als sie beide endlich erreicht hatte.

»Wonach sieht das wohl aus, Kollegin? Ich halte ihn in Schach, damit er nicht abhaut.«

»Ich haue nicht ab.«

»Und was war das eben, du Held?«

»Aua, Sie brechen mir den Arm.« Das Gesicht des Waldmenschen war von der Anstrengung rot geworden, aber auch Arndt kostete es enorme Kraftanstrengungen. Der Waldmensch war kräftiger, als er vermutete. Er war zwar fast so groß wie Arndt, aber deutlich schlanker, obwohl Arndt selbst alles andere als fett war. Er war sehr sportlich und sein Körper entsprechend gut in Form.

»Arndt, lass ihn los, bevor du ihm wirklich den Arm brichst.«

»Hören Sie zu: Ich lasse Sie jetzt los und dann reden wir wie Erwachsene, ansonsten liegen Sie schneller wieder auf dem Boden, als Sie bis drei zählen können. Haben wir uns verstanden?«

»Ja, ja, ist ja gut. Aber lassen Sie mich los.«

Arndt lockerte die Umklammerung und stand auf. Elke klopfte ihm auf die Schulter.

»Und jetzt erklären Sie mir, warum Sie eben weggelaufen sind.« Sein Blick war ernst und konzentriert. Er konnte es sich nicht erklären, aber er mochte diesen komischen Kauz nicht.

»Ich bin nicht weggelaufen.«

»Wollen Sie mich verarschen? Wie nennen Sie das dann?«

»Na ja, als Sie anfingen zu laufen, habe ich auch angefangen. Ich hatte Angst vor Ihnen.«

»Angst? Vor der Polizei? …« Arndt wollte gerade loslegen, als Elke ihn in den Arm kniff.

»Hören Sie, wir wollen Ihnen wirklich nichts antun. Wir sind von der Kriminalpolizei und hoffen auf Ihre Unterstützung.« Elke zeigte ihm ihre Marke.

»Meine Unterstützung? Wieso sollte ich den Bullen helfen?«

»Nicht frech werden, Freund, sonst nehme ich Sie mit aufs Revier.« Arndt griff nach seinen Handschellen.

»Ist ja gut, ist ja gut. Was wollen Sie von mir?«

»Warum waren Sie am Tatort?«

»Ich bin nur zufällig dort gewesen.«

»Zufällig? Wieso glaube ich das nicht!?«

»Wirklich. Ich gehe jeden Morgen durch den Wald, auf der Suche nach Essbarem.«

»Und deswegen haben Sie sich hinter einem Busch versteckt?« Arndt betrachtete den Waldmensch genauer. Von der Statur her war dieser Einsiedler sogar ein bisschen kleiner als er. Er schätzte ihn auf 1,80 Meter. Arndt war 1,84 Meter groß. Er war sehr schlank, schon fast dürr, was sicherlich der mangelnden Ernährung hier im Wald geschuldet sein dürfte. Seine Haare waren lang, dunkelbraun und schon verfilzt. Er trug einen alten grünen Parka der Bundeswehr.

Seine Hose war eine ebenfalls grüne Bundeswehrhose mit einigen Löchern und machte nicht den Eindruck, als sei sie in den letzten Wochen gereinigt worden. Er hatte dicke Baumwollsocken an und trug Sandalen.

Sandalen bei diesem Wetter?, waren Arndts Gedanken und bestätigten nur seine Vorurteile, dass er es mit einem Freak, einem Versager zu tun hatte. Das Gesicht hatte viele Falten und einige Narben zierten es zusätzlich, dennoch schätzte Arndt ihn in etwa in seinem Alter – also zwischen 38 und 43 Jahren.

»Ich wollte Ihnen nicht im Weg stehen.«

»Nicht im Weg stehen? Also für mich war das Verstecken!«

»Ist gut, Arndt, das bringt uns nicht weiter. Haben Sie etwas gesehen?«, versuchte Elke aus den Fragen die Emotionen zu nehmen.

»Nein, wirklich, ich habe nichts gesehen. Nur Sie und Ihre Kollegen.«

»Ja, wirklich? Und wo waren Sie gestern Abend zwischen 16 und 3 Uhr morgens?«

»Im Wald, in meiner Hütte.«

»Und nicht zufällig auch am Tatort?«

»Nein, gestern Abend habe ich geangelt, das hat sehr viel Zeit in Anspruch genommen.«

»Wieso das?«, wollte Arndt wissen.

»Der Teich ist zugefroren und die Fische sind im Winter nicht gerade aktiv. Man muss schon sehr viel Geduld haben, bis einer anbeißt.«

»Und hat einer angebissen?«, fragte Elke.

»Ja, ich hatte Glück«, antwortete der Waldmensch und rieb demonstrativ seinen Bauch.

»Dürfen wir Ihre Hütte sehen?«

»Wieso das?«

»Polizeiliche Ermittlungen. Wenn Sie nichts zu verbergen haben, dann müssen Sie nichts befürchten.« Noch immer wollte Arndt diesem Waldmenschen keinen Glauben schenken. Er wollte sich unbedingt in dessen Holzhütte umsehen, vielleicht stieß er auf etwas, das sein Bauchgefühl bestätigte.

»Gut«, antwortete der Waldmensch zähneknirschend. »Folgen Sie mir.«

Die beiden Beamten folgten dem Waldmenschen. Was ihnen der Waldmensch wenige Minuten später als seine Hütte vorstellte, hatte allerdings nur sehr entfernt Ähnlichkeit mit dem, was sie aus dem Fernsehen und dem eigenen Urlaub in den Bergen als Holzhütte kannten. Arndt zweifelte, dass dieser aus altem Astwerk, Stämmen, Blättern und Lehm zusammengeschusterte Unterschlupf überhaupt den Winter überstünde, geschweige denn einen Sturm oder heftigen Regen. Aber Arndt sollte sich irren. Als sie die Hütte betraten, war keine Spur davon zu erkennen, dass Feuchtigkeit oder Wind durch die Decke oder Wände in die Hütte eindrang. Zudem war es deutlich wärmer, als er dachte. Und sie sah auch wohnlicher aus, als sie von außen den Eindruck machte.

In einer Ecke des einzigen Raumes befanden sich altes Geschirr, ein Kochtopf und eine kleine Mulde, die sicherlich als Feuerstelle diente, sowie eine kleine Propangasflasche. In der anderen Ecke lag eine alte Matratze auf dem Boden, darauf ein Schlafsack. An der rechten Wand stand ein alter brauner Nachtschrank, darauf eine Petroleumlampe. Auf dem Boden lagen ein paar alte Zeitschriften, eine davon war ein alter Playboy.

Am Ende ist er doch nur ein Mann, überlegte Arndt belustigt, denn er fand nichts, was ihm Hinweise auf den Mord geliefert hätte. *Da hat sich mein Bauchgefühl vielleicht doch geirrt,* musste er sich eingestehen.

»Wie lange wohnen Sie schon hier?«, fragte Elke.

»Das sollten Sie doch wissen«, entgegnete ihr der Waldmensch.

»Wie bitte?« Elke war sichtlich überrascht.

»Sie waren doch schon einmal hier, als es noch die Polizeistelle in Pansdorf gab.«

»Oh ja, stimmt. Aber das beantwortet immer noch nicht die Frage des Herrn Schumacher.«

»So genau weiß ich das nicht, aber bestimmt schon länger als 20 Jahre.«

»20 Jahre? Vermissen Sie nicht das Leben in der Zivilisation?«, fragte Arndt, der es erschreckend fand, dass ein Mensch sich so dem normalen Leben abwenden konnte. Er liebte das Leben, er liebte die Stadt, das Quirlige in ihr und die vielen Möglichkeiten, die man hatte. Man konnte spontan so viele Dinge erleben, in einem Café entspannen, mit Freunden in einer Bar Spaß haben, ins Kino gehen, oder lecker zum Essen. Für ihn war es völlig unverständlich, wie sich ein vernünftiger, normaler Mensch für diese Einsamkeit entscheiden konnte. Aber genau darin vermutete er die Antwort. Der Waldmensch war nicht normal. Vielleicht hatte ihm das Leben auch übel mitgespielt. Wie auch immer, das war kein Grund für ihn, seinen Kopf in den Sand zu stecken und so zu leben. Somit war er am Ende doch nur ein Versager.

»Wieso sollte ich die Scheinheiligkeit der Moderne vermissen? Nein, hier im Wald lebt es sich ehrenhafter. Zumindest ehrlicher.«

Arndt hatte nur ein Kopfschütteln für diese Einstellung übrig, wollte sich aber auf keine Diskussion einlassen.

»Und Sie haben wirklich nichts mitbekommen, gehört oder gesehen?«, kam Arndt daher auf den Punkt und damit zurück zu dem eigentlichen Grund, warum sie in der Hütte waren.

»Nein, das sagte ich doch schon.«

»Überlegen Sie bitte nochmals genau. Der Tatort ist nun wirklich nicht weit entfernt. Wenn jemand im Wald erstochen wird, dann wird das Opfer bestimmt geschrien haben und ich kann mir sehr gut vorstellen, dass man hier das Schreien hören könnte. Ihre Wände sind nicht gerade das, was man gut isoliert nennt.«

»Ich habe nichts gehört. Tut mir leid.«

»Herr …, wie heißen Sie eigentlich?«, fragte Elke.

»Waldmensch!«

»Waldmensch? Wie ist ihr gebürtiger Name?«

»Ich habe keinen Namen und ich pfeife auf eure Falschheit. Namen bedeuten hier draußen nichts. Namen sind nur Ketten, die uns an unseren Platz in der Gesellschaft fesseln. Und mein Platz ist hier«, antwortete er, streckte seine Arme aus und drehte sich im Kreis.

Totaler Freak, davon war Arndt inzwischen überzeugt.

»Hören Sie, ich hatte Sie bereits gewarnt. Mir reicht's. Ich nehme Sie mit aufs Revier, dann werden wir schon erfahren, wer Sie sind.«

Er griff zu seinen Handschellen und wollte sie dem Waldmenschen gerade anlegen, als der einen Schritt zurückwich.

»Hansen, Malte.«

»Wieso nicht gleich so, Herr Hansen.« Arndt steckte die Handschellen zurück. »Und jetzt noch einmal: Haben Sie wirklich nichts gehört? Überlegen Sie gut, bevor Sie antworten.«

»Ich schwöre, ich habe nichts gehört. Ich war gestern Abend hinter der Hütte, im Teich fischen, danach habe ich mir den Fisch zubereitet und bin ins Bett gegangen. Und heute Morgen, bei meinem Spaziergang, habe ich Sie gesehen. Wirklich.«

Arndt warf ihr einen Blick zu.

»Fürs Erste reicht das, Herr Hansen. Aber halten Sie sich zur Verfügung. Gut möglich, dass wir Sie erneut aufsuchen müssen.« Elke blickte zu ihm und nickte. Er nickte zurück. Es hatte wahrscheinlich wirklich keinen Sinn, sich länger mit diesem Freak zu unterhalten.

»Was heißt ›zur Verfügung halten‹?«

»Das heißt, dass Sie den Wald nicht verlassen dürfen«, war die genervte Antwort von Arndt. – »Auf Wiedersehen, Herr Hansen.« Beide verließen die Hütte. Noch im Hinausgehen hörten sie, wie der Waldmensch sagte: »Können Sie mich bitte zukünftig nicht mit Hansen ansprechen?«

»Wie bitte?« Arndt drehte sich um. »Wie wollen Sie dann angesprochen werden?«

»Wenn, dann mit ›Waldmensch‹.«

»Sie spinnen doch, Herr Hansen«, knurrte Arndt nur knapp, dann gab er Zeichen, dass Elke aus der Hütte folgen sollte.

»Der ist doch total durchgeknallt.«

»Ja«, bestätigte Elke, »alle Tassen hat er wohl nicht mehr«.

»Glaubst du ihm?«

»Ich neige dazu. Der ist total harmlos, der lebt schon seit Jahrzehnten hier.«

»Gerade deswegen. Die Hütte ist doch null isoliert. Und wenn ich das richtig einschätze, hat der Täter mehrmals auf das Opfer eingestochen. Was denkst du, wie das Opfer also geschrien haben muss? Und der Fundort ist nun wirklich nicht weit entfernt. Ich kann mir einfach nicht vorstellen, dass er nichts gehört hat.«

»Unterschätz' die Entfernung und den Wald nicht, lieber Arndt. Die Bäume könnten die Geräusche unterdrückt haben.«

»Welche Bäume? Der Wald hat doch gar keine Blätter, die irgendwelche Geräusche aufgesaugt haben könnten.« Arndt hatte mit dieser Feststellung gar nicht so unrecht. Es war der 10. Februar, die Laubbäume hatten nur noch vereinzelt Blätter. Nichts erinnerte an die Pracht der Bäume im Frühjahr oder Sommer.

»Vorerst müssen wir ihm glauben. Wir haben nichts in der Hand, um ihn aufs Revier mitzunehmen.«

»Leider«, bestätigte Arndt und ballte die Hand zur Faust.

»Willst du dir den Teich noch anschauen?«

»Nein, wieso? Der Freak hat dort bestimmt wirklich nur geangelt. Lass uns lieber aufs Revier, Willy wartet vermutlich schon ganz ungeduldig.«

»Ich habe eine viel bessere Idee, Kollege.«

»Echt?« Arndt konnte sich ein Lächeln nicht verkneifen.

»Wir gehen zu Käthe.«

»Zu Käthe?«

»Ja, sie kann uns helfen.«

»Helfen? Wie das?«

»Lass dich überraschen. Manchmal ist es gut, im Dorf zu leben.«

KAPITEL 5

Er wusste nicht, warum er diesen Weg gegangen war. Ein inneres Verlangen hatte ihn dazu bewegt. Und jetzt trennten ihn vielleicht noch 200 Meter vom Tatort. Er hatte sich im Wald hinter Büschen versteckt und konnte von dort aus die Polizei sehen. Andere liefen in komischen weißen Anzügen herum. Er fürchtete die Polizei nicht, da er sich in sicherer Entfernung zu ihnen hinter einem Busch versteckt hatte.

Er überlegte, ob er sich noch dichter an das Geschehen wagen sollte, weil das Zuschauen in ihm ein wohliges Gefühl auslöste. Ja, er genoss es, die Polizei bei ihrer Arbeit zu beobachten. Was sie wohl dachten? Ob sie schon eine Ahnung hatten, wer das getan hatte? Und warum er das getan hatte?

Das war das Entscheidende, die wichtigste aller Fragen: die nach dem Warum! Wer es tat, war letzten Endes egal, aber es hatte getan werden müssen. Gerechtigkeit konnte ein schmutziges Unterfangen sein, aber er war sich nicht zu schade, sich schmutzig zu machen. In der Sicherheit der dicht aneinander gewachsenen Bäume und Sträucher schlich er sich noch einige Meter näher an den Tatort. Jetzt sah er auch die Leiche. Sie war mit einer Plane bedeckt. Es erregte ihn mehr, als er vermutet hatte. Es war ein wunderbarer Anblick. Es war Kunst, ja – seine Kunst.

Was für ein Dummkopf bin ich, flüsterte er sich zu und schlug mit der Innenseite seiner rechten Hand gegen seine Stirn. Es war gut, dass er nochmals an den Tatort zurückgekehrt war. Es war ein Zeichen seiner Bestimmung. Er holte aus seiner Hoseninnentasche sein Smartphone heraus und machte ein paar Fotos vom Tatort. Der Zoom des Smartphones reichte seinen Bedürfnissen.

Danach schaute er sich die Fotos an und lächelte. »Sehr gut, sehr gut. Welch Meisterwerk.«

Dass er gestern nicht daran gedacht hatte, Fotos zu machen, entschuldigte er mit seiner Unerfahrenheit. Es war seine erste Tat als Richter und Henker. Bei seiner ersten Gerechtigkeitstat durften einem Fehler passieren, das war menschlich. Aber er würde besser werden und weniger Fehler würden sich einschleichen. Er würde nächstes Mal sofort Fotos von seinem Kunstwerk, seiner Gerechtigkeitstat machen. Er bekam wieder einen Ständer. Er steckte seine Hand in die Hose und befriedigte sich selbst. So sehr er auch versuchte, dagegen anzukämpfen, er konnte nicht anders, das Gefühl war zu stark. Er war kein Freak, aber die Lust war unerträglich. Er musste sich … entledigen.

Nicht hier!, ermahnte er sich, um seine Lust unter Kontrolle zu bekommen, aber seine rechte Hand arbeitete mechanisch weiter, dem Höhepunkt entgegen.

»Nicht hier«, ermahnte er sich nochmals, lauter flüsternd, und quetschte mit der anderen Hand seine Hoden, bis ihm fast ein Schrei entwischt wäre.

Der Schmerz ging durch Mark und Bein und er musste sich auf den Boden setzen. Er hatte die Hoden mit deutlich mehr Kraft gequetscht, als beabsichtigt. Aber es hatte geholfen, die Lust hatte dem Schmerz Platz gemacht.

Nachdem der Schmerz nachgelassen hatte, stand er auf, blickte noch ein letztes Mal auf sein Kunstwerk und verließ den Wald zu seinem eigentlichen Vorhaben.

In die Wohnung des alten Mannes einzudringen, war ein Leichtes. Schließlich hatte er seine Schlüssel an sich gebracht, nachdem er ihn seiner gerechten Strafe zugeführt hatte. Das kleine Haus lag auf der Eutiner Straße, kurz bevor man Pansdorf in Richtung Eutin verließ.

Bevor er das Haus betrat, versicherte er sich, dass ihn niemand beobachtete. Da er ja aber mit dem Schlüssel die Haustür öffnete, dachte er auch nicht wirklich daran, dass jemand Verdacht schöpfen könnte. Und die Handschuhe, die er eigentlich zur Vorsicht gegen Fingerabdrücke anzog, würden um diese Jahreszeit auch keine Fragen aufwerfen. Er betrat den Flur. Es roch nach alten Menschen. Angewidert rümpfte er die Nase. Vom Flur aus betrat er das Wohnzimmer. Die Einrichtung erinnerte an die 80er. Buchenholzschränke und Polstermöbel in gleicher Optik und ein dicker, alter, grauer Teppich. Alles wirkte wenig einladend. Vom Wohnzimmer aus hatte man einen guten Blick auf die kleine Terrasse. Sie war gepflegt, ein Holztisch, vier Holzstühle sowie eine alte Holzbank schmückten sie.

Er schaute sich im ganzen Haus um und suchte in Schubladen nach Wertgegenständen, ohne aber etwas durcheinanderzubringen. Warum? Geld konnte man immer gebrauchen, der alte Mann jedenfalls benötigte es nicht mehr. Er fand jedoch nichts, das großartig von Wert war. In der Geldbörse auf der Nachtkommode waren gerade mal 56 Euro. Er nahm das Geld an sich, danach kehrte er wieder ins Wohnzimmer zurück.

Er setzte sich auf den Sessel und schaltete den alten Röhrenfernseher an. Es lief der NDR. *Rentnersender,* dachte er abwertend.

»Was für ein erbärmliches Leben. Sei froh, dass du tot bist«, verhöhnte er den alten Mann.

Während er auf dem Sessel saß, fiel seine Aufmerksamkeit auf ein Foto. Er stand auf, holte es von der Wand und setzte sich zusammen mit dem Bilderrahmen wieder auf das Sofa.

Er betrachtete das Foto, auf dem fünf junge Männer zu sehen waren, die nebeneinander in freundschaftlicher Pose standen. Es musste mindestens 40 Jahre alt sein, dennoch erkannte er den alten Mann sofort. Er hatte noch immer die gleiche spitze Nase und Segelohren.

»Wusste deine Frau, dass du ein Mörder bist, Vater?«, schrie er seine Wut dem Foto entgegen. Sabber lief seine Lippen herunter und er schleuderte es voller Wut dem Fernseher entgegen, verfehlte jedoch sein Ziel, sodass das Foto neben dem Fernseher auf den Boden fiel. Der dicke Teppich fing den Sturz ab.

»Alle Welt soll wissen, dass du ein Mörder bist!«, schrie er und stand auf. Und es kam ihm eine weitere Idee. »Ja, alle Welt soll wissen, warum du getötet wurdest, warum es kein Mord war, sondern Gerechtigkeit! Du Bestie!«

Die Idee war so genial wie auch einfach, doch leider fehlte ihm ein wichtiges Utensil dafür. Das machte ihn wütend. Er versuchte, seine Wut damit zu beruhigen, dass es seine erste Gerechtigkeitstat gewesen war und dass man beim ersten Mal Fehler machen durfte. Aber bei seiner zweiten Tat sollte ihm dieser Fehler nicht mehr passieren. Er suchte in jeder Schublade im Wohnzimmer, fand aber nicht, wonach er suchte. Sein Blick fiel wieder aufs Foto auf dem Boden. Er hob es auf.

»Dich nehm' ich mit, als Mahnung, keine Schwäche zu zeigen.«

Er ging in die Küche und noch einmal durch alle anderen Räume, durchsuchte jede Schublade in der Hoffnung, etwas zu finden, womit er seine Gedanken umsetzen konnte, fand aber nichts Brauchbares. Auch der Keller brachte ihn nicht weiter. Gerade, als er enttäuscht aufgeben wollte, fiel sein Blick auf ein Regal, das er fast übersehen hätte. Er betrachtete das Regal und die Enttäuschung und Wut wichen aus seinem Gesicht und Freude nahm sich seiner an.

»Damit müsste es gehen«, sagte er glücklich und begab sich zurück ins Wohnzimmer.

Er sah sich um, entschied sich für die Wand hinter der Polstercouch und setzte an. Doch plötzlich stoppte er, weil er ein Geräusch hörte.

KAPITEL 6

Elke und Arndt betraten die Kneipe »Zur Käthe«. Sie hatte ihn im Dienstwagen über ihre Absichten aufgeklärt und er sprach ihr dafür seine Bewunderung aus. »So ein Dorfleben kann auch mal seine Vorteile haben«, schloss er.

»Sag ich doch, Arndt«, erwiderte auch sie lachend.

»Hallo Käthe, wie geht's?«, fragte Elke mit einem Lächeln, als beide die Kneipe betraten.

»Moin, moin, alles goot. Und bei dir, Kind?«, antwortete Käthe herzlich. Sie hieß eigentlich Kathrin, aber seit sie die Kneipe hatte, nannten sie alle liebevoll Käthe. Kathrin hatte die Kneipe von ihren Eltern vor über zwanzig Jahren übernommen. Wie Elke war auch sie eine waschechte Pansdorferin. Kathrins Kneipe war eine echte Institution im Dorf, genauso wie der Sportverein TSV Pansdorf. Jeder im Dorf kannte Käthe und also Kathrin, und Kathrin kannte umgekehrt auch die meisten aus dem Dorf.

Arndt warf einen kurzen Blick in der Kneipe umher. Sie war nicht wirklich groß, vielleicht 40 bis 50 Quadratmeter. Es gab einen Tresen mit einigen Barstühlen davor, dann noch zwei Tische mit jeweils vier Stühlen. Die gesamte Einrichtung war aus dunklem Holz und erinnerte einen ein bisschen an einen Irish-Pub. Es wirkte sehr urig und gutbürgerlich, aber sicherlich war die Einrichtung in den letzten Jahrzehnten nicht ausgetauscht worden, stellte Arndt süffisant fest. Zwei alte Männer saßen an einem Tisch, jeder mit einem Bier in der Hand, und sie nickten den Polizisten zu. Arndt und Elke erwiderten die Geste.

»Alles goot so weit, Käthe. Wi bruken dien Raat.«

Arndt musste sich ein Lachen verkneifen. Nur selten hatte er die Möglichkeit, Elke Platt reden zu hören. Er fand diesen Dialekt fürchterlich, aber auch amüsant.

»Klar doch, Kind, wenn ich helpen kann, gerne. Wollt ihr ein Beer?« Käthe nahm ein Glas und wollte gerade zum Zapfen ansetzen, als Elke antwortete: »Nech während der Arbeit, aber danke.«

»Nun goot, Kinner. Dat waren noch Tieden, als der olle Hans hier mal ümmer zum Beer picheln kam. Aber hüüt …«

»Der alte Hans?«, fragte Arndt neugierig und warf einen genaueren Blick auf Kathrin. Sie war bestimmt schon über 60 Jahre alt, knapp 1,70 Meter groß und das, was man übergewichtig nennen würde. Aber sie hatte eine sehr freundliche Art und kam sehr sympathisch rüber. Arndt mochte sie sofort, *die alte Käthe,* schmunzelte er in sich.

»Na, Elke du kennst doch den ollen Hans.«

»Na klar, Käthe. Das war unser Dorfpolizist«, lachte Elke und Arndt konnte sich ein Grinsen auch nicht verkneifen.

Jetzt ein kühles Bier, das wäre schon was Feines, musste er sich eingestehen. Aber Elke war, was ihre Berufsethik anbelangte, sehr korrekt. Zu korrekt für Arndt, der nichts gegen den einen oder anderen kleinen Umtrunk während der Arbeit hatte. Diese kleinen Umtrunke mit Zeugen brachten ihm sehr oft wertvolle Informationen in gelockerter Atmosphäre. Menschen, die ein Bier tranken, waren einfach redseliger. Aber da war mit Elke nichts zu machen.

»Na gut, Kinner, wenn ihr schon mit der alten Käthe keinen picheln wollt, wie kann ich dann hö'lpen?«

Elke holte ihr Smartphone heraus, öffnete das Fotoalbum und zeigte Käthe ein Foto vom Gesicht des toten Mannes, das sie am Tatort geschossen hatte. Sie hatte Arndt im Auto darüber aufgeklärt, dass sie nicht warten müssten, bis die Gerichtsmedizin ihnen sagte, wer der Tote sei, sondern dass Käthe ihnen sicherlich auch helfen konnte, da sie im Dorf eigentlich so gut wie jeden kannte.

»Das ist doch der olle Emil. Was ist mit ihm?«, fragte Käthe und gab Elke ihr Smartphone zurück.

»Bist du dir sicher?«, fragte Elke.

»Kind, na kloor, das ist der olle Emil. Er war erst letzte Woche hier. Is wat passiert?«

Arndt konnte Besorgnis aus Käthes Stimme hören. Elke warf ihm einen Blick zu und er nickte kurz.

»Ja, leider, Käthe. Er ist tot.«

»Oh mein Gott.« Käthe drückte ihre rechte Hand vor den Mund. Ihre Fröhlichkeit verschwand mit der gleichen Schnelligkeit, wie Elke ihr die Nachricht übermittelt hatte. Sie schien wirklich sehr betroffen. Ihre Augen wurden feucht, aber sie weinte nicht.

»Oh, Käthe, verzeih, ich wollte dich nicht überrumpeln. Habt ihr euch nahegestanden?«

»Wir kannten uns, seit ich ein Deern war … wer kann nur so etwas Furchtbares tun, in unserem schönen Pansdörp!?«

»Genau das wollen wir herausfinden. Weißt du, ob er irgendwelche Feinde hatte?«

»Der Emil und Feinde? – Nein! Er war ein sehr geselliger Mensch. Seit dem Tod seiner Frau vor vier Jahren hat er sich ein wenig zurückgezogen. Aber trotzdem ist er die letzten Monate wieder regelmäßig hierhergekommen.«

»Hatte er vielleicht Streit mit jemandem? Vielleicht mit Freunden oder einem Familienmitglied? Ein Nachbar?«

»Nein, nein, nech, dass ich wüsst. Er hat nur einen Sohn. Soviel ich weiß, ist aber das Verhältnis seit dem Tode der Frau nicht mehr das Beste. Der Emil würde keinem was zuleide tun, auch wenn er seit dem Tode seiner Frau weniger gesellig war. Das ist ganz schlimm … der arme Emil.«

»Wissen Sie, wo Emil gewohnt hat?«, fragte Arndt.

»Ja, als seine Frau und mein Willi noch lebten, da haben Emil und seine Frau uns ab und zu zum Grillen eingeladen. Die Zeit nimmt sie uns alle weg, auf die eine oder andere Weise«, antwortete sie schon fast philosophisch und nun hatte es auch eine Träne geschafft, ihre Augen zu verlassen. Sie wischte sie sich schnell mit ihrem Hemdärmel weg.

»Können Sie mir die Adresse aufschreiben?«

»Ja«, sagte sie nur kurz, nahm ein Stück Papier und notierte die Adresse.

»Und wissen Sie auch, wo der Sohn wohnt?«

»Ja, ich schreibe dir die Adresse auch auf. Er wohnt auch in Pansdörp.«

»Wie heißt er?«

»Andreas Wölk.«

»Danke, das ist sehr freundlich von Ihnen.«

»Wenn ich helfen kann, den Mörder zu finden … Dass ich so was in meinem schönen Pansdörp noch erleben muss …«

»Ich weiß, Käthe. Ich bin auch geschockt. Aber wir werden alles tun, um den Mörder so schnell wie möglich festzunehmen. Brauchst du Hülp?«

»Nein, nein, Kind, alles goot, danke. Findet nur diesen Ümbringer.«

»Das werden wir, Käthe. Danke.«

»Und wenn Ihnen noch irgendetwas einfällt: hier meine Karte. Sie können mich zu jeder Zeit anrufen.« Arndt reichte ihr seine Visitenkarte.

Beide verließen die Kneipe und stiegen in den Dienstwagen.

»Fahren wir zum Sohn?«, fragte Elke, nachdem sie sich angeschnallt und Arndt den Motor gestartet hatte.

»Nein, ich würde mir gerne vorher mal das Haus von Emil Wölk anschauen. Hier ist die Adresse. Kennst du sie?«, fragte Arndt, nachdem er ihr den Zettel hinüber gereicht hatte.

»Klar, das ist die Eutiner Straße. Welcher Pansdorfer kennt die nicht!? Ist nicht umsonst die Hauptverkehrsstraße in Pansdorf.«

»Danke fürs Bilden«, antwortete Arndt flapsig. Elke grinste und antwortete: »Folge einfach der Straße hier. Wir kommen dann direkt auf die Eutiner Straße zu. Und dann an der Kreuzung links.«

»Wie du wünschst … Also, ich muss schon sagen, dein Plattdeutsch hört sich echt lustig an … aber wirklich sprechen kannst du das nicht, oder?« Arndt konnte sich das Dauergrinsen im Gesicht nicht verkneifen.

»Du Arsch! Nein, natürlich nicht. Es wird bei uns Jüngeren eigentlich nicht mehr so häufig gesprochen. Meine Großmutter hat immer Platt mit mir geredet. Aber selbst meine Eltern können das kaum mehr.«

»Jüngere? Na ja, so jung bist du nun auch wieder nicht«, lachte er.

»Witzig!«

»O. k., Kollegin, keine Späßchen über deine Sprachbegabung. By the way, die Käthe schien sehr aufgewühlt über den Tod von Emil.«

»Ist ja auch verständlich, wenn man jemanden seit Kindesalter kennt, oder nicht?«

»Denkst du, sie stand mal auf ihn?«

»Wie kommst du darauf?«

»Na ja, die Art und Weise, wie sie auf die Nachricht reagiert hat.«

»Keine Ahnung, Arndt. Ich denke, das ist auch unwichtig. Oder willst du etwa sagen, dass Käthe ihn umgebracht hat?«

»Nein, nein. Obwohl verschmähte Liebe gar nicht so abwegig wäre. Wir müssen mehr über den Sohn erfahren, vor allem, warum ihr Verhältnis nicht mehr so gut ist.«

»Denk bitte dran, an der Kreuzung links.«

»Danke, Kollegin«, raunte er ironisch, aber wenn er ehrlich war, hatte er bereits vergessen, dass er an der Kreuzung links abbiegen musste.

»Und den Blinker, lieber Arndt«, lachte Elke. Er schenkte ihr ein ironisch gemeintes fieses Gesicht zurück.

»Da vorne, das kleine Haus mit den roten Backsteinziegeln, das muss es sein.«

Arndt reduzierte das Tempo, fuhr auf die Einfahrt und parkte den Wagen. Beide stiegen aus.

»Ja, das ist es. Die gleiche Hausnummer wie auf dem Zettel.«

»Macht doch einen ganz netten Eindruck«, sagte er und ging auf die Haustür zu.

»Die wird bestimmt verschlossen sein, Arndt. Lass uns doch mal ums Haus herum gehen.«

Er stoppte, kurz vor der Haustür angelangt, und folgte Elke. Gemeinsam umrundeten sie das Haus. Sie schauten sich auch die Terrasse an. Die Gardinen vor der Terrasse verhinderten den Blick in die Wohnung. Sie konnte zwar nicht in die Wohnung hineinsehen, aber zugleich beobachtete jemand anderer ängstlich jede ihrer Bewegungen.

»Hier werden wir nichts finden, Arndt. Komm, lass uns lieber zum Sohn. Er wohnt nicht weit weg von hier. Warum wolltest du eigentlich wirklich hier her?«

»Ehrlich gesagt, hatte ich gehofft, Spuren zu finden. Vielleicht hatte er Streit mit jemandem und der Streit ist eskaliert.«

»Was für Spuren?«

»Na ja, Fußabdrücke oder irgendetwas.«

»Schau dir doch den Boden an, der ist steinhart. Also, hier war niemand, glaub mir das. Und wenn, würden wir es nicht sehen können.«

»Ich glaub, du hast recht. Wäre auch zu schön gewesen. Vielleicht sollten wir wirklich direkt zum Sohn.«

Elke nickte und ging auf das Dienstauto zu. Arndt folgte ihr und hielt dann plötzlich inne.

»Hast du das gehört?«

»Was?«

»Da war doch eben ein Geräusch.«

»Nein. Ich habe nichts gehört.«

»Doch, als sei jemand über irgendetwas gestolpert oder so.«

»Das bildest du dir nur ein. Ich habe nichts gehört. Komm.«

Aber Arndt dachte gar nicht daran, zum Wagen zu gehen. Er machte kehrt und ging zur Haustür. Elke folgte ihm.

Vor der Tür lehnte Arndt seinen Kopf gegen die Tür in der Hoffnung, etwas zu hören, aber er hörte nichts.

Ich habe mir das doch nicht eingebildet, versuchte er sich einzureden. Ohne weiter nachzudenken, griff er nach dem Türgriff. Er erschrak kurz, weil die Tür sich ohne Weiteres öffnen ließ.

»Scheiße!«, fluchte er leise und auch Elke warf ihm einen überraschten Blick zu.

Er zog seine Waffe und öffnete ganz langsam die Tür.

»Gib mir Deckung«, flüsterte er ihr zu. Sie nickte.

Langsamen Schrittes betrat er vorsichtig den Flur. Im Flur lagen Zettel, Schlüssel und anderes Kleinzeug auf dem Boden. Arndt erkannte sofort, dass jemand die Kommodenschubladen durchwühlt hatte.

Er schaute zu Elke und ahnte nichts Gutes. Jemand war in der Wohnung, dessen war er sich sicher. Vom Flur aus kamen sie direkt ins Wohnzimmer. Auch dort herrschte großes Durcheinander. Schubladen waren geöffnet und überall lagen Sachen auf dem Boden herum. Sein Blick fiel auf die Terrasse. Die Terrassentür war offen.

»Er ist durch die Terrasse, die war vorhin noch zu«, flüsterte er Elke zu, und ehe sie antworten konnte, eilte Arndt auch schon los.

Er schaute nach links und nach rechts, sah aber niemanden. Er lief bis zum äußeren Gartenzaun, konnte aber auch dort niemanden sehen.

Arndt fluchte, weil sie den Einbrecher knapp verpasst hatten.

So verflucht knapp, dachte er verärgert und ging zurück ins Wohnzimmer. Er sah Glassplitter vor der Terrassentür, schenkte dem aber keine Aufmerksamkeit.

»Das solltest du dir anschauen«, sagte Elke und zeigte mit ihrem Finger auf die Wand, vor der die Polstercouch stand.

Arndt folgte der Richtung, in die der Finger zeigte:

M

Irgendjemand hatte mit großer, schwarzer Schrift den Buchstaben M an die Wand gemalt.

KAPITEL 7

»Das war knapp!« Der Mann war ganz außer Atem.

Er hatte im Keller eine Sprühdose mit schwarzem Autolack gefunden und war dann wieder ins Wohnzimmer zurückgegangen, um seine Tat zu vollenden.

Aber gerade, als er den Buchstaben: »M« an die Wand gemalt und mit dem zweiten Buchstaben hatte anfangen wollen – es war gar nicht so einfach, mit Autolack zu schreiben –, hatte er Stimmen gehört. Er hatte sofort aufgehört und war ans Fenster geschlichen, um zu sehen, zu wem die Stimmen gehörten. Draußen trieben sich zwei Personen herum. *Polizei,* dachte er und bekam Angst. Er versuchte, ihrem Gespräch zu lauschen. Was sie sagten, ließ keinen Zweifel: Sie waren von der Polizei. Hatten sie ihn schon enttarnt? Das durfte nicht passieren. Er wollte nicht daran glauben. Er hatte doch keine Spuren hinterlassen. Aber warum waren sie dann hier?

»Ich sitze in der Falle.«

Sie sind bestimmt bewaffnet, war ein weiterer Gedanke. Und er, er hatte keine. Wenn sie ihn fanden, dann verhafteten sie ihn, das musste er verhindern. *Denk nach, so darf es nicht enden,* trieb er sich selbst an, um sich Mut zu machen.

Aber das Haus war klein und hatte nur zwei Ausgänge, die Haustür und die Terrassentür. Der Keller war leider von außen nicht zugänglich. Durch die Haustür konnte er nicht, dann entdeckten sie ihn gleich. So blieb nur die Terrassentür. Hatte er die Terrasse und den kleinen Garten hinter sich gelassen, könnte er sich verstecken und dann durch den Wald verschwinden. Hinter dem Garten war ein Feld, aber vorgelagert standen einige Bäume und Sträucher, die beste Möglichkeiten zum Verstecken boten.

Er befand sich gerade in der Küche und beobachtete von dort aus, wie beide Personen sich vom Haus abwandten, um das Grundstück wieder zu verlassen. Er atmete erleichtert aus, wollte aber dennoch so schnell wie möglich das Haus verlassen, da er fürchtete, dass sie zurückkommen könnten, um die Tür zu öffnen.

Eilig rannte er aus der Küche ins Wohnzimmer, das Foto hatte er in der Hand. Ohne weiter nachzudenken, öffnete er die Terrassentür und wollte schnellen Schrittes das Wohnzimmer hinter sich lassen, dabei stolperte er unglücklich über den unteren Türrahmen und fiel zu Boden. Der Bilderrahmen fiel auch hin und das Glas zerbrach.

»Scheiße!«, fluchte er leise, nahm das Foto aus seinem Rahmen, sprang auf und lief so schnell er konnte in Richtung Feld. Er schaute keinen Augenblick nach hinten. Erst als er den Garten überwunden und sich hinter einem Strauch versteckt hatte, blieb er stehen. Sein Herz raste wie verrückt, dennoch wagte er einen Blick zum Haus. Der Mann, den er sah, war groß, sportlich und fluchte.

Er konnte sich ein Grinsen nicht verkneifen. »Da müsst ihr früh aufstehen, um mich zu kriegen«, stellte er selbstsicher fest. Die Angst schien gewichen. Allein, dass dieser Bulle sich geärgert hatte und er ihm entwischt war, reichte, um seine Laune zu heben.

»Ein weiteres Zeichen.« Er fühlte sich bestärkt durch seine erfolgreiche Flucht und zog seine Augen zu Schlitzen zusammen. »Schade, dass ich meine Botschaft nicht komplett hinterlassen konnte. Aber dazu werde ich später noch Gelegenheit haben.«

Er lief am Feldrand entlang weg und bog in sicherer Entfernung wieder auf die Eutiner Straße ein. Er folgte ihr, bis es rechts in die Stolper Straße abging. Inzwischen zeigte die Uhr 13.35 an. Er lief schneller, da er vor 14.30 Uhr sein Ziel nicht nur erreichen, sondern sich auch in Stellung bringen musste. Auf dem Weg begegnete er nur einer jüngeren Frau mit einem Kind im Kinderwagen, das einen sehr quengeligen Eindruck machte. Von der Stolper Straße aus bog er in die Tannenbergerstraße, die unmittelbar an das Waldgebiet von Pansdorf grenzte.

Es trennten ihn nur noch einige wenige Meter von seinem Ziel. Auf Höhe der Tannenbergerstraße wohnte die eher wohlhabendere Bevölkerung von Pansdorf. Vor einem imposanten Haus, fast schon einer Villa, blieb er stehen. Er schaute sich kurz um, ob irgendwelche Passanten auf der Straße waren. Nachdem er niemanden sah, ging er Richtung Eingangstür.

Rechts neben der Eingangstür führte ein kleiner Steinweg in den Garten, er folgte dem Weg. Er achtete darauf, dass er nur auf den Steinplatten ging, um im Sand keine Fußspuren zu hinterlassen.

Auf der Rückseite der Villa angekommen, schaute er sich um und fand ein offenes Kellerfenster. Es stand zwar nur auf Kipp, das reichte aber für sein Vorhaben vollkommen aus. Er schaute wieder auf die Uhr: 13.52 Uhr.

»Sehr gut.«

Er lief auf den Steinplatten zu dem Fenster. Der Garten der Villa war sehr imposant: eine große Rasenfläche, umgeben von vielen Blumen, einigen Sitzgelegenheiten und einem Pool in der Mitte des Grundstücks, und überall dazwischen verliefen Wege aus Steinplatten, die miteinander verbunden waren. Blumen schmückten den gesamten Garten.

Er musste sich bücken, um an das Fenster im Keller zu gelangen. Er zog eine dünne Metallstange aus seiner Jacke, an deren Ende eine kleine Schlinge befestigt war. Als er die Schlinge über den Fenstergriff gezogen hatte, drückte er das Fenster von außen vorsichtig zu, zog an der dünnen Metallstange und das Fenster ließ sich wie von Zauberhand öffnen. Er ballte die Hand zur Faust und grinste.

Er schaute nochmals auf die Uhr: 13.57 Uhr.

Er war also noch gut in der Zeit. Vorsichtig stieg er durch das Fenster in den Keller ein.

Er kannte sich in der Villa bestens aus, viel besser, als es sich der Eigentümer erhoffen dürfte. Schließlich war dies nicht sein erster Einstieg. In den vergangenen Monaten hatte er die Villa und die Gewohnheiten der Familie sehr genau studiert. In der Villa lebten nur zwei Menschen: die Eheleute Braun.

Frau Braun fuhr jeden Montag um 13 Uhr nach Scharbeutz, wo sie sich mit Freundinnen zum Mittagessen traf. In dieser feinen Gesellschaft aß man natürlich direkt an der Strandallee, im Restaurant Gosch. Wie er diese High Society-Gesellschaft hasste! Einmal, als er ihr gefolgt war, hatte er sich einen Scherz erlaubt: hatte sich einfach zu den Damen an den Tisch gesetzt und ein bisschen mit ihnen geplaudert. Dabei hatten sich all seine Vorurteile gegen diese Schickimicki-Gesellschaft bestätigt. Oberflächlicher Müll war das für ihn.

Und bei allen seinen Beobachtungen war sie nie vor 17 Uhr nach Hause zurückgekehrt. Er hatte also genug Zeit für sein kleines Vorhaben.

Herr Braun verließ immer mit ihr gemeinsam die Wohnung, fuhr aber dann zur Sporthalle und spielte dort Tischtennis. Er war Mitglied und Sponsor des TSV Pansdorf und seinen Recherchen nach seit über 60 Jahren beim Tischtennis auch aktiv. Für sein Alter war er sehr fit. Montagnachmittag trafen sich die Senioren und spielten eine Stunde Tischtennis im Verein. Bis sie dann fertig gequatscht, sich angezogen und geduscht hatten, war es schon nach 14 Uhr, sodass Braun in der ganzen Zeit, in der er ihn beobachtet hatte, nie vor 14.30 Uhr zu Hause angekommen war. Daher ging er davon aus, dass es diesmal genauso sein würde. Die Brauns waren absolute Gewohnheitstiere.

Er verließ den Kellerraum und ging die Kellertreppe hinauf in den Flur. Dort befand sich, eingefasst in eine Wand und hinter einem Bild versteckt, die Bedienung zur Alarmanlage. So ein feines Haus hatte schließlich eine Alarmanlage. Es hatte ihn ein bisschen Zeit gekostet, damals, bei seinem zweiten oder dritten Aufenthalt in der Villa, bis er die Kontrollstation entdeckt hatte. Sie war natürlich durch einen Code geschützt, aber Menschen waren manchmal sehr dumm. So auch die Brauns. Der Code stand auf einem Zettel, der direkt an der Innenseite der Alarmanlagen-Kontrollstation angebracht war. Er war 16-stellig. So eine lange Zahl konnten sich alte Menschen nicht merken, da war es nur verständlich, wenn man den Code direkt neben der Anlage anbrachte, stellte er süffisant fest.

Für ihn war das natürlich optimal. Im Gegensatz zu den Brauns verfügte er aber über ein sehr gutes Gedächtnis und hatte den Code auswendig gelernt. Zur Vorsicht hatte er dennoch mit seinem Smartphone ein Foto von dem Code gemacht.

Aber dann hatte er gemerkt, dass er die Alarmanlage gar nicht deaktivieren musste. Das Kellerfenster war immer offen und nur die Eingangstüren sowie die Fenster im Wohnzimmer waren alarmgesichert.

Er hatte nur Hohn für so viel Dummheit übrig. *Sich eine Alarmanlage anschaffen, aber das Kellerfenster immer offen lassen und nicht mal mit der Alarmanlage verbinden.*

Wichtig war, dass er in die Villa kam, immer wenn es ihm beliebte. Nach einigen Monaten der intensiven Observierung hatte er ein genaues Verhaltensprofil von den Eheleuten

Braun erstellt. Zwischendurch hatte er natürlich auch noch andere Personen beobachten können, wie Emil Wölk und all die anderen auf seiner Liste. Aber Emils Namen hatte er schon durchgestrichen. Es war an der Zeit, den Namen Horst Braun ebenfalls zu streichen.

Er wusste, wann die Brauns das Haus verließen, wo sie gemeinsam essen oder spazieren gingen, welche Freunde sie hatten und welche Menschen sie nicht mochten. Er wusste, dass Braun trotz seines hohen Alters dem weiblichen Geschlecht nicht abgeneigt war und ab und zu, wenn seine Frau sich ein Wellness-Wochenende mit ihren Freundinnen gönnte, eine Hure ins Haus kommen ließ.

Allein dafür verdiente er den Tod. Im Gegensatz zu ihm war ihm seine Frau eine treue und liebende Ehefrau. Zwar gab sie mit beiden Händen all das Geld aus, das der Alte ankarrte, aber soweit er es beurteilen konnte, betrog sie ihn nicht. So gesehen durfte sie ihm dankbar sein, dass er ihren untreuen Ehemann beseitigte. Das viele Geld, das der Ehemann ihr vermachen würde, würde sie sehr schnell trösten, davon war er überzeugt.

Er nahm die Treppe hinauf in den ersten Stock und betrat über den Flur das Schlafzimmer. Es war ein großes Schlafzimmer mit bodentiefen Fenstern. Er betätigte die elektrische Jalousie und lauschte dabei dem Geräusch der Elektromotoren, dann setzte er sich auf das Bett. Es war ein sehr breites Bett mit vielen Kissen, wie man es von Luxushotels kannte, und es machte einen sehr hochwertigen Eindruck, so wie die gesamte Einrichtung im Schlafzimmer. An der Wand hingen ein LED-Fernseher und eine allein dem Namen nach sehr kostspielige Anlage.

Er schaute auf die Uhr. Es war 14.31 Uhr. Dann hörte er, wie unten die Haustüre aufgeschlossen wurde.

»Auf die Brauns ist Verlass«, stellte er zufrieden fest.

KAPITEL 8

Arndt konnte noch immer nicht glauben, was er an der Wand sah.

»Was soll das bedeuten?«

»Keine Ahnung, Arndt, aber ich vermute fast, dass das nicht die eigentliche Botschaft ist, die er uns hinterlassen wollte.«

»Denkst du wirklich, dass die Botschaft uns galt?«

»Wem sonst?«

»Keine Ahnung. Aber wofür könnte das M stehen?«

»Tja, das werden wir wohl nicht erfahren, nachdem wir ihn bei seiner Arbeit gestört haben«, sagte Elke und grinste.

»Witzig, Kollegin. Mal im Ernst … ich glaube, du hast recht. Hier, wenn du mal schaust: Nach dem M hat er wieder angesetzt und dann aufgehört. Ich schätze mal, das war zu dem Zeitpunkt, als er uns gehört hat und abgehauen ist.«

Arndt zeigte auf einen kleinen dicken schwarzen Strich an der Wand neben dem großen M. Er vermutete, dass er den Anfang eines Buchstabens bildete.

»Arndt, wir sollten die Spurensicherung rufen.«

»Gleich, Kollegin. Lass uns mal vorher umschauen.«

»Wir könnten Spuren verwischen.«

»Ich bin ganz vorsichtig. Nur fünf Minuten. O. k.?«

»Na gut.«

Sie teilten sich auf und durchsuchten das gesamte Haus. Nach fünf Minuten trafen sie sich wieder im Wohnzimmer.

»In allen Zimmern herrscht Chaos, als hätte er nach was Bestimmten gesucht.«

»Ja, Elke«, bestätigte Arndt, »in den Räumen, in denen ich war, das gleiche Bild. Unser Täter hat garantiert irgendetwas gesucht.« Die beiden konnten natürlich nicht wissen, dass das Chaos keinen tieferen Sinn gehabt hatte, als den, nach einem Edding oder einer Farbsprühdose zu suchen. So hatte der Täter unbeabsichtigt eine falsche Spur gelegt, die den beiden noch einiges an Kopfzerbrechen kosten würde.

»Wenn es denn derselbe Täter ist«, wandte Elke ein.

»Na Kollegin, jetzt hör aber auf. So einen Zufall kann es nicht geben, dass einen Tag nach dem Mord ein völlig Fremder in das Haus eindringt.«

»Na gut, klingt unlogisch. Aber was hat er gesucht?«

»Keine Ahnung.« Arndts Blick wanderte durch das Wohnzimmer und blieb dann abrupt stehen. Er ging auf die Stelle zu, die seinen Augen so merkwürdig vorkam.

»Hier, schau mal. Da fehlt doch etwas.«

Elke schaute sich die Stelle an, auf die Arndt zeigte.

»Ja, du hast recht. Hier hat was gehangen. Vielleicht ein Foto.«

»Das glaube ich auch.« Die Stelle war viel heller als die Wand außen herum, ein deutliches Anzeichen dafür, dass dort etwas gehangen hatte. »Was für ein Interesse könnte ein Täter an einem Foto haben?«

»Vielleicht kannten sich Opfer und Täter.«

»Elke: Hat aber die ›goote‹ Käthe nicht gesagt, dass Emil keine Feinde hat?«

»Arndt, lass das Platt, du kannst es nicht.« Sie grinste. »Ja, aber der Sohn …«

»Genau, das Verhältnis zum Sohn soll nicht das beste sein! Höchste Zeit, dass wir ihn besuchen«, beendete er ihren Gedanken. »Ich rufe Cheffe an, damit die Spurensicherung sich hier umschaut.«

»Gut.«

Er griff nach seinem Handy und rief seinen Chef an.

»Arndt, wo seid ihr? Wolltet ihr nicht schon längst auf dem Revier sein?«

»Ja, Willy, ich weiß, aber das geht gerade nicht. Wir sind im Haus des Opfers und hier war jemand.«

»Was heißt das?«

»Na, dass wahrscheinlich der Täter hier war. Er hat das komplette Haus auseinandergenommen. Wahrscheinlich hat er nach etwas gesucht.«

»Ich hoffe, ihr seid nicht eingebrochen. Wir haben noch keinen Durchsuchungsbefehl.«

»Ist nicht dein Ernst, Willy? Aber nein, sei ohne Sorge, die Tür war offen. Ich glaube, wir haben den Täter bei seiner Arbeit …« Arndt machte mit der linken Hand Gänsefüßchen in die Luft, »… ›gestört‹. Die Spurensicherung sollte sich das dringend mal anschauen. Vielleicht finden sie ein paar Spuren oder Hinweise, die uns bei unseren Ermittlungen helfen können.«

»Na gut, Arndt, ich schicke ein paar Kollegen. Aber ich will, dass ihr sofort ins Revier kommt und mich informiert.«

»Ja Chef, aber erst müssen wir noch den Sohn interviewen, wenn wir schon mal hier sind.«

»Den Sohn? Was hat er denn damit zu tun?«

»Das wissen wir auch noch nicht.«

»Gut, Arndt. Aber danach erwarte ich euch auf dem Revier. Ist das klar?«

»Ja Chef, Ehrensache.«

»Ich kenne dich, mein Jung, sonst würde ich das nicht sagen.«

»O. k., Chef, wirklich. Danach kommen wir.«

»Na gut, dann mal her mit der Adresse.«

Arndt gab die Adresse durch.

»Danke, die Jungs werden in 30 Minuten bei euch sein. Alles klar, tschüss dann.«

»Tschüss.«

Er steckte sein Smartphone wieder in die Jackentasche.

»Und was sagt Cheffe?«, wollte Elke sofort und ein wenig ungeduldig wissen.

»Na, dass er uns im Revier sehen will, sobald wir den Sohn verhört haben.«

»Schickt er die Jungs von der Spurensicherung?«

»Ja, er kümmert sich um alles.«

»Sollen wir warten?«

»Wozu? Wir verlieren nur wertvolle Zeit. Wir sollten uns den Sohn mal genauer anschauen. Komm.«

Beide verließen die Wohnung und fuhren davon. Elke wies Arndt den Weg zur Wohnung von Emil Wölks Sohn, er wohnte keine fünf Minuten entfernt vom Haus seines Vaters in einem Wohnblock. Dort angekommen, parkte er das Auto und die beiden gingen zur Haustür. Ein Klingelschild trug den Namen Wölk und verriet die Etage.

»Hallo, wer ist da?«, fragte eine Frauenstimme aus dem Türlautsprecher.

»Die Kriminalpolizei, Elke Henschel und Arndt Schumacher. Wir müssten mit Andreas Wölk sprechen.«

»Er ist nicht da.«

»Und wer sind Sie?«, fragte Arndt.

»Seine Ehefrau.«

»Frau Wölk, dann würden wir gerne mit Ihnen sprechen. Können Sie bitte die Tür öffnen!?«

Kurz danach hörten sie ein Summen. Arndt öffnete die Tür und sie nahmen die Treppe hinauf in den zweiten Stock. Die Ehefrau wartete bereits vor der Tür. Er schätzte sie auf Anfang 40 bis 45 Jahre ein. Sie war schlank, klein und an sich sehr unscheinbar.

»Guten Tag, Frau Wölk. Wie schon gesagt, wir sind von der Kripo …«

»Dürfte ich bitte Ihren Ausweis sehen?«, unterbrach Wölk argwöhnisch.

Sie zeigten ihre Marken. Wölk bat die beiden in die Wohnung. Sie folgten ihr ins Wohnzimmer. Die Wohnung war nichts Besonderes, guter Durchschnitt. Hier lebten Menschen, die wohl dem deutschen Durchschnitt entsprachen. Die Einrichtung erinnerte an IKEA, gemischt mit MÖBEL BOSS. Einzig die Polstermöbel erinnerten an die Verwandtschaft zu Emil Wölk.

»Was wollen Sie von meinem Mann? Hat er was verbrochen?«

Arndt und Elke schauten sich kurz an und er wusste, dass er die schlechte Nachricht überbringen musste. – »Nein, wir sind wegen einer anderen Angelegenheit hier. Ich denke, es ist besser, wenn Sie sich setzen.«

Frau Wölk schaute Arndt mit fragendem Blick an, folgte aber seiner Anweisung und setzte sich. »Was ist denn passiert?«, fragte sie gereizt, aber neugierig.

»Ihr Schwiegervater wurde gestern Nacht ermordet. Es tut uns leid, dass wir Ihnen das auf diesem Weg mitteilen müssen.«

»Oh mein Gott …« Wölk senkte den Kopf, die Schulter fiel in sich zusammen und Arndt wusste, dass sie gleich anfangen würde zu weinen, obwohl sie sich sichtlich bemühte, es nicht zu tun. Und so war es auch: Als sie ihren Kopf hob, waren ihre Augen rot und die ersten Tränen zeigten ihre Emotionen. – »Sind Sie sicher, dass es Emil war?«

»So leid es uns tut, ja.« Elke nahm ihr Smartphone, öffnete die Fotofunktion und zeigte ihr das Gesichtsfoto von Emil Wölk. Sie schaute nur kurz drauf, drehte aber ihr Gesicht sofort beiseite.

»Wieso?«, konnte sie unter Tränen herausbringen.

»Das wissen wir nicht, daher müssen wir mit Ihrem Mann reden.«

»Er ist nicht da und ich weiß auch nicht, wann er kommt.«

»Wo ist er denn?«

»In Lübeck, bei Media Markt.«

Bei Media Markt um diese Zeit?, dachte Arndt. Er hatte eigentlich erwartet, dass sie sagte, er sei bei der Arbeit. *Vielleicht war er ja arbeitslos, oder er hatte Urlaub. Oder aber er war gar nicht bei Media Markt, sondern im Haus seines Vaters und hat nach Wertgegenständen gesucht,* überlegte er weiter.

»Wie war das Verhältnis Ihres Mannes zu Ihrem Schwiegervater?«

Wölk antwortete nicht sofort, stattdessen wandte sie ihren Blick Arndt zu. Verwirrung lag darin.

»Was wollen Sie ...? Sie unterstellen doch nicht meinem Mann ...«

»Nein, Frau Wölk, wir unterstellen gar nichts. Wir ermitteln nur. Also, wie war das Verhältnis zwischen Ihrem Mann und seinem Vater?«, grätschte Elke dazwischen.

»Wie das Verhältnis oftmals zwischen Vater und Sohn ist. Sie haben sich gestritten, aber auch wieder vertragen. Mein Mann liebt seinen Vater. Es wird ihm das Herz brechen, wenn er das erfährt.«

»Also hatten sie keinen Streit in letzter Zeit?«

»Was heißt Streit? Nein, sie haben sich gezankt, aber das war kein Streit, Frau Henschel. Zanken Sie sich nicht mit Ihren Eltern?«

»Und warum haben sie sich gestritten?«, fragte Arndt.

»Das weiß ich ehrlich gesagt gar nicht mal so genau. Aber ich glaube, es hatte was mit dem Altersruhesitz zu tun. Mein Schwiegervater ist, nein, war nun mal nicht der Jüngste.«

»Wie alt war er denn?«

»Einundsiebzig.«

»War Ihr Ehemann gestern Abend bei Ihnen?«

»Sie spinnen doch! Sie verdächtigen meinen Mann also doch?« Wölk wurde laut. Arndt hatte den Satz absichtlich so formuliert, um seine Absichten zu verschleiern. Aber anscheinend war Frau Wölk nicht auf den Kopf gefallen.

»Beantworten Sie bitte nur meine Fragen.«

»Ja, er war bei mir. Die ganze Nacht.«

»Frau Wölk, wir müssen Sie darauf hinweisen, dass jede Falschaussage, die Sie machen, strafbar ist. Sind Sie sicher?«, fragte und ermahnte sie Elke.

Wölk schien zu zögern. Sie nahm eine Kippe aus der Zigarettenschachtel, die auf dem Tisch lag, und zündete sie an. Dann nahm sie einen Zug und pustete den Rauch in die Luft. »Ja, bin ich. Mein Mann war die ganze Zeit bei mir.«

»Wissen Sie, ob Ihr Schwiegervater irgendwelche Feinde hatte?«

»Nein, das glaube ich nicht. Seit dem Tod seiner Frau lebte er ziemlich zurückgezogen und verließ das Haus fast nur noch zum Spazieren.«

»Zum Spazieren?«

»Ja, das war so eine Macke von ihm. Jeden Abend bestimmt fast zwei Stunden oder so. Sie konnten die Uhr danach stellen. Nicht einmal für ein Abendessen bei uns hätte er auf seinen Spaziergang verzichtet. Seit dem Tod von Evelyn wurde er immer kauziger. Aber in letzter Zeit schien er sich ein bisschen gefangen zu haben. Man sah ihn öfter bei Käthe. Aber seine Familie wollte er nicht besuchen.«

Arndt notierte sich diese Informationen. Jetzt hatten sie wahrscheinlich den Grund, warum er ausgerechnet im Wald aufgefunden wurde.

»Mit wem hatte er sonst noch Kontakt?«

»Wie schon gesagt, seit dem Tod von Evelyn lebte er ziemlich zurückgezogen. Wenn, dann sollten Sie Käthe fragen, mit ihr ist er seit Ewigkeiten befreundet. Oder Hans.«

»Hans? Meinen Sie Hans Krause, den ehemaligen Dorfpolizisten?«

»Ja, genau den. Mit dem hat er sich früher regelmäßig bei Käthe getroffen, um einen zu picheln.« Wölk hob die Hand und ahmte das Auf-ex-Trinken nach. »Sagen Sie bitte Ihrem Mann, dass wir heute Abend wiederkommen werden, um ihn zu sprechen. Wenn er zeitlich verhindert sein sollte, soll er mich bitte anrufen. Hier ist meine Karte.« Arndt reichte ihr seine Visitenkarte.

»Was heißt heute Abend?«

»Das kann ich Ihnen noch nicht genau sagen, da wir noch weitere Personen befragen müssen. Aber seien Sie unbesorgt, wir werden die Nachtruhe nicht stören.«

Wölk antwortete nicht. Sie verzog nur ihr Gesicht und nahm noch einen Zug von der Zigarette.

»Wir melden uns. Danke«, verabschiedeten sich beide. Sie machte keine Anstalten, die beiden Polizisten zur Tür zu begleiten. Sie nickte nur und zündete sich die nächste Zigarette an. Arndt und Elke verließen die Wohnung und gingen zum Wagen.

Er startete den Motor, nachdem sich beide angeschnallt hatten.

»Fahren wir aufs Revier?«

»Ja, aber vorher würde ich gerne noch mal ins Haus, schauen, was die Spurensicherung treibt.«

»Gute Idee. Du findest den Weg?«

»Klar, Kollegin«, lachte Arndt, »so groß ist dein Dörp nun auch wieder nicht.«

»Lass das Platt, du hast es nicht drauf«, antwortete Elke mit einem Lächeln.

»Komische Frau, oder?«

»Ja, finde ich auch, Arndt. Erst heult sie uns einen vor, aber kurze Zeit später machte sie doch einen sehr gefassten Eindruck.«

»Denkst du, Sie lügt, was ihren Mann anbelangt, Elke?«

»Gut möglich. Sie hat für meinen Geschmack zu lange gezögert.«

»Wie gut kennst du diesen Hans Krause?«

»Eigentlich sehr gut. Ich habe als Schülerin mal ein Praktikum bei ihm gemacht, und während des Studiums ein weiteres. Meine Großeltern sind sehr gut befreundet mit ihm. Wieso fragst du?«

»Ich glaube, es könnte nicht schaden, ihm mal einen Besuch abzustatten.«

Elke antwortete nicht, sondern nickte nur.

Arndt fuhr zurück zu Emil Wölks Haus, vor dem bereits einige Polizeiautos parkten. Beide gingen zu den Kollegen. Einer von ihnen stoppte sie vor der Haustür. Arndt zückte seine Marke. »Alles o. k., Kollege. Wir gehören zu euch.«

Der Kollege ließ sie hinein. Arndt kannte den Kollegen nicht und nahm es ihm deshalb auch nicht krumm. Schließlich machte er nur seinen Job.

Im Wohnzimmer waren weitere Kollegen von der Spurensicherung damit beschäftigt, alles festzuhalten. Fotos wurden gemacht und Proben entnommen.

»Hallo, Arndt«, hörte er eine Stimme. Sie kam von der Terrasse. Arndt erschrak, weil er die Stimme kannte.

Sein Chef Willy.

Mist, was will der denn hier?, dachte er sich.

»Hallo Willy«, begrüßte Elke ihren Chef indes.

»Hallo Elke. Da ich mir schon gedacht habe, dass ihr nicht so schnell aufs Revier kommt, dachte ich mir, komme ich eben zu euch. Und wie richtig ich doch lag, nicht Arndt?« Willy warf ihm einen fragenden Blick zu.

»Chef, das sieht nicht so aus, wie es ist. Wir wollten nur schauen, ob die Spurensicherung da ist, und dann direkt zu dir, wirklich.«

»Ach, lieber Arndt, erzähl doch nichts. Du drückst dich doch wie immer vorm Büro.«

»Nein, Willy. Wirklich, du tust mir Unrecht.« Willy schaute ihn an, lachte und wurde dann aber wieder ernst.

»Keine Sorge, ich habe keinen Papierkram mitgebracht. Aber wir müssen reden.«

KAPITEL 9

Braun machte einen ausgepowerten Eindruck, als er das Schlafzimmer betrat.

»Wer hat denn die Jalousien runtergelassen?«, fragte er sich, kniff die Augenbrauen zusammen und lief eilig ans Fenster, um sie wieder hochfahren zu lassen.

»Ich habe mir das erlaubt.« Der Mann hatte sich hinter der Tür versteckt, als er hörte, wie Braun die Treppe hochkam.

Braun erschrak. Die Jalousie war inzwischen fast zur Hälfte wieder hochgefahren.

Der Mann schaltete das Licht an.

»Was machen Sie in meiner Wohnung?«, brüllte er, aber der Mann sah die Angst in seinen Augen und lächelte nur.

»Meine Wohnung, deine Wohnung, wen interessiert das schon? Besitz ist etwas sehr Unvernünftiges. Es verleitet die Menschen zu glauben, sie seien was anderes als nur Menschen, nicht wahr, Herr Braun?«

»Verlassen Sie sofort meine Wohnung!«

»Sie verkennen die Situation! Sie sollten lieber aufmerksam zuhören, wenn Ihnen etwas an Ihrem Leben liegt. Und jetzt lassen Sie die Jalousie wieder runter.«

»Sie ...«, doch ehe er aussprechen konnte, hatte der Mann sein Fleischermesser hervorgeholt. Er hatte es die ganze Zeit in der rechten Hand und versteckt hinter seinem Rücken gehalten.

Braun schaute ihn mit großen, ängstlichen Augen an. »Seien Sie nicht verrückt. Wissen Sie, wer ich bin?«

»Ja, ganz genau sogar. Vielmehr sollte die Frage lauten, ob Sie selbst wissen, wer Sie sind!? Also: Jalousie runter, aber zackig!« Die Jalousie war inzwischen komplett hochgefahren. Braun drückte auf einen Knopf und die Jalousie verdunkelte erneut das Fenster.

»Was wollen Sie von mir? Geld?« Der Mann merkte, dass Braun noch immer versuchte, sich nicht anmerken zu lassen, dass er Angst hatte. Aber sein Körper hatte ihn schon längst verraten. Die Pupillen waren weit aufgerissen, die Unterlippe zitterte beim Sprechen und seine Hände ebenso. Angst war gut. Solange sie die anderen hatten.

»Ich will Ihnen helfen, herauszufinden, wer Sie sind.« Der Mann hielt kurz inne und fügte hinzu: »Aber Geld ist auch gut. Dann lassen Sie uns doch mal zu Ihrem Safe spazieren. Und keine Spielchen, sonst gibt's Fleischsalat.« Der Mann lachte fies und zeigte seine Zähne, die zwar gepflegt waren, aber alles andere als ein Hollywood-Lächeln zauberten. Eigentlich war ihm Geld völlig egal, aber wenn Braun ihm das schon mal anbot, warum sollte er Nein sagen?

Geld konnte auch er gut gebrauchen. Und wenn bei seiner Gerechtigkeitstat noch ein paar Kröten raussprangen, wieso sollte man sich dagegen wehren? Geld zu besitzen, konnte nun mal nicht schaden, schließlich hatte auch er seine Ausgaben. Er war leider nicht mit einem goldenen Löffel geboren und seine Selbstständigkeit brachte auch nicht die großen Gewinne. Als IT-Consultant verdiente er nicht schlecht, aber halt nicht so viel, um sich jemals eine Villa wie diese hier leisten zu können.

Andererseits hatten ihm materielle Dinge noch nie viel bedeutet, und das würden sie auch nie. Er hatte kein Verständnis für Menschen, die dem Reichtum hinterherhechelten, sich dafür verkauften und am Ende nur Sklaven des Geldes waren. Und Menschen, die wegen der Gier mordeten, waren für ihn genauso psychisch kranke Menschen wie jene, die andere Menschen vergewaltigten oder die es sexuell erregte, wenn sie töteten. Er war keiner dieser kranken Menschen. Er hatte nur entschieden, endlich die Gerechtigkeit siegen zu lassen.

Zwischen diesen Psychos und ihm lagen Welten. Aber Braun hatte ihm nun mal Geld angeboten und solch eine freundliche Geste durfte man nicht ablehnen, zumal sie mehr als genug besaßen und Frau Braun das restliche Geld eh niemals ausgeben konnte.

Er drückte ihm das Messer in den Rücken und folgte ihm.

Vom Flur im ersten Stock aus betraten sie ein Arbeitszimmer auf der rechten Seite am Flurende.

Der Mann lachte leise, weil er natürlich wusste, wo Braun seinen Safe versteckte. Braun nahm ein Selbstporträt von sich und seiner Frau von der Wand, hinter dem der Safe in die Wand eingelassen war. Der Mann hatte den Safe während seiner unzähligen Besuche bei den Brauns natürlich auch schon entdeckt, aber er hatte sich nie für dessen Inhalt interessiert. Jedoch wusste er jetzt, dass Braun keine Spielchen machte. Ihm war wohl wirklich etwas dran gelegen, heil aus der »Sache« rauszukommen.

Braun öffnete den Safe und holte vier Bündel mit Geldscheinen heraus.

»Hier. Das sind 50.000 Euro. Nehmen Sie das und gehen Sie. Ich werde niemandem was sagen.«

»Danke«, antwortete der Mann, schließlich bedankte man sich ja für ein Geschenk und steckte das Geld in seine Jackentasche.

»Wollen Sie jetzt gehen?«

Wollen? Er hat nichts verstanden! »Wollen? Denken Sie wirklich, ich will das hier? Es geht um Sie, Herr Braun! Wollen Sie gestehen?«

»Was gestehen? Sie haben doch das Geld. Bitte gehen Sie, meine Frau wird bald hier sein.«

»Vielleicht sollten wir auf Ihre Frau warten, damit Sie gestehen und wenigstens Ihre Frau um Vergebung bitten können.«

»Was wollen Sie von mir? Meine Frau und ich führen eine wunderbare Ehe.«

»Wunderbare Ehe! Sie lügen, ohne rot zu werden! Sie sollten sich schämen. Ihre Ehe ist so wunderbar, dass sie sich mit Huren vergnügen.«

»Was soll diese Unterstellung?«, wurde Braun laut.

»Bitte, Herr Braun. Ihnen ist anscheinend noch immer nicht der Ernst der Lage bewusst.«

»Nehmen Sie das Geld und verlassen Sie mein Haus«, versuchte Braun indes ein letztes Aufbäumen.

»Falsche Antwort, Herr Braun. Gestehen Sie, dass Sie ein Ehebrecher und ein Mörder sind.«

»Verschwinden Sie!« Ohne, dass es dem Mann auffiel, machte Braun einen kleinen Schritt zurück, und bevor er reagieren konnte, hatte er sich auch schon einen Golfschläger aus dem Golfbag hinter sich gegriffen.

»So, du Psycho, wem willst du jetzt drohen?« Braun hielt den Schläger mit beiden Händen fest und hatte sich aufgeplustert wie ein Hahn, der allen anderen Hähnen zeigen wollte, wer der Hengst im Stall war.

Der Mann lachte nur. »Ich hatte Ihnen eine Chance gegeben zu gestehen und Abbitte zu leisten, aber Sie sind wie Emil. Schuldig!«

»Emil?« Die Frage versteinerte Brauns Gesicht.

»Ja: Emil. Er und sie! Sie beide haben Blut an ihren Händen und ich bin gekommen, um Gerechtigkeit einzufordern. Emil hat seinen Preis gezahlt.« Der Mann lachte höhnisch. Anscheinend hatte seine Bemerkung, dass Emil von ihm getötet worden war, das bisschen Mut, das der Golfschläger Braun verliehen hatte, gleich wieder genommen.

»Hören Sie, die Polizei wird gleich hier sein. Gehen Sie, Sie haben das Geld.«

»Die Polizei? Sie lügen doch ...«

»Nein. Der Safe ist mit einem Sicherheitsdienst verbunden. Wenn man einen bestimmten Gefahrencode eingibt, wird ein stiller Alarm ausgelöst und der Sicherheitsdienst benachrichtigt sofort die Polizei. Der Safe lässt sich dennoch öffnen.«

»Das war ein Fehler!«, schrie der Mann, der dieser Aussage Glauben schenkte.

Er nahm die schwarze Autolacksprühdose aus der Jackentasche und sprühte damit auf Braun, der seine Hand instinktiv vor sein Gesicht hielt. Diesen Moment nutze der Mann und machte einen Schritt mit dem Messer auf ihn zu. Bevor Braun mit dem Schläger ernsthaft ausholen konnte, hatte der Mann ihm das Messer schon in den Bauch gerammt.

Der stechende Schmerz ließ ihn den Golfschläger loslassen. Er sackte zu Boden und mit einem gekonnten Fußtritt beförderte der Mann Brauns Körper in die Waagerechte.

Dann stach er ohne zu zögern mit dem Messer direkt in die linke Brust seines Opfers und schrie: »Nennen Sie mich nie wieder Psycho! Ich bin kein Psycho, ich bin Ihr Richter!«

Braun bäumte sich auf vor Schmerz, doch der Mann hatte sich auf Brauns Oberkörper gesetzt und stach mit dem Messer immer wieder in Brauns linke Brust.

»Jetzt werde ich nie erfahren, warum Sie das verfluchte Kellerfenster ständig offen haben!« Die Augen des Mannes waren weit aufgerissen und die schwarzen Pupillen bedeckten die komplette Iris. Es war, als hätte der Teufel persönlich Besitz von ihm ergriffen.

Bei jedem Stich in die linke Brust spritzte das Blut in alle Richtungen.

Brauns Körper regte sich schon längst nicht mehr, aber in seinem Blutrausch war ihm das vollkommen egal. Er hatte schließlich einen genauen Plan gehabt. Aber Brauns Dummheit, die Polizei zu alarmieren, machte ihm einen Strich durch die Rechnung. Nach exakt 17 Messerstichen in die linke Brust stoppte er.

»Du Schwein, du hast es verdient!«, brüllte er den leblosen Körper an.

Brauns Blut klebte an seiner Jacke, seinem Gesicht, auf dem Boden und an den Wänden. Er wusste nicht genau, wie viel Zeit ihm noch blieb, bis die Polizei einträfe, also musste er sich beeilen. Dabei hatte er eigentlich vorgehabt, den alten Braun leiden zu lassen, bevor er ihn seiner gerechten Strafe zuführte.

Der Mann schätzte, dass er vermutlich an die 20 Minuten hatte, bis ein Polizeiwagen vor der Tür stand. Schließlich gab es in Pansdorf keine Polizeistation. Die nächste war in Ratekau oder Scharbeutz. Und wenn ein Streifenwagen zufällig gerade in der Nähe war?

Das Risiko war er bereit, in Kauf zu nehmen. Manchmal bekam man nun mal nicht das, was man sich wünschte. Wichtig war nur, dass Braun seiner gerechten Strafe zugeführt wurde und somit alle Welt wusste, dass Braun genauso schuldig war wie Emil Wölk. Jetzt musste er nur noch dafür sorgen, dass sie es auch sahen.

Er bückte sich über den Toten und begann mit seinem Werk.

KAPITEL 10

Der befürchtete Anschiss durch Willy hielt sich in Grenzen. Er ermahnte ihn wieder einmal, nicht so dickköpfig zu sein und dass die Büroarbeit nun mal auch zur Polizeitätigkeit gehörte.

Nachdem Arndt brav versprach, an sich zu arbeiten, beruhigte sich Willy auch gleich wieder. Beide kannten einander schon seit über 15 Jahren, so lange war Willy schon sein Chef. So schnell er sich aufregte, so schnell beruhigte sich Willy auch wieder. Und in den 15 Jahren war es ihm nicht gelungen, Arndt dazu zu bewegen, sich regelmäßig im Büro blicken zu lassen. Dennoch gab er es nicht auf, ihn zu disziplinieren. Darüber hinaus verband beide auch eine ganz persönliche Freundschaft.

Elke war erst vor drei Jahren zum Team dazu gestoßen. Da Arndt immer allein und ohne Partner arbeitete, beschloss Willy, dass Elke seine Partnerin werden sollte. Arndt hatte anfangs dagegen protestiert, weil es ihm vorkam, als stellte man ihn unter Beobachtung. Nachdem Willy ihm aber klargemacht hatte, dass er kein »Nein« dulden und ihn notfalls auch ins Büro zwangsversetzen würde, gab er klein bei.

Inzwischen war aus ihm und Elke ein sehr gutes und eingespieltes Team geworden, was vor allem auch daran lag, dass Elke mit seinen Marotten gut klarkam, sie akzeptierte und nicht versuchte, ihn zu verändern.

»Egal, wer von euch die Papierarbeit macht, sie muss gemacht werden.« Willy schaute ernst.

»Ja, ja. Keine Sorge, ich werde Elke unterstützen.«

»Ach, Arndt, ich hätte eher erwartet, dass du mal sagst, dass du das machst! Elke, lass dich bloß nicht so einlullen von ihm. Hörst du?«

»Klar, Chef, aber seinen schönen blauen Augen kann ich nun mal nicht Nein sagen«, säuselte Elke süffisant.

»Sie sind grün, liebe Kollegin.« Elke und Willy lachten.

»Und ich will regelmäßig darüber unterrichtet werden, wenn ihr neue Erkenntnisse habt, und nicht erst durch die Spurensicherung. Ist das klar?«

»Ja, Chef.«

»Ja, Chef. Du sagst immer: Ja, Chef! Aber pausenlos und immer wieder muss ich bei dir anrufen und mir die Informationen von dir abholen. Das kann nicht sein. Ich bin immer noch dein Vorgesetzter.«

»Ja, wirklich, ich tue das. Wenn nicht, macht es Elke.«

»Elke?«

»Ja, versprochen, Willy.«

»Gut. Ihr beide seid für diesen Fall verantwortlich. Wenn ihr Unterstützung braucht, lasst es mich wissen. Wenn ich euch richtig verstanden hab, vermutet ihr den Täter ja im Bekanntenkreis. Also muss ich nicht das große Rad auf dem Revier drehen. Je weniger Kollegen beteiligt sind, desto schneller, hoffe ich, wird dieser Fall gelöst.«

»Ja, Willy. Das glaube ich auch. Der Sohn ist bis jetzt unser wichtigster Verdächtiger.«

»Ich mag gar nicht dran denken. Der eigene Sohn! Da kann einem als Vater schon mulmig werden. Und warum? Bestimmt ging es wieder ums Geld. Wie auch immer, Sentimentalität hat in unserem Berufsstand nichts zu suchen.«

»Müssen wir jetzt trotzdem mit aufs Revier?«, fragte Arndt. Gerade als Willy antworten wollte, klingelte Elkes Telefon.

»Tschuldigung«, sagte sie und nahm das Gespräch entgegen.

Das Gespräch dauert knapp zwei Minuten. Sie beendete es mit »Ja, kann ich machen. Tschüss«.

»Was kannst du machen?«, fragte Arndt neugierig.

»Kurz mal nach dem Haus der Brauns schauen.«

»Wieso?«, fragte Willy und zog seine Stirn hoch, sodass man die Stirnfalten zu sehen bekam. Er war 58 Jahre alt und von Beruf Kriminalhauptkommissar. Er war so groß wie Arndt, aber deutlich beleibter. Er hatte noch volles, blondes Haar, die er zum Seitenscheitel trug, und kaum graue Haare.

»Das war die Polizei Ratekau. Bei den Brauns wurde ein stiller Alarm ausgelöst und die haben mich gefragt, ob ich nicht kurz mal vorbeischauen könnte, da der Kollege gerade in Bad Schwartau Mittag macht.«

»Was? Du verarschst mich gerade, oder?« Willys Kopf wurde knallrot. Er neigte leider sehr schnell zu Wutausbrüchen, obwohl er im Allgemeinen sehr umgänglich war.

»Leider nicht, Willy. Was hätte ich denn machen sollen? Das ist nur fünf Minuten entfernt von hier.«

»Wieso ruft dich die Ratekauer Polizei an?«, wollte Willy genauer wissen.

»Ich kenne den Martin, der bei der Ratekauer Polizei ist, und ich bin nun mal die einzige Polizistin, die in Pansdorf wohnt.«

»Ein alter Verflossener!«, lachte Arndt.

»Witzig!« Elke warf Willy einen »Bitte-nur-das-eine-Mal-noch-Blick« zu. Willy schnaubte kurz und antwortete: »Na gut, aber das ist das letzte Mal. Es darf ja wohl nicht sein, dass meine Mitarbeiterin von anderen Dienststellen als Dienstbote genutzt wird. Und da ist es mir egal, wie nahe dieser Martin und du euch standen. Ist das klar?«

»Ja, Willy. Danke«, antwortete Elke. »Kannst du mir kurz dein Auto leihen?«, fragte sie an Arndt gewandt.

»Ich komme mit«, antwortete er und konnte sich ein Grinsen nicht verkneifen.

»Ja, ja, ist ja gut. Geht mir aus dem Weg«, antwortete Willy. Und bevor er seine Meinung ändern konnte, eilten beide zum Wagen.

»Wer ist denn dieser Braun?«, fragte Arndt im Wagen, während Elke ihm den Weg wies.

»Oh, einer der reichsten Bürger in Pansdorf.«

»Und woher kennst du ihn?«

»Den kennt jeder in Pansdorf. Er ist der Hauptsponsor des TSV Pansdorf. Da ist es schon.« Elke zeigte mit der Hand auf die Villa vor ihnen.

»Wow, nicht schlecht«, kommentierte Arndt das imposante Anwesen und parkte das Auto direkt vorm Haus.

Beide stiegen aus dem Wagen und schlenderten zur Haustür.

»Sag mal, ich dachte immer, nur Banken haben einen stillen Alarm. Seit wann sind denn auch Privatpersonen direkt mit der Polizei verbunden?«

»Ehrlich gesagt, weiß ich das nicht. Vielleicht hat ja die Sicherheitsfirma Martin informiert. Das habe ich Martin auch nicht gefragt.«

»Was lief denn zwischen dir und diesem Martin?«

»Nicht so neugierig, lieber Kollege. Soll ich klingeln?«

»Nein, nein. Wenn wirklich jemand Fremder hier ist, sollten wir nichts riskieren. Lass uns prüfen, ob die Haustür offen ist.« Arndt drückte gegen die Tür.

»Sie ist offen.« Instinktiv griff er zur Waffe.

»Das muss nichts heißen, Arndt. Tagsüber schließt in Pansdorf kaum jemand seine Haustür ab. Auf dem Lande ist das anders als in der Stadt.«

»Oder sie ist offen, weil der Einbrecher sich Zugang verschafft hat.« Er zog die Lippen und die Augenlider nach oben. Beide betraten die Villa.

»Nicht schlecht, Herr Specht.« Er war angetan. Der Flur der Villa war mit hellen Marmorböden ausgelegt und wegen der hohen Decke sehr hell. Im Flur standen außerdem ein paar Statuen, ebenfalls aus Marmor. Eine Treppe auf der rechten Seite führte nach oben.

»Du oben, ich hier«, flüsterte Arndt und sie teilten sich auf.

Er folgte dem Flur, der direkt ins Wohnzimmer führte. Fand er den Flur schon beeindruckend, so war das Wohnzimmer bombastisch. Es war bestimmt über 150 Quadratmeter groß und so lichtdurchflutet wie ein Wintergarten im Hochsommer. »Manch einer hat nicht mal so eine große Wohnung«, sagte er zu sich, er meinte damit auch vor allem sich. Er wohnte in einer Dreizimmerwohnung in der Lübecker Innenstadt in der Hüxtraße.

Die Hüxtraße in der Lübecker Altstadt war vor allem für ihre vielen kleinen Läden und kleinen Bars bei den Lübeckern bekannt und beliebt. Arndt sagte immer, dass dort das Herz und die Kreativität Lübecks zu Hause waren. Ironischerweise hatte die Hüxstraße ihren Namen aus dem von ihm wenig gemochten Plattdeutschen: »Die Höker auf dem Hük«.

Das Wohnzimmer hier war sehr modern und hell eingerichtet. Weiß war die dominierende Farbe. Der Boden war auch hier wieder aus noblem Marmor, diesmal in Weißgrau, und an den Wänden standen wie schon im Flur verschiedene Statuen aus demselben edlen Stein. Sie erinnerten an römische Götter, so jedenfalls vermutete Arndt, obwohl er sich wenig mit Kunst, Kunstwerken oder gar römischen Göttern auskannte.

Aber mit Technik schon. Und die war vom Feinsten. Ein großer, richtig teurer LED-Fernseher schmückte das Wohnzimmer und eine ebenso kostspielige Anlage. Er mochte die Marke, sie stand für höchste Soundqualität. Arndt mochte zwar in einer kleinen bescheidenen Dreizimmerwohnung leben, aber seine Technik war ebenfalls hochwertig. Er besaß auch eine Anlage wie die hier, nicht so hochwertig wie die der Brauns, aber doch schon sehr gut.

Vom Wohnzimmer aus warf er einen kurzen Blick in den ebenso wenig bescheidenen Garten. *Im Garten werden sie wohl kaum sein, bei diesem Wetter.* Er ging weiter und gelangte in die Küche. Auch dort keine Spur von den Brauns. Die Waffe hatte er inzwischen in der Hand, da sich ein ungutes Gefühl in ihm breitmachte. Auch die Küche passte zum Rest der Wohnung. Die Küchenausstattung war vom Feinsten.

Er ging zurück durch das Wohnzimmer in den Flur. Von dort führte eine Treppe eine Etage hinunter. Er setzte den ersten Schritt auf die Treppe und konnte nicht sehen, dass sich jemand unter der Treppe versteckte, ihn mit Argusaugen beobachtete und ein Messer in der Hand hielt, bereit, es im Notfall auch zu benutzen. Gerade als er den nächsten Schritt machen wollte, hörte er: »Arndt, Arndt komm schnell her.«

Das war Elke! Er stoppte und eilte in den ersten Stock. »Letztes Zimmer rechts!«, schrie sie. Ihre Stimme verhieß nichts Gutes, dafür kannte er seine Kollegin schon zu gut. Aufregung lag in ihrer Stimme. Als er das Arbeitszimmer betrat, fiel sein Blick zuerst auf Herrn Braun, der leblos auf dem Boden lag.

»Oh Scheiße!« Mehr brachte Arndt nicht heraus. Dann fiel sein Blick auf die Wand. Dort stand, in der gleichen schwarzen Schrift wie auch schon in Emils Wohnzimmer, in Großbuchstaben geschrieben:

MÖRDER!

»Was hat das zu bedeuten?«

»Keine Ahnung, Kollegin. Aber das sieht nicht gut aus.« Arndt betrachtete das Opfer. Auch hier ein bekanntes Bild: Dem alten Braun waren die Augäpfel entfernt worden und die blutverschmierte linke Brust deutete auch auf Tod durch unzählige Messerstiche hin. Er fragte sich unweigerlich, ob der arme Kerl noch am Leben gewesen war, als ihm die Augäpfel entnommen wurden.

Wie Emil Wölk war auch Braun vollständig entkleidet und seine Brust zierte ein mit dem Messer eingeritztes Muster. Der Buchstabe:

N

»Glaubst du noch immer an Ritualmorde?«, fragte Elke und zeigte auf Brauns Brustkorb.

»Ich weiß gerade nicht, woran ich glauben soll. Hier passen einige Dinge nicht zusammen. Jedenfalls haben wir es mit einem sehr kranken Mann zu tun.«

»Oder Frau«, warf Elke ein.

»Nein, das glaube ich nicht.«

»Ich rufe Willy an.«

»Ja, tu das. Es sollen dringend Kollegen von der Spurensicherung herkommen.«

»Sollen wir auch gleich eine Fahndung herausgeben? Der Täter dürfte noch nicht weit sein. Zwischen der Alarmmeldung bei der Polizei und unserer Ankunft dürften maximal 30 Minuten vergangen sein.«

»30 Minuten, da kann der Täter schon längst über alle Berge sein. Ich glaube, wir sollten jetzt besonnen reagieren. Hoffentlich findet die Spurensicherung etwas. Und wir beide sollten dringend den Sohn und Hans aufsuchen.«

»Aber warum sollte der Sohn Braun ermorden? Dass Braun und Wölk in irgendeiner Verbindung stehen, kann ich mir nicht vorstellen.«

»Dann sollten wir mal Käthe aufsuchen. Vielleicht kann sie ein bisschen Licht ins Dunkel bringen. Aber der Sohn ist heute auch noch dran. Die Frau hat gelogen, da bin ich mir sicher.«

»Ganz ruhig, Arndt. Wir kriegen das Schwein schon.« Sie hatte recht, Wut im Bauch brachte jetzt nichts. Er war wütend, aber vor allem auf sich. Hätte er auf sein Bauchgefühl gehört und bei Emil Wölks Haus die Haustür schon früher geöffnet und das Haus betreten, hätte er den Täter auf frischer Tat geschnappt. Dann könnte Braun noch leben. Aber so war er entwischt und konnte seinen perversen Fantasien freien Lauf lassen. Wer konnte schon sicher sein, dass das nicht der Beginn einer langen und blutigen Mordserie war?

Viele neue Fragen hatten sich ihm mittlerweile gestellt. Standen Wölk und Braun in irgendeiner Verbindung zueinander? Auf diese Frage hoffte er, eine Antwort von Käthe zu bekommen. Aber was bedeutete das Wort Mörder an der Wand?

Arndt ging davon aus, dass der Täter im Wohnzimmer von Wölk das gleiche Wort schreiben wollte. Das M unterstützte seine Annahme. Aber warum sollten zwei alte ehrbare Männer, von denen einer stinkreich war, als Mörder bezeichnet und dann auch noch ermordet werden? Das ergab für ihn keinen Sinn. War das eventuell eine falsche Spur, die der Täter legte, um die Polizei zu narren?

»Spielt der mit uns?«

»Wie bitte, Arndt?«

»Was ist, wenn der Täter das Wort ›**MÖRDER**‹ geschrieben hat, um uns zu narren? Serientäter neigen doch zu durchgeknallten, irrationalen Aktionen.«

»Gut möglich. Also, der Braun ist ein ehrenwerter Bürger. Selbst meine Eltern und Großeltern haben ihn immer in den höchsten Tönen gelobt. Obwohl er sehr reich ist, ist er immer einer von uns geblieben. Keine Spur von Arroganz, und er hat auch gerne und viel gespendet. Ich kann mir echt nicht vorstellen, dass der ein Mörder ist.«

»Also spielt er mit uns, dieser Dreckskerl. Aber was bedeuten die Buchstaben, die auf dem Oberkörper der Opfer eingeritzt wurden?«

»Auf Wölks Torso hatten wir das A und auf Brauns Torso das N. Wofür mag AN stehen?«

»Vielleicht können uns Profiler helfen.«

»Profiler, lieber Kollege, gibt es nur im Fernsehen. Du meinst sicher unsere Fallanalytiker«, schien Elke Arndts schlechte Laune aufhellen zu wollen, was ihr auch kurzfristig gelang. Arndt lachte kurz auf und antwortete: »Witzig, Kollegin. Ruf lieber Willy an.« Genau das mochte er aber an ihr.

Sie war die Vernünftigere von beiden und sie hatte auch immer wieder einen Witz parat, um die Spannungen des Polizeialltags zu lösen. Arndt musste sich eingestehen, dass er, der Einzelkämpfer, gerne mit Elke zusammenarbeitete und sich manchmal bei dem Gedanken erwischte, dass er sie als Mensch sogar sehr mochte.

»Ja, ich rufe gleich Willy an.« Sie nahm ihr Telefon und wählte Willys Handynummer. Arndt konnte hören, dass Willy ihren Anruf anfangs für einen schlechten Scherz hielt. Nachdem sie aber mehrmals betonte, dass Braun tot sei, glaubte er ihr und wollte sich darum kümmern, dass ein weiteres Team zur Spurensicherung sowie ein Fallanalytiker von der Zentrale in Lübeck zum Tatort geschickt wurden. Elke gab ihm die Adresse durch.

Mit dem zweiten Toten hatte Arndt das, was er am wenigsten wollte: die Top-Story für die Presse. Er hasste die Presse, da sie Ermittlungen mehr behinderte als unterstützte. Aber sollte Willy sich mit denen rumschlagen, er musste zwei Morde aufklären.

»Willy weiß nicht, wann das Spurensicherungsteam hier sein wird. Wir sollen warten, bis sie eintreffen.«

»Kollegin, hast du in den letzten drei Jahren nichts gelernt? Wir können hier nichts mehr machen. Wir sollten lieber Käthe einen Besuch abstatten.« Elke antwortete nicht. Sie warf ihm nur einen gekränkten Blick zu, den er aber ignorierte. Wenn

Arndt angespannt war oder schlechte Laune hatte, neigte er schon mal zu der einen oder anderen Bemerkung unter der Gürtellinie.

Keine zehn Minuten später parkte er das Auto vor Käthes Kneipe. Inzwischen waren ein paar Gäste mehr in der Kneipe. Arndt zählte fünf Männer.

»Moin, moin. Wat verschafft mir denn die Ehr?« Sie schien wieder bester Laune zu sein. *Vielleicht spielt sie das auch nur,* dachte er. Schließlich war sie Gastwirtin und da gehörte gute Laune zu ihrem Beruf.

»Können wir Sie kurz ungestört sprechen?«, fragte Arndt.

Käthe sagte etwas zu einer Bardame, die auch hinter dem Tresen stand und bediente. Sie war deutlich jünger als Käthe. Er schätzte sie auf Mitte 30, blond, schlank, und sie sah für Arndts Geschmack richtig ansehnlich aus. Nach dem Aussehen zu urteilen, war sie mit Käthe verwandt. *Wahrscheinlich die Tochter*, dachte er.

Sie gab den beiden Polizisten Zeichen, ihr in ein Zimmer hinter dem Tresen zu folgen. Es war ein kleines Zimmer, das augenscheinlich als Büro und Aufenthaltsraum diente.

»Setzt euch doch.«

Insgesamt standen vier Stühle an dem rechteckigen Eichentisch. »Wollt ihr was picheln?« Käthe lachte kurz und beendete den Satz: »Ik heff auch Wasser.« Beide verneinten höflich. *Ich hoffe, sie fällt nicht komplett ins Plattdeutsche,* dachte Arndt, der sie eigentlich gut verstand, da sie einige wenige Worte Plattdeutsch mit Hochdeutsch vermischte. *Vielleicht,* so dachte er, *lag das auch daran, was Elke sagte: dass die meisten eigentlich gar nicht mehr richtig Platt sprechen, sondern nur noch ein paar gängige Worte können.*

»Na goot, Kinner. Wie kann ich euch hölpen?«, fragte sie und nahm Ihnen gegenüber Platz.

»Was wissen Sie über Herrn Braun?«

»Braun? Du meinst doch nicht Horst?«

»Doch, genau den, Käthe«, antwortete Elke.

»Was ist mit ihm? Er ist doch nicht auch …«

Sie warfen sich einen Blick zu. »Ja, er wurde auch getötet«, bestätigte Arndt Käthes Vermutung. »Wir vermuten denselben Täter.« Er sah auch keinen Grund, ihr etwas zu verschweigen. Spätestens morgen oder vielleicht sogar schon heute Abend würden es eh alle aus der Presse erfahren.

Käthe hielt sich die Hand vor den Mund. »Kinner, was passiert hier?« Auch diesmal war sie eindeutig betroffen. Allerdings erkannte Arndt einen deutlichen Unterschied. Die Betroffenheit hatte nicht die gleiche Tiefe wie bei der Übermittlung von Emils Tod. Er vermutete, dass sich Käthe und Emil wohl doch näher standen. Er machte sich eine Gedankennotiz.

»Dat wissen wir nicht, Käthe«, antwortete Elke, »aber wir vermuten eine Verbindung zwischen Emil und Horst.«.

»War Herr Braun auch Gast in Ihrer Kneipe?«, wollte Arndt wissen.

»Ja, ja. Er kam ab und zu her. Hat immer ordentlich Trinkgeld gegeben. Er war sehr beliebt. Ik bruk een Drunk.« Sie stand auf und ging zum Regal, das hinter Arndt und Elke stand. Dort holte sie eine Flasche Korn und drei kleine Schnapsgläser. Dann setzte sie sich wieder an den Tisch.

Sie füllte die kleinen Schnapsgläser und reichte Elke und Arndt jeweils eins davon. Arndt warf Elke einen ernsten, fordernden Blick zu, der sagte: *Wir können das unmöglich abschlagen*, nahm das Glas und deutete eine kurze Geste an, die Käthe erwiderte, sodass auch Elke zu ihrem Glas griff.

Alle drei tranken auf ex. Und wie es sich für eine waschechte Wirtin gehörte, knallte Käthe das Schnapsglas auf den Tisch und drehte das kleine Glas um. Arndt tat es ihr nach. Nur Elke stellte das kleine Schnapsglas ohne merkliches Geräusch auf den Tisch.

»Die arme Fru, wie kommt sie damit klar?«

»Ehrlich gesagt, weiß sie das noch nicht. Unsere Kollegen sind gerade bei den Brauns und werden sie unterrichten.« Beide warfen einander einen Blick zu, weil sie Frau Braun völlig vergessen hatten. Und Arndt machte sich Vorwürfe, dass sie nicht das ganze Haus durchsucht hatten. *Nicht, dass die Ehefrau auch ermordet wurde?*

Aber das passte nicht zum Täterprofil, schließlich hatte er mit Wölk auch einen Mann ermordet. Wahrscheinlich war Frau Braun gar nicht in der Villa, was ihr letzten Endes das Leben gerettet haben dürfte. Das jedenfalls hoffte Arndt.

»De arme …« Mehr brachte Käthe nicht über ihre Lippen. Sie schenkte sich noch einen Kleinen ein, die beiden Beamten lehnten diesmal jedoch freundlich ab. Und wieder trank sie auf Ex, knallte das Glas auf den Tisch und drehte es um.

»Wissen Sie, wie gut sich Wölk und Braun kannten?«, fragte Arndt in der Hoffnung, dass Käthe nicht noch mehr Schnäpse trank, schließlich brauchte er sie bei wachem Verstand, wenn er sie befragte. Aber zwei, drei Schnäpschen waren absolut in Ordnung, das lockerte die Zunge.

»Da fragst du mich wat. Dat sind Schulkameraden, die kennen sich schon eine Ewigkeit.«

Schulkameraden? Arndt schaute überrascht. »Schulkameraden? Waren sie noch immer befreundet?«

»Dat würd ich net sagen. Früher, als wir noch alle jung waren, da haben sie sehr oft gemeinsam Dinge unternommen. Selbst noch, als sie in eurem Alter waren, haben die sich hier zum Picheln getroffen. Aber mit der Zeit haben sich die Leben unterschiedlich entwickelt. Ab und an sahen sie sich hier und grüßten einander und pichelten einen, der guten alten Zeit wegen.«

»Wissen Sie, ob Braun Feinde hatte? Wenn man so viel Geld hat, dann weckt das doch Neid.«

»Dat witt ik net. Aber ik kann mir dat net denken. Der hat doch so viel gootes getan für Pansdörp.«

»Hatten Wölk und Braun gemeinsame Freunde, die vielleicht eine offene Rechnung hatten?«

»Junger Mann, jetzt übertreib es net. Ihre Frünnen sind, wenn dann auch olle Männer, wieso sollten die morden?«

Der Einwand von Käthe war berechtigt. Die Taten sahen nicht danach aus, dass hier ein Rentner unterwegs war, der andere Rentner umbrachte. Aber wissen konnte man das natürlich nie, deshalb musste Arndt auch in diese Richtung ermitteln.

»Käthe, witt du, ob de Sohn von Emil mit Bruhns in Verbindung stand?«

»De Andi? Ja freilich, beide spielen im Vereen Tischtennis und der Andi ist auch de Trainer von den Senioren.«

KAPITEL 11

Er hatte die Augen geschlossen, mit seinem Kopf machte er kreisende Bewegungen. Er hoffte, so seine Nackenmuskulatur zu entspannen und die körperliche Anspannung abzubauen. Alles drehte sich ihm und ihm war, als verschwimme die Wirklichkeit und eine neue, die echte Wirklichkeit erscheint vor seinem geistigen Auge. Freunde und Fremde hatten sich um ihn versammelt und klopften ihm anerkennend auf die Schultern oder jubelten ihm zu und klatschten. Er lachte und nickte freundlich, als er durch die Menge ging, hin zu seinem Stuhl, auf dem er Platz nahm. Es war ein Thron. Er durchschritt einen Thronsaal, in königlichem Gewand. Seine freundliche, verbindliche Art hatte sein Volk angesteckt, denn sie waren alle glücklich.

Aber nicht allein deshalb waren sie alle glücklich. Sie waren es auch, weil er für Gerechtigkeit sorgte. Er reinigte sein Königreich vom Bösen. Er war ein guter König, ein beliebter König. Doch es wurde Zeit, wieder in die andere Realität zurückzukehren. Er öffnete die Augen und fand sich wieder in der ersten Wirklichkeit angelangt, einer Wirklichkeit, die ihn nicht verstand. Noch nicht.

Ihm war natürlich bewusst, dass er kein König war, und auch, dass er in diesem Leben keine Freunde hatte. Schließlich war er kein Freak, der seine Traumwelt und die Realität nicht unterscheiden konnte. Aber Tagträume waren doch kein Zeichen dafür, dass man ein Freak war?

Er hielt es wie Salvador Dali, der sagte, dass wir eines Tages zugeben würden, dass das, was wir Wirklichkeit tauften, eine noch größere Illusion sei, als die Welt des Traumes. Wieso sollte also die Wirklichkeit, in der wir zu leben dachten, nicht in Wahrheit eine Illusion sein?

Und so war es für ihn auch denkbar, dass vielleicht seine Träume die eigentliche Realität waren, er wirklich beliebt war und vielleicht sogar ein König.

Vielleicht war er auch in dieser angeblich »wirklichen« Welt, weil er eine Prüfung ablegen musste, weil die Menschen ihn brauchten, damit er für Gerechtigkeit sorgte. Und Helden waren doch oft einsame Menschen, oder? Es gab eine Zeit, da hatte er lange daran geglaubt, dass diese »wirkliche« Welt nur eine Illusion sei und dass er irgendwann in der echten Welt aufwachte – dass er nur träumte. Dass all das Unglück, das ihm widerfuhr, nur ein schlimmer Albtraum war.

Dann, wenn das Unglück kam, suchte er Zuflucht in seinen Träumen. Manchmal half es. Aber als er dann anderen, denen er vertraute, von seiner Traumwelt erzählte, hatten sie mit ihren Reaktionen dafür gesorgt, dass er wieder damit aufhörte. »Normale Menschen tun das nicht«, hatten sie gesagt. »Und du willst doch normal sein, oder?«

Was für eine Frage? Natürlich wollte er normal sein. Er wünschte sich nichts sehnlicher, als normal zu sein, also ließ er es bleiben und träumte nicht mehr von dieser heilen Welt. Nur ab und an, wenn das Unglück zu heftig zugeschlagen hatte, zog er sich in seine Traumwelt zurück, aber er erzählte niemandem mehr davon.

Doch auch diese Zeit ging vorbei. Das war das Schöne am Älterwerden. Die Zeit löste manches Unglück von selbst, aber die seelischen Narben, die verheilten niemals, auch wenn er sich das niemals eingestehen wollte. Er war normal und das war das Wichtigste für ihn: dass ihn alle als »normal« ansahen. Und so verhielt er sich dann auch. Normal. Nur nicht auffallen. Dennoch fand er keine Freunde, so sehr er sich auch welche wünschte.

Die Menschen in seinem Alter mieden ihn, dabei hatte er gehofft, dass er als Erwachsener Anschluss finden würde. Diese Hoffnung war eine Luftblase gewesen. Von einer Freundin brauchte er erst gar nicht träumen, die wenigen Male, wo er all seinen Mut zusammengenommen hatte, um eine Frau anzusprechen, waren in einem Desaster geendet. Das weibliche Geschlecht hatte ihn zeit seines Lebens gemieden. Nur seine Mutter nicht …

Aber diese Zeit hatte er längst hinter sich gelassen, das war eine Oberflächlichkeit eines schwachen Geistes gewesen. Jetzt hatte er endlich das, wonach sich seine Seele immer sehnte: eine Daseinsberechtigung.

Der Mann stand noch immer im Flur. Er trug noch immer seine Winterjacke, seine Handschuhe und hatte noch immer das blutverschmierte Messer in der rechten Hand. Wie lange er sich seinen Tagträumen hingegeben hatte, wusste er nicht.

»Arndt«, kam es von seinen Lippen und jetzt war er auch wieder im Hier.

Die zweite Gerechtigkeitstat war leider auch noch nicht so verlaufen, wie er sie geplant hatte. Dabei hatte er diesmal deutlich mehr Zeit in die Planung gesteckt. Schließlich hatte er aus den Fehlern seiner ersten Gerechtigkeitstat gelernt. Und trotzdem waren Fehler geschehen. Und warum? Weil er die Unbekannte nicht mit berücksichtigt hatte, eine Größe, so musste er sich eingestehen, die es nicht nur in der Physik gab.

Diese Unbekannte bestand in diesem Fall aus zwei verschiedenen Faktoren. Einer davon war der stille Alarm. Er hatte nicht im Entferntesten an diese Option gedacht. Braun war doch mutiger gewesen, als er angenommen hatte. Hätte er den stillen Alarm nicht ausgelöst, dann wäre ihm genügend Zeit geblieben, seine Tat in aller Ruhe zu vollenden. Er hatte ihm viel mehr seiner kostbaren Zeit schenken wollen, mit ihm über seine Vergangenheit sprechen und ihm die Gelegenheit geben, Buße zu leisten. Aber nein, Braun musste den Helden spielen und den stillen Alarm auslösen.

»Verdammter Held! – Nein, du bist kein Held! Du bist ein Mörder!«, schrie er in den Flur. Und dann war da noch dieser Bulle, dieser Arndt. Er hatte ihn schon im Haus von Emil Wölk bei seiner wichtigen Aufgabe gestört. Und nun schon wieder. Der Mann hatte noch immer den Duft seines Parfüms in der Nase. Welche Marke es war, wusste er nicht, da er selber nie Parfüm trug, aber er hatte eine sehr feine Nase. Es war ein Duft aus Zitronen und roch nach Frühling, dabei war es Februar. Es war schweinekalt draußen.

Als dieser Arndt die Treppe herabstieg, überkam ihn ein Gefühl aus Angst. Nein: Vorsicht und Freude. Angst hatte er nicht, er war nur vorsichtig, schließlich wollte er sein Werk nicht durch einen Bullen vernichtet sehen. Sein Werk war noch lange nicht vollbracht. Er empfand Freude, weil ihn diese Anspannung erregte, ob Arndt ihn fände oder nicht. Und in dieser Erregung sah er sich, wie er ihm das Messer in den Rücken stieß, wieder und wieder zustach. Ob er schuldig war, wie die anderen? Sicherlich, ein Bulle, der ihn jagte, musste schuldig sein, schließlich war ER doch einer von den Guten. Er war der Richter und Richter wiesen doch Bullen an, was sie tun sollten. Aber dieser Bulle jagte ihn und das war falsch!

Wie gerne hätte er diesem Arndt das Messer in den Rücken gerammt und zugesehen, wie er verblutete. Auch um seine Kollegin hätte er sich gekümmert, wenn sie ihm im Wege gestanden wäre. Auch sie hätte er getötet. Ihr jedoch galt nicht sein Interesse. Es war Arndt – dieser Geruch ließ ihn nicht los. Er wollte mehr über ihn in Erfahrung bringen und ihm einen Besuch abstatten. Aber jetzt musste er sich erst einmal um seine nächste Gerechtigkeitstat kümmern.

Wenn dieser Arndt wüsste, wie nahe er mir gewesen ist … Dieser Gedanke begleitete ihn, als er das Badezimmer betrat.

Im Badezimmer zog er sich aus und legte sämtliche Kleidungsstücke auf den Boden, das Fleischermesser legte er daneben. Er bestieg die Badewanne und ließ das Wasser laufen. Er duschte stets kalt. Das härtete ihn ab, dachte er, und sorgte dafür, dass er nicht so schnell krank wurde. Als Kind war er andauernd kränklich gewesen. Das lag vor allem daran, dass seine Mutter ihn immer warm geduscht hatte. Jetzt aber war er erwachsen und keiner konnte mehr über ihn bestimmen. Und seit er selbst über sich bestimmte, liefen die Dinge für ihn auch viel besser. So naiv es sich anhörte, aber Gesundheit war eines dieser Dinge. Er konnte sich nicht erinnern, wann er das letzte Mal krank war.

Nachdem er geduscht hatte, steckte er seine Kleidung und die Handschuhe in die Waschmaschine. Die Jacke war zu empfindlich für die Trommel, sie wusch er von Hand. Das Waschbecken färbte sich rot.

Oberflächlich gelang ihm die Säuberung, aber das Blut war mit Seife allein nicht aus der Winterjacke herauszubekommen. Jedoch war ihm das egal, solange er sie wieder tragen konnte. Diese Jacke trug er nicht im Alltag, sondern nur für seine Pflicht als Richter, um Menschen wie Braun oder Wölk ihrer gerechten Strafe zuzuführen.

Nachdem das meiste Blut aus der Jacke gewaschen war, fiel sein Blick auf das Messer. Ein Stück Fleisch aus Brauns Brust klebte daran.

Er betrachtete das Messer, dann entfernte er das vielleicht gerade einmal einen Zentimeter kleine Stück Fleisch mit dem Finger. Es sah aus wie Schweinefleisch, er konnte seinen Blick einfach nicht davon abwenden. Er roch an dem Fleisch und ein feiner Geruch drang ihm in die Nase. Es sah nicht nur aus, es roch auch wie Schweinefleisch. Er roch noch einmal daran, und ehe er verstand oder sagen konnte, warum, wanderte der Finger mit dem kleinen Fleischfetzen in seinen Mund. Es war zu klein, um es zu kauen, also ließ er es ein wenig auf seiner Zunge zergehen und schluckte es anschließend einfach hinunter.

Wie Schweinefleisch, dachte er. Den Gedanken, dass normale Menschen eigentlich kein Menschenfleisch essen, wischte er sofort beiseite. Schließlich war er ja ein normaler Mensch. Er war kein Psycho! Er tötete nicht der Freude oder sexuellen Erregung wegen, sondern weil er der Gerechtigkeit zu obsiegen half. Das jedenfalls beteuerte er sich unentwegt, wieder und wieder und immer wieder.

Er betrachtete Brauns Augen, die er zuvor in dem zweiten Waschbecken abgelegt hatte. Allein der Akt, die Augen in der Hand zu halten, erregte ihn. Aber er hatte die Erregung unter Kontrolle. Die Iris war blau. Noch immer strahlte sie ihr sattes Blau aus und ihm war, als starrten ihn die Augen direkt an.

»Hast du so gestarrt, als es über dich kam? Du Mörder!«, schrie er die Augen an, doch die Augen antworteten nicht. Er säuberte sie und brachte sie anschließend in die Küche. Dort trocknete er die Augen mit einem Küchenpapier ab, steckte sie in einen Gefrierbeutel und verstaute den Beutel samt Inhalt in der Tiefkühltruhe.

»Bald schon kann ich euch betrachten, wann immer ich will«, sagte er zu sich und lachte in kindlicher Vorfreude, da er es nicht abwarten konnte, bis das Formaldehyd geliefert wurde, damit er seine Trophäen endlich konservieren konnte. Dabei fiel ihm ein, dass er noch passende Gläser für die Augen kaufen musste. Er nahm sich vor, gleich im Anschluss zum Supermarkt nach Pansdorf zu fahren.

Er ging zurück ins Badezimmer, hob die Jacke auf, legte sie auf die Heizung und nahm ein Handtuch, um das Blut auf dem Boden wegzuwischen. Bei den weißen Kacheln im ganzen Bad ging die Säuberung recht zügig. Er wollte das Blut des Bösen von sich fernhalten. Er fürchtete, das Blut könnte ihn schwach machen oder gar vom rechten Pfad abbringen. Und als sei es ein Zeichen, merkte er, wie ihm jemand auf die Schulter klopfe. Es schaute in den Spiegel, obwohl es nicht nötig gewesen wäre, denn er wusste, wer es war. Der Hass.

»Ich bin stolz auf dich.«

»Danke, aber …«

»Ich weiß, dieser Arndt. Aber sei unbesorgt. Er spielt nicht in deiner Liga.«

»Ich weiß«, antwortete der Mann, erfreut über diese bestätigenden Worte.

»Wir dürfen nicht abkommen vom rechten Weg. Sie müssen alle ihrer gerechten Strafe zugeführt werden.«

»Ja, ich weiß. Aber ich habe fast das Gefühl, als hätten sie es vergessen.«

»Sie haben es nicht vergessen. Sie wünschen sich nur, es zu vergessen.«

»Und das macht sie noch schuldiger!«, fluchte der Mann und ballte die Hand zur Faust.

»Du wirst sie daran erinnern, dass man es nicht vergessen kann. Du wirst für Gerechtigkeit sorgen.«

»Ja, das werde ich.«

»Sehr gut«, hörte er den Hass sagen. Als er wieder in den Spiegel schaute, war der Hass nicht mehr da. Aber das war auch in Ordnung, sie hatten sich nichts weiter zu sagen. Es war jedoch ein schönes Gefühl zu wissen, dass jemand für einen da war. Er war nicht allein, und das gab ihm Kraft.

Seine Gedanken waren wieder bei Arndt. Dieser verdammte Bulle stellte eine Gefahr dar. Er knirschte mit den Zähnen und schlug mit der Faust gegen die Wand. Manchmal überkam ihn unberechenbarer Zorn, und so sehr er sich auch dagegen wehrte, er konnte es nicht immer kontrollieren. Arndt würde alles tun, um ihn bei seiner Arbeit zu behindern. Er musste etwas unternehmen, und das noch vor seinem geplanten Besuch beim nächsten Namen auf seiner Liste.

Aber noch etwas besorgte ihn: seine sexuelle Erregung. Als er Braun tötete, hatte er gemerkt, dass er wieder einen Ständer bekam. Er hatte versucht, es zu ignorieren, aber es war ihm nicht gelungen. Und während er ihm die Augäpfel entfernt hatte, war er noch erregter gewesen. Obwohl er seinen Penis nicht berührt hatte, war die Erregung immer stärker geworden und er hatte schon befürchtet, machtlos dagegen gleich zum Orgasmus kommen zu müssen. Das Gefühl war einfach immer intensiver und schöner geworden und hatte ihm die Kraft geraubt, es zu unterdrücken.

Nur der Zeitdruck, dass gleich die Polizei käme, hatte ihm dazu verholfen, die Kontrolle über seine Erregung zurück zu bekommen. Seine Hoden wollte er nicht wieder zerquetschen, denn sie schmerzten noch immer vom letzten Mal, und der Hodensack war bereits dunkelblau, was nach inneren Blutungen aussah. Der Mann wusste nicht, was er gegen diese Erregung tun sollte, aber er musste sie in Zukunft irgendwie verhindern.

»Ich bin kein Freak! Ich töte, weil kein anderer den Mut hat, für Gerechtigkeit zu sorgen. Ich bin kein Freak«, sagte er zu sich selbst, als er sein Spiegelbild betrachtete. Als er erneut die Hand zur Faust ballte und gegen die Wand schlug, vor der die kleine Heizung stand, fiel die Jacke von ihr auf den Boden. Als er sie aufhob, fiel das Foto zu Boden, das er als Souvenir aus Wölks Haus mitgenommen hatte. Er bückte sich danach, hob es vom Boden auf und wollte es gerade in den kleinen Mülleimer unter dem Waschbecken werfen, als er sich besann: »Wieso hast du es mitgenommen, wenn du es am Ende doch wegwirfst?«, ermahnte er sich.

Er warf einen flüchtigen Blick darauf. Erstaunlicherweise war es trotz der Wäsche nicht nass. Die Jackentasche hatte offensichtlich keine Feuchtigkeit durchgelassen. Er erkannte Wölk darauf sofort wieder. Gerade als er es wieder in die Jackentasche zurückstecken wollte, hielt er inne und warf einen erneuten Blick darauf. Es war alt, aber schon in Farbe aufgenommen. Der Glasrahmen hatte die Farbe in all den Jahrzehnten kaum verblassen lassen. Aber nicht die Qualität des Fotos weckte seine Neugierde, sondern etwas anderes. Ein Mann mit strahlend blauen Augen!

KAPITEL 12

Elke wies Arndt den Weg zu Hans Krauses Haus. Krause wohnte in der Bahnhofstraße. Früher einmal war die Bahnhofstraße eine beliebte Einkaufsstraße in Pansdorf gewesen, mit zwei Gemüseläden, Bäcker, Fleischer und anderen Geschäften. Inzwischen waren nur noch ganz wenige Einzelhändler vertreten. Nur der alte Bahnhof hatte seit einigen Jahren wieder seinen Betrieb aufgenommen und die Regionalbahn fuhr regelmäßig nach Lübeck und Eutin.

»Da vorne kannst du parken. Da wohnt Hans.« Arndt parkte den Wagen auf der Straße. Beide stiegen aus und betraten den Vorgarten. Hans Kraus wohnte in einem Einfamilienhaus mit roten Backsteinen als Fassade. Der Vorgarten und auch der Buschzaun sahen trotz der Kälte und des Winters sehr gepflegt aus. *Ein ordentlicher Mann,* dachte er.

»Lass mich reden.«

»Wie du willst, Kollegin. Er gehört dir. Vorerst jedenfalls.«

Elke klingelte an der Haustür und beide hörten Hundegebell und eine Stimme, die schrie: »Hasso, sei ruhig!«

Die Tür wurde geöffnet. Vor ihnen stand Hans Krause.

»Elke, welch Freude, kommt doch rein.« Hans Krause hatte Hasso an der Halsleine gepackt und Hasso wedelte ganz aufgeregt mit dem Schwanz. Hasso war ein Schäferhund. *Typisches*

Polizeiklischee, dachte Arndt und musste sich beherrschen, nicht zu grinsen.

Hans Krause war größer als Arndt. Er schätzte ihn auf 1,90 Meter und für sein Alter sah er noch verdammt fit aus. Sein volles, kurzes Haar war dunkelgrau und nach hinten gekämmt. Hans hatte markante Wangenknochen und man konnte ihm ansehen, dass er bestimmt mal ein Frauenheld gewesen war. Arndt fand ihn nicht unsympathisch.

Beide folgten Krause ins Wohnzimmer.

»Setzt euch doch. Wollt ihr was trinken?«

»Nein danke, Hans«, antwortete Elke und Arndt verneinte ebenfalls. Beide nahmen auf der Couch Platz. Arndt setzte sich auf das Sofa gegenüber. Die Einrichtung war, im Gegensatz zur Villa, natürlich alles andere als spektakulär. Krause war so eingerichtet wie wahrscheinlich viele ältere Menschen. Es war zweckmäßig, aber sehr ordentlich und sauber.

»Wie geht's dir, Elke? Habe dich ja schon lange nicht mehr gesehen.«

»Danke, Hans, alles gut so weit.«

»Und die Familie?«

»Auch alle gut. Und deine Frau?«

»Sie ist gerade beim Arzt. Die Hüft-OP vor einigen Monaten macht ihr leider noch zu schaffen. Sie würde sich sicher freuen, wenn du bleiben könntest, bis sie zurück ist.«

»So lange haben wir leider keine Zeit, Hans.«

»Verstehe. Beruflich?« Hans verzog dabei das Gesicht, als dachte er nach.

»Ja, leider. Emil Wölk und Horst Braun wurden ermordet.«

»Grundgütiger, wer macht denn so was?«, platzte es aus Hans heraus und er schien wirklich betroffen, denn seine Stimme senkte sich und das letzte Wort fand gerade noch so über seine Lippen.

»Das wissen wir leider nicht, aber wir hoffen, dass du uns weiterhelfen kannst. Du warst doch schließlich lange genug Polizist hier und kennst doch alle.«

»Wenn ich euch helfen kann, gerne. Habt ihr schon einen Verdächtigen?«

»Nein, noch nicht«, antwortete Arndt, der fürchtete, dass Elke ein bisschen zu redselig war. »Uns würde interessieren, wie nah sich Emil Wölk und Horst Braun standen?«

»Herr …?«

»Oh, verzeihen Sie. Mein Name ist Arndt Schumacher. Elke und ich arbeiten gemeinsam an dem Fall.«

»Danke, Herr Schumacher. – Emil und Horst kannten sich seit ihrer Kindheit. Sie gingen zusammen zur Grundschule. Ich glaube, sie haben auch beide gemeinsam das Abitur gemacht, in Bad Schwartau. Aber da bin ich mir nicht mehr so sicher. Vermuten Sie den Mörder im Bekanntenumfeld?«

»Das wissen wir nicht, Hans, aber wir ermitteln in alle Richtungen.«

»Dass ich das noch erleben muss … Da war ich über 40 Jahre Polizist in Pansdorf und nie gab es einen Mord. Und jetzt gleich zwei. Wer tut so etwas Krankes?«

»Genau das versuchen wir herauszufinden.«

»Aber im Bekanntenumfeld? Die sind doch auch alle alt.«

»Ja, das hat auch schon Käthe erzählt.«

»Die gute Käthe. Wart ihr also auch schon bei ihr …?« Hans lachte, aber Arndt hatte das Gefühl, dass es kein ehrliches Lachen war. »Was hat euch Käthe denn erzählt?«

»Das, was du auch sagst. Dass sie sich seit Kindestagen kannten, aber wie das nun mal ist, im Laufe der Jahre der Kontakt immer loser wurde.«

»Ja, die Käthe hört und sieht alles.«

»Leider den Mörder nicht«, warf Arndt ein, den es wurmte, dass Elke Hans gegenüber so offen war. Wer sagte denn, dass nicht dieser Hans der Mörder war? Er war trotz seines Alters verdammt gut in Form.

»Weißt du, ob Emil oder Horst Feinde hatten? Personen, mit denen sie sich nicht so gut verstanden?«

»Da fragst du mich was, Kind. Aber ich glaube nicht. Der Horst war doch bei jedem beliebt im Dorf. So viel Gutes, wie der für das Dörp getan hat, wieso sollte der Feinde haben? Ob ihm aber vielleicht Geschäftspartner nicht so wohl gesonnen waren, das kann ich nicht beurteilen.«

»Geschäftspartner? Wissen Sie, womit er sein Geld verdient?«

»Soviel ich weiß, besitzt er eine große Baufirma. Aber es gab mal Gerüchte, dass dort nicht immer alles mit rechten Dingen zugeht. Als ich noch Polizist war, gab es einige anonyme Anzeigen.«

»Und welchen Inhalt hatten die Anzeigen?«

»Angeblich ging es um Erpressung.«

»Erpressung?«, fragte Arndt und spitzte seine Lippen. *War der Braun doch nicht so ein Heiliger, wie er sich verkaufte?* Vielleicht steckte wirklich ein Geschäftspartner hinter dem Mord. Aber wie passte Wölk in diese Theorie?

»Ja, angeblich sollen einige Aufträge nur zustande gekommen sein, weil die Auftraggeber erpresst wurden, sich für die Baufirma von Braun zu entscheiden. Mafia und so …«

»Und war das so?«

»Ganz ehrlich, Herr Schumacher: Wir haben nichts gefunden. Und ich bin der Meinung, wenn jemand feige ist und eine anonyme Anzeige erstattet, dann meistens doch nur, um den Ruf eines unbescholtenen Bürgers zu ruinieren. Und der Ruf von Horst war tadellos und seiner Firma ging es sehr gut.«

Arndt wusste genau, was Krause damit meinte. Der Feigling war den Anschuldigungen gar nicht erst nachgegangen. Freundschaft? Oder steckte Braun ihm ab und zu einen Umschlag mit

Scheinen in die Tasche? Jedoch wollte er diese Vermutungen nicht ansprechen, wegen Elke.

»Ich weiß nicht, Hans, Geschäftspartner passt irgendwie nicht. Warum sollten sie Emil dann umbringen?« Auch Elke misstraute dem schönen Schein offensichtlich. »Emils Sohn arbeitete für Horst, bevor er sich selbstständig gemacht hat.«

»Ja, aber dann bringt man doch nicht den Vater um.«

»Kind, du magst recht haben, ich wollte euch nur weitere Optionen aufzeigen.«

»Wie nahe standen sich denn Braun und der Sohn von Emil Wölk?«, fragte Arndt.

»Sehr nahe. Sie spielen ja beide beim TSV Tischtennis und Andi war ja auch noch der Trainer. Aber als er kündigte, habe ich gehört, dass das Verhältnis nicht mehr so gut war.«

»Warum hat Andreas gekündigt?«, wollte Elke wissen.

»Das weiß ich nicht. Aber wahrscheinlich ging es um Geld. Es heißt, der Horst würde seine Mitarbeiter nicht so gut bezahlen.«

Und noch ein Hinweis, dass Braun doch nicht der Saubermann ist, dachte Arndt, der eh nicht an dieses Hochglanz-Image glaubte, das irgendwelchen reichen Geschäftsleuten immer wieder verliehen wurde, nur weil sie ihrer Stadt etwas Gutes taten. Schließlich musste ja dieser Reichtum erst einmal verdient werden. Meistens wurde er auf Kosten der Mitarbeiter verdient.

»Wart ihr noch nicht bei Andi?«

»Nein, das wollten wir nach dem Gespräch mit dir machen.«

Mensch Elke, erzähl dem doch nicht alles, hätte er ihr am liebsten zugeflüstert.

Sie vertraute Hans viel zu sehr. Arndt war von Hans immer weniger angetan. Er glaubte nicht, dass Krause alles erzählte. Und besonders nervte ihn: Hans tat noch immer so, als sei er Polizist. Arndt hoffte, dass er im Alter nicht auch genauso wurde, dass er dann mit seinem Leben als Polizist abgeschlossen hatte und mit seiner Frau und seinen Enkelkindern spielte.

Dafür musste er natürlich erst einmal eine Freundin finden und eine Beziehung haben, die länger als ein Jahr hielt. Seit seiner Trennung von Maike vor drei Jahren war ihm das nicht gelungen. Der Beruf eines Polizisten war eine enorme Strapaze für jede Ehe. Er hatte das bitter erfahren müssen. Er hoffte nur, dass Sebastian, sein Sohn, nicht unter der Trennung litt. Aber so, wie es aussah, kam Sebastian sehr gut damit klar. Maike hatte inzwischen auch schon wieder geheiratet, mit Hauke. Obwohl Arndt sich wünschte, ihn zu hassen, er konnte es nicht. Hauke arbeitete im Marketing und war wirklich ein smarter Typ. Sogar Sebastian mochte ihn. Tief in seinem Herzen wünschte Arndt sich allerdings, dass dem nicht so wäre, denn schließlich war er Sebastians Vater, und einen zweiten Vater brauchte Sebastian nicht.

»Das solltet ihr machen. Der Andi kennt den Horst viel besser als ich. Wenn einer was weiß, dann er.«

»Und wie war Ihr persönliches Verhältnis zu Emil Wölk und Horst Braun?«, fragte Arndt, dem es nicht gefiel, dass Hans ihnen Ratschläge gab, was sie tun sollten.

»Wie das so auf dem Lande ist, Herr Schumacher. Wir kannten uns gut, und wenn wir uns bei Käthe getroffen haben, haben wir schon mal einen gepichelt.«

»Und zu wem der beiden pflegten Sie eine intensivere Freundschaft?«

»Freundschaft ist weit hergeholt. Ich kam mit beiden gut klar, aber mit Emil verband mich mehr.«

»Fällt dir vielleicht noch irgendetwas ein? Hat Emil dir irgendetwas erzählt, was uns weiterhelfen könnte?«

»Nein, nein, Elke. So oft habe ich mich mit Emil nicht getroffen. Er lebte ja seit dem Tode von Evelyn sehr zurückgezogen. Ich kann mir wirklich nicht vorstellen, dass jemand aus dem Bekanntenkreis die beiden getötet haben könnte. Sucht lieber im Geschäftskundenumfeld von Braun.«

Elke nickte nur. Arndt hingegen verweigerte ihm diese zustimmende Geste.

»Nun gut, danke, Herr Krause.« Arndt und Elke standen auf. Elkes Blick schien allerdings leicht irritiert. Er hatte den Eindruck, dass sie gerne noch geblieben wäre. Aber er wollte nicht mehr bleiben, weil er spürte, dass Krause ihm immer unsympathischer wurde und er vor ihr keine unangenehmen Fragen stellen wollte, jedenfalls nicht, bevor er es mit ihr abgesprochen hatte.

»Schade. Willst du wirklich nicht noch bleiben? Irmchen würde sich sehr freuen.«

»Ich mich auch, Hans, aber du kennst das ja. Die Pflicht ruft. Ein andermal gerne.«

»Gut, mein Kind. Wenn ich helfen kann, weißt du ja, dass du mich immer aufsuchen oder anrufen kannst.«

»Danke«, sagte Elke und Hans umarmte sie.

Schleimer, dachte Arndt, reichte ihm aber trotzdem die Hand zum Abschied. Als sie den Flur betraten, fing Hasso wieder an zu bellen.

»Ruhig, Hasso!«, schrie Hans und Hasso hörte sofort auf zu bellen.

Beide bestiegen den Wagen und Arndt startete den Motor.

»Lotst du mich zu Andreas Wölk?«

»Kennst du den Weg nicht?«

»Nein!«

»Was ist los?«

»Mensch Elke, sei doch nicht so naiv. Hätte nur noch gefehlt, dass du Hans deine Konfektionsgröße verrätst.«

»Du Arsch!«, schrie sie und schaute sauer aus dem Fenster.

»Sorry, das wollte ich nicht.«

»Hast du aber! Was ist los?«

»Der Krause lügt doch wie gedruckt.«

»Wie kommst du darauf? Ach, am Ende der Straße rechts.«

»Na, so wie der wollte, dass wir im Geschäftskundenumfeld suchen – noch offensichtlicher geht es nicht.«

»Ja, aber ich finde die Spur gar nicht so dumm.«

»Du magst ihn, oder?«

»Ja, ich halte ihn für einen sehr integren Menschen.«

»Siehst du. Und genau deswegen bist du nicht objektiv.«

»Hör auf, das ist nicht fair!«

»Na, Kollegin. Und wieso hat er nicht offen erzählt, dass er mit Emil öfter bei Käthe einen pichelt?« Arndt hob die Hand und machte Gänsefüßchen.

»Er hat doch gesagt, dass er Emil näher stand. Und vielleicht war er auch schockierter, als es aussah. Schließlich war er mit ihnen bekannt.«

»Das glaube ich nicht. Der Krause hat gelogen und ich werde herausfinden, warum.«

»Na, wenn du meinst! Übrigens: Da vorne ist unser Ziel.« Arndt wusste, dass Elke eingeschnappt war. Er hatte jedoch keine Lust, sie zu besänftigen, dafür war er selber zu verärgert über ihre Naivität gegenüber Krause. Egal, wie gut sie sich kannten, ein Polizist musste immer objektiv bleiben. Ob er es könnte, diese Frage wagte er nicht zu stellen, da er die Antwort fürchtete.

Er parkte und sie gingen zur Haustür. Arndt klingelte.

»Ja?«, hörten sie diesmal eine männliche Stimme.

»Guten Tag, hier ist die Kriminalpolizei. Wir würden gerne mit Herrn Andreas Wölk sprechen.«

Statt einer Antwort hörte Arndt, wie es summte. Die Haustür war offen. Sie betraten den Flur und gingen die Treppe hinauf zur Wohnung der Wölks.

Vor der Tür wartete bereits ein Mann.

»Herr Wölk?«

»Ja.«

»Das ist meine Kollegin Elke Henschel, und mein Name ist Arndt Schumacher …«

»Ich weiß, meine Frau hat Sie bereits angekündigt. Kommen Sie doch bitte rein.«

Beide folgten ihm ins Wohnzimmer.

»Möchten Sie was trinken?«, fragte Wölk, als sie im Wohnzimmer waren. Frau Wölk saß auf der Couch, rauchte und schaute TV. Sie warf den beiden Polizisten keinen Blick zu. Neben ihr saß noch ein Mädchen. Auch sie schaute fern und traute sich nicht, die Polzisten anzuschauen. Er schätzte sie auf 15 bis 17 Jahre. Andreas Wölk schätzte er auf Mitte bis Ende 40. Er war ein ganzes Stück kleiner als Arndt, schlank, hatte braune Haare und war vom Typ her eher unauffällig.

»Nein danke«, antwortete Elke. »Für mich auch nicht, danke.«

»Gut, dann setzen Sie sich doch bitte.« Wölk setzte sich neben seine Frau. Die beiden Beamten nahmen auf der Couch rechts daneben Platz.

»Schatz, lässt du uns bitte allein«, sagte er und das Mädchen stand auf und ging aus dem Wohnzimmer.

»Herr Wölk: Wir möchten Ihnen unser Mitleid bekunden. Es tut uns sehr leid.«

»Danke … Wann kann ich meinen Vater sehen?« Arndts und Wölks Blick trafen sich. Arndt versuchte, irgendetwas Verdächtiges aus dem Blick zu lesen, fand aber nichts.

»Der Leichnam Ihres Vaters ist bei der Gerichtsmedizin zur Obduktion. Sobald die abgeschlossen ist und die Gerichtsmedizin den Leichnam freigegeben hat, dürfen Sie Ihren Vater natürlich bestatten. Es tut mir wirklich sehr leid.«

Wölk antwortete nicht, sondern schaute auf den Boden. Frau Wölk wollte etwas sagen, hielt sich dann aber zurück.

»Wir müssen Ihnen leider ein paar Fragen stellen. Ist das in Ordnung für Sie?«, fragte Elke mit sanfter Stimme.

»Ja, ja. Wenn ich helfen kann, den Mörder zu finden …«

»Wissen Sie, ob Ihr Vater Feinde hatte?«

»Nein, das kann ich mir nicht vorstellen. Seit dem Tod von Mama lebte er sehr zurückgezogen. Nicht einmal uns ließ er an sich ran. Dabei war er früher so vernarrt in Anna.«

»Anna?«, fragte Elke noch immer mit sanfter ruhiger Stimme.

»Unsere Tochter.«

»Uns wurde aber mitgeteilt, dass er in letzter Zeit ab und an bei Käthe gesehen wurde.«

»Ja, das habe ich auch gehört. Ich kann Ihnen dazu nichts sagen. Mich hat er ignoriert.«

»Wieso hat Ihr Vater Sie ignoriert?«

»Weil er ein sturer Bock ist … war«, platzte es aus Wölk heraus.

»Wieso das?«, fragte Arndt und löste Elke mit der Befragung ab. *Jetzt wird's spannend,* hoffte er.

»Er war so allein nach dem Tod von Mama und hat sich verbarrikadiert und ich wollte, dass er zu uns zieht, oder in ein Seniorenheim, wo er Leute um sich hat. Ich hatte große Sorge, dass er sich etwas antut. Aber allein beim Wort ›Seniorenheim‹ ist er ausgerastet und hat kein Wort mehr mit mir gesprochen.«

»Wann haben Sie das letzte Mal mit Ihrem Vater gesprochen?«

»Das war vor zwei Wochen.«

»Und worum ging es?«

»Ich habe mich bei ihm entschuldigt. Ich war erleichtert zu erfahren, dass er ab und zu bei Käthe gesehen wurde, und wollte nicht, dass wir gar keinen Kontakt mehr haben. Er ist schließlich mein Vater.«

»Und wie hat Ihr Vater reagiert?«

»Er war freundlich, sagte nur, dass ich mich nicht entschuldigen müsse, da Blut dicker ist als Wasser. Ich war sehr froh darüber und habe ihn zu uns zum Essen eingeladen. Aber er ist nicht gekommen …« Es lag viel gekränkter Stolz in Wölks Stimme. Arndt konnte sich immer weniger vorstellen, dass er etwas mit den Morden zu tun hatte. Aber er war nun einmal ihre bislang einzige Spur.

»In welcher Beziehung stehen Sie zu Horst Braun?«

»Horst? Wieso?«

Beide warfen sich einen Blick zu. Arndt nickte, damit Elke die Befragung fortführen konnte.

»Horst Braun wurde heute ebenfalls ermordet. Wir gehen vom selben Täter aus.«

»Oh mein Gott«, antwortete Wölk und hielt sich die Hände vors Gesicht. Seine Frau hingegen schien deutlich gefasster und rauchte weiter. Es war fast wie der Ausdruck schroffer Gleichgültigkeit. »Herr Wölk, es tut mir wirklich sehr leid, dass wir Überbringer solch schlechter Nachrichten sind. Ich bin Pansdorferin und hier groß geworden. Ich kannte Horst Braun selbst persönlich und mich trifft der Verlust auch sehr, daher hoffen wir, dass Sie uns helfen können, die einzelnen Puzzleteile zusammenzufügen.«

»Ich kann's nicht glauben. Warum …?«, stotterte Wölk, schluchzte und schluckte. Ein eindeutiges Signal, dass er gegen seine Tränen ankämpfte. Er griff zu einer Flasche mit stillem Wasser, die auf dem Tisch stand, und füllte ein Glas. Dann trank er das Wasser in einem Zug leer.

»Wir wissen es nicht. Wir hoffen, dass Ihre Aussagen uns helfen können. Daher würde uns interessieren, in welcher Beziehung Sie zu Horst Braun standen.«

»Horst war mein Arbeitgeber.«

»Kannten Sie Herrn Braun von der Arbeit?«

»Nein, nein. Ich kenne ihn schon sehr lange. Vom Tischtennis. Seit ich ein kleiner Bub war. Er war, seit ich denken kann, unser Sponsor und war auch selber begeisterter Tischtennisspieler.«

»Wie lange haben Sie für ihn gearbeitet?«

»15 Jahre.«

»Und als was?«

»Ich war für die IT zuständig.«

»Wie wurde das Arbeitsverhältnis beendet? Haben Sie gekündigt?«

»Ja, irgendwann ging es nicht mehr.«

»Warum?«

»Na ja, so gerne ich Horst auch hatte, er war auch sehr knausrig. Er hatte mir schon seit längerer Zeit eine Gehaltserhöhung versprochen, aber mich immer wieder vertröstet. Ich habe schließlich eine Familie zu ernähren, also habe ich gekündigt und mich selbstständig gemacht.«

»Und wie hat er reagiert?«

»Das weiß ich noch ganz genau. Er war sehr gekränkt, weil ich undankbar sei und ihn im Stich lasse. Aber meine Entscheidung war gefallen.« Frau Wölk musste husten. Arndt warf ihr einen Blick zu und konnte sich schon vorstellen, warum sie hustete. Etwas stimmte hier nicht.

»Und wie war danach das Verhältnis zu ihm?«

»In der ersten Zeit sehr eisig. Aber nicht von meiner Seite, sondern eher von ihm aus. Aber da wir uns ja noch immer im Verein sahen und ich inzwischen auch der Trainer der Senioren wurde, wo er spielte, besserte sich das Verhältnis allmählich wieder.«

»Aber wie früher wurde es nicht?«

»Nein, dafür war der Horst ein zu großer Dickschädel. Der verzieh einem nicht so schnell, wenn er denn überhaupt jemanden verzieh.«

»Wissen Sie, ob er Feinde hatte? So ein erfolgreicher Geschäftsmann hat doch bestimmt Neider. Vielleicht von der Konkurrenz oder von Geschäftspartnern.«

»Nein, Frau Henschel, nicht dass ich wüsste. Ich habe doch nur in der IT gearbeitet. Ich hatte nie Kontakt zu seinen Geschäftspartnern oder dem Tagesgeschäft.«

»Wann haben Sie Herrn Braun das letzte Mal gesehen?«

»Das war heute.«

KAPITEL 13

In der Höhle des Löwen! Nachdem der Mann seine Besorgungen erledigt hatte, überlegte er, ob er nach Hause fahren sollte, um die Marmeladengläser zu säubern, damit er sehr bald seine Schätze in ihnen aufbewahren konnte. Er entschied sich aber dagegen. Die Neugierde hatte ihn gepackt, also fuhr er zu Käthe.

Er wollte wissen, ob im Dorf bereits über die beiden Toten getratscht wurde, und da gab es keine bessere Anlaufstelle als Käthe. Er hatte Käthe jede Menge zu verdanken. Viele Informationen, die er in den letzten zwei Jahren gesammelt hatte, damit er seinen Hass endlich in die Freiheit entlassen konnte, um die Mörder ihrer gerechten Strafe zukommen zu lassen, hatte er in der Kneipe bekommen.

Die Menschen waren einfach redseliger, wenn sie pichelten, daher sah er keinen Grund, warum er Käthe nicht auch an diesem Abend aufsuchen sollte. Schließlich war er schon Stammgast.

Es war inzwischen knapp 19 Uhr und die Kneipe schon gut besucht. An der Bar war noch ein Hocker frei. Er zog seine Jacke aus, legte sie über den Barhocker und setzte sich. Natürlich war es eine andere Jacke als die, die er für seine Tätigkeit als Vollstrecker nutzte.

Er schaute sich in der Kneipe um und sah zumeist dieselben Gesichter, die er auch die Wochen und Monate zuvor in der Kneipe angetroffen hatte. Einige grüßten ihn und er grüßte freundlich zurück. Aber einen echten Kontakt hatte er zu ihnen nicht herstellen können. Die Norddeutschen waren ein sehr reserviertes Volk.

Es hieß immer, dass wenn man einmal im inneren Kreis eines Norddeutschen war, dass diese Freundschaft ein Leben lang hielt, egal wo auf der Welt man sich aufhielt und wie lange man voneinander getrennt war. Das gefiel dem Mann, aber leider hatte niemand erwähnt, dass es für Außenstehende unmöglich war, diesem inneren Kreis beizutreten.

Als Ort mochte er Pansdorf. Es war klein und gemütlich, hatte viel Grün und war super gelegen. Die Autobahn war nur fünf Minuten entfernt, sodass man in zehn Minuten am Strand oder in fünfzehn Minuten in Lübeck war. Einheimische nutzten natürlich nicht die Autobahn, um nach Scharbeutz oder zum Timmendorfer Strand zu gelangen. Die beiden Ostsee-Orte erreichte man über die Landstraße in gut fünf Minuten.

Nach einigen Minuten kam Käthe zu ihm.

»Ach, du auch heute hier?«

»Ja, mir war langweilig.«

»Wie immer?«

»Wie immer, Käthe«, lachte der Mann und versuchte, sich seine Anspannung nicht anmerken zu lassen.

Wieso bin ich eigentlich nervös …, versuchte er sich zu beruhigen. Schließlich wusste doch niemand hier, welches Doppelleben er führte.

Käthe reichte ihm ein Alster. Der Mann war im Grunde kein Biertrinker, trank es aber dennoch, da er nicht auffallen wollte, und er hatte schnell gelernt, dass man entweder Pils oder Alster trank. Und da Bier nicht sein Getränk war, trank er Alster. So trat dieser eklige malzige Geruch nicht so stark in den Vordergrund. Jetzt allerdings kam ihm das Alster genau gelegen. – »Danke«, sagte er und nahm einen kräftigen Schluck, weil er hoffte, so seine Nervosität abschütteln zu können.

»Dafür nicht, Süßer.« Käthe lachte herzlich.

Süßer? Sie hatte ihn immer Süßer genannt. Jedes Mal, wenn sie das sagte, erregte ihn das und er fragte sich, ob sie es wohl ernst meinte. War er wirklich süß? Aber wenn dem so war, warum hatte er keine Freundin? War Käthe nur nett zu ihm, weil ihr die Kneipe gehörte und er ein Gast war? Aber warum sollte sie das tun? Vielleicht war er ja wirklich süß und die anderen Frauen waren aus irgendeinem Grund, den er nicht verstand, nur gemein gewesen.

Dass sie Geschmack hatte, stand für ihn außer Frage. Sie war zwar schon älter, aber man sah, dass sie einmal ein richtiger Schuss gewesen war und der Mann fand sie noch immer sehr anziehend. Auch ihre Tochter. Aber ihre Tochter hatte in all der Zeit kaum mit ihm gesprochen. Mehr als ein paar Floskeln waren ihr nie über ihre Lippen gekommen.

Jedoch wusste der Mann, dass er Käthes Avancen nicht nachgeben durfte. Er durfte sein Projekt nicht in Gefahr bringen. Sexuelle Lust und Sympathien konnten Menschen blind machen für das Wesentliche. Und er durfte nicht blind sein! Er brauchte einen wachen Verstand. All das hatte ihm sein Hass in den letzten Jahrzehnten wieder und wieder gelehrt. *Dabei ist sie so sexy,* dachte er.

Aber vielleicht gab es ja eine andere Möglichkeit, sie zu nehmen, ohne seine Pflicht aus den Augen zu verlieren? Er würde darüber nachdenken. Nachdenken, ob normale Menschen so etwas tun, schließlich war er ja normal, genau deswegen war er ja in der Kneipe und trank ein Alster, obwohl er es nicht wirklich mochte. Normale Menschen machen nun einmal solche Dinge. Nur mit dieser Erkenntnis gelang es ihm immer wieder, wider seiner wirklichen Neigung zu handeln.

Nur die Gerechtigkeitstaten, so spürte er, waren nicht wider seiner Natur. Sie gefielen ihm mehr und mehr. Bei seiner zweiten Tat hatte er wesentlich weniger gezittert und das Gefühl, richtig gehandelt zu haben, war noch stärker gewesen. Er fühlte es, als wäre es wirklich ein Teil seiner Persönlichkeit, denn es fühlte sich richtig an und besser als alles andere, was er bis jetzt in seinem Leben getan hatte. Fast hatte er das Gefühl, dass selbst der Wunsch nach dem Normalsein nicht mit dem Gefühl mithalten konnte, das über ihn kam, wenn er die Mörder ihrer gerechten Strafe zuführte. Fast!

»Verdammt kalt«, sagte er, um Käthe in ein Gespräch zu verwickeln.

»Wie bitte?«, fragte sie, da es in der Kneipe recht laut zu ging. Im Hintergrund lief Schlager.

»Es ist verdammt kalt heute«, sprach er lauter.

»Ja, Süßer. Das ist der nordische Winter. Ich erinnere mich noch an ganz andere Winter.«

»Also, ich brauche den Winter nicht. Bin eher der Frühlingsmensch.«

Käthe lachte nur und kümmerte sich wieder um die Zapfsäule.

Mist, wie bekomme ich Infos?, fragte er sich und schaute sich wieder in der Kneipe um. An den Tischen war noch ein Platz frei und er überlegte, ob er nicht sein Glück am Tisch versuchen sollte, ließ es aber bleiben. Der Platz neben ihm wurde auch frei. Er trank sein Alster und grübelte weiter nach, wie er Käthe in ein Gespräch verwickeln konnte. Die Kneipe wurde immer voller und sie musste immer mehr Biere zapfen und die Leute bedienen. Der Mann fürchtete, dass er an diesem Abend keine Gelegenheit mehr bekam, sie auszuhorchen.

Als er in Gedanken versunken sein Alster trank, nahm ein Mann neben ihm Platz.

»Schatz, ein Pils«, sagte der Mann mit lauter Stimme. Die Stimme klang sehr männlich und er erkannte auch, wem die Stimme gehörte. Er blickte neben sich. Es war Hans Krause. Krause grüßte ihn und wandte sich wieder Käthe zu. Sie kam zu ihm, sie umarmten einander über den Tresen hinweg. Dem Mann missfiel diese Umarmung, denn ihn hatte sie noch nie umarmt. Umarmten schließlich Menschen nicht einander, die einander Schatz nannten? Der Mann warf Hans einen bösen Blick zu, den Hans nicht sehen konnte, da sein Blick noch auf Käthe gerichtet war.

Sie reichte ihm das frisch gezapfte Bier. Krause nahm das Glas und tat einen großen Schluck.

»Die Elke war heute bei mir«, sagte Hans zu Käthe, und der Mann neben ihm bekam plötzlich große Ohren. Er hoffte, dass er alles verstehen konnte, was die beiden besprachen, denn es war doch sehr laut in der Kneipe.

»Bei mir auch. Also weißt du es schon?«

»Ja, schrecklich.«

»Dat ist doch krank, dat ik dat noch erleben muss, in unserem Pansdörp.«

Die reden bestimmt über meine Taten. Aber warum ist das schrecklich? Haben die nichts verstanden? Der Mann versuchte, etwas näher an Hans heranzurücken, um das Gespräch noch besser belauschen zu können.

»Ich bin auch schockiert, dass sich ein Wahnsinniger unter uns rumtreibt. Wer weiß, wann der wieder zuschlägt.«

»Ik haap, dat sie ihn bald snappen.«

Wahnsinniger? Hat Hans Krause wirklich Wahnsinniger gesagt? Wut übermannte den Mann und am liebsten hätte er sich in das Gespräch eingemischt. Was wusste Krause schon über den Vollstrecker und seine hehren Ziele? Nichts. Ansonsten würde er nicht so reden. Auf der anderen Seite musste er sich nicht wundern, dass gerade Krause das sagte. Krause war ja nicht besser als die anderen: der Rentner, der noch immer gerne Polizist spielte.

»Ja, Käthe, dann wäre wieder Ruh hier. Die Elke wird das schon machen. Sie ist eine gute Polizistin.«

»Und dieser Arndt auch. Finde, sie beide geben ein super Paar ab.« Sie lachten kurz, dann wurde Hans wieder ernst. Er nahm noch einen kräftigen Schluck aus seinem Glas. Käthe sah, dass es leer war, zapfte für ihn ein weiteres Bier und reichte es über den Tresen.

Dem Mann fiel auf, dass sie, seit Hans in der Kneipe war, die anderen Gäste nicht mehr bediente, dass ihre Tochter dafür umso fleißiger sein musste. Irgendetwas verband Hans und Käthe, aber es war ihm bis jetzt noch nicht gelungen, herauszufinden, was. Er vermutete, dass Hans seine Ehefrau mit ihr betrog. Allein der Gedanke daran machte ihn wütend.

»Also Käthe, wenn du mich fragst, ich finde diesen Schumacher sehr arrogant«, antwortete Hans. »Ich glaube, der hält sich für was Besseres. So ein Stadtmensch.« Wie zur Bekräftigung nahm Hans einen kräftigen Schluck und wischte sich den Schaum von den Lippen.

»Also mir war er sympathisch«, bekräftigte Käthe ihre Meinung. Hans schaute sie an und schien für einen kurzen Augenblick nachzudenken.

In dieser Hinsicht musste sich der Mann eingestehen, war er mit Hans einer Meinung. Er mochte diesen Arndt Schumacher genauso wenig, und bei nächster Gelegenheit würde er sich auch um diesen Bullen kümmern. Aber nur, dass er in dieser Sache mit ihm einer Meinung war, machte Krause nicht sympathischer. »Du hast denen aber nicht zu viel …«, gab Krause von sich, nachdem er wieder einen großen Schluck aus dem Glas genommen hatte.

»Wo denkst du hin, Hans?«

KAPITEL 14

Gegen 2 Uhr morgens betrat Arndt seine Wohnung. Er war stockbetrunken. So verrückt es klang, aber bei einem Bier konnte er am besten nachdenken.

Nachdem Elke und er Wölk befragt und dabei erfahren hatten, dass Andreas Wölk Braun kurz vor dessen Tod beim Tischtennis gesehen hatte, fragten sie ihn, ob er sich irgendwie auffällig oder anders als sonst benahm.

Wölk fragte: »Was meinen Sie mit: anders?«

»Na, war er angespannt oder nervös?«

»Nein, mir ist nichts aufgefallen. Er war wie immer.«

»Sind Sie nach dem Training direkt nach Hause gefahren?«

»Nein, ich war noch beim Media Markt. Wieso?«

»Weil sie denken, ich würde sie anlügen«, platzte es aus Frau Wölk heraus. Arndt hatte die ganze Zeit gespürt, dass sie innerlich kochte. Weder er noch seine Kollegin gingen auf diesen Einwand ein, stattdessen fragte Elke: »Wir müssen das fragen, Herr Wölk. Wo waren Sie gestern in der Zeit von 16 bis 3 Uhr morgens?«

»Ich war zu Hause. Was soll das? Sie verdächtigen doch nicht mich, meinen eigenen Vater getötet zu haben?«

»Nein, das tun wir nicht. Das sind reine Routinefragen«, warf Arndt sofort ein, um die Atmosphäre zu entgiften. »Danke für die Antwort, wir wollen Ihre Zeit nicht weiter in Anspruch nehmen.« Er stand auf und Elke folgte. Wölk begleitete die beiden Polizisten zur Tür. Seine Ehefrau verabschiedete sich nicht.

Im Wagen riefen sie Willy an, der sie bat, die Nachbarn von Wölk und Braun zu befragen, ob sie jemand Verdächtigen zur Tatzeit gesehen hatten. Danach durften sich beide in den Feierabend verabschieden, sollten aber um 9 Uhr pünktlich auf dem Revier sein. Sie vereinbarten, die Befragungen untereinander aufzuteilen. Elke sollte die Nachbarn von Wölk angehen und er die von Braun. Sie schrieb ihm dessen Adresse auf, damit er sie sich im Navi einspeichern konnte. Die Stimmung im Wagen war alles andere als gut. Sie nahm ihm seine Worte von vorhin noch immer übel, aber Arndt konnte nicht über seinen Schatten springen und erneut um Verzeihung bitten. Dennoch diskutierten sie über das Gespräch mit Wölk.

»Irgendetwas stimmt da nicht. Hast du gesehen, wie die Ehefrau die Augen verdreht hat, als Wölk von Braun sprach.«

»Ja, ich glaube auch, dass sie Horst nicht mochte. Ob das aber was zu bedeuten hat, weiß ich nicht.«

»Komm, Elke ...«

»Nix Elke! Wieso muss das was bedeuten? Kann doch sein, dass sie Braun nicht mag, weil der ihrem Mann die versprochene Gehaltserhöhung nicht gab. Wie es aussieht, hat sie doch eindeutig die Hosen an bei den Wölks.«

»Das sehe ich anders. Wölk verschweigt uns etwas ...«

»Du siehst so einiges anders ...«

Arndt antwortete nicht, sondern schüttelte nur den Kopf. Wenn er geahnt hätte, welche Reaktion das auslöste, hätte er es sein lassen.

»Du brauchst gar nicht mit dem Kopf schütteln. Aber verzeih. Ich vergaß: Du weißt ja alles besser. Eigentlich brauchst du ja niemanden an deiner Seite ... da ist mein Wagen.«

Arndt hielt neben Elkes Wagen und ohne ein Wort des Abschieds stieg sie aus, knallte die Tür zu und bestieg ihr Fahrzeug.

Er wartete noch, bis sie den Wagen startete und losfuhr. Dann fuhr er ebenfalls los.

Verstehe einer die Frauen. Mann kann ihnen nichts recht machen, dachte er und konnte ihre Reaktion nicht verstehen. Gut, er hätte den Spruch mit der Konfektionsgröße, oder ob sie in den letzten Jahren nichts gelernt hatte, nicht machen sollen. Aber bei aller Liebe, war das ein Grund, gleich so auszuflippen?

Vielleicht hat sie ja ihre Tage, versuchte er eine Erklärung, aber tief in seinem Herzen wusste er, dass er deutlich unter die Gürtellinie gegangen war und daher berechtigt von Elke geschnitten wurde.

Die Befragung der Nachbarn brachte wenige Erkenntnisse. Keiner hatte etwas gesehen und keiner konnte eine Aussage darüber treffen, ob die Brauns Feinde hatten. Stattdessen wurden sie in den höchsten Tönen gelobt und alle sorgten sich um Frau Braun, schließlich waren die beiden mehr als 40 Jahre verheiratet gewesen. Er hatte auch bei den Brauns kurz geklingelt, weil er mit Frau Braun sprechen wollte. Doch niemand reagierte auf das Klingelzeichen, daher beschloss er, zum Wagen zurückzukehren und nach Lübeck zu fahren. Auf dem Rückweg kam er an Käthes Kneipe vorbei. Vor der Kneipe parkten einige Autos. Er fuhr auf den Parkplatz, parkte den Wagen und ging zum Eingang. Vor der Tür hätte ihn fast ein Mann überrannt.

»Vorsicht!«, rief Arndt. Der Mann erschrak und schaute zu ihm hoch.

»Oh, verzeihen Sie. Ich glaube, das waren ein paar Kurze zu viel.«

»Halb so schlimm. Ich hoffe, Sie sind nicht mit dem Wagen hier?«

»Nein, nein. Ich wohne in der Nähe.«

»Na, dann mal noch einen schönen Abend.«

»Danke, Ihnen auch«, sagte der Mann und verschwand in der Dunkelheit.

Gerade als Arndt die Tür zur Kneipe öffnen wollte, sagte er zu sich: »Was machst du hier? Fragst einen Wildfremden, ob er mit dem Wagen hier ist, aber selber ...« Er ging wieder zurück zum Wagen. Er kannte sich. Er war frustriert, und wenn er frustriert anfing, Alkohol zu trinken, dann blieb es selten bei nur einem oder zwei Bieren, dafür war er einfach nicht kontrolliert genug.

Elke war kontrolliert, aber er nicht. Er war frustriert, weil er im Streit mit ihr auseinandergegangen war. Er mochte sie nicht nur als Kollegin, sondern auch als Mensch. Sie hatte ihr Herz am rechten Fleck und war auch eine gute Polizistin. Ihre Kompetenz war über alle Zweifel erhaben, er war das Arschloch. Wahrscheinlich hätte jeder andere Kollege Willy schon längst um einen neuen Kollegen gebeten, aber nicht Elke. Sie hatte immer an das Gute in ihm geglaubt und Arndt hatte sich dadurch auch verändert. Vor der Zeit mit ihr als Partnerin war er noch viel unausstehlicher gewesen.

Kaum ein Kollege mochte ihn wirklich, aber sie respektierten ihn, weil er ein guter Polizist war. Aber er war auch sehr egoistisch und narzisstisch. Bis Elke kam, war eigentlich Willy der Einzige, der ihn kontrollieren konnte und der mit ihm auch privat etwas zu tun haben wollte.

Arndt hoffte, dass sich Elke bis morgen beruhigte. Er fuhr nach Hause, parkte das Auto auf einem freien Anwohnerparkplatz und schlich sich danach in seine Lieblingskneipe auf der Hüxstraße. Es war eine sehr kleine Kneipe, noch kleiner als die von Käthe, und vor allem war sie gerade mal fünf Gehminuten von seiner Wohnung entfernt.

Arndt hatte die Kneipe mit der Absicht betreten, nur ein, zwei Bier zu trinken, verließ sie allerdings nach einigen Kurzen und unzähligen Bieren torkelnd in Richtung Zuhause.

Arndt zog seine Jacke im Flur aus und wollte sich direkt ins Bett werfen, aber sein Magen hatte eine andere Idee. In letzter Sekunde konnte er noch zum Klo rennen und sich dort über Minuten entleeren. Danach wusch er sich das Gesicht und hatte fast das Gefühl, als ob jemand die Wohnungstür geöffnet hätte, da ein kalter Windstoß ins Badezimmer drang. Aber er dachte nicht weiter darüber nach.

Im Schlafzimmer zog er sich aus, denn er wollte nur noch schlafen. Er hatte das Licht im Schlafzimmer nicht angemacht, nahm stattdessen sein Smartphone und stellte den Wecker auf 8.45 Uhr. Fünfzehn Minuten bis ins Büro reichten ihm, er frühstückte sowieso nicht und im Büro gönnte er sich einen Kaffee. Als er das Smartphone in der Hand hielt, überlegte er kurz, ob er Elke eine SMS schreiben sollte, um ihr mitzuteilen, dass es ihm sehr leidtat.

Er öffnete die SMS-Funktion und tippte:

Libe Elke, ich waar dumm, du bstz die best Kolegin di mann sich wünshen kann. Bite verzeh mir!

Er betrachtete die SMS und legte sich, mit dem Handy in der linken Hand, ins Bett. Das Bett war kuschelig warm, fast, als ob es jemand vorgewärmt hätte. Aber er war stockbetrunken, deswegen war ihm das völlig egal. Er drehte sich zur Seite und plötzlich drehte sich alles um ihn herum, sodass er es nicht wagte, sich zu bewegen, denn er fürchtete, dass sich bei jeder Bewegung der Raum weiter und schneller drehte. »Scheiß Alkohol!«, fluchte er leise. Das Smartphone hatte er noch immer in der linken Hand, er musste nur noch auf Absenden drücken, damit die SMS ihren Empfänger erreichte.

KAPITEL 15

Das konnte kein Zufall sein. Das war doch dieser Bulle, dieser Arndt! Dieser Zusammenprall konnte also nur Schicksal sein. Nichts anderes als das Schicksal führte seinen Gegenspieler zu ihm.

Natürlich war er nicht betrunken, er hatte ja nur drei Alster gehabt. Er war nicht einmal wirklich angetrunken, nur ein bisschen vielleicht. Aber er war noch bei allen Sinnen und er tat nur so, als sei er betrunken. Warum?

Wegen des Geruchs, der ihm in die Nase gestiegen war, als er mit diesem Arndt zusammenprallte. Es war exakt derselbe Geruch, den er wahrgenommen hatte, als er unter der Treppe bei den Brauns stand und hoffte, er möge die Treppe runterkommen, damit er ihm das Messer in den Rücken rammen konnte. Und als sich ihre Blicke trafen, gab es ohnehin keinen Zweifel mehr. Es war der Mann, den er im Garten von Wölk gesehen hatte. Und sein Geruchssinn hatte ihn noch nie im Stich gelassen.

Bei dieser Erkenntnis wurde sein Körper von Adrenalin durchflutet und er musste sich bremsen, nichts Unüberlegtes zu tun. Daher tat er so, als verließe er den Parkplatz der Kneipe zu Fuß, um nach Hause zu gehen. Aber hinter einem Busch blieb er stehen und beobachtete ihn. Zu seinem Erstaunen hatte

Arndt vor der Eingangstür Halt gemacht. Sein Herz pochte. Hatte er etwas bemerkt? Ihn erkannt? Das war aber eigentlich unmöglich!

Also versuchte er, sich zu beruhigen. Arndt zögerte vor dem Eingang, war dann aber zu seinem Wagen zurückgekehrt und machte Anstalten, den Parkplatz zu verlassen. Er musste Arndt folgen. Er wollte wissen, wohin sein Gegenspieler fuhr. Als Arndt den Parkplatz verließ, sah er ihm noch nach: Arndt fuhr auf der Landstraße in Richtung Lübeck. Sofort lief er zu seinem eigenen Wagen und fuhr hinterher. Kaum später sah er kurz vor sich her ein Auto fahren. Es konnte nur Arndt sein. In sicherem Abstand folgte er dem Wagen, in der Hoffnung, dass der Bulle ihn nicht bemerkte.

Der Wagen vor ihm fuhr aus Pansdorf heraus und auf die Autobahn. Der Mann hielt immer sicheren Abstand und fürchtete zu keinem Moment, dass Arndt ihn bemerken könnte. Er folgte ihm bis nach Lübeck.

Arndt parkte auf der Hüxstraße. Der Mann fuhr 200 Meter weiter, suchte einen Parkplatz und parkte seinen VW Golf. Er stieg aus und sah von Weitem, wie Arndt in entgegengesetzter Richtung eine Kneipe betrat. Der Mann ging langsamen Schrittes ebenfalls in Richtung Kneipe. Die Aufregung stieg und er wagte einen kurzen Blick durch das Fenster. Es war eine kleine Kneipe, die aber sehr gut besucht war. Arndt stand am Ende des Raumes an der Bar und unterhielt sich angeregt mit dem Barkeeper. Er hatte ein Bier in der Hand.

Der Mann überlegte, ob er nicht einfach auch hineingehen sollte, um seinem Gegenspieler gegenüber zu stehen. Nur zu gerne hätte er sich mit diesem Bullen unterhalten. Dass das nicht ging, war ihm jedoch bewusst. Damit würde er sein ganzes Projekt gefährden, für das er Jahre der Entbehrung in Kauf genommen hatte. Aber ihm kam eine andere Idee, eine viel bessere: Ein Bulle, der Alkohol trank, fuhr sicherlich nicht mit dem

Wagen nach Hause, also musste er in der Nähe wohnen. Er lief von Haustür zu Haustür und hoffte, auf einem der Klingelschilder den Namen Arndt zu finden. Da der Bulle den Wagen auf der anderen Seite der Kneipe parkte, fing er mit dieser Straßenseite an. Und nach fünf Minuten entdeckte er dann auch das Klingelschild mit dem Namen: Arndt Schumacher!

Er betätigte einfach einige Klingeln, bis jemand die Haustür öffnete.

Nicht mal gefragt, wer vor der Tür ist, stellte er vergnügt fest. Die anonyme Großstadt! Da lebte man Arschbacke an Arschbacke mit Menschen zusammen, kannte sich aber dennoch nicht!

Er betätigte den Lichtschalter und lief die Flurtreppe hinauf. Arndt wohnte im zweiten Stock. Die Eingangstür war eine dieser alten großen Türen, die noch heute oft in Altbauwohnungen zu finden sind. Er sah sich das Schloss an und grinste. Holte aus seiner Jackentasche ein Schweizer Messer und wenige Sekunden später stand er schon in der Wohnung.

Für einen Bullen schützt du dich aber nicht gerade sonderlich gut …, stellte er grinsend fest. In den letzten zwei Jahren, seit er die Schuldigen observierte, hatte er sich jede Menge Fertigkeiten angeeignet, vor allem auch, wie man unbemerkt in fremde Wohnungen eindrang. Das Internet war voll mit Tipps und Anleitungen. Krimineller zu werden, war heute so einfach wie Kekse backen, man musste nur wissen, wo man sich das Wissen herholte.

Arndt wohnte in einer Dreizimmerwohnung, modern eingerichtet mit ein paar einzelnen antiken Möbelstücken. Als er das sah, hatte Arndt Geschmack und war kreativ, oder aber eine Frau hatte die Wohnung eingerichtet. Er lag mit diesem letzten Gedanken goldrichtig. Tatsächlich hatte Arndts Ex-Frau die Wohnung eingerichtet, und seit sie ausgezogen war, hatte er an der Einrichtung nichts verändert.

Der Mann schlich leise ins Schlafzimmer und öffnete den Kleiderschrank, wo mehr oder weniger ordentlich T-Shirts, Hemden, Pullis, Jeanshosen und Anzüge hingen. Er griff sich ein T-Shirt und roch daran. Obwohl es frisch gewaschen war, roch es nach Arndt. Jeder Mensch hatte seinen eigenen Duft und der Mann konnte jeden Duft in seiner Intensität riechen, selbst wenn Parfüm diesen Duft überspielte.

Dieser Zitronenduft, den er wahrgenommen hatte, war somit nicht allein das Parfüm, das Arndt trug, sondern auch sein eigener Duft. *Ein Frühlingsmensch,* dachte der Mann und überlegte, ob er sich ins Bett legen sollte, ließ es aber bleiben, denn er wollte keine Spuren hinterlassen.

Vom Flur aus betrat er das nächste Zimmer. Es war ungefähr so groß wie das Schlafzimmer. Der Mann schätzte es auf 20 bis 25 Quadratmeter. Die Plakate an den Wänden und die Bettwäsche verrieten, dass hier ein Kind wohnte. Überall auf dem Boden lag Spielzeug herum. Jetzt erst merkte er, wie leichtsinnig er war. Er hatte angenommen, dass der Bulle allein lebte, aber was wäre geschehen, wenn seine Frau und sein Kind in der Wohnung gewesen wären, als er einbrach? Hätte er sie umbringen können?

Er wusste darauf keine Antwort, schließlich war er kein Mörder. Wölk und Braun verdienten es zu sterben, und dieser Arndt wahrscheinlich auch, da er ihn grundlos jagte. Aber seine Frau und sein Kind? Er musste darüber nachdenken, vor allem, was ein normal denkender Mann in dieser Situation tun würde. Er war ja normal. Dass aber ein normal denkender Mann nachts nicht in die Wohnung von fremden Menschen einbrach, daran verschwendete er keinen Gedanken.

Da der Junge nicht zu Hause war, musste er seinen Verstand auch nicht damit belasten, welche Entscheidung er treffen sollte. Im Zimmer des Jungen standen auch ein Computer und ein Regal mit Akten. Also diente das Zimmer gleichzeitig als Büro für Arndt. Der Mann setzte sich auf den Stuhl am Schreibtisch und schaltete den PC ein. Windows 8 fuhr hoch und schon kurze Zeit später erschien die Windows 8-Anmeldemaske.

»Scheiße, passwortgeschützt«, fluchte der Mann und versuchte erst gar nicht, ein Passwort einzutippen. Er nahm einen Aktenordner aus dem Regal und blätterte darin. Es war ein Ordner mit Rechnungen. Aber nach kurzer Zeit verlor er das Interesse an dem Ordner, legte ihn zurück an seinen Platz und schaltete den PC wieder aus.

Er betrat das Wohnzimmer, wo ein großer LCD-Fernseher an der Wand hing und mit einer hochwertigen Anlage von B&W verbunden war. Auf dem Tisch lagen Briefe und auf der Couch die Lübecker Nachrichten. Wirklich ordentlich war Arndt nicht, aber auch nicht unordentlich, irgendetwas dazwischen. Jedoch vermutete er, dass Arndt allein lebte. Es fehlten die für Frauen typischen kitschigen Elemente wie Blumen, Bilder oder Deko, und natürlich das deutlichste Merkmal dafür, dass eine Frau anwesend war: die Schuhe.

Da aber im Kinderzimmer alles dafür sprach, dass hier ein Kind lebte, vermutete er, dass Arndt einer dieser vielen Looser war, die es nicht geschafft hatten, ihre Ehe am Leben zu halten. Sicherlich war er geschieden und sein Sohn durfte ihn ab und an besuchen. Er hatte nur Verachtung für solche Menschen übrig. Eine Ehe einzugehen, war eine große Verantwortung, und dann einem Kind das Leben zu schenken, war die höchste Verantwortung, die ein Erwachsener übernehmen konnte.

Es war die Pflicht der Erwachsenen, alles zu tun, damit dieses Kind wohlbehütet aufwuchs, und dazu gehörten nun einmal Vater und Mutter. Eine Trennung war für das Kind die höchste aller Strafen, die man seiner Seele antun konnte. Aber die meisten Erwachsenen waren egoistische Schweine. Selbst mit einem Kind dachten sie in erster Linie an sich, und wenn der Partner ihnen nicht mehr zusagte, dann trennte man sich. Das Wohl des Kindes musste sich dem unterordnen. Die Moderne hatte Egoisten herangezüchtet!

Er setzte sich auf die Couch und betätigte die Fernbedienung, zappte ziellos durch das Programm. So, wie er durch das Programm zappte, wurde er immer wagemutiger. Er ging zum Kühlschrank in die Küche, schenkte sich ein Glas Cola ein und trank es aus, während er Criminal Minds schaute, eine US-amerikanische Serie um Serienmörder und FBI-Profiler. Schon kurze Zeit später war er in die Sendung vertieft und vergaß alles um sich herum, auch dass er sich gar nicht bei sich zu Hause aufhielt. Nachdem die Sendung vorbei war, stand er auf und wusch das Glas, trocknete es ab und stellte es in den Schrank zurück. Er betrachtete die Couch. Da sie aus schwarzem Leder war, glaubte er nicht daran, dass er Spuren hinterlassen hatte.

»Schade, eigentlich müsste ich doch einen kleinen Hinweis zurücklassen, dass ich hier war. Das hebt die Spannung.« Er war hin- und hergerissen und beschloss, die Wohnung zu verlassen. Aber statt zur Wohnungstür zu gehen, ging er wieder ins Schlafzimmer, zog seine Jacke aus und legte sich aufs Bett. Arndts Geruch war nun noch intensiver. Er atmete ihn ein, schloss die Augen und sagte sich: »Ein Frühlingsmensch …«

Das Bett war sehr angenehm. Die Matratze war weder zu hart noch zu weich. Genau diese Matratze hätte er auch ausgesucht. Er schloss die Augen und wollte dieses Gefühl, dass er in der Wohnung des Bullen war und ihn narrte, einfach genießen, schließlich gehörte sehr viel Mut zu solch einer Tat. Und er war mutig. Das machte ihn nicht nur stolz, sondern auch zufrieden. Früher hatte man ihm immer vorgeworfen, er sei feige, aber er war nicht feige. Würde ein Feigling das hier tun? Sicherlich nicht. Und so, wie er im Bett lag, wurden die Augen immer schwerer und er schlief ein, bis er durch ein Geräusch aufgeweckt wurde.

Er schrak hoch. Jemand betrat die Wohnung und dieser jemand konnte nur Arndt sein. Instinktiv griff er zu seinem Taschenmesser. *Scheiße,* fluchte er in Gedanken. Er war doch tatsächlich eingeschlafen. Gleich betrat Arndt das Schlafzimmer und dann musste es zum Showdown kommen. Der Mann hatte sich das Finale mit ihm dramatischer vorgestellt, aber so war das im echten Leben nun einmal: Dinge bekamen eine Eigendynamik, die man nicht vorhersehen konnte.

Er war bereit. Er würde ihm das Taschenmesser in den Bauch rammen. So einfach gäbe er sich nicht geschlagen. Der Mann musste aber an sein Werk denken. Er hatte noch nicht alle Mörder ihrer gerechten Strafe zugeführt, das bedeutete also auch, dass er hier heil herauskommen musste. Er durfte nicht aus purem Egoismus das größere, wichtigere Werk, nämlich die Gerechtigkeit herbeizuführen, gefährden.

Er stand auf. Seine Jacke lag neben ihm. Er zog sie an, legte die Bettdecke wieder ordentlich aufs Bett, versteckte sich hinter der Tür und versuchte zu lauschen. Er hörte Schritte und kurz darauf roch er ihn. Es war Arndt, dieser Zitronenduft war unverkennbar. Arndt war kurz davor, das Schlafzimmer zu betreten. Der Mann fing an zu schwitzen. Das Taschenmesser hatte er in der Hand und er war bereit zuzuschlagen.

Doch dann hörte er wieder Schritte. Diesmal bewegten sie sich vom Schlafzimmer weg und er hörte Geräusche. Übergibt er sich?, dachte der Mann und musste grinsen, denn das war seine Chance. Langsam schlich er auf den Flur und hörte die Geräusche immer deutlicher. Sie kamen aus dem Bad, daran gab es keinen Zweifel. Jetzt war er sich sicher, Arndt kotzte sich die Seele aus dem Leib. Der Mann verkniff sich das Lachen.

Zu gern hätte er ihn hinterrücks überrascht und ihm das Messer in den Rücken gestochen, aber er durfte nicht. Er musste an seine Gerechtigkeitstaten denken. Er musste die anderen

Mörder überführen, also öffnete er die Wohnungstür und verließ leisen Schrittes die Wohnung und das Haus.

Auf der Straße hielt er an und blickte nach oben, zum zweiten Stock, wo sich Arndt wahrscheinlich noch immer die Seele aus dem Leib kotzte!

»Wenn du wüsstest, dass ich dir heute dein Leben geschenkt habe …«

KAPITEL 16

Völlig verkatert betrat Arndt um 9.10 Uhr die Polizeidirektion Lübeck in der Possehlstraße. Seine Dienststelle war das Kommissariat 1, die Mordkommission. Er betrat sein Büro und sah einen Zettel auf dem Tisch liegen, auf dem stand: »Sind im Besprechungszimmer Nord – Kaffee ist vorhanden«.

Arndt zog seine Jacke aus und machte sich auf den Weg. Noch immer dröhnte sein Schädel. Er hatte es gestern wohl eindeutig übertrieben. Aber um sich Vorwürfe zu machen, war es eh zu spät. Er musste versuchen, diesen Tag irgendwie einigermaßen zu überstehen, und Kaffee war das beste Mittel dafür. *Eine Kippe wäre auch toll,* dachte er. Aber an dem Tag, als er erfuhr, dass sie ein Kind bekommen würden, hatte er mit dem Rauchen aufgehört und hatte sich bis zu jenem Tag keine einzige Kippe mehr gegönnt. Er beabsichtigte, es auch dabei zu belassen.

Im Büro warteten bereits Elke und Willy auf ihn.

»Kommst du auch schon?«, knurrte Willy schroff und warf einen Blick auf die Uhr an der Wand gegenüber.

»Sorry«, antwortete Arndt und setzte sich neben Elke.

»Ich glaube, du brauchst jetzt Kaffee, nach so einer durchzechten Nacht«, lachte sie und schenkte ihm Kaffee ein.

Er war sich nicht sicher, ob ihre Freundlichkeit gespielt oder ehrlich gemeint war. *Hoffentlich hat sie sich beruhigt,* wünschte er sich.

Arndt nahm einen kräftigen Schluck des schwarzen Muntermachers und hätte sich fast die Zunge dabei verbrannt. Elke konnte sich ein Grinsen nicht verkneifen. Nur Willy schaute angespannt drein.

»Na gut, nachdem der gute Herr jetzt seinen Kaffee hat, können wir ja anfangen. Oder hat irgend jemand Einwände dagegen?«

Weder Elke noch Arndt sagten etwas.

»Gut, oder eher: nicht gut. Wir haben zwei Leichen, aber noch keinen Täter. Übrigens darfst du Elke danken, dass sie mir den Bericht heute Morgen auf den Tisch gelegt hat. Sie hat ihn gestern Abend noch geschrieben, während du dich abgeschossen hast …« Willy schien wirklich sauer auf ihn zu sein, daher schaute er ihn auch nicht an, als er schimpfte. Willy schnaubte und fuhr mit seiner Ansprache fort. »Wir haben zwei Leichen, aber so gut wie keine Anhaltspunkte. Die Befragung der Nachbarn durch Elke hat keine nennenswerten Erkenntnisse gebracht. Wie ist deine Befragung gelaufen?«

»Leider haben die Nachbarn der Brauns auch niemanden gesehen.«

»Mist! Ich war gestern auch am Tatort bei den Brauns, in der Hoffnung, dass ich Frau Braun abfangen kann. Wir haben durch die Nachbarn erfahren, dass sie einen Sohn haben, der in Timmendorfer Strand wohnt. Nachdem wir ihn informiert haben, war er keine 20 Minuten später am Tatort.«

»Und was hat er erzählt?«, fragte Elke.

»Nichts Nennenswertes. Er war natürlich geschockt, aber hat sich sehr beherrscht verhalten. Meine Bitte, ob er Frau Braun zu uns bringen könnte, hat er leider abgelehnt. Er wollte ihr das jetzt nicht antun. Und unser guter Sohn ist Anwalt, also wollte ich nicht mit diesem Paragrafenreiter streiten. Frau Braun ist derzeit bei ihm. Ihr solltet der guten Frau Braun einen Besuch abstatten. Die Adresse habe ich euch per E-Mail bereits zukommen lassen.«

Deswegen hat gestern niemand darauf reagiert, als ich an der Tür der Brauns klingelte, schlussfolgerte Arndt.

»Was sagt die Spurensicherung?«

»Die sind noch am Auswerten. Aber es wurden Haare und Fußabdrücke gefunden.«

»Das ist doch schon mal was.«

»Vielleicht. Aber wie es ausschaut, waren die Haare nicht identisch.«

»Was meinst du damit?«, frage Elke.

»Nun, auf dem Sofa von Wölk wurden kurze, blonde Haare gefunden. Aber am Tatort, wo Wölk abgeschlachtet wurde, lange, dunkle und strubbelige.«

»Scheiße«, fluchte Arndt und seine Augen blitzten auf.

»Was ist los?«, fragte Willy.

»Der Waldmensch! …«

»Welcher Waldmensch?«

»Na der, der sich im Pansdorfer Wald heimisch eingerichtet hat. Er hat lange, dunkle verfilzte Haare.«

»Ein Waldmensch? Du meinst jemanden, der im Wald lebt?«

»Ja, der Mann lebt abgeschieden im Wald und hat der Zivilisation den Rücken gekehrt.

»Kranke Welt … denkst du, er könnte unser Täter sein?«

»Ich weiß nicht, aber er hat uns belogen, so viel steht schon mal fest. Gibt es schon eine Haaranalyse?«

»Nein, so schnell schießen die Preußen nicht. Das wird wohl noch einige Tage dauern, bis sämtliche Auswertungen vorliegen.«

»Und von den Schuhabdrücken?«

»Die von Wölks Wohnung und den Brauns liegen noch nicht vor. Das hört sich jetzt vielleicht verrückt an, aber Ole ist fast geneigt zu behaupten, dass einige Schuhabdrücke im Wald Schuhsohlen von …«

»Von Sandalen sind«, beendete Arndt den Satz.

»Ja, genau. Wie kommst du drauf?«

»Na, unser lieber Waldmensch läuft im tiefsten Winter mit Sandalen durch den Wald. Der ist total verrückt.«

»Aber macht ihn das zum Täter? Welches Motiv sollte er haben? Und es passt auch nicht zu den kurzen blonden Haaren, die man im Wohnzimmer von Wölk gefunden hat«, warf Elke als Einwand ein.

»Das stimmt, aber es sagt, dass der Waldmensch uns angelogen hat.«

»Gut, Arndt, dann solltet ihr auch ihn noch mal aufsuchen. Notfalls bringt ihn mit aufs Revier. Wenn ich den Bericht richtig gelesen habe, hat sich die Frau von Andreas Wölk auch merkwürdig verhalten.«

»Ja, irgendetwas stimmt da nicht. Als wir ihren Ehemann nach Braun befragten, hat sie das Gesicht verzogen und wir hatten den Eindruck, als wolle sie etwas geradestellen.«

»Ich glaube, sie hat die Hosen an«, fügte Elke hinzu.

»Wer die Hosen anhat, ist mir völlig egal. Ich will, dass ihr sie auch noch mal aufsucht! Es muss eine Verbindung zwischen Wölk und Braun geben, vor allem, wenn die sich seit ihrer Grundschulzeit kannten. Ein Killer schreibt doch nicht ohne Grund das Wort ›**MÖRDER**‹ an die Wand. Wir haben die Farbe analysiert und wie es ausschaut, hat er dazu schwarzen Autolack benutzt.«

»Soweit wir es bis jetzt beurteilen können, waren beide unbescholtene Bürger. Der Braun hat für unser Dorf sehr viel Gutes getan. Er war sehr beliebt. Vielleicht war er gegenüber seinen Mitarbeitern knausrig, aber das macht ihn ja nicht unbedingt zu einem schlechten Menschen oder gar zum Mörder. Mir will einfach kein Grund einfallen, warum man beide getötet hat. Es ergibt keinen Sinn.«

»Da muss ich Elke zustimmen, Willy. Pansdorf ist ein unscheinbares, kleines Dorf. Wenn Andreas Wölk sich an seinem Ex-Chef gerächt hat, warum sollte er dann auch seinen Vater töten? Uns ist es noch nicht gelungen, die wirkliche Verbindung zwischen den beiden zu finden. Haben die Fallanalytiker vielleicht etwas herausgefunden?«

»Die sind noch am Analysieren. Ich habe vorhin auch noch mal kurz mit Harald gesprochen. Er wollte sich noch nicht aus dem Fenster lehnen, aber er glaubt, dass Täter und Opfer sich kennen und dass die Zeichen, die er hinterlässt, für uns gedacht sein könnten.«

»Uns? Wieso das?«, fragte Arndt erstaunt.

»Vielleicht will er, dass wir ihn fangen«, mutmaßte Willy.

»Oder es ist eine Botschaft, warum er die Männer tötet«, gab Elke zu bedenken.

»Konnten die Jungs von der Spurensicherung oder die Fallanalytiker etwas zu den Botschaften auf dem Körper und zur Todesursache sagen?«

»Ole sagte mir, dass Wölk durch siebzig Messerstiche starb. Er vermutet, dass die Augäpfel erst nach dem Tod entfernt wurden. Und Braun starb durch siebzehn Messerstiche und seine Augen wurden, aller Wahrscheinlichkeit nach, ebenfalls erst nach dem Tod entfernt.«

»Denkst du, die Anzahl der Messerstiche hat eine Bedeutung?«

»Ich weiß es nicht, aber Harald geht davon aus, dass die Anzahl der Messerstiche kein Zufall war.«

»Gut, dann haben wir die Siebzig und die Siebzehn. Und wofür soll das stehen?«, fragte Elke in die Runde.

»Die Fallanalytiker zerbrechen sich darüber gerade den Kopf, und natürlich auch über die beiden Buchstaben A und N und in welcher Verbindung sie stehen könnten.«

»Er spielt also mit uns!«, stellte Arndt fest. »Also reicht es ihm nicht, dass er sie auf bestialische Weise tötet, nein, er verhöhnt uns auch noch.«

»Das wissen wir nicht, Arndt. Ich möchte, dass ihr Frau Braun und die anderen Personen gleich verhört. Mischt euch unter die Dorfleute und fragt sie aus. Im Dorf spricht doch jeder mit jedem.«

»Oder alle schweigen …«

»Aber Elke, du bist doch dort groß geworden. Sprich doch mal mit deinen Eltern oder Großeltern. Es muss doch irgendeinen Anhaltspunkt geben.«

»Das habe ich schon, Willy. Aber ihnen ist auch nichts eingefallen, das uns weiterhelfen könnte. Wölk und Braun haben sich einfach nichts zu Schulden kommen lassen. Wer weiß, vielleicht ist das am Ende die Tat irgendeines Durchgeknallten, der gar nicht in Pansdorf lebt.«

»Wir müssen einfach weiter in alle Richtungen ermitteln. Schnappt mir nur dieses Schwein. Die Presse sitzt mir bereits im Nacken.«

»Haben die schon Wind davon bekommen?«

»Natürlich. Oder denkst du, die Polizeidirektion kann zwei Morde verheimlichen? Ich muss um 16 Uhr eine Pressekonferenz geben und darauf habe ich einen feuchten Furz Lust. Gibt es von euch noch was zu ergänzen?«

»Von mir aus nicht«, sagte Elke und Arndt verneinte ebenfalls.

»Gut, dann will ich euch erst wieder sehen, wenn ihr Neuigkeiten für mich habt.«

Beide verabschiedeten sich und wollten gerade das Besprechungszimmer verlassen, als Willy ihnen noch nachrief: »Wartet mal.«

»Ja, Willy?«, fragte Elke und drehte sich noch einmal um.

»Was ist eigentlich mit dem Zeugen, der die Polizei kontaktiert hat?«

»Du meinst Michael Herbst?«

»Ja, genau den.«

»Was soll mit dem sein?«, fragte Arndt.

»Habt ihr ihn noch mal aufgesucht? Ich konnte nichts darüber im Bericht sehen.«

»Ehrlich gesagt, haben wir keinen Grund gesehen. Der arme Kerl hat Wölks Leiche beim Joggen entdeckt. Er hat Elke alles erzählt, was wir wissen wollten. Warum sollten wir ihn noch mal aufsuchen?«

»Ist nicht dein Ernst, Arndt! Wir haben zwei Morde innerhalb eines Tages und einen Jogger, der die Leiche entdeckt hat. Kommt ihr da nicht auf die Idee, ihn aufzusuchen und ihn nach einem Alibi zu fragen?« Willys Stimme wurde laut.

»O. k., Chef, alles gut. Wir werden ihn heute noch aufsuchen. Wir melden uns.« Arndt gab ihr Zeichen, das Büro schnell zu verlassen, da er fürchtete, Willy könnte ihnen gleich eine Predigt abhalten.

»Und nicht vergessen, morgen um 9 Uhr zur Teambesprechung zu kommen, die Kollegen von der Spurensicherung, der Gerichtsmedizin und die Fallanalytiker werden auch da sein. Pünktlich um neun!«

»Du kannst dich auf mich verlassen, Chef«, sagte Arndt lachend, während er hinter sich und Elke die Tür zu machte, denn er wusste, dass diese Worte insbesondere ihm galten.

»Wen sollen wir zuerst aufsuchen?«, fragte Elke, als sie auf dem Flur waren.

»Den Waldmensch!«

Gemeinsam gingen sie zum Wagen. Es war ein ungeschriebenes Gesetz, aber Arndt war so gut wie immer der Fahrer. Er mochte es nicht, wenn andere Auto fuhren, wenn er dabei war – außer bei Willy, da traute er sich nicht. Willy reagierte sehr störrisch. Aber Elke hatte sich inzwischen daran gewöhnt und es schien sie auch nicht wirklich zu stören.

Er aktivierte das Navi und fuhr los.

»Ach, schau mal, was ich gestern zu später Stunde bekommen habe«, sagte Elke mit einem breiten Grinsen und zeigte ihm seine SMS. Arndt verfluchte sich augenblicklich, dass er sie abgeschickt hatte, es war ihm sichtlich unangenehm.

»Ich war da schon ziemlich …«, versuchte er sich zu rechtfertigen.

»Danke«, sagte sie stattdessen und ging auf die Rechtfertigung gar nicht ein. Arndt schaute freundlich überrascht. Also hatte er Elkes gute Laune dieser SMS zu verdanken. Das machte die Sache etwas weniger unangenehm für ihn.

Nach 25 Minuten Autofahrt parkte er seinen Wagen am Mühlenteich, an der gleichen Stelle, wo er seinen Wagen tags zuvor auch schon geparkt hatte. Von dort war es nur noch ein fünfminütiger Fußweg zur Hütte des Waldmenschen.

»Hoffentlich ist er da.«

»Das werden wir gleich sehen«, sagte Arndt und klopfte an die improvisierte Tür.

Niemand öffnete. Er klopfte erneut, aber noch immer reagierte niemand.

Dann öffnete er die Tür.

»Wir können doch nicht …?«, wollte Elke einwenden, aber da war er schon in der Hütte. Vom Waldmenschen war nichts zu sehen.

»Mist, er ist nicht hier«, fluchte Arndt.

»Komm, lass uns mal am Teich schauen. Vielleicht fischt er.«

»Ja, gute Idee. Ansonsten besuchen wir Frau Braun.«

Der Teich lag nur wenige Meter hinter der Holzhütte und sie hatten Glück. Der Waldmensch stand auf dem zugefrorenen Teich. Er hatte vor sich ein kleines Loch in die Eisdecke gebrochen und angelte.

»Herr Hansen, wir müssten mit Ihnen sprechen. Könnten Sie bitte zu uns kommen!«, rief Arndt mit lauter Stimme.

Der Waldmensch erschrak, so sehr schien er in seine Angelei vertieft zu sein. Er dreht sich um, und als er die beiden Polizisten bemerkte, machte er zunächst keine Anstalten, zu ihnen zu kommen.

»Herr Hansen, lassen Sie mich bitte nicht zu Ihnen kommen müssen!«

»Sie verscheuchen die Fische«, kam stattdessen als Antwort zurück.

»Das ist mir scheißegal. Kommen Sie sofort her!«, brüllte Arndt. Der Waldmensch erschrak merklich, zog seine Angel aus dem kleinen Loch und trottete vorsichtig übers Eis zu den beiden Polizisten.

»Danke! Wegen Ihnen werde ich heute hungern.«

»Dann gehen Sie in eine Suppenküche«, blaffte Arndt ihn an, denn mit dem Waldmenschen wollte er nicht diskutieren. Er hatte gelogen und Arndt wollte wissen, warum.

»Was kann ich für Sie tun?«, fragte Hansen.

»Wir haben noch ein paar Fragen zu dem Mord von gestern.«

»Ich habe Ihnen alles erzählt, was ich weiß.«

»Herr Hansen …«

»Waldmensch«, korrigierte ihn Hansen.

»Herr Hansen, lassen Sie die Spiele. Wenn Sie nicht kooperieren und ehrlich sind, werde ich Sie verhaften.«

»Wieso? Was habe ich getan?«

»Sie haben gelogen«, warf Elke ein.

»Gelogen? Was meinen Sie damit?«

»Nun gut, dann will ich mal Ihr Gedächtnis auffrischen. Wir haben Haare am Tatort gefunden.«

»Ich war nicht am Tatort. Wirklich«, beteuerte der Waldmensch, um sich aus der Schlinge zu ziehen.

»Hören Sie mir weiter zu! Wir haben auch Fußspuren gefunden. Es waren eindeutig die Sohlen von Sandalen!« Arndts Stimme wurde fordernder, sein Blick war aggressiv.

»Na und? Was soll das bedeuten?«

»Das soll bedeuten: Wenn Sie nicht endlich mit der Wahrheit rauskommen, werde ich Sie wegen Behinderung der Polizei in einer laufenden Ermittlung verhaften. Und wenn Sie mir ganz dumm kommen, verhafte ich Sie wegen Mordverdachts an Emil Wölk.«

»Das ist nicht Ihr Ernst«, antwortete der Waldmensch, aber seine Stimme klang gar nicht mehr so dominant wie noch vorhin, sondern eher unsicher.

»Mein Kollege scherzt nicht«, stärkte Elke ihm den Rücken. »Also, Herr Hansen. Was haben Sie zu sagen?«

Hansen atmete ein und aus und schaute nach rechts und links, als fürchtete er, dass sie jemand belauschen könnte.

»Nicht hier, kommen Sie in die Hütte«, forderte er Arndt auf. Beide folgten ihm.

»So, dann mal los.«

»Sie haben recht.«

»Womit?«

»Ich war am Tatort.«

»Warum denn nicht gleich so?«, fragte Arndt, aber ehe er fortfahren konnte, zupfte Elke ihn am Ärmel. Anscheinend hatte sie bemerkt, dass er sauer war. Und wenn er sauer war, konnte er richtig eklig werden.

»Sie waren da. Was haben Sie gesehen?«

»Als ich da war, war er schon tot. Ich schwöre.«

»Und wann war das?«

»Ich weiß nicht. Es war jedenfalls schon dunkel, aber noch nicht nachts. Hier im Wald hat man im Winter nicht gerade ein Gefühl für die Uhrzeit.«

»Dann erzählen Sie, warum Sie bei der Leiche waren. Aber keine Geschichten. Wir haben genug, um Sie zu verhaften.« Arndt zeigte auf seine Handschellen und konnte sich ein fieses Grinsen nicht verkneifen. Der Waldmensch schluckte.

»Ich war auf dem Teich und wollte fischen, als ich plötzlich einen Schrei hörte. Erst ignorierte ich ihn, aber dann hörte ich es wieder und wieder und ich bekam es mit der Angst zu tun. Ich lief in meine Hütte und hatte große Angst, weil es eindeutig der Schrei eines Mannes war. Ich versuchte, mich zu beruhigen, und überlegte, ob ich nicht nachschauen sollte, was passiert war. Ich war mir nicht sicher, ob es vernünftig war, das Risiko auf mich zu nehmen, aber dann beschloss ich, dass ich nachschauen sollte. Wenn dieser Mann ausgeraubt wurde und vielleicht schwer verletzt im Wald lag, war es doch meine Pflicht, ihm zu helfen. Ich nahm meine Taschenlampe und ein Messer und folgte der Richtung, aus der ich den Schrei vermutet hatte. Ich hatte zunächst den falschen Weg eingeschlagen, da aber der Schrei sehr laut war, konnte der Mann nicht weit von mir entfernt sein. Und dann fand ich ihn. Er lag nackt auf dem Boden und bewegte sich nicht.«

»Was haben Sie dann getan?«, fragte Arndt.

»Ich habe geschaut, ob er lebt.«

»Wie haben Sie das gemacht? Haben Sie nach seinem Puls gefühlt?«

»Nein, ich wollte ja keine Spuren hinterlassen. Ich habe mit einem Stock versucht, ihn zu bewegen, aber der Körper hat nicht reagiert, also ging ich davon aus, dass er bereits tot war. Sein Oberkörper war ja völlig blutunterlaufen. Und dann sah ich in sein Gesicht und sah …, grauenhaft, dass er gar keine Augen mehr hatte. Da packte mich die Angst und ich bin davongerannt.«

»Und Sie haben niemanden gesehen?«

»Nein, wirklich. Wie gesagt, ich habe lange überlegt, ob ich nachschauen soll. Als ich am Tatort war, ist der Täter bestimmt schon über alle Berge gewesen.«

»Und warum haben Sie nicht die Polizei gerufen?«

»Weil ich Angst hatte.«

»Vor wem hatten Sie Angst, wenn Sie niemanden gesehen haben?«

»Ich stand unter Schock! Wer sagt denn, dass der Täter sich nicht noch im Wald aufhielt!?« Der Waldmensch wurde laut.

»Gerade deswegen sollte man die Polizei rufen! Was verschweigen Sie?« Arndt erhob seine Stimme.

»Ich verschweige nichts. Ich hatte einfach Angst und wollte das vergessen, was ich gesehen habe. Ich habe mich sofort ins Bett verkrochen und wollte nur noch schlafen.«

»Hören Sie, wir können Ihnen helfen. Wir können Sie beschützen, aber Sie müssen uns dafür die Wahrheit sagen.« Elke versuchte, die Gemüter zu beruhigen.

»Ich habe Ihnen die Wahrheit gesagt, wirklich. Ja, es war ein Fehler, die Polizei nicht benachrichtigt zu haben, und ja, es war ein Fehler, dass ich Sie angelogen habe. Das tut mir sehr leid, aber die Situation überforderte mich.«

Beide warfen sich einen Blick zu.

»Darf ich die Taschenlampe sehen?«, fragte Arndt.

»Wie bitte?« Der Waldmensch war sichtlich irritiert über diese Frage.

»Na, Sie sagten doch, dass Sie mit einer Taschenlampe und einem Messer nach dem Toten gesucht haben.«

»Ja und?«

»Ich möchte die Taschenlampe sehen.«

Der Waldmensch schaute unsicher auf den Boden und an die Wände, vermied aber den Augenkontakt zu beiden.

»Würden Sie uns bitte die Taschenlampe zeigen?«, forderte Arndt ihn erneut auf.

»Ja, ja. Ich muss sie suchen. Ich weiß nicht, wo ich sie hingetan habe.«

»Das sollte ja kein Hindernis sein«, antwortete er und warf einen Blick in den Raum, in dem es nicht wirklich viele Möglichkeiten gab, etwas zu verstauen.

»Vielleicht sollten Sie mal in den Nachtschrank schauen«, sagte Arndt, da er wusste, was diese Unsicherheit bedeutete, aber er spielte das Spiel mit.

»Ja, gute Idee«, antwortete der Waldmensch, aber seine Stimme klang äußerst brüchig und alles andere als sicher oder überzeugt. Langsamen Schrittes ging er zum Nachtschrank und öffnete die Schubladen. Wie von Arndt erwartet, war dort keine Taschenlampe zu finden.

»Herr Hansen, lassen Sie es bleiben. Die Taschenlampe ist nicht hier, Sie haben sich selbst verraten. Also, wo ist die Taschenlampe?«

Der Waldmensch blickte die beiden Beamten an und Arndt sah, dass seine Augen feucht wurden. Der Waldmensch zitterte: ein eindeutiges Zeichen dafür, dass er wirklich Angst hatte.

»Wir werden Sie beschützen. Wo ist die Taschenlampe?«, fragte Elke, der es auch nicht entgangen war, dass der Waldmensch mit den Tränen kämpfte.

»Die Taschenlampe … hat der Mörder …«

KAPITEL 17

Der Tag konnte nur schön werden. Er hatte gut geschlafen, im Gegensatz zur Nacht davor, und er fühlte sich gut, sehr gut sogar. Er hatte weder gezittert noch nachts geweint. Er fasste das als gutes Zeichen auf. Der Mann konnte sich vage daran erinnern, dass er träumte und dabei einen Ständer bekam. Die Erinnerung an die zweite Tat brachte hingegen nur schöne Erinnerungen mit sich.

Klar war sie nicht perfekt, weil er gestört worden war, aber es gab noch Gelegenheit, es beim nächsten Mal besser zu machen. Arndt käme ihm diesmal nicht in die Quere. Der Mann schlief immer nackt, und als er die Decke zur Seite schob, bemerkte er etwas Glitschiges. Er warf einen Blick auf die Stelle und musste grinsen.

War der Traum, die Erinnerung an die Tat, doch tatsächlich so stark, dass er ejakuliert hatte? Er konnte sich nicht daran erinnern, wann er das letzte Mal im Schlaf ejakuliert hatte, aber es war ihm nicht unangenehm. Menschen ejakulierten nun einmal manchmal im Schlaf. Jeder pubertierende Junge verstünde das auf Anhieb.

Nackt begab er sich ins Badezimmer, als es plötzlich an der Tür klingelte. Er ging zur Tür, betätigte den Knopf, damit sich die Haustür unten öffnete, und wartete. Dann schaute er durch den Türspion und seine Augen wurden groß. Freudig öffnete er die Tür. Der Postbote erschrak und wusste gar nicht, was er sagen sollte.

»Sie haben sicher ein Paket für mich«, lachte hingegen der nackte Mann in der Tür und der Postbote nickte nur.

Er überreichte ihm das Paket und stammelte: »Können Sie bitte unterschreiben!?«

»Klar. Und seien Sie nicht so ängstlich. Wir werden alle nackt geboren«, lachte der Mann, unterschrieb und gab dem jungen Postboten das Gerät für die Unterschrift zurück. Der Postbote sagte nichts, sondern verließ eilig das Treppenhaus. Der Mann lachte ihm hinterher.

Voller Vorfreude öffnete er, nachdem er die Haustür hinter sich ins Schloss hatte fallen lassen, das Paket. Er ging zur Küche, öffnete die Flasche mit dem Formalin und goss es in die eigens zu diesem Zweck gesäuberten Marmeladengläser. Dann holte er die zwei Beutel mit den Augäpfeln aus der Tiefkühltruhe. Er überlegte, ob er die Augen vielleicht besser erst auftauen sollte, entschied sich aber dagegen. Er wollte die Augen in ihrem gefrorenen Zustand gerade in die Gläser geben, da stoppte er, weil nun doch Zweifel aufkamen, ob das Eis an den Augen nicht den Säuregrad reduzieren könnte und somit die Konservierung gefährdete. Er nahm ein Küchentuch und legte die Augen darauf, damit die dünne Eisschicht, welche sich auf den Augen gebildet hatte, abtropfen konnte.

Danach holte er sein Laptop aus dem Wohnzimmer und setzte sich damit an den Esstisch in der Küche; wie in vielen modernen Wohnungen bildeten Wohnzimmer und Küche eine Einheit. Er googelte und fand einen Artikel über die Konservierung von Seefischen, in dem stand, dass man die Augen nicht im gefrorenen Zustand konservieren sollte. *Was für Fischaugen gilt, gilt sicherlich auch für Menschenaugen,* dachte er zufrieden und ging ins Bad, um sich frisch zu machen.

Anschließend setzte er frischen Kaffee auf und wollte sich nackt zum Briefkasten begeben, hielt dann aber kurz inne, da er das Gerede der Nachbarn fürchtete. Obwohl der Drang nach Freiheit und sich zu verhalten, wie es ihm beliebte, an diesem Morgen sehr groß war, wollte er seine Tarnung nicht auffliegen lassen. Auf einmal trat wieder seine kontrollierte Persönlichkeit in Erscheinung. Der Postbote hatte schon irritiert geschaut, als er ihm nackt die Tür öffnete, was also würden die Nachbarn erst denken? Nein, er durfte keine Vorlage für Tratsch bieten. Er war normal! Und normale Menschen gingen angezogen zum Briefkasten. Also zog er sich eine Jeans und sein T-Shirt vom Vortag an und holte die Post aus dem Briefkasten: die Lübecker Nachrichten und ein wenig Werbung. Die Werbung warf er in den Müll und die Lübecker Nachrichten, das war die Tagespresse für Lübeck und Umgebung, legte er auf den Esstisch.

Er schenkte sich einen Kaffee ein und setzte sich auf den Stuhl, dann nahm er einen Schluck. Der Kaffee war sehr heiß, das brennende Gefühl im Magen gefiel ihm, obwohl er kurz zusammenzuckte. Er grinste und nahm noch einen Schluck. Danach warf er einen Blick auf die Lübecker Nachrichten und fast hätte er vor Schreck den Kaffee wieder ausgespuckt.

Er stellte den Kaffeebecher auf den Tisch und warf einen genaueren Blick auf die Tageszeitung. Auf der Titelseite stand: *Doppelmord im beschaulichen Pansdorf!*

Seine Hände fingen an zu zittern und er blätterte auf Seite drei und las den Artikel. Sein Brustkorb bewegte sich hektisch auf und ab, fast so, als hätte er gerade einen Sprint hinter sich gelegt. Seine Hände waren klitschnass und die Stellen der Zeitung, die er in den Händen hielt, zeigten seine feuchten Fingerabdrücke.

Er nahm einen kräftigen Schluck des Kaffees, der inzwischen bereits lauwarm war, aber spülte ihn trotzdem hinunter.

Dann warf er erneut einen Blick auf die Titelseite: *Doppelmord im beschaulichen Pansdorf!*

Nun gab es keinen Zweifel mehr. Er hatte Geschichte geschrieben! Seine Tat hatte es auf die Titelseite einer Zeitung gebracht. Glücksgefühle bemächtigten sich seiner.

Und seine Pupillen wurden größer und ein Grinsen zauberte sich in sein Gesicht.

Er, der von der Gesellschaft gemieden und ausgegrenzt wurde, den man rumgescheucht hatte, den keiner wirklich wollte, genau er hatte es auf die Titelseite einer Zeitung geschafft! Wie konnte man da nicht stolz auf sich sein?

Der Inhalt gab zwar nicht exakt wieder, wie die Taten wirklich vollbracht wurden, aber das war jetzt erst einmal sekundär. Er überlegte, ob er nicht den Journalisten kontaktieren sollte, um ihm seinen Dank auszusprechen, obwohl er das ein oder andere Mal Wörter wie »abartig« oder »unmenschlich« benutzte. Aber gut, der Journalist wollte ja schließlich Quote machen und seine Zeitung verkaufen, also verzieh er ihm. So war nun mal das Showbusiness. Er musste an Hannibal Lecter denken. Er wurde in den Filmen von Anthony Hopkins, den er liebte, verkörpert. Und obwohl er eine Bestie war, liebten ihn alle. Wer konnte sich noch an den FBI-Direktor erinnern? Kein Schwein!

Aber im Gegensatz zu Lecter war er kein Monster, er war auch kein Kannibale. Beim Wort Kannibale musste er unfreiwillig grinsen, da er ja unbeabsichtigt auch ein Stück Fleisch gegessen hatte. Aber wirklich genossen hatte er es ja nicht. Es war zu klein, um in den Genuss eines echten Geschmackes zu kommen, und außerdem war er ja kein Kannibale und auch kein Monster.

Er war ein Vollstrecker, ein *Judge,* und tötete nur, weil die Mörder es verdienten. Wenn er seine Liste abgearbeitet habe und endlich Gerechtigkeit herrschte, würde er sein Richteramt niederliegen. Das Töten sollte ihm keine wirkliche Freude bereiten, es war seine Pflicht, weil niemand anderer diese Pflicht übernahm und alle zu feige waren, endlich die Mörder für ihre Tat zur Rechenschaft zu ziehen!

Aber bereitete ihm das Töten wirklich keine Freude? Er war nicht ehrlich zu sich, denn das Töten gefiel ihm. Die Macht über Leben und Tod gefiel ihm dermaßen, dass es ihn immer stärker erregte. Noch immer wehrte er sich gegen diese Wahrheit, weil er einfach nicht davon los konnte, glauben zu wollen, dass er normal sei und die Morde (nichts anderes waren es) nur aus dem Grund der Rache geschahen, also gerechte Morde waren.

Der Artikel bestärkte ihn, weiterzumachen und seine nächste Gerechtigkeitstat noch spektakulärer zu vollenden. Ob er dem Journalisten einen Tipp geben sollte?

Er nahm seinen Laptop und ging auf die Webseite der BILD-Zeitung, da er neugierig war, ob ihm dort auch schon eine Titelseite gewidmet wurde, aber er fand nichts. Nach einigem Suchen entdeckte er aber eine kurze Schlagzeile im regionalen Teil. Das verärgerte ihn. Daher klappte er den Laptop zu.

»Noch nicht, aber bald wird auch die BILD darüber berichten!«, machte er sich selber Mut.

Der Mann stand auf und warf einen Blick auf seine Augen. Es sah so aus, als ob sie endlich frei von Eis waren, also entnahm er der Küchenschublade einen Löffel und nutzte ihn, um die Augen ohne Berührung in die Gläser mit dem Formalin zu geben. Danach schraubte er die Deckel zu und beobachtete die Augen, wie sie sich im Glas bewegten. Aber die Bewegungen wurden immer langsamer und dann starr.

Er war glücklich! Ja, es war bis jetzt ein wirklich schöner Tag. Der Mann hatte gut geschlafen, war Titelheld der Lübecker Nachrichten und seine Trophäen waren endlich bei ihm. Konnte es besser werden?

Ja, es konnte. Schließlich gab es noch weitere Namen auf seiner Liste und er wusste genau, wer der Nächste war, der sich seiner Verantwortung stellen musste.

Und das sollte schon sehr bald geschehen. Noch am heutigen Tag.

Dieser Arndt Schumacher würde sich ihm nicht in den Weg stellen, ansonsten müsste er ihn erneut aufsuchen. Nur diesmal würde er sein Leben nicht verschonen!

Der Mann warf einen Blick auf die Uhr. Sie zeigte bereits nach 12 Uhr, das bedeutete, er hatte noch 90 Minuten Zeit, um an sein Ziel zu gelangen. Glücklicherweise musste er nicht so viel vorbereiten. Das war der Vorteil, wenn man lange genug recherchierte und beobachtete und sich ein genaues Bild über das Leben der Menschen gemacht hatte. Rentner zu jagen, stellte er vergnügt fest, war gar nicht so kompliziert, da sie dazu neigten, immer wieder die gleichen Dinge zu tun. Ihr Tagesablauf, Wochenablauf und Monatsablauf war so gut wie immer der gleiche.

Überraschungen gab es selten, daher konnte der Mann auch mit größter Wahrscheinlichkeit davon ausgehen, dass er sein nächstes Opfer exakt an der Stelle vorfinden würde, wo er auch die letzten Wochen und Monate an diesem Wochentag um diese Uhrzeit verbrachte. Der Mann war davon überzeugt, dass dies nicht nur auf Rentner zutraf, sondern auf die meisten Menschen. Der Mensch war einfach ein Gewohnheitstier, ohne sich dessen wirklich bewusst zu sein.

Zufrieden und in Vorfreude auf das, was ihn erwartete, bereitete er sich vor, als ihn plötzlich die Türklingel aus seinem Tagtraum hochschrecken ließ.

KAPITEL 18

Der Waldmensch brach in Tränen aus. Arndt schaute verwirrt, sodass Elke die Initiative ergriff und versuchte, ihn zu beruhigen.

»Wir beschützen Sie, Herr Hansen. Versprochen«, versuchte sie, ihn zu besänftigen.

»Wie kam der Mörder in den Besitz der Taschenlampe?«, fragte Arndt.

»Er hat mir aufgelauert.«

»Aufgelauert?«

»Ja, er war noch am Tatort. Ich habe ihn im Dunkeln einfach übersehen.«

»Wieso war er noch am Tatort?«

»Ich, ich glaube …« Der Waldmensch hielt kurz inne und schien sich nicht zu trauen, das auszusprechen, was ihm auf der Zunge lag.

»Was glaubten Sie?«

»Nun, ich glaube, er befriedigte sich selbst.«

»Wie kommen Sie darauf?«

»Als er mir auflauerte, war sein Hosenstall offen.«

Beide konnten ihren überraschten Blick nicht verbergen. Arndt selbst hatte während seiner langjährigen Polizeikarriere noch keinen Täter gefasst, der solch eine perverse Fantasie ausübte. Aber er hatte schon von Kollegen gehört, dass es Psychos gab, die es sexuell erregte, wenn sie ihr Opfer schändeten. Aber Willy hatte nichts dergleichen erwähnt. Vielleicht war ihr Täter jemand, der zwar große Lust verspürte, aber sich nicht am Opfer verging, sondern die Tat selbst löste in ihm sexuelle Lust aus!?

Er würde die Spurensicherung fragen, ob sie Spermaspuren gefunden hätten.

»Und was ist dann passiert?«

»Ich hab vor Schreck die Taschenlampe fallen lassen und bin weggerannt.«

»Und ist er Ihnen gefolgt?«

»Ich glaube nicht. Es war geradezu gespenstisch. Als er auf mich zukam, hatte ich das Gefühl, dass er mich gar nicht registriert hat, dass er nur den Toten im Blick hatte. Aber ich habe mich derart erschrocken, dass ich nur noch weggerannt bin.«

»Und Sie lügen uns auch nicht an?«

»Nein, wirklich – ich schwöre es.«

Arndt sah, dass der Waldmensch nicht log, in seiner Stimme lag einfach nur tiefe Verzweiflung und Angst.

»Können Sie sich denn erinnern, wie er aussah?«

»Nein, leider nicht.«

»Denken Sie bitte genau nach.«

»Ich weiß es nicht. Er war groß, schlank und hatte kurze dunkle Haare.«

»Dunkle Haare?«

»Ja, ich weiß es nicht, vielleicht waren es auch blonde. Ja, doch, es waren kurze blonde Haare.«

Bingo!, dachte Arndt und musste an die Haare denken, die die Spurensicherung im Wohnzimmer von Wölk fand. Nur eines machte noch keinen Sinn, nämlich dass der Täter den Waldmenschen nicht bemerkt hatte. Konnte ein Mensch so sehr durch seine Tat in Trance sein, dass er alles um sich herum vergaß? Vielleicht konnte die Gerichtsmedizin ihm dazu Auskunft geben.

»Könnten Sie ein Phantombild erstellen, wenn Experten von uns Ihnen helfen?«

»Ich glaube nicht. Es ging so schnell. Ich habe ihn gesehen, mich erschrocken und bin dann sofort losgerannt. Ich weiß wirklich nicht mehr. Ich will nur, dass dieser Albtraum vorüber geht. Ich habe seitdem kein Auge zugemacht.«

»Dann sollten Sie mit uns kommen. Wir bringen Sie in Sicherheit«, versuchte Elke eine Lösung zu finden.

»Nein, das hier ist mein Zuhause. Ich kann nirgends hin.«

»Wir können Sie hier nicht beschützen. Sie sollten mit uns kommen.«

»Danke fürs Angebot, aber er hat mich bis jetzt nicht aufgesucht, also denke ich, dass er es auch nicht mehr tun wird. Außerdem bin ich nicht wehrlos.« Der Waldmensch ging zu seinem Bett und zog unter dem Schlafsack ein Messer hervor.

»Der Mann ist gefährlich, Herr Hansen. Sie haben doch offensichtlich Angst, also seien Sie bitte nicht so stur und kommen Sie mit uns«, versuchte Elke ihn zum Umlenken zu bewegen.

»Nein, ich werde mein Heim nicht verlassen.« Arndt wusste nicht, ob er ihn für so viel Mut bewundern oder nur den Kopf schütteln sollte, über so viel Dummheit. Er tendierte aber eher zum Zweiten.

»Es ist Ihre Entscheidung! Ich werde Kollegen bitten, dass sie Sie aufsuchen wegen des Phantombilds und dass man ein wenig ein Auge auf Sie wirft.«

»Ich brauch keinen Schutz und ich sagte Ihnen doch, ich weiß nicht, wie er aussieht. Alles, was ich weiß, haben Sie erfahren. Bitte gehen Sie und lassen Sie mich in Ruhe. Ich bin Menschen und Aufmerksamkeit nicht gewohnt. Ich will nur meine Ruhe. Ist das zu viel verlangt? Ich stehe doch niemandem im Weg.«

»Nein, Herr Hansen, ich verstehe Sie nicht! Bei allem Respekt, aber jemand hat zwei unschuldige Menschen getötet und läuft noch frei rum, und Sie sind unser einziger Zeuge. Seien Sie froh, dass ich Sie nicht in Schutzhaft nehme! Sie werden kooperieren. Kollegen werden mit Ihrer Hilfe ein Phantombild von dem Schwein erstellen und wir stellen sicher, dass auch Kollegen hier patrouillieren werden, bis wir eine Lösung gefunden haben!« Arndt wurde immer lauter und seine Stimme fordernder, der Waldmensch traute sich gar nicht mehr, ihn anzuschauen.

»Herr Hansen, mein Kollege hat recht. Bitte bleiben Sie hier in der Hütte, bis Kollegen von uns eintreffen.«

Der Waldmensch nickte nur, sagte aber nichts.

Beide verabschiedeten sich und gingen zurück zum Wagen. Währenddessen rief Arndt bei Willy an und bat um die versprochenen Kollegen. Willy reagierte zunächst wütend und wollte seine Entscheidung nicht teilen, aber Arndt gelang es, ihn von seiner Entscheidung zu überzeugen, sodass er trotz starker Bedenken versprach, zwei Kollegen auf den Weg zum Waldmenschen zu schicken. Er gab Willy den genauen Standort der Hütte durch.

»Hätten wir ihn nicht vielleicht doch mitnehmen sollen?«

»Ich weiß nicht, Elke. Du hast ihn selbst erlebt. Der hätte dicht gemacht. So habe ich die vage Hoffnung, dass er eventuell doch noch helfen kann, ein halbwegs vernünftiges Phantombild zu erstellen. Wenigstens können wir davon ausgehen, dass die gefundenen blonden Haare dem Täter gehören. Vielleicht kommt bei der Analyse der Haare noch etwas rum.«

»Aber … wenn der Täter ihn doch aufsucht?«

»Dann werden unsere Kollegen ihn erwarten. Wenn er ihn bis jetzt nicht aufgesucht hat, wird er vermutlich auch nicht mehr kommen. Er hat Hansen vermutlich wirklich nicht gesehen.«

»Ich weiß nicht …«

»Ich habe schon mal davon gehört, dass es Täter gibt, die sich so sehr in Trance steigern, dass sie ihre Umwelt nicht mehr wahrnehmen. Gerade bei Ritualen. In Mexico hat eine Mutter einem Ritual beigewohnt und war dermaßen in Trance, dass sie ihrem fünfjährigen Sohn lebendig die Augen rausgeschnitten hat.«

»Wie schrecklich! Aber wie soll der Täter sich in so eine Trance steigern?«

»Das weiß ich nicht. Wir sollten mal die Kollegen von der Gerichtsmedizin anrufen. Der offene Hosenstall, denke ich, unterstützt diese These. Was, wenn der so erregt war, dass er alles um sich herum vergessen hat? Wer weiß, vielleicht ist der Beweggrund ein ganz anderer, aber er kann es nicht verhindern, dass die Morde ihn erregen.«

»Stopp! Jetzt komme ich gerade nicht mit.«

»Na, warum schreibt er das Wort *Mörder* an die Wand und ritzt die Buchstaben *A* und *N* auf die Oberkörper? Das sieht doch eher nach einem Ritualmord oder irgendeiner Botschaft aus, aber nicht danach, dass er sexuelle Befriedigung sucht. Ich denke nicht, dass unser Täter mordet, weil er sexuelle Befriedigung sucht. Er hat ein anderes Motiv. Aber die Morde erregen ihn dennoch und diese Erregung löst eine Trance in ihm aus.«

»Ich weiß nicht, Arndt, eine sehr gewagte Theorie.«

»Ja, Elke. Ich gebe dir recht. Ich hoffe, die Kollegen von der Gerichtsmedizin und die Fallanalytiker können uns aufklären. Welche der Personen, die wir noch aufsuchen müssen, ist uns am nächsten?«

»Der Zeuge.«

»Gut, dann fahren wir dahin.« Beide bestiegen den Wagen und Elke lotste Arndt zu der Adresse von Michael Herbst. Herbst wohnte in der Schulstraße, die nur wenige Gehminuten vom Mühlenteich entfernt war.

Vor der Wohnung hielten sie an. Herbst wohnte in einem zweistöckigen Wohnblock, der noch recht neu war.

Arndt klingelte neben dem Klingelschild mit der Aufschrift »HERBST«. Wenige Sekunden später hörten sie eine Stimme über den Lautsprecher:

»Ja?«

»Spreche ich mit Michael Herbst?«

»Ja, wieso?«

»Guten Tag, Herr Herbst, Schumacher und Henschel von der Mordkommission, wir würden gerne mit Ihnen sprechen.«

»Kommen Sie bitte hoch. Ich wohne im zweiten Stock.« Dann ertönte der Summer. Beide betraten den Flur und nahmen die Treppe hinauf zum zweiten Stock.

Vor der Haustür erwartete sie Herbst, begrüßte sie, beide stellten sich vor und er bat sie hinein. Er trug eine Hose und ein T-Shirt und eine Mütze zierte seinen Kopf. Herbst hatte ungefähr die Größe von Arndt und war schlank. Seine Hautfarbe war sehr blass. Er vermutete, allein wegen des Aussehens, dass Herbst in der IT arbeitete.

Herbst fragte Elke und Arndt, ob sie etwas trinken wollten, und nachdem beide dankend verneinten, bat er sie, Platz zu nehmen.

Die Wohnung war praktisch, aber nicht stylish eingerichtet. *Typisch Junggeselle,* musste Arndt feststellen und dachte an seine Zeit zurück, als er seine Ex noch nicht gekannt hatte. Seine Wohnung hatte damals ähnlich ausgesehen: zweckmäßig, aber nicht aufeinander abgestimmt und überwiegend von IKEA. Sicherlich machte sich Herbst nichts aus Mode und Stil. Nicht nur die Wohnung, sondern auch die Kleidung sprach für diese Annahme.

Die Wohnung selbst war allerdings sehr modern, was für Arndts Vermutung sprach, dass der Wohnblock erst vor wenigen Jahren erbaut wurde. Die Bauweise mit der offenen Küche gefiel ihm und machte den Raum gleich freundlicher und größer.

»Wie kann ich Ihnen helfen?«, fragte Herbst freundlich.

»Es geht um den Mord, den Sie der Polizei gemeldet haben«, kam Arndt zum Punkt.

»Was ist damit?«

»Nun, wir wollten Sie nochmals dazu befragen, vielleicht ist Ihnen noch etwas eingefallen.«

»Ehrlich gesagt, habe ich Ihnen alles erzählt, was ich gesehen habe. Ich bin, wie immer am Wochenende, im Wald joggen gewesen und dann lag die Leiche auf dem Weg und ich habe gleich darauf mit meinem Handy die Polizei angerufen.«

»Gehen Sie mit ihrem Handy joggen?«

»Ja, weil ich über mein iPhone auch gleichzeitig Musik höre.«

Arndt konnte sich ein kleines Grinsen nicht verkneifen. Hatte er doch erst kürzlich gelesen, dass nur 56 % der Menschen wegen ihrer vergessenen Brieftasche nach Hause zurückgehen würden, aber über 96 % wegen ihres Handys. Das Handy war heute der wichtigste Begleiter des Menschen, *noch wichtiger als Geldbörse oder Freundin,* dachte er verschmitzt.

»Herr Herbst, ich habe ganz vergessen, Sie zu fragen, ob Sie das Opfer kannten?«

»Nein, nicht dass ich wüsste. Ich habe mir, ehrlicherweise, den Toten auch nicht angeschaut. Wie hieß er denn?«

»Emil Wölk.«

»Sagt mir nichts.«

»Sind Sie sicher? In so einem kleinen Dorf kennt doch jeder jeden.«

»Ich wohne noch nicht so lange hier.«

»Und wie lange wohnen Sie in Pansdorf?«

»Seit zwei Jahren.«

»Sind Sie wegen der Arbeit hier hergezogen?«

»Ja, ich arbeite für ein Ingenieurbüro in Bad Schwartau.«

»Und warum sind Sie nicht nach Bad Schwartau gezogen?«

»Weil ich diese Wohnung sofort zugesagt bekommen habe. Habe einige Wohnungen besichtigt und hier hat einfach alles gepasst. Die Größe, die Miete und mit dem Wagen ist man in 15 Minuten auf der Arbeit. Pansdorf ist einfach super gelegen. Ich war schon immer einer, der gerne auf dem Land wohnt.«

»Was meinen Sie damit?«

»Ich habe vorher für eine IT-Security-Firma in Worms gearbeitet, mich aber dennoch dafür entschieden, in Dirmstein zu wohnen. Das Landleben liegt mir einfach besser. Ich brauch viel Grün um mich.«

»Also ist Dirmstein auch ein Dorf?«, fragte Arndt, der zwar von Worms gehört hatte, spätestens in der Schulzeit, als Martin Luther oder die Nibelungensage unterrichtet wurden, aber Dirmstein sagte ihm nichts.

»Ja, fast genauso groß wie Pansdorf. Ich mag die Hektik der Städte nicht. Hier können Sie noch nachts durch die Straßen ziehen, ohne fürchten zu müssen, dass irgendein Verrückter Sie überfällt oder nach Ihrem Leben trachtet.«

Arndt hatte eine Antwort auf der Zunge, dass es in Pansdorf mit der Idylle vorbei war, aber sprach es nicht aus.

»Haben Sie heute frei?«

»Nein, ich arbeite im Home Office.«

»Ist das nicht ein mutiger Schritt, so weit weg von der gewohnten Umgebung zu ziehen?«

»Für mich nicht, ich bin das gewohnt. Das ist schon mein vierter, nein, fünfter Umzug, und wahrscheinlich auch nicht mein letzter. In der IT muss man flexibel sein.«

»Und was sagt Ihre Freundin dazu?«

»Nichts, habe keine.«

Komischer Typ, dachte Arndt und warf Elke einen Blick zu und sie verstand und übernahm das Gespräch.

»Herr Herbst, ich muss Ihnen diese Frage stellen: Wo waren Sie gestern in der Zeit zwischen 16 und 3 Uhr morgens?«

»Ist schon in Ordnung, Sie machen ja nur Ihren Job. Ich habe bis 18 Uhr im Home Office gearbeitet. Ich kann Ihnen gerne die Log-Daten zeigen. Danach habe ich hier zu Abend gegessen und mir einen Film angeschaut.«

»Welchen?«

»Tatort. Sonntag ist doch immer Tatort-Abend«, sagte Herbst mit einem Grinsen auf dem Gesicht. Arndt fiel jetzt erst auf, dass Herbst die meiste Zeit über kaum ein Gefühl oder eine Regung gezeigt hatte. Er war freundlich, aber seine Stimme war monoton und seine Körpersprache nicht vorhanden.

IT-Freak, was sonst!

»Und was haben Sie nach dem Tatort getan?«

»Ich habe mich schlafen gelegt. Und bevor Sie fragen: Leider kann das niemand bezeugen. Ich war allein.«

»Nicht leicht, auf dem Land Freunde zu finden?«, fragte Arndt, der hoffte, ihm irgendwie eine Emotion entlocken zu können.

Herbst hob die Oberlippe nur kurz, sodass man seine oberen Zähne kurz sah und antwortete: »Ja, der Norden ist schon recht unterkühlt, aber in Dirmstein war es auch nicht anders. Ich bin gerne allein. Sie müssen wissen, ich arbeite viel und da bin ich froh, dass ich die wenige Freizeit nicht mit anderen Menschen verbringen muss. Freundschaften oder Beziehungen bedeuten immer Kompromisse und ich schließe nicht so gerne Kompromisse.« Herbsts Blick war auf Arndt gerichtet. Ein Gefühl des Unbehagens überkam ihn. Es war, als durchleuchte Herbst ihn mit seinen Augen, sei gleichzeitig aber auch weit weg.

Komischer Typ, dachte Arndt.

»Ich könnte mir ein Leben ohne Freunde nicht vorstellen«, antwortete er auf Herbst Erklärung.

»Das macht uns Menschen doch aus, Herr Schumacher. Die Vielfalt. Keine Freunde zu haben, ist doch kein Verbrechen, oder?« Herbst Stimme wurde wieder monoton und emotionslos.

»Nein, jeder, wie er mag.«

»Gut. Darf ich mir eine Frage erlauben?«

»Ja.«

»Haben Sie denn schon einen Verdächtigen?«

»Darüber dürfen wir mit Ihnen leider nicht sprechen.«

»Schade, Sie müssen wissen, ich bin ein großer Tatort-Fan und jetzt, wo ich Zeuge bei einem Mord war, frage ich mich, ob Ihre Ermittlungen so ablaufen wie in den Filmen.«

»Herr Herbst, das ist nur ein Film, das hat mit der Wirklichkeit nichts zu tun.« Arndt konnte sich ein abfälliges Grinsen nicht verkneifen.

»Dann bin ich ja beruhigt. In vielen Tatort-Filmen ist nämlich der Zeuge der Täter.«

KAPITEL 19

Der Mann erschrak, als er das Klingelzeichen hörte. Plötzliche Wut überkam ihn, da ihn jemand bei seinen Vorbereitungen störte. Er ging zur Tür und schaute durch den Spion. Jemand stand auf dem Flur vor seiner Tür. Er kannte die Person nicht. Er überlegte, ob er die Tür öffnen oder die Person ignorieren sollte.

Der Unbekannte vor der Tür klingelte erneut, während der Mann hinter der Tür noch immer überlegte. Als die Klingel ein drittes Mal ertönte, öffnete der Mann vorsichtig, aber mit Wut im Bauch.

»Ja?«, fragte er in aggressivem Ton.

»Guten Tag, verzeihen Sie die Störung.«

»Dafür ist es jetzt zu spät!« Der Blick des Mannes war so aggressiv, dass der kleine Mann, der ihm gegenüberstand, zusammenzuckte.

»Ich … ich arbeite für eine gemeinnützige Organisation …«

»Wichser! Sehe ich aus, als ob ich irgendwelchen Schmarotzern was spende?«, schrie der Mann und knallte die Tür zu.

Schmarotzer, fluchte er in Gedanken laut, als er mit Wut im Bauch und angestauter Aggression zurück ins Wohnzimmer ging. Er hasste es, wenn man ihn bei seinen Vorbereitungen störte, schließlich hatte er den Anspruch an sich selbst, ein

Perfektionist zu sein. Schmarotzer mochte er schon gar nicht. All die Bettler, die er in den Großstädten, vor Bahnhöfen oder in der Fußgängerzone sah, hätte er am liebsten beseitigt. Wie konnte sich ein Mensch so gehen lassen, dass er im Dreck lebte?

Sein Leben war auch alles andere als rosig. Er wusste, was es heißt, mit Nichts auskommen zu müssen. Aber dennoch glaubte er immer an sich und wäre niemals betteln gegangen. Nein, Schnorrer waren die moderne Pest für das Leben und er unterstützte diese Krankheit nicht. Zu dieser Pest zählte er auch gemeinnützige Organisationen. Jeder ist sich selbst der Nächste, war sein Motto. Es war zu seinem Motto geworden, weil er nur sich hatte, um sich auf jemanden verlassen zu können. Niemand zeigte ihm gegenüber jemals Mitleid, bis auf seine Mutter. Jedenfalls, bis sie entschied, dass sie die Verantwortung nicht mehr tragen konnte.

Er ging wieder ins Wohnzimmer, um seine Vorbereitungen abzuschließen. Er nahm das Foto, das er aus Wölks Wohnzimmer mitgenommen hatte, und betrachtete es. Auf ihm waren fünf Männer abgelichtet. Sie umarmten einander und lachten. Es war ein Foto, das dem Beobachter von Glück, Freude und Freundschaft erzählte.

Zwei Gesichter hatte er bereits rot eingekreist und die nächsten würden folgen. Es gab keinen Zweifel: Er erkannte alle fünf Personen auf diesem Foto wieder, obwohl inzwischen Jahrzehnte vergangen waren. Er hatte in den letzten zwei Jahren, seit er nun in Pansdorf lebte, sehr viel Zeit mit der Beobachtung seiner Opfer verbracht, er sah sie natürlich noch immer als Schuldige an. Er wusste ganz genau, wie sie aussahen, schließlich hatte er selbst unzählige Fotos von ihnen gemacht und sie auf Schritt und Tritt verfolgt. Er bildete sich ein, dass er mehr über die Männer wusste, als sie über sich selbst. Zwei Jahre der Enthaltsamkeit! Wie oft war er der Versuchung erlegen, den einen oder anderen bei günstiger Gelegenheit zu töten und seiner gerechten Strafe zuzuführen. Aber das Risiko war zu hoch gewesen, da er noch nicht so weit war. Und er wollte keine Fehler machen. Er wollte alle in kürzester Zeit töten. Und diese Geduld zahlte sich nun aus. Zwei von ihnen hatten ihre gerechte Strafe erfahren und die nächsten drei würden es ihnen sehr bald nachtun.

Das Foto war ein Beweis, ein Wink des Schicksals, dass sie alle Mörder waren. Und es gab für ihn keinen Zweifel, dass die Personen auf dem Foto die waren, die er in den letzten zwei Jahren intensiv beobachtete und die er töten würde.

Denn einige wesentliche Merkmale veränderten sich nun einmal nicht. So wie die leuchtend blauen Augen von Braun, die spitzen Ohren von Wölk oder das Muttermal auf der linken Wange seines nächsten Opfers. Er schaute auf die Uhr. Er hatte noch 45 Minuten Zeit. Er musste grinsen, denn sein nächstes Opfer hatte ihn eingeladen, zu seiner eigenen Hinrichtung!

KAPITEL 20

»Kranker Typ«, sagte Arndt, als Elke und er das Auto bestiegen.

»Ja, komischer Typ, aber ich glaube, harmlos.«

»Da wäre ich mir nicht so sicher. Fahren wir zu Frau Wölk?«

»Ja, gute Idee. Fahr einfach die Straße hoch und am Ende der Straße biegst du rechts ab in die Eutiner. Wieso findest du ihn komisch?«

Arndt startete den Wagen und fuhr, wie von Elke vorgeschlagen.

»Wer läuft mit einer Mütze in der Wohnung rum?«

»Jetzt übertreibst du aber …«

»Nein, mal im Ernst. Was, wenn der nicht wollte, dass wir seine Haare sehen?«

»Arndt, das ist echt Quatsch. Ich habe doch gesehen, dass er blonde Haare hat. Sag doch einfach, dass du ihn nicht magst.«

»Na gut, ich mag ihn nicht. Aber den sollten wir im Auge behalten, der Täter hatte aller Wahrscheinlichkeit nach auch blonde Haare. Und vor allem wegen seiner Aussage mit Tatort, und dass die Zeugen oft die Mörder sind.«

»Willst du damit sagen, dass er uns einen Hinweis geben wollte? Einer dieser Freaks, die mit der Polizei Katz und Maus spielen, aber eigentlich gefangen werden wollen.«

»Warum nicht?«

»Ich glaube das nicht. Ich denke, der ist einfach nur einsam, auch wenn er das nicht zugibt. Welcher Mensch lebt wirklich gerne allein?«

»Psychos. Psychos, die morden«, grinste Arndt und fügte hinzu: »Wir sollten ihn mal durchchecken, vielleicht gibt die Polizeidatenbank etwas her.«

»Gute Idee. Ich werde nachher mal Felix bitten, das zu übernehmen. Da vorne sind wir schon am Ziel.«

»Kollegin, danke für den Hinweis. Genau da wollte ich auch parken.« Beide lachten und Arndt parkte das Auto.

Elke drückte auf das Klingelschild und kurz darauf hörten sie die Stimme von Frau Wölk, die sagte: »Wer ist da?«

»Frau Wölk, die Mordkommission: Schumacher und Henschel. Wir müssten Sie nochmals kurz sprechen.«

»Wenn's sein muss«, hörten sie und das Summen am Lautsprecher sagte ihnen, dass die Tür offen war.

Sie betraten den Flur.

»Die scheint ja gut drauf zu sein«, feixte Elke ironisch. Er nickte nur und folgte ihr zur Wohnungstür der Wölks.

Die Tür war offen, und so traten beide ein. Im Wohnzimmer saß nur Frau Wölk, die an einer Kippe zog. Der Fernseher lief.

Wenn der Mann nicht da ist, wäre das schon gut, dachte Arndt.

»Guten Tag, Frau Wölk. Verzeihen Sie, dass wir Sie stören, aber wir hätten noch ein paar Fragen an Sie. Ist Ihr Ehemann auch zugegen?«

»Nein, der ist im Büro«, war ihre kurze und flapsige Antwort. Ihm kam dies nur gelegen.

»Dann will ich auch direkt auf den Punkt kommen, Frau Wölk. Meiner Kollegin und mir ist aufgefallen, dass Sie anscheinend nicht die Meinung Ihres Mannes teilen, was Herrn Braun anbelangt.«

»Das ist auch nicht schwer. Der Braun ist – war, zum Glück – ein Riesenarschloch.«

Beide warfen sich einen Blick zu, der so viel sagte wie: Haben wir mitten ins Hornissennest gestochen?

»Und inwiefern war er ein Arschloch?«

»Nach außen den wohltätigen, den noblen und bewundernswerten Förderer unseres Dorfes spielen, aber seinen Mitarbeitern gegenüber das größte Arschloch sein. Sie glauben gar nicht, wie sehr mein Mann unter ihm gelitten hat.« Wölk zog an dem letzten Stück ihrer Kippe, legte den Stummel in den Aschenbecher und zündete sich eine neue Kippe an.

»Was meinen Sie mit ›gelitten‹?«, fragte Elke.

»Der hat ihn wie einen Sklaven behandelt. Andi musste immer zur Stelle sein, egal wann, und wehe, er wagte es zu sagen, dass er keine Zeit hatte. Dann war was los. Ein richtiger Sklaventreiber.«

»Und warum hat sich Ihr Mann nicht gewehrt?«

»Weil er feige war. Denken Sie, der hätte gekündigt, wenn ich ihm nicht gedroht hätte, ihn zu verlassen. Andi ist ein guter Mensch und genau diese Gutmütigkeit hat dieses Arschloch ausgenutzt … Sie brauchen gar nicht so zu schauen, Frau Henschel. Ich habe kein Mitleid, dass er gestorben ist. Jeder bekommt das, was er verdient.«

Elke wollte etwas sagen, verkniff es sich aber. Arndt war über diese Offenheit und Direktheit ebenfalls überrascht, denn das deutete darauf hin, dass sie ihn wirklich abgrundtief hasste oder aber der Alkohol ihre Zunge lockerte, da auf dem Tisch eine halbvolle Wodka-Flasche stand. Konnte das ein Motiv sein? Ja. Aber wie passte Emil Wölk in dieses Puzzle? Arndt fand noch keine Antwort darauf, aber er wusste, er musste die Situation nutzen. Vielleicht hatte die Wölk noch mehr Informationen für ihn.

»Können Sie sich denn vorstellen, wer Braun nach dem Leben trachten könnte?«

»Nein, und ist mir auch egal. Wir sind ihn los.«

»Wenn Ihnen irgendein Name einfällt, lassen Sie es uns bitte wissen. Da draußen läuft ein Mörder frei um, und je eher wir ihn festnehmen, desto unwahrscheinlicher, dass es zu weiteren Morden kommt.«

»Denken Sie, er wird noch jemanden töten?«

»Wir wissen es nicht, deswegen benötigen wir Ihre Hilfe.« Arndt hatte das absichtlich angesprochen. Vielleicht, so hoffte er jedenfalls, konnte er Frau Wölk über die emotionale Schiene erreichen. Einen Versuch war es wert.

»Mir fällt wirklich nichts ein. Um Braun ist es mir egal, aber der Tod von Emil belastet Andi schwer.«

»Sie können mich oder Frau Henschel jederzeit anrufen. Meine Karte haben Sie ja noch.«

»Das werde ich tun«, sagte Wölk und klang dabei sogar fast freundlich.

»Danke«, antwortete Arndt. Beide verabschiedeten sich von ihr. Wölk begleitete sie auch diesmal nicht zur Tür, sondern zog an ihrer Zigarette.

Sie gingen zum Wagen.

»Na, dann wollen wir mal die Frau Braun besuchen. Hast du die Adresse?«, sagte Arndt.

Elke öffnete ihr E-Mail-Fach und gab ihm die Adresse durch, er gab sie in das Navi ein.

»Nicht schlecht, Herr Specht. Strandallee, beste Lage.«

»Geld spielt bei den Brauns keine Rolle.«

»Und Moral anscheinend auch nicht.« Arndt folgte den Anweisungen der Stimme aus dem Navi. Die Gesamtfahrzeit wurde mit elf Minuten angegeben. Der Timmendorfer Strand war ein sehr beliebtes Ostseeziel und nach Sylt die In-Meile in Deutschland. Im Sommer gaben sich hier die Reichen und Schönen die Klinke. Oft wurde der Ort auch als Sommerresidenz der Hamburger belächelt. Auf die knapp 9 000 Bewohner des Badeortes kamen jährlich über 1,5 Millionen Übernachtungen, was Timmendorf zu einem der mondänsten Badeorte an der Ostsee machte.

»Ich kann mir das auch nicht vorstellen, dass Braun so ein Tyrann sein soll.«

»Tja, Kollegin, musst du aber. Ich glaube nicht, dass die Wölk lügt.«

»Ich kann mir das zwar auch nicht vorstellen, aber das passt einfach nicht zum Bild, das Braun in Pansdorf hat.«

»So ist das. Glaube mir, Reichtum kommt nicht einfach so. Nach außen den Netten spielen, aber seine Mitarbeiter tyrannisieren – das hört man doch immer wieder.«

»Scheint so. Die Informationen haben uns aber keine neuen Erkenntnisse gebracht.«

»Leider, Elke. So gesehen sind wir so schlau wie zuvor. Vielleicht sind wir auch komplett auf der falschen Spur.«

»Wie meinst du das?«

»Was, wenn es keiner aus dem Bekanntenumfeld war?«

»Warum? Warum sollte ein Fremder zwei ehemalige Freunde in so kurzer Zeit töten? Welches Motiv sollte er haben?«

»Ich weiß, eigentlich spricht alles dagegen. Aber ich habe starke Zweifel, dass Frau Braun uns brauchbare Hinweise liefern kann. Es muss etwas mit der Vergangenheit von Wölk und Braun zu tun haben.«

»Vielleicht kann die Braun etwas über die Vergangenheit erzählen, was uns weiterhilft.«

»Elke, kennst du noch jemanden, der die beiden kannte und uns vielleicht Informationen liefern kann.«

»Leider nicht, aber ich kann meinen Großvater fragen.«

»Ja, mach das bitte. Ich fürchte, wir drehen hier sonst noch unzählige Runden, die uns nicht weiterbringen.«

»Wart's ab, Arndt. Noch haben wir ja nicht die Analyse der Spurensicherung und der Fallanalytiker. Da vorne muss es sein.«

Die Navi-Stimme meldete ihnen, sie seien am Zielpunkt angekommen.

»Du hast recht, Elke.« Arndt parkte den Wagen auf der Straße neben dem Haus, das eher eine große weiße Villa war, mit blau glasierten Dachziegeln.

Sie betraten den Vorgarten und gingen zur Haustür. Arndt betätigte die Klingel. Kurze Zeit später wurde die Tür geöffnet – von einem Butler. Arndt musste sich ein Lachen verkneifen.

»Guten Tag. Wie kann ich Ihnen bitte behilflich sein?«

»Henschel und Schumacher von der Mordkommission. Wir würden gerne mit Frau Braun sprechen.« Beide zeigten ihre Dienstausweise. Der Butler schaute sich die Ausweise genauestens an und antwortete dann: »Welche Frau Braun meinen Sie bitte?«

»Senior«, antwortete Arndt kurz und knapp, hätte dem Butler aber am liebsten eine gescheuert, diesen arroganten Unterton hatte er noch nie gemocht. Er musste sich wieder eingestehen, dass er doch erhebliche Vorurteile gegenüber der »besseren Gesellschaft« hatte. Ihm war es unerklärlich, wie jemand freiwillig Diener sein konnte. Der Butler schien allerdings tatsächlich Freude an seiner Arbeit zu haben.

»Einen kleinen Augenblick, bitte«, antwortete der Butler. »Sie können gerne im Foyer warten. Wenn Sie mir bitte folgen wollen.«

Mit einer Geste bat er die beiden Polizisten hinein. Elke lächelte freundlich, Arndt verzog kein Gesicht. Das Spiel war ihm zu blöd.

Im Foyer verließ sie der Butler.

»So ein Honk«, fluchte er.

»Sei doch nicht so. Der macht nur seinen Job.«

»Toller Job«, lachte Arndt sarkastisch und äffte den Butler nach. Elke konnte sich ein Grinsen nicht verkneifen. Er freute sich darüber, dass sie nicht mehr sauer auf ihn war. Arndt mochte es, wenn sie lachte.

Das Foyer hatte eine antike Ausstattung. Die Villa sah von außen sehr modern aus, aber wenn man das Foyer betrachtete, erinnerte die Ausstattung eher an ein Schloss als an eine Villa. Er vermutete, dass die gesamte Ausstattung des Anwesens in diesem Stil war. *Renaissance,* vermutete er. Nach einigen Minuten kam der Butler in Gesellschaft eines anderen Mannes zurück. Arndt schätzt ihn auf Mitte 40.

»Guten Tag, die Herrschaften. Ich habe gehört, Sie wollen mit meiner Mutter sprechen. Mein Name ist Volker Braun.«

Der Anwalt, dachte Arndt.

Braun reichte beiden die Hand zur Begrüßung.

»Wir möchten Ihnen zunächst unser Beileid aussprechen. Es tut uns wirklich sehr leid. Ich bin selber Pansdorferin und der Verlust Ihres Vaters ist für ganz Pansdorf schmerzlich. Er wird uns allen fehlen.« Arndt musste über Elkes Worte schlucken, weil sie nichts anderes als eine große, fette Schleimspur hinterließen.

Aber vielleicht musste man so mit einem Anwalt reden, damit er nicht blockte. Es war schon wichtig, dass sie noch heute mit Frau Braun sprachen.

»Vielen Dank, wir versuchen … das Beste aus der Situation zu machen. Meiner Mutter geht es verständlicherweise alles andere als gut und ich weiß nicht, ob es ratsam wäre, wenn Sie sie jetzt befragen.«

»Ich kann Sie sehr gut verstehen, Herr Braun. Wir würden auch gerne auf eine Befragung verzichten, aber die aktuellen Ermittlungen lassen uns keinen Spielraum. Je früher wir den Mörder schnappen, desto eher sorgen wir dafür, dass keine weiteren Personen ermordet werden.«

»Wollen Sie damit sagen, dass der Mörder erneut zuschlagen wird?«

»Wir wissen es nicht. Aber er hat bereits zwei Menschen ermordet. Das sind zwei zu viel …«

»Fürchterlich. Ich habe den Artikel heute in den Lübecker Nachrichten gelesen.«

»Genau deswegen müssen wir mit Ihrer Mutter sprechen. Vielleicht kann sie uns wertvolle Informationen liefern.«

Braun antwortete nicht sofort. Es war, als würde er den nächsten Schritt abwägen.

»Gut. Aber wenn ich das Gefühl habe, dass es zu viel wird, beende ich die Befragung sofort. Ist das klar?«

»Wir werden sehr behutsam sein«, antwortete Elke.

»Dann folgen Sie mir bitte.«

Beide folgten Braun. Während die beiden über den Flur das pompöse Wohnzimmer betraten, verschwand der Butler durch eine der unzähligen anderen Türen.

Auch das Wohnzimmer erinnerte eher an eine Fürsten- als an eine Bürgerfamilie. So behielt Arndt also recht mit seiner Vermutung, die ganze Villa sei eigentlich ein Schloss.

Frau Braun saß auf einem Sessel, der einem Thronsessel ähnelte und einen roten Überzug hatte. Sie trank Tee und schien die ankommenden Personen nicht wahrzunehmen.

»Mama, die Herrschaften sind von der Kripo. Sie würden gerne mit dir sprechen.«

Frau Braun drehte sich zu ihrem Sohn und richtete ihren Blick danach auf Arndt und Elke. Ihr Gesicht wirkte müde, die Augen waren rot unterlaufen und Arndt hatte das Gefühl, dass ihre Augen und Gedanken weit weg waren. *Bei ihrem Mann …*

»Wir möchten Ihnen gerne unser Beileid bekunden, Frau Braun. Es tut uns leid, dass wir Sie zu dieser schweren Stunde aufsuchen müssen, aber wir können es leider nicht aufschieben.«

»Setzen Sie sich doch bitte«, bat die Witwe beide Polizisten und blickte zur Couch, die genauso pompös war wie der Sessel und gegenüber aufgestellt war.

Es war schon merkwürdig: Die Villa der Brauns in Pansdorf war eher modern eingerichtet, wenn man mal von den römischen Skulpturen absah, aber diese Villa sah aus wie ein Fürstenschloss. Und wenn Arndt richtig lag, gehörte diese Villa wohl dem Sohn. Er konnte sich kaum vorstellen, dass ein Anwalt so viel Geld verdiente, daher vermutete er, dass dem Sohn die Villa von den Eltern gestiftet worden war, und die Einrichtung sowie das Personal sicherlich auch.

Die Brauns hatten jedenfalls kein Personal in Pansdorf, soweit er es beurteilen konnte, ansonsten hätte Willy das bestimmt erwähnt. Das wiederum bedeutete auch, dass er sicherlich am Tropf der Eltern hing und somit ihrem Wohlwollen ausgesetzt war. Was, wenn der Vater diese Verschwendung nicht mehr hatte finanzieren wollen? *Das ist ein Motiv,* dachte Arndt. Doch auch hier: Wie passte Wölk in dieses Spiel? Bis jetzt gar nicht, also musste er das Motiv wieder verwerfen. Die Antwort lag in der Vergangenheit, dessen war er sich immer sicherer.

Beide setzten sich auf die Couch, während der Sohn noch stand.

»Möchten Sie etwas trinken?«, fragte der Sohn, und kaum hatte er das ausgesprochen, erschien zu Arndts Überraschung auch schon der Butler.

»Ein Wasser wäre nett«, sagte Elke.

»Und ein Tonic Water für mich bitte, wenn es keine Umstände macht.« Elke warf ihm einen überraschten Blick zu, weil sie natürlich genau wusste, dass er eigentlich kein Tonic Water trank. Er bestellte es nur, um sich mit dem Butler einen Spaß zu erlauben.

»Sehr gerne. Und Sie, Herr Braun?« Arndt konnte sich ein Schmunzeln nicht verbergen. Anscheinend konnte der Butler einem keinen Gefallen abschlagen.

»Für mich auch ein Tonic. Mutter?«

»Nein, Kind, für mich bitte nichts.«

Der Butler verschwand ebenso schnell, wie er erschienen war.

»Frau Braun: Wie gut kannten sich Emil Wölk und Ihr Mann?«, fragte Arndt direkt. Er hielt nichts von Smalltalk. Warum sollte er mit ihr anders umgehen als mit Frau Wölk? Nur, dass sie reich war, gab ihr noch lange keine Privilegien. Befragung ist Befragung.

»Emil? Wieso Emil? Was hat er mit dem Mord an meinem Mann zu tun?«

Braun Junior warf Arndt einen strengen Blick zu. Ihn interessierte das aber herzlich wenig. Sie waren bei Frau Braun, also würde er seinen Fragenkatalog auch durchziehen.

»Verzeihen Sie, Frau Braun, ich dachte, Sie hätten davon schon erfahren. Emil Wölk wurde einen Tag vor Ihrem Mann ermordet.«

»Wie schrecklich«, kam es von ihren Lippen und sie hielt sich die Hand vor den Mund.

»Und genau deswegen benötigen wir Ihre Hilfe. Wir wissen, dass Herr Wölk und Ihr Mann sich seit ihrer frühen Kindheit kennen.«

»Ja, das stimmt.«

»Wie gut kannten Sie sich?«

»Sehr gut sogar. Ich kann mich noch sehr gut daran erinnern. Mein Horst und Emil waren in der Schule unzertrennlich und auch, als ich Horst kennenlernte. Der TSV Pansdorf war ihre große Leidenschaft.« Frau Braun schaute nach links und ließ ihre Gedanken schweifen. *Die gute alte Zeit …*

»Und wie kommt es, dass diese Freundschaft irgendwann nicht mehr so gut war?«

»Sie sind erwachsen geworden, Herr …«

»Schumacher. Verzeihen Sie, dass wir uns nicht vorgestellt haben. Mein Name ist Arndt Schumacher und das ist meine Kollegin, Elke Henschel.«

»Herr Schumacher … Emil hat geheiratet und mein Horst hat mich zum Weibe genommen.« Sie hielt kurz inne und atmete schwer durch die Nase aus. Ihr Sohn hatte sich inzwischen neben sie gesetzt, indem er einen Stuhl, welcher an einem Tisch stand, neben ihren Sessel positionierte. »Und wenn sie heiraten, entscheiden sie sich für die Familie und Freundschaften werden zurückgestellt. Sie haben sich zwar noch ab und an bei Käthe getroffen, aber die Leben haben sich unterschiedlich entwickelt. Mein Horst hat Karriere gemacht, während Emil, nun ja … Emil geblieben ist.« Zum Schluss schloss Frau Braun die Augen. Nur das Erscheinen des Butlers mit den Getränken holte sie aus ihren Gedanken zurück. So schnell, wie er die Getränke gereicht hatte, war er auch wieder verschwunden. Sein Blick wanderte dabei immer zu Braun, als kommunizierten sie mit Blicken.

»Käthe schien ja schon damals ein sehr beliebter Treffpunkt gewesen zu sein«, bemerkte Arndt und konnte sich nicht gegen das Gefühl wehren, dass sie ihnen einiges verschwieg. Von dieser innigen Freundschaft sprach Käthe bei ihrer Befragung nicht. *Verdammtes verschwiegenes Dorf …*

»Käthe gehört zu Pansdorf wie der TSV. Wobei Käthe ein wirklich großes Herz hatte, was man von Kathrin nicht sagen kann. Eine Schande, dass sie sich Käthe nennen lässt.«

Hört, hört, sind das die Worte einer trauernden Ehefrau oder nur die ehrlichen Worte einer Witwe? Arndt wusste nicht, was er glauben konnte und was nicht, vor allem, wem er vertrauen konnte.

»Wissen Sie, wann sich Herr Wölk und Ihr Mann das letzte Mal getroffen haben?«

»Nein. Nicht genau. Aber ich glaube, das war noch zu Lebzeiten von Evelyn.«

»Woran ist Frau Wölk denn gestorben?«

»Krebs. Brustkrebs. Der Krebs wurde leider zu spät entdeckt. Evelyn war eine wunderbare Frau.« Frau Brauns Stimme wurde immer leiser. Die Erinnerung an Evelyn schien sie wirklich zu berühren.

»Käthe meinte, dass Herr Wölk in letzter Zeit wieder ab und an in ihre Kneipe kam. Kann es sein, dass Ihr Mann ihn dort wieder getroffen hat?«

»Das kann ich mir kaum vorstellen. Mein Mann erzählt mir immer alles. Wir haben keine Geheimnisse und Käthes Kneipe ist nun wirklich nicht der Ort, wo mein Mann verkehrt.« Ihre Augen wurden zu Schlitzen und Funken sprühten aus ihnen. Gefährliche Funken. Funken, die Arndt sagten, dass hier Stutenbissigkeit im Spiel war. Frauen konnten viel intensiver hassen als Männer. Und für ihn stand außer Frage: Frau Braun mochte Käthe nicht. Arndt war nur noch nicht klar, warum. Aber das würde er auch noch in Erfahrung bringen.

»Hatten die beiden Feinde? Oder Streit mit jemanden?«

»Feinde? Emil? Das mag ich gar nicht glauben. Der war doch immer sehr hilfsbereit und gläubig, besuchte mit seiner Frau jeden Sonntag die Kirche. Der nicht. Der Tod von Evelyn hat ihn zwar völlig aus der Bahn geworfen, aber Emil war keiner, der Streit suchte.«

»Und Ihr Mann?«

»Horst? Horst war schon immer ein Draufgänger. Er war stark und dominant, er wusste immer, was er wollte. Deswegen habe ich mich ja auch in ihn verliebt. Ich wusste schon damals, als er beschloss, sich selbstständig zu machen, dass er mich ernähren könnte. Wenn Sie so erfolgreich sind, wie es mein Mann war, dann haben Sie viele Neider, Herr Schumacher.«

»Und Feinde?«

»Feinde? Sicherlich, aber würde jemand deswegen meinen Mann umbringen? Ich glaube nicht. Warum? Er hat doch so viel Gutes getan …« Brauns Augen wurden nass und ihre Unterlippe begann zu zittern. Ihr Sohn nahm ihre Hand und legte sie in seine.

»Können Sie mir Namen nennen?«

»Namen? Nein … ich kann Ihnen keine Namen nennen, ich kann ja nicht mal glauben, dass Sie mir meinen Horst genommen haben. Was wird denn jetzt aus mir, so ganz allein … was …?« Nun brachen alle Dämme und die Trauer und der Schmerz übernahmen die Leitung ihres Verstandes. Die Tränen liefen ihr altes, gepflegtes Gesicht herunter.

»Ich bin für dich da, Mutter«, versuchte Braun sie zu trösten und wollte mit seiner linken Hand über ihr Haar streichen, doch seine Mutter wich mit ihrem Kopf zurück.

»Du …?«, spottete sie und Arndt spürte, dass ihr Sohn peinlich berührt war.

KAPITEL 21

Pünktlich um 13.30 Uhr klingelte es an der Tür von Kurt Müller.

»Wie immer pünktlich. Komm rein. Habe schon alles vorbereitet.« Müller bat seinen Gast hinein, nachdem sie einander freundlich die Hände geschüttelt hatten.

Müller war 69 Jahre alt und seit einem Betriebsunfall im Rollstuhl. Er hatte als Monteur in einer Baufirma in Luschendorf gearbeitet, bis ihm eine zentnerschwere Wandkonstruktion auf den Rücken gefallen war und er nicht mehr arbeiten konnte. Seitdem war er an den Rollstuhl gefesselt. Die Ärzte diagnostizierten Paraplegie, was bedeutete, dass seine beiden Beine vollständig gelähmt waren. Sein Oberkörper war davon nicht betroffen. Müller versuchte, so gut wie möglich sein Leben selbst zu meistern, wurde jedoch auch professionell vom Roten Kreuz betreut.

Der Mann folgte ihm ins Wohnzimmer. Müller konnte seine funkelnden Augen und das verschmitzte Lächeln nicht sehen.

»Möchtest du einen Kaffee?«, fragte Müller sein Gegenüber.

»Ja, sehr gerne.«

»Du weißt ja, wo die Küche ist«, lachte er. »Dann kannst du mir bitte auch gleich einen machen.«

»Geht in Ordnung, Kurt. Wie immer mit Milch und zwei Stück Zucker?«

»Ja, sehr gerne. Im Kühlschrank sind noch zwei Stückchen Torte. Kannst du die bitte mitbringen?«

Der Mann nickte und ging in die Küche. Während er den Kaffee zubereitete – Kurt besaß eine Kaffeemaschine von Jura, da er sehr viel Wert auf Qualitätskaffee legte, musste der Mann an ihr erstes Kennenlernen zurückdenken. Er versuchte, mit seinen Opfern möglichst keinen freundschaftlichen Kontakt zu pflegen, aber bei Müller war das anders gewesen.

Er saß vor knapp 17 Monaten am Mühlenteich und beobachtete zwei Schwäne, die seit jeher dort umher schwammen. Der Teich lag im Pansdorfer Waldgebiet, das auch als Schwartautal bekannt war, unweit von seiner ersten Tat entfernt, und als beliebtes Wandergebiet galt. Der Teich war sicherlich 200 Meter lang und 30 Meter breit und ringsherum von Bäumen umgeben. Der ideale Ort, um abzuschalten. Wenn man dem Mühlenteich folgte, kam man an ein Wasserrad, wo der Mühlenteich in die Kalte Bek mündete. Die großen, groben Steine im Bach und um den Bach herum hatten etwas von wilder Natur und faszinierten ihn bis heute.

Hier konnte er abschalten und Kraft tanken. Als er nun da saß, auf der Bank, und den Schwänen zuschaute, näherte sich ihm ein Rollstuhlfahrer, der fragte, ob es ihn störe, wenn er sich zu ihm gesellte. Er wollte zwar seine Ruhe, aber da es ein Rollstuhlfahrer war, wollte er nicht gemein sein. Als er jedoch sah, welcher Rollstuhlfahrer es war, schrak er kurz zusammen.

Es war Müller. Der Müller, der auf seiner Gerechtigkeitsliste stand, der Müller, den er seit zwei Wochen beobachtete. In den letzten drei Monaten hatte er bereits die anderen auf seiner Liste beobachtet und seit zwei Wochen war er mit Müllers Observation beschäftigt. Bei ihm hatte er das erste Mal richtige Gewissensbisse, ob es rechtens war, jemanden im Rollstuhl zu töten oder ob er durch den Rollstuhl nicht schon genug gestraft wäre. Wieder und wieder kämpfte er gegen diese Gewissensbisse an. Er redete sich immer wieder ein, dass Müller trotz Behinderung einer von DENEN war und dass Mord niemals verjährte. Selbst das Gesetz, das StGB § 78, sagte ganz deutlich, dass Mord nicht verjähren kann. Ausnahmen nennt der Gesetzestext keine. Keine einzige!

Warum also sollte er gnädig sein, wenn nicht einmal das Gesetz gnädig war? Er war Richter und ein Richter musste sich in seinem Urteil nach dem Gesetz richten. Er musste seinen Verstand und nicht sein Herz sprechen lassen. Sein Herz, so dachte er, war voller Güte, auch wenn niemand diese Güte als Freund in Anspruch nahm, bis Müller kam.

Kurt Müller war sehr freundlich und sie verstanden sich auf Anhieb bestens. Zunächst dachte der Mann, dass Müller mit seiner Behinderung bestens klarkam, weil er eigentlich immer lachte, freundlich und gut gelaunt war. Ein positiv denkender Mensch. Doch je öfter sie sich trafen, je intensiver diese »falsche« Freundschaft wurde, desto mehr öffnete sich Müller und der Mann erkannte, wie zerbrechlich und gebrochen seine Seele war.

Der Unfall, der zur Lähmung geführt hatte, hatte sein Selbstbewusstsein viel tiefer getroffen, als es oberflächlich den Anschein erwirkte. *Die Menschen sind nicht das, was ihr Lächeln uns verrät!* Und genau diesen Gedanken versuchte sich der Mann wieder und wieder einzureden, damit er keine Gnade in sein Herz ließ. Denn Müller war genauso schuldig wie die anderen. Er war ein Mörder und heute würde er seiner gerechten Strafe zugeführt. Wie die anderen sollte auch er vorher die Gunst erhalten, um Vergebung zu bitten.

In den letzten 17 Monaten vermied er es, Müller in irgendeiner Weise mit seiner Vergangenheit zu konfrontieren, da er auf den richtigen Augenblick wartete. Der Augenblick für das große Ganze, seinen Plan. Nichts sollte die Vollendung seines Planes stören, auch nicht seine immer größer werdende Neugierde. Erst heute sollte diese Neugierde endlich gestillt werden. Im Gegensatz zu den beiden Tötungen zuvor musste er sich eingestehen, dass ihn der Gedanke, auch Müller seiner gerechten Strafe zuzuführen, noch nicht erregte. Ob es an seinem Mitgefühl lag, ob dieses Mitgefühl ihn doch schwach werden lassen könnte, vermochte er nicht zu beantworten. Aber er würde alles tun, was notwendig war, damit ihm dieses Mitgefühl, das nichts anderes als Schwäche war, nicht im Wege stand.

Der Mann nahm die zwei Kuchenstücke aus dem Kühlschrank, stellte den Teller auf ein Tablett, zwei Tassen, Kaffee, Milch und Zucker sowie Besteck und Teller und ging dann zurück ins Wohnzimmer, wo Müller ihm freundlich zulächelte.

»Danke, Thomas. Ich hoffe, du magst Bienenstich. Bruno hatte leider keinen Schwarzwälder mehr.« Bruno war der örtliche Bäcker im Dorf.

»Klar, Kurt, Bienenstich ist lecker«, antwortete der Mann, dessen Name in Wahrheit natürlich nicht Thomas war, der sich damals aber als Thomas vorgestellt hatte. Er stellte das Tablett auf den Tisch. Nicht einmal Käthe kannte seinen wahren Namen, obwohl er dort ein und aus ging. Wenn er darüber nachdachte, dann konnte Käthe seinen Namen eigentlich auch gar nicht kennen. Sie hatte ihn nie danach gefragt. Für sie war er immer nur ihr »Süßer«.

Er achtete darauf, dass er sich mit Kurt nie außerhalb von dessen Wohnung traf und schon gar nicht, wenn Kurt kurz einmal Besuch bekam. Er war schließlich nicht nach Pansdorf gezogen, um Freunde zu finden, sondern um Gerechtigkeit herbeizuführen. Zudem wäre es wohl nicht klug gewesen, wenn man sein Gesicht in Verbindung mit einem der Toten bringen könnte. Der Norden war perfekt für Menschen wie ihn. Auf dem Lande wollten die Menschen gerne unter sich bleiben und sie ließen nur sehr selten »Neulinge« an sich ran. Pansdorf war somit ideal. Außerdem fiel er auch nicht wirklich auf, zumal in Pansdorf in den letzten Jahren ehemalige Felder als Bauland ausgewiesen worden und dadurch neue Wohneinheiten entstanden waren, die auch Außenstehende in die Gegend lockten. Dadurch hatte Pansdorf in den vergangenen Jahren viele neue Gesichter bekommen, sodass ein weiteres neues Gesicht nicht unbedingt die Aufmerksamkeit der Alt-Pansdorfer erweckte.

Thomas interessierte Pansdorf nicht, auch wenn er in den letzten zwei Jahren Gefallen an dem Ort gefunden hatte. Ostholstein war eine sehr schöne Ecke mit viel Grün und Seen sowie sehr kurzer Anbindung an die Ostsee und nach Lübeck. Der ideale Urlaubsort für Menschen, die die Natur liebten, aber auch genauso kurze Wege an den Strand und die Stadt schätzten.

Er setzte sich auf einen Stuhl parallel zu Müllers Rollstuhl. Der nahm einen Schluck vom Kaffee und aß ein Stück Bienenstich. Zufriedenheit legte sich auf seine Mundwinkel, Unsicherheit unterdessen in die Augen von Thomas.

Mach keinen Scheiß, ermahnte er sich, um seine Gedanken zu sortieren. Thomas bekam ein unwohles Gefühl in der Magengegend. Um sich nichts anmerken zu lassen, nahm er einen Schluck aus der Tasse und aß ebenfalls vom Kuchen.

»Sehr lecker«, sagte er, dabei mochte er Bienenstich nicht einmal. *Nur nicht auffallen, um keinen Preis,* war sein Motto.

»Wer macht den ersten Zug?«, fragte Müller.

»Du«, grinste Thomas und Müller bewegte den ersten Stein. Sie spielten Mühle.

Sie trafen sich jede zweite Woche dienstags um 13.30 Uhr zum gemeinsamen Kaffeeklatsch und um Mühle zu spielen. Müller erzählte ihm sehr viele interessante Geschichten aus Pansdorf, aus der Vergangenheit, aber erzählte nie das, was Thomas wirklich interessierte: wie er zu einem Mörder geworden war. Selbst seine Freundschaft zu Wölk oder Braun hatte er nie erwähnt, aber das Foto in seiner Jackentasche war der beste Beweis, dass sie gute Freunde waren. Und genau dieses Foto sagte ihm auch, dass er kein wahrer Freund war. Ein wahrer Freund hätte keine Geheimnisse und Müller war voller Geheimnisse.

»Möchtest du nicht deine Handschuhe ausziehen? Ist dir kalt? Soll ich die Heizung aufdrehen?«

»Nein, nein – ist schon gut. Das ist eine blöde Allergie, die ich habe.«

»Eine Allergie? Wusste ich gar nicht.«

»Nicht weiter schlimm. Das habe ich leider manchmal, wenn ich was Falsches gegessen habe.«

»Hast du dir wieder ein Fertiggericht gemacht, Jung?«

»Ja, leider. Habe nicht gelesen, dass in dem Gericht auch Spuren von Erdnüssen waren. Aber halb so schlimm, Kurt. Morgen ist es schon wieder vorüber.«

»Wird Zeit, dass du eine Freundin findest, die dir was Ordentliches kocht.«

»Auf dem Lande gar nicht so einfach, Kurt.«

»Soll ich dir meine Krankenschwester vorstellen? Sie ist 35 und seit drei Monaten alleinstehend.«

»Lieb von dir, aber das nehme ich lieber selber in Angriff.«

»Wie du magst, das Angebot steht.«

»Danke, aber mach lieber deinen nächsten Zug.« Müller folgte der Aufforderung mit einer überlegten Geste, als wäre ihm ein genialer Schachzug eingefallen, um seinen Gegner zu schlagen, während Thomas' Blick auf die Uhr an der Wand rechts neben ihm wanderte. Die alte Kuckucksuhr zeigte 14.35 Uhr. Er hatte noch gut zwei Stunden, bevor die Krankenschwester von Müller erschien. Sie kam immer um 17 Uhr und betreute ihn bis 20 Uhr.

Nach wenigen Minuten waren beide in das Spiel vertieft und die Unterhaltung war nur noch oberflächlich. Das erste

Spiel ging an Müller, der sich wie ein Kind über den Sieg freute. Er war ein sehr guter Mühle-Spieler und die meisten Spiele gewann er. Wenn er verlor, ärgerte er sich spürbar. Thomas hingegen war das Siegen völlig egal, ihm ging es nur um das Spielen.

»Das nächste Spiel geht an mich. Willst du noch einen Kaffee?«

»Na klar. Bringst du auch den Schnaps mit? Du weißt ja, wo der steht. Ich bau schon mal wieder auf.«

»Klar doch, ein Kurzer wäre jetzt nicht schlecht.« Beide lachten und Thomas ging in die Küche. Er machte zwei Tassen Kaffee und stellte sie wieder auf das Tablett, dann holte er den Schnaps aus dem Oberschrank und zwei kleine Schnapsgläser. Müller trank Schnaps immer auf Raumtemperatur. Mit dem Tablett in der Hand kam er zurück in das Wohnzimmer und stellte alles auf den Tisch. Er warf erneut einen Blick in Richtung Kuckuck: 15.12 Uhr.

Die Zeit wird knapp, hörte er jemanden in Gedanken sagen. Dieser jemand war kein geringerer als der Hass, der fürchtete, dass Thomas schwach werden könnte. Er nickte nur, aber der Hass war von diesem Nicken alles andere als überzeugt und flüsterte ihm zu: *Schwäche ist etwas für Feiglinge! Er ist ein Mörder! Frag ihn doch, ob er gesteht oder so feige ist wie Wölk und Braun.*

Müller nahm seine Tasse und die Schnapsflasche. Dann füllte er beide Schnapsgläser und reichte eines Thomas.

»Auf die Freundschaft.«

Er nahm das Glas und stieß mit ihm an. Beide tranken auf ex. Der Schnaps brannte sich seinen Weg hinunter in den Magen, ein wohlig-warmes Gefühl durchlief ihn. *Alkohol wird es leichter machen,* hörte er jemanden flüstern. Und dieser Jemand lag richtig, stellte er mit leichtem Grinsen fest.

»So, dann zeig mal, ob du was gelernt hast«, lachte Müller. »Du hast den ersten Zug.«

Thomas eröffnete das Spiel. »Der ist echt gut, Kurt. Diesmal hast du keine Chance.« Er griff zum Schnaps und schenkte beiden nach, dann erhob er sein Glas und Müller tat ihm gleich. Beide tranken wieder auf ex. Und wieder brannte der Schnaps in der Speiseröhre und schenkte ihm nicht nur dieses angenehm warme Gefühl, sondern auch Mut, um das zu tun, was er tun musste. Das, wofür er hier war. Ein Richter durfte keine Gnade kennen und ein Henker schon gar nicht.

»Das brennt gut, Jung. Aber heute kriegst du mich nicht. Heute bin ich gut drauf«, antwortete Müller und machte den zweiten Zug.

»Das werden wir sehen«, lachte Thomas und füllte die Gläser. Die Tasse mit dem Kaffee ignorierten sie inzwischen. Und so ging es Zug um Zug: Nach jedem Spielzug wurde ein Kurzer getrunken.

»Gewonnen. Ich sag's doch, heute kannst mich nicht schlagen.« Müller strahlte übers ganze Gesicht. Die Uhr an der Wand zeigte 15.48 Uhr.

Zeit zu spielen, Thomas!, ermahnte ihn jemand.

»Noch ist nicht aller Tage Abend, Kurt.« Während er die Schnapsgläser füllte, baute Müller auf. Beide waren inzwischen leicht angeheitert.

»Wie wär's mal mit Cognac?«

»Klar, hinten im Wohnzimmerschrank.« Thomas stand auf und wollte die Flasche aus dem Wohnzimmerschrank holen, als sein Blick auf den kleinen Beistelltisch und die Lübecker Nachrichten fiel.

»Oh, hast du das auch schon gelesen?«

»Was?«, fragte Müller, ohne sich umzudrehen, denn er war noch mit dem Aufbau des Spiels beschäftigt.

Thomas nahm die Zeitung, die Cognac-Flasche sowie dazu passende Cognac-Gläser und flüsterte leise, indem er seine Zähne aufblitzen ließ: »Lass uns spielen!«

»Wie bitte?«, fragte Müller, der anscheinend ein besseres Gehör hatte, als vermutet. »Ich meinte diesen Artikel«, lenkte Thomas ab und legte die Zeitung auf den Tisch.

»Nein, habe heute noch nicht die Zeitung gelesen. Was steht denn da?«

»Du weißt das gar nicht? Schreckliches ist passiert, Kurt.«

»Wie – Schreckliches? In Pansdörp passiert doch nie etwas. Oder ist dem Bauer eine Kuh entlaufen?« Müller lachte. »Komm, schenk lieber ein.«

Während Thomas beiden den Cognac einschenkte, sprach er in besorgter Mine: »Zwei Morde, Kurt. Zwei Rentner wurden ermordet.« Er blickte zu seinem Gegenüber, wollte seine Reaktion sehen und jede Regung, die sich in seinem Gesicht abzeichnete. Und tatsächlich, da war sie. Sie kam wie die Flut. Das Lachen verschwand und Entsetzen erblickte das Tageslicht. Seine Lippen bewegten sich, aber er konnte nichts sagen. Es dauerte eine gefühlte Ewigkeit, bis er schluckend fragte: »Bist du dir sicher?«

»Ja, hier. Lies.«

»Nein, nein. Erzähl du's mir bitte.« Thomas sah an Kurts zittriger Hand, dass er nervlich angespannt war. *Zeit, die Keule rauszuholen,* dachte er.

»Ich habe den Artikel heute Morgen durchgelesen. Irgendein Serientäter hat am Sonntag Emil Wölk und am Montag Horst Braun ermordet. Die Kripo hat noch keinen Verdächtigen.« Müller war zu keiner Regung fähig, seine Augen waren glasig und seine Gedanken weit weg, in der Vergangenheit! Sein Unterkiefer zitterte und er versuchte, sich geistesabwesend einen Cognac einzuschenken, aber seine Hand zitterte dermaßen, dass er die Hälfte vergoss. Er nahm das Glas und kippte den Cognac auf ex den Rachen hinunter.

»Kanntest du sie?«, fragte Thomas und dachte: *Dein Chance, alter Mann, tue Buße!*

»Ja, ja, ich kannte sie. Seit ich ein Bub bin. Vor allem den Emil. Er war so ein feiner Kerl. Welcher kranke Mensch tut so etwas, in unserem schönen Pansdörp?« Jetzt war es um Müller geschehen, er brach in Tränen aus. Thomas schenkte ihm Schnaps nach.

»Trink. Das hilft, die Dämonen der Vergangenheit zu bekämpfen.«

Doch der Schnaps konnte seine Tränen nicht stoppen.

»Wer tut so etwas Schreckliches? Wer?«, fragte er verzweifelt.

»Vielleicht kannte der Mörder die beiden.«

»Aber wieso sollte ein Bekannter, ein Freund, die beiden töten?«

»Kein Freund, ein Wissender!«

»Ein Wissender? Nein, nein. Sie waren doch herzensgute Menschen. Der Emil, mein armer lieber Emil.«

»Vielleicht hat die Vergangenheit sie eingeholt!«

»Was faselst du da, Thomas? Was für eine Vergangenheit? Dass Horst ein Arschloch war, das wussten wir alle, aber Emil war doch ein Guter. Warum sollte jemand sie töten, jemand, der sie doch kannte?«

»Weil sie schuldig sind.«

Müller antwortete nicht. Er blickte zu ihm auf und ihre Blicke trafen einander. Die einen Augen waren voller Trauer und Verzweiflung und die anderen hatten sich mit Wut und Hass aufgestaut. Thomas holte aus seiner Jacke, die auf dem Sitz neben ihm lag, das Foto heraus und legte es auf den Tisch.

»Was ist das?«, fragte Kurt benommen und irritiert.

»Tue Buße!«

Müller schüttelte unbewusst den Kopf, warf aber einen Blick auf das Foto und sein Gesicht erstarrte zu einer Fratze.

Er weiß es und er wird sich winden, wie alle anderen auch. Er ist ein Mörder!, hörte Thomas die Stimme der Gerechtigkeit.

Doch statt zu gestehen und um Gnade zu flehen, fragte ihn Müller: »Wo hast du das Foto her?«

»Das hat mir jemand geschenkt. Jemand, der schuldig war.«

»Emil … also weißt du es …«

»Ja, ich weiß es. Und nun tue Buße!«

»Du Mörder! Du hast Emil und Horst getötet!«, schrie Müller verängstigt.

»Ihr seid Mörder, ihr alle zusammen.«

»Du Mörder!«, schrie er immer lauter und hatte die Schnapsflasche in der Hand.

»Ich bin kein Mörder, aber ich werde euch alle der gerechten Strafe zuführen. Jeden Einzelnen von euch. Alle, die ihr hier auf dem Foto zu sehen seid, habt euch des Mordes schuldig gemacht. § 78 StGB: Verbrechen nach Mord verjähren nie – und ich werde heute das Urteil vollstrecken!«

»Hilfe, du bist doch total verrückt!«, schrie Müller und versuchte mit dem Rollstuhl aus dem Wohnzimmer zu fliehen. Thomas war natürlich schneller. Er schnitt ihm den Weg ab und schlug mit der Faust und aller Kraft, die er besaß, in Müllers Gesicht, das sofort zu bluten anfing.

Müller schrie auf, woraufhin Thomas ihm erneut mit der Faust ins Gesicht schlug. Die alte, raue Haut riss auf und noch mehr Blut strömte aus seiner Wange und wieder schrie Müller auf, doch diesmal hielt er ihm die Hand vor den Mund.

Der alte Mann versuchte, sich aus der Umklammerung zu lösen, aber es gelang ihm nicht. Während Thomas mit der rechten Hand den Mund seines dritten Opfers zuhielt, griff er mit der linken Hand in seine Hosentasche und holte ein Stofftuch heraus, das er ihm in den Mund stopfte.

»Du bist genauso schuldig wie alle. Du bist keinen Deut besser, du Mörder!«, schrie er ihm ins Gesicht. Seine Worte und Schreie wurden vom Tuch unterdrückt. Thomas fuhr den Rollstuhl zurück ins Wohnzimmer.

»Halt dein Maul, oder ich schneide dir die Kehle durch.« Thomas nahm sein Fleischermesser aus der Jacke und hielt es Müller an die Kehle, dessen Widerstand augenblicklich der Bedrohung erlag.

»Wieso nicht gleich so«, fluchte er und schlug mit der Faust auf Kurts Kopf, dessen aufkommender Schrei und der Schmerz sämtliche Angst übertönte. Thomas warf einen Blick auf die Uhr.

»Knapp 45 Minuten, das sollte reichen«, sagte er zu sich selbst und band die Arme und Beine von Müller am Rollstuhl fest, dann fixierte er den Rollstuhl und nahm aus seiner Jacke dickes Paketklebeband, mit dem er dessen Mund zuklebte.

Diesmal wollte er nicht so vorgehen wie bei den beiden letzten. Diesmal wollte er die Reihenfolge ein bisschen ändern. Müller hatte nicht gestanden und ihn damit enttäuscht und jegliche Hoffnung auf Vergebung verwirkt. Er war ein Mörder. Noch schlimmer: Er war einer, der sich Freund nennen lassen wollte. Ein Lügner und Mörder war er, nichts weiter! Er verdiente keine Gnade.

Thomas bückte sich und hielt die Klinge an Müllers rechtes Auge. Die Angst, die sich in diesem Moment in dessen Augen offenbarte, bereitete Thomas Freude und Erregung. Die Spiele konnten beginnen. Oder …?

KAPITEL 22

Nachdem sich beide von den Brauns verabschiedet hatten, rief Elke bei ihrem Großvater an, der sich über den bevorstehenden Besuch freute. Sie wies Arndt den Weg und rief währenddessen ihren Kollegen Felix an, damit er Michael Herbst in der Polizeidatenbank überprüfte.

»Wirklich neue Erkenntnisse hat uns die Braun leider nicht geliefert. Ich hoffe, dein Großvater kann uns mit ein paar Informationen versorgen.«

»Mach dir nicht zu viele Hoffnungen, Arndt. Wenn Opa was Wichtiges wüsste, hätte er mir das schon erzählt.«

»Was bleibt mir anderes übrig, als zu hoffen? Es ist zum Kotzen, aber mir fällt einfach kein Motiv ein. Wenn nur Braun ermordet wäre, könnte man wenigstens annehmen, dass es ein geprellter Geschäftspartner war, aber Wölk passt einfach nicht in dieses Bild. Keiner, den wir befragt haben, hat schlecht über Wölk gesprochen. Also bleibt nur die Möglichkeit, dass es etwas mit ihrer gemeinsamen Vergangenheit zu tun hat.«

»Das glaube ich auch. Aber hast du gemerkt: Die Braun hat alles andere als gut über Käthe gesprochen.«

»Ja, habe das auch gemerkt. Aber einen Reim kann ich mir darauf nicht machen.«

»Mich würde nicht wundern, wenn da Stutenbissigkeit dahintersteckt. Laut Braun besuchte ihr Mann Käthes Kneipe gar nicht. Aber Käthe und Frau Wölk haben uns beide erzählt, dass Braun sehr wohl die Kneipe besucht hat.«

»Stellt sich dann aber die Frage, warum sie Käthe hasst?«

»Gute Frage. Vielleicht hatte ja Käthe eine Affäre mit ihrem Mann?«

»Meinst du wirklich, Kollegin?« Arndt warf ihr einen Blick zu, der um den Bruchteil einer Sekunde zu lang war und am Ende ein leichtes Grinsen in sein Gesicht zauberte, da er diesen Bruchteil der Sekunde unbewusst dazu nutzte, Elkes Oberkörper näher zu betrachten. Er fand sie sehr hübsch, auch wenn er sich das nie eingestehen wollte, schließlich war sie seine Kollegin und mit seiner Kollegin fängt man keine Affäre an.

Elke schien das zu bemerken, denn sie streifte sich – wohl eher unbewusst – im gleichen Moment ihre langen blonden Haare mit der Hand zur Seite, sodass ihr Hals sichtbar wurde. Arndts Unterbewusstsein registrierte dieses Signal, aber sein Verstand weigerte sich, es weiter zu verarbeiten. Stattdessen gestattete es Arndt nur ein verschmitztes Grinsen mit der Botschaft: ACHTUNG KOLLEGIN!

»Warum nicht, Arndt? Eifersüchtige Frauen oder Frauen, die betrogen wurden, können hassen, das könnt ihr Männer euch gar nicht vorstellen.« Sie grinste und war jetzt diejenige, die um einen kleinen Bruchteil einer Sekunde zu lange ihren Kollegen anschaute. Als sie das bemerkte, wandte sie sich ab und blickte verschüchtert aus dem Fenster. Er registrierte das nicht, da er über Braun nachdachte.

»Dann sollten wir Käthe unbedingt nochmals aufsuchen.«

»Gute Idee! Ist dir auch die Distanz zwischen Braun und ihrem Sohn aufgefallen?«

»Ja, war ja auch nicht schwer. Die heile Welt, die der Sohn vorspielt, existiert wohl nicht. Allein die Geste, wo sie ihren

Kopf weggezogen hat, spricht Bände. Vielleicht ist es die Braun einfach satt, dass sie ihren Sohn durchfüttern muss.«

»Meinst du? Als Anwalt verdient man doch nicht schlecht.«

»Na, kommt drauf an. Mein Anwalt in Lübeck meinte mal zu mir, dass nur 10 % der Anwälte gut verdienen, der Rest muss sich durchkämpfen. Es gibt einfach zu viele von ihnen. Und glaube mir, Elke, diese Villa kann kein einfacher Anwalt bezahlen.«

»Könnte das ein Motiv sein?«

»Klar, Geldgier ist ein Top-Motiv. Aber wie passt Wölk in dieses Puzzle? Ohne Wölk wäre es viel einfacher, aber er zerstört jeden Tatverdächtigen, den wir bis jetzt hatten. Nein, Elke, der Schlüssel liegt in der Vergangenheit. Ich weiß nur noch nicht, wo.«

»Die nächste Kreuzung rechts. Dann sind wir auch schon fast da«, sagte sie und fügte hinzu: »Du magst recht haben. Wollen wir mal sehen, was Opa zu sagen hat. Und wenn nicht, haben vielleicht die Spurensicherung und die Fallanalytiker Hinweise für uns. Da vorne – das gelbe Haus gehört Opa.«

»Schönes Haus«, antwortete Arndt und stoppte den Wagen am Straßenrand. Elkes Großvater wohnte in der Stolperstraße, einer Parallelstraße zur Eutiner Straße. Das Haus war ein Einfamilienhaus von der typischen Größe für Einfamilienhäuser in Pansdorf. Es stand in einem kleinen Vorgarten, umzäunt mit einem hüfthohen Busch.

Kaum hatte sie an der Haustür geklingelt, wurde auch schon geöffnet.

»Elke, Kind. Schön, dich zu sehen. Kommt doch bitte rein.« Elke umarmte ihren Großvater und gab ihm einen Kuss auf die Wange. Arndt folgte beiden ins Wohnzimmer. Hans war groß, dunkelhaarig und hatte eine gebräunte Haut. Das Haar war nach hinten gekämmt. Sein Gesicht war durch einige Falten leicht gealtert, sah aber ansonsten noch immer recht jung und attraktiv aus. Die Grübchen in seinem Gesicht machten ihn gleich sympathisch. Arndt schätzte ihn auf Ende 60 bis Anfang 70.

»Und Sie sind der nette Kollege von meiner Enkelin.« Ihr Großvater grinste wie ein Bub. Sein Lachen und seine Freundlichkeit waren ansteckend.

»Danke für die Blumen. Ich heiße Arndt Schumacher.« Er reichte dem Großvater die Hand und schenkte ihm ein freundliches Gesicht. *Ein kräftiger Händedruck,* dachte Arndt.

»Du kannst gerne Hans zu mir sagen. Schön, dass ich dich endlich mal kennenlerne. Elke schwärmt ja nur in den besten Tönen von dir.«

»Opa!«, ermahnte Elke ihren Großvater mit knallrotem Kopf.

Arndt konnte sich ein Grinsen nicht verkneifen und schaute zu ihr hinüber, die wie gerufen in exakt diesem Moment den Blick erwiderte. Ihre Blicke trafen einander und augenblicklich wandten beide ihre Blicke verschüchtert wieder voneinander ab.

»Setzt euch doch, Kinder. Wollt ihr was trinken?«

»Ein Wasser wäre super«, antwortete Elke sofort.

»Und du, Arndt?«

»Schließe mich dem an.«

»Gut, ich bring euch was. Und nicht fummeln, während ich weg bin.«

»Opa!« Beide lachten. – »Sorry, aber der ist immer so.«

»Kein Ding, ich mag deinen Opa.« Elke schien diese Antwort zu beruhigen, denn sie hörte gleich auf, mit ihren Fingern zu spielen. Stattdessen legte sie erneut unbewusst ihren Hals bloß. Arndt konnte sich gegen einen kleinen flüchtigen Blick nicht wehren.

Hans kehrte mit einem Tablett zurück, auf dem drei Gläser mit Wasser standen. Sie wollte aufstehen und ihrem Großvater helfen, aber er gab Handzeichen, dass er alles im Griff hatte.

»Wo ist Oma?«

»Die ist mit Ruth und Elsa nach Ratekau.«

Elke warf Arndt einen Blick zu und wandte sich dann wieder zu ihrem Opa. – »Opa, wir brauchen deine Hilfe. Aber das, was wir dir gleich erzählen, musst du unbedingt für dich behalten, versprochen?«

»Liebstes, na klar. Im Gegensatz zu Oma bin ich doch keine Tratschtante.« Sie verzog die Lippen und schaute schelmisch zu ihrem Opa rüber. Arndt spürte gleich die innige Vertrautheit zwischen Hans und Elke. Sie erzählte ab und an von ihrem Großvater und welch herzliches Verhältnis sie zueinander hatten. Aber jetzt sah er, dass sie in ihren Großvater wirklich vernarrt war, und er umgekehrt in seine Enkelin.

Das machte sie für ihn gleich noch sympathischer, da auch Arndt ein sehr gutes Verhältnis zu seiner Großmutter pflegte. Im Gegensatz zu Hans war seine Großmutter allerdings leider sehr krank und auch schon 92 Jahre alt. Seit sein Großvater vor einem Jahr gestorben war, ging es mit ihr gesundheitlich rapide bergab. Seine Eltern kümmerten sich rührend um sie. Er besuchte sie, sooft er konnte. Der Tod seines Großvaters war schon schmerzlich für ihn gewesen, den Tod seiner über alles geliebten Großmutter fürchtete er aber noch weitaus mehr. Allein beim Gedanken daran standen ihm schon die Tränen in den Augen.

Aber so war das Leben. Die Menschen kamen, verbrachten ihre Zeit und nahmen dann Abschied, ohne Rücksicht auf die Liebenden, denn sie entschieden nicht, wann die Zeit des Abschieds gekommen war. Im Gegensatz zu ihm waren seine Großeltern allerdings auch mehr als 70 Jahre verheiratet gewesen. Arndt hatte sich das auch immer gewünscht: eine Frau zu finden, wie seine Oma, eine Frau, mit der er alt werden konnte. Aber die Scheidung von Maike zeigte ihm, wie unmöglich dieser Traum schien. Sein Gedanke wanderte zu Elke, aber er wischte ihn sofort wieder beiseite.

Beide tranken einen Schluck Wasser.

»Ich habe auch Schnaps da, wenn ihr mögt.« Hans lachte verschwörerisch.

»Opa, wir sind im Dienst«, ermahnte ihn Elke.

»Ich hab da leider nichts zu melden, Hans.« Arndt lachte.

»So sind die Henschel-Frauen schon immer gewesen, Arndt. Sehr diszipliniert und vernünftig.«

»Das sage ich Oma.«

»Schatz, genau deswegen habe ich doch Oma geheiratet. Eine Ehe braucht eine gute Struktur und jemanden Vernünftigen – und das ist eindeutig deine Oma.« Hans lachte wieder herzlich. Arndt konnte sich nicht erwehren und lachte mit.

»Opa, können wir jetzt zu unserem Anliegen kommen?«

»Klar, Kind – lass dich von mir nicht stören.«

»Danke! Wie gut kanntest du Emil Wölk und Horst Braun? Wir stoßen bei unseren Untersuchungen irgendwie auf eine Mauer des Schweigens.«

»Kind, du bist auf dem Lande und dazu noch in Norddeutschland. Schweigen ist hier eine Tradition. Man tratscht miteinander übereinander, aber keiner verpetzt den anderen.«

»Was meinst du damit?«, fragte Arndt.

»Auf dem Lande, Arndt, sind die Menschen es nicht gewohnt, offen mit Fremden zu sprechen. Und gegenüber der Polizei sowieso nicht. Du darfst nicht vergessen, hier haben die Menschen Jahrhunderte lang von der Landwirtschaft oder der Fischerei gelebt. Das bedeutet, von früh bis abends malochen, da bleibt keine Zeit für Geselligkeit und schon gar nicht für Offenheit gegenüber Fremden. Diese jahrhundertealte Tradition kriegst du nicht so schnell aus den Köpfen. Es gibt ein Sprichwort hier: Wer schweigt, dem kann der Nachbar auch nicht ans Bein pinkeln. Und so halten wir es hier seit jeher.«

»Aber es wurden zwei Menschen ermordet. Welchen Grund sollte man haben, einen Mörder zu decken?«

»Arndt, ich habe nicht gesagt, dass hier irgendjemand einen Mörder deckt. Ich wollte nur sagen, dass es nicht einfach ist, an Informationen zu gelangen. Ich habe heute den Lübecker Nachrichten-Artikel gelesen. Es ist schrecklich. Der Emil war ein herzensguter Mensch. Als ich beim Bäcker war, meinte Bruno, dass zwei Reporter ihn bereits aufgesucht hätten. Hier in unserem schönen Pansdörp mögen wir keine Aufmerksamkeiten und diese beiden Morde werden noch mehr Reporter zu uns schicken. Das macht die Alten nervös. Pansdörp ist nun mal nicht Lübeck oder Hamburg. Wir ticken anders.«

Und wieder der Satz, dass Emil ein herzensguter Mensch war, dachte Arndt.

»Genau deswegen hoffen wir auf dich, Hans. Wir vermuten, dass beide Morde in Verbindung mit Wölks und Brauns Vergangenheit stehen. Soviel wir wissen, waren Wölk und Braun früher sehr gut befreundet.«

»Ja, sie waren die besten Freunde. Aber während Horst erfolgreich wurde, blieb Emil einfach nur Emil. Er hat sich nie viel aus Geld gemacht. Er führte, wie die meisten von uns, ein bescheidenes, aber glückliches Leben. Evelyn war sein ein und alles und nach ihrem Tod war Emil nicht mehr der Gleiche. Es hört sich vielleicht komisch an, aber ich hoffe, der Tod war eine Erlösung für ihn und dass er seine Evelyn im Himmel wieder bei sich hat.«

»Hatten die beiden Feinde?«

»Ich habe lange darüber nachgedacht, als Elke mir davon erzählt hat, aber mir fällt leider niemand ein. Bei Horst wäre es einfacher. Ein erfolgreicher Geschäftsmann wie Horst hat immer Feinde. Aber Emil? Er hat nie jemandem etwas zuleide getan. Evelyn und er waren sehr gläubige und herzensgute Menschen, warum sollte ihn also jemand umbringen? Vielleicht ist es ein purer Zufall, dass beide getötet wurden. Vielleicht läuft ein Irrer umher, dem es Freude macht, alten und wehrlosen Menschen aufzulauern!«

Auch diesen Gedanken musste Arndt in Betracht ziehen. Vielleicht war seine Annahme wirklich falsch und die beiden Morde standen in keiner Verbindung zueinander. Vielleicht waren das wirklich die Taten eines Psychopathen. Unweigerlich musste er an Michael Herbst denken. Hoffentlich brachte die Datenbank weitere Erkenntnisse über ihn. Aber würde ein Mörder sich so offensichtlich verdächtig benehmen, wie Herbst es seiner Meinung nach tat, oder eher versuchen, sich so unauffällig wie möglich zu verhalten? Herbst war nicht nervös, aber sein Satz über die Tatort-Filme und dass die Zeugen meistens die Mörder waren, machte ihn nicht gerade unverdächtig.

Schließlich war es ein wesentliches Charaktermerkmal von Psychopathen, dass sie sich selbst gar nicht als Psychopathen sahen. Die emotionale Kälte dieser Menschen machte es ihnen unmöglich, für ihre Taten Reue zu empfinden. Und viele Psychopathen liebten das Spiel mit der Polizei. Warum also sollte Michael Herbst nicht dieser Psychopath sein?

Er hatte blonde Haare wie der vermeintliche Täter. Vielleicht brachte die Haaranalyse der Spurensicherung ja neue Hinweise.

»Opa, mit wem hingen denn beide noch so ab?«

»In ihrer Jugend hingen beide noch mit Kurt und Hans herum. Alle waren ja Mitglied beim TSV Pansdorf. Damals traf sich die Jugend entweder auf dem Bolzplatz oder am Bahnhof.«

»Hans? Meinst du Hans Krause?«

»Ja, wieso?«

»Er hat uns gar nichts davon erzählt, dass er mit den beiden so gut befreundet war.«

»Hans war der Anführer. Er war der Älteste von ihnen. Und alle haben das getan, was Hans sagte.«

Arndt notierte sich diesen Gedanken und warf Elke einen Blick zu, der so viel sagte wie, dass sie Hans Krause unbedingt noch darauf ansprechen müssten.

»Bist du dir ganz sicher, Opa?«

»Klar, Kind. Warum sollte ich dich anlügen? Und so senil bin ich nun auch noch nicht.«

»Komisch. Frage mich nur, warum er uns das nicht erzählt hat.«

»Vielleicht hat er ja Angst, dass ihr ihn verdächtigen könntet. Er war doch schließlich Polizist und weiß, wie Ermittlungen laufen.«

»Und wer ist dieser Kurt?«

»Das ist Kurt Müller. Der hat lange für ein Bauunternehmen gearbeitet, bevor ihn ein Arbeitsunfall in den Rollstuhl brachte. Er war immer der Ruhige in der Clique.«

»Gab es noch andere in dieser Clique?«

»Nein, der Kern bestand nur aus diesen vieren. Aber Kathrin, Evelyn, Peter, Volker oder ich, wir durften auch ab und an mit ihnen mitziehen, was wir damals natürlich supertoll fanden. Schließlich war Hans der Einzige, der einen Wagen besaß, und somit auch die Macht. Und für uns war es natürlich toll, wenn er uns in seinem Wagen mitnahm, in die Disco oder so.«

»Und wie lange hielt diese Freundschaft?«, wollte Arndt wissen.

»Bis Waltraud in Horsts Leben trat. Sie mochte seine Jungs von Anfang an nicht und hat es sehr schnell sehr gut verstanden, Horst unterwürfig zu machen. Horst hat ihr quasi aus der Hand gefressen. Und so war es nur eine Frage der Zeit, bis die Freundschaften sich lösten und jeder seines Weges ging.« »Hans, meintest du mit Kathrin unsere heutige Käthe?«, fragte Elke.

»Ja, wieso?«

»Käthe hat uns nicht erzählt, dass sie mit den beiden abhing.«

»Kind, Kathrin war vernarrt in Horst. Wann immer Horst es erlaubte, wich Kathrin, unsere heutige Käthe, nicht von seiner Seite.«

»Und wieso hat er sich dann für Waltraud entschieden?«

»Weil Waltraud, im Gegensatz zu Käthe, nicht so schüchtern war und sich genommen hat, was sie wollte. Am Ende war Horst nur ein Mann.«

»Und wie hat es Käthe verkraftet?«

»Gar nicht. Es hat sie schwer getroffen. Aber Käthe hat sich dann auf eine Weise gerächt, wie es nur eine Frau mit gebrochenem Herzen kann.«

»Wie meinst du das Opa?«

»Die gute Käthe hat Horst verführt, während seine Waltraud schwanger war.«

KAPITEL 23

Halbzeit!

Die Halbzeit war eigentlich sogar mehr als vorüber und diese letzte Gerechtigkeitstat war fast wie geplant verlaufen. Kein dummer Bulle, der ihn störte, keine Unerfahrenheit, wie bei seiner ersten Tat. Er war gut vorbereitet gewesen und dementsprechend waren ihm auch keine Fehler unterlaufen. Eigentlich sollte er glücklich sein, aber der Mann, den der Tote als Thomas kennen- und zu schätzen gelernt hatte, konnte nicht mit Überzeugung behaupten, dass er glücklich war. Die Tat erregte ihn, sicherlich, aber es war anders als beim ersten oder zweiten Mal. Die höchste Erregung hatte er bei seiner zweiten Tat verspürt. Diesmal war es eher das Gefühl einer lästigen Pflicht. Ja, es war eine Pflichtaufgabe und vielleicht war deswegen die Erregung nicht so stark ausgefallen. Oder vielleicht war ja auch sein Gewissen daran schuld, dass er nicht so erregt war?

In diesem Moment vermochte er keine Antwort darauf zu geben. Das wollte er auch gar nicht. Er wollte dieser erfolgreichen Hinrichtung keine moralischen Steine in den Weg legen. Kurt Müller verdiente es zu sterben, da er genauso schuldig war wie Wölk und Braun! Sie waren alle Mörder und Mörder mussten bestraft werden, ohne Ausnahme.

Thomas tat nur, was zu tun war. Als er das Messer an Müllers rechtes Auge hielt, sah er dessen ganze Angst und sein Flehen, ihn doch zu verschonen. Für einen Augenblick war er versucht, das Messer abzulegen und einfach davonzulaufen. Aber eine Stimme in ihm sagte, dass er vor der Verantwortung nicht davonlaufen dürfe.

Ganz Pansdorf war all die vielen Jahrzehnte vor dieser Verantwortung davongelaufen; keiner hatte den Mut gehabt, für Gerechtigkeit zu sorgen, und genau deswegen musste er jetzt stark bleiben. Und er blieb stark. Bei lebendigem Leibe entfernte er Müller beide Augäpfel und dabei lösten sich Tränen aus Thomas hartem Gesicht. Tränen, die bezeugten, dass er das hier nicht wirklich gerne tat, dass ihm aber keine andere Wahl blieb. Müllers Qualen nahm er gar nicht wahr, zu sehr war er mit sich selbst beschäftigt, diese Pflicht ordnungsgemäß zu erfüllen.

Als er die Augäpfel entfernte, lebte Müller noch. Erst, als er ihm das Messer ins Herz rammte, wieder und wieder, verschwanden die Gewissensbisse und Thomas konnte etwas wie Erregung verspüren, aber die sexuelle Geilheit wie bei Braun blieb aus. Ob er darüber glücklich war? Er sollte es sein, da er ja normal war und normale Menschen nicht sexuell erregt sind, wenn sie jemanden töten. Dennoch wusste er tief in seinem Herzen, dass er nicht wirklich glücklich darüber war. Er vermisste dieses Gefühl der sexuellen Erregung. Thomas redete sich ein, dass allein dieses Gefühl ihn nicht zu einer gestörten Person machte, sondern erst die Tat zu masturbieren. Und das, so war er überzeugt, würde er nicht tun. Schließlich sagte er sich wieder und wieder, dass er ein normaler Mensch war. Einer, der nicht auffiel.

Wie bei den Taten zuvor, sorgte er dafür, dass er genug Informationen zurückließ, damit die Welt erfuhr, warum hier getötet wurde, aber dieser Bulle Arndt war einfach zu unfähig, um diese Informationen richtig zu nutzen. Statt ihm dankbar zu sein, verfolgte er ihn. Dieses Mal war er ihm aber nicht in die Quere gekommen. Diese Unfähigkeit ließ ihn wütend werden. Er hoffte, dass sich das ändern würde. Die Welt sollte schließlich begreifen, dass es Menschen wie ihn gab, die nicht duldeten, dass Ungerechtigkeiten ungesühnt blieben.

Als er Müller seiner gerechten Strafe zuführte, warf er einen Blick auf die Uhr. Er war in seinem Zeitfenster geblieben und konnte für eine kurze Weile sein Werk begutachten und hoffen, dass die Betrachtung seines Werkes die Erregung weiter steigerte. Aber nichts dergleichen geschah. Dennoch war Thomas stolz auf sein Werk. Er vermasselte es diesmal nicht. Mit den Hinweisen aus dieser Tat sollte die Polizei genügend Informationen haben, um endlich zu verstehen, was hier geschah. Wenn nicht, würde spätestens die nächste Tat ihnen die Augen öffnen.

Sein Blick fiel auf die Lübecker Nachrichten, die noch immer auf dem Tisch lagen. Er hob sie auf, sah sich die Titelseite erneut an und ein Gefühl von Selbstbewusstsein und Überlegenheit überkam ihn. Für einen kleinen Augenblick überlegte er erneut, die Redaktion anzurufen und ihnen einen Hinweis zu geben. Vielleicht verstanden die ihn eher als dieser dumme Arndt, aber er entschied sich dagegen. Er warf seinem Werk einen letzten Blick zu, schaute auf die Kuckucksuhr, sie zeigte 16.52 Uhr, dann verließ er in der anbrechenden Dunkelheit Müllers Einfamilienhaus, ohne dass ihn jemand sah.

Wie die Male zuvor, suchte er zu Hause zuerst das Badezimmer auf und reinigte sich. Bei seiner letzten Tat war am Messer ein Stück von Brauns Fleisch hängengeblieben, das Thomas gegessen hatte. Da es aber viel zu wenig gewesen war, um sagen zu können, ob ihm das Fleisch schmeckte oder nicht, zugleich aber seine Neugierde geweckt hatte, diese Frage zu beantworten, hatte er beschlossen, aus dem Oberkörper von Müller diesmal ein größeres Stück Fleisch zu schneiden. Das Fleischstück, das er nun im Badezimmer in der Hand hielt, war so groß wie ein Würfelzucker. Er reinigte es, ging dann in die Küche, streute Salz darauf und kehrte wieder ins Badezimmer zurück.

Thomas überlegte, ob es Sinn machte, das kleine Fleischstückchen zu braten, aber er fürchtete, dass dann nicht mehr viel davon übrig blieb, um sagen zu können, ob ihm Menschenfleisch schmeckte oder nicht. Wie beim ersten Mal roch und sah es aus wie Schweinefleisch, nur ein wenig intensiver als beim ersten Fleischfetzen.

Der Fleischfetzen von Braun war einfach zu klein gewesen für eine vernünftige Bewertung, aber das Fleischstückchen von Müller erlaubte ihm eine ehrliche Beurteilung. Und auch diesmal wischte er den Gedanken beiseite, dass nur Psychos Menschenfleisch essen. Schließlich blickte er in den Spiegel und sah dort einen normalen, vernünftigen Mann, der mit beiden Beinen im Leben stand. *Spiegelbilder lügen nicht,* dachte er und grinste. Er warf einen letzten Blick auf das Stück Fleisch und steckte es dann in den Mund. Er begann, darauf herumzukauen. Es war zäher, als er angenommen hatte, aber Müller war auch ein alter Mann, kein Kind. Daher kaute er weiter darauf herum, bis er frustriert feststellen musste, dass es einfach zu zäh war.

Er schluckte es nur mit Mühe hinunter, aber im selben Moment überkam ihn ein Ekel, der sofort die Kontrolle über seinen Magen übernahm und ihn dazu brachte, dass er sich über dem Waschbecken übergab. Thomas ahnte nicht, dass er sich vor allem deshalb übergab, weil er betrunken war. Er war so sehr in seiner eigenen Welt gefangen gewesen, dass er die Reaktion seines Magens allein dem Geschmack des Menschenfleisches zuschrieb, dabei hatte er mit Müller mehr als genug getrunken, dass sein Magen bei dem kleinsten Ekelgefühl zu rebellieren begann.

Thomas trank Wasser aus dem Wasserhahn und versuchte, sein Ekelgefühl unter Kontrolle zu bringen. Dann spülte er mit dem Wasser und seinen Händen das Erbrochene in den Abfluss des Wachbeckens.

Er schaute sich im Spiegel an und seine Gesichtsfarbe war noch blasser geworden, als er ohnehin schon war. Seine Augen waren rot und an seiner rechten Wange hing noch etwas Erbrochenes. Mit der Hand wischte er das Erbrochene von seiner Wange und spülte das Waschbecken so lange aus, bis nichts mehr zu sehen war.

»Doch kein Kannibale«, lachte er sein Spiegelbild an. Er nahm die beiden Augen vom Waschbeckenrand, säuberte sie unter klarem Wasser und trocknete sie anschließend mit einem Handtuch ab.

Danach wechselte er, nackt wie jedes Mal, mit den gesäuberten Augen und dem Fleischermesser in die Küche hinüber. Das Messer legte er in die Schublade zurück und Müllers Augen gab er in das von ihm bereits vorbereitete Glas mit der Formaldehydlösung. Er verschloss den Deckel und betrachtete sein Souvenir. Er fand, sie sahen traurig aus. Er würde sie noch mehr lieben als die Augen von Braun oder Wölk, da er zu ihnen eine besonders emotionale Bindung fühlte.

Konnte ein Mensch einen Mord verzeihen? Sein Herz wollte *Ja* sagen, aber sein Verstand und sein Hass ermahnten ihn, *niemals* sei die einzig richtige Antwort. Ein Mord dürfe niemals vergeben werden. Wie sollte es jemals eine bessere Welt geben, wenn Mörder wissen, dass ihre Tat irgendwann vergeben wird, wenn sie sich in das Herz ihres Richters mogeln? Und genau das hatte Müller versucht, nur wollte es sein Herz noch immer nicht wahrhaben.

Es war tragisch. Schon immer hatte Thomas sich einen Freund gewünscht, jemanden, der für ihn da war, doch nie hatte jemand ernsthaft seine Freundschaft gewollt. Die Menschen mieden ihn und bis heute wusste er nicht, warum dem so war. Außer Müller. Er schien wirklich an seiner Freundschaft interessiert gewesen zu sein. Er war immer nett und freundlich zu ihm. Thomas würde die Mühle-Partien mit ihm vermissen. Aber Müller war ein Mörder. Und was, wenn Müller die ganze Zeit über gewusst hatte, dass er sein Richter war? Was, wenn Müller nur versucht hatte, durch eine List seinen Kopf aus der Schlinge zu ziehen?

Thomas ballte die Hand zur Faust, weil er fürchtete, dass Müller ihn genarrt hatte. Wenn dem so war, dann hatte Müller es doppelt und dreifach verdient, zu sterben. Niemand hatte das Recht, ihn zu narren. Als Kind und Jugendlicher hatte er sich nicht wehren können, gegen die Erwachsenen, die ihm sagten, was er zu tun und zu denken hatte. Aber jetzt war er längst selbst ein erwachsener Mann und niemand durfte ihm mehr sagen, was er tun oder denken sollte.

»Du hast richtig gehandelt«, hörte er eine Stimme, die er bestens kannte. Es war die Stimme des Hasses.

Thomas wollte antworten, aber konnte nicht.

»Du bist der Richter, zweifle niemals an deinen Taten!«

Noch immer konnte er nicht antworten, aber er atmete ein und aus und hob seinen Kopf und legte die linke Hand an seinen Penis, während er in der rechten Hand das Glas mit Müllers Augen hielt.

»Die Welt wird dir zu Füßen liegen.«

»Ja, ich bin Gott!«, kam über seine Lippen und seine Hand wurde schneller.

KAPITEL 24

»Dein Großvater ist echt sehr nett und lustig.«

»Danke, aber manchmal gehen seine Scherze doch stark unter die Gürtellinie.«

»Wieso?«

»Ich hoffe nicht, dass du glaubst, dass ich ihm gegenüber so von dir schwärme?«

»Nein, Quatsch, natürlich nicht. Er wollte doch nur die Stimmung auflockern«, antwortete Arndt und war ein wenig gekränkt, da er sich eigentlich für einen sehr attraktiven Mann hielt.

»Da kennst du Opa nicht. Der will mich unbedingt verkuppeln.« Elke lachte und biss in ihren Döner. Der Döner war sogar in so einem kleinen Ort wie Pansdorf bereits angekommen. Beide machten an einem kleinen Imbiss auf dem ehemaligen EDEKA-Gelände Mittagspause.

»Sieh's doch mal so: Dein Opa ist nun mal um dein Wohlergehen besorgt. Du weißt ja, ab Mitte 30 werden Frauen unattraktiv.«

»Also habe ich ja noch ein paar Monate, meinen Traummann zu finden.« Beide lachten und aßen ihren Döner. Arndt schaute auf die Uhr. Sie zeigte 15.52 Uhr.

»Dein Opa hat recht, Pansdorf ist echt ein sehr verschwiegenes Dorf.«

»Na, die Lübecker sind nun auch nicht gerade die Toleranz in Person, lieber Arndt.«

Er lachte. »Aber einen Vorteil hat das natürlich.«

»Welchen?«

»Na, wenn die Presse hier schon rumschnüffelt und selbst auch keine Informationen bekommt, wird sie uns nicht so im Weg stehen.«

»Ehrlich gesagt, mache ich mir um die Presse nicht so viele Sorgen. Sollen die doch ermitteln. Wir müssen uns auf unsere eigenen Ermittlungen konzentrieren.«

»Da hast du recht, Elke. Aber was meinst du, wie viele Journalisten in den nächsten Tagen noch in Pansdorf erscheinen werden ...!? Spätestens, wenn die BILD-Zeitung darüber berichtet, werden alle Boulevard-Journalisten kommen und ich weiß nicht, ob deine lieben Pansdorfer uns gegenüber bei so viel Presse um sie herum noch so herzlich sein werden.« Das Wort »herzlich« betonte Arndt besonders und konnte sich eines Schmunzelns nicht verwehren.

»Glaubst du, dass zwei Rentnermorde die BILD echt interessiert? Ist doch eher eine regionale Sache.«

»Ich habe da ein ganz komisches Gefühl.«

»Na, dann wollen wir mal hoffen, dass du dich irrst.«

»Besuchen wir Käthe noch mal?« Arndt warf erneut einen Blick auf die Uhr. Inzwischen war es 16.05 Uhr und sein Bauchgefühl sagte ihm, dass es heute ein langer Tag würde, wie auch die nächsten Tage noch, denn Serientäter und Psychopathen kannten nun mal keine Arbeitszeiten 9/5.

»Ja, Arndt, das sollten wir. Irgendetwas verschweigt uns Käthe, davon bin ich nach dem Gespräch mit Opa überzeugt. Es war eine sehr gute Idee von dir, ihn gemeinsam aufzusuchen.«

»Danke, Kollegin.« Arndt schenkte ihr ein Lächeln, woraufhin sich ihre Wangen leicht rot färbten. »Ich bin auch davon überzeugt, dass Käthe mehr weiß, als sie sagt. Ich bin wirklich auf ihre Reaktion gespannt.«

»Ich auch.«

Sie aßen den Rest ihres Döners, tranken ihre Cola aus und kehrten, nachdem sie gezahlt hatten, zum Wagen zurück. Die alteingesessenen Pansdorfer waren Arndt suspekt, und obwohl Elke eine von ihnen war, vertrauten sie ihr scheinbar nicht wirklich. Warum sonst sollte Käthe sie anlügen?

Dass sie log, stand für ihn außer Frage. Und dieses Lügen konnte nur bedeuten, dass sie etwas wusste, das entweder sie belastete, oder dass sie jemanden zu schützen versuchte. Aber Arndt nahm sich fest vor, ihr dieses Geheimnis zu entlocken, und sei es unter Androhung, sie notfalls mit aufs Revier zu nehmen. Ein Mörder lief frei herum, da gab es keinen Spielraum für Eitelkeiten oder Altherren-Mentalitäten.

»Findest du es allein?«, fragte Elke mit einem schelmischen Grinsen.

»Was für eine Frage … natürlich!« Er warf ihr einen überheblichen Blick zu, dem ein Grinsen folgte, und startete den Motor. Wenig später parkte er den Wagen auf dem Parkplatz vor Käthes Kneipe. Nur ihr Wagen parkte dort.

»Scheint leer zu sein.«

»Dann können wir ungestört reden, Arndt.«

Beide betraten die Kneipe und in der Tat waren nur zwei ältere Männer in der Kneipe.

Als Käthe sie sah, begrüßte sie beide herzlich, was beide erwiderten.

»Käthe – können wir ungestört reden?«, fragte Elke.

»Klar doch«, antwortete sie und gab ihrer Tochter Handzeichen, dass sie kurz mit den beiden Polizisten im Nebenraum verschwand.

Sie bat beide, sich zu setzen.

»Kinners, wollt ihr was picheln?«

»Nein, Käthe, vielen lieben Dank.«

»Goot, Kinners, was führt euch zu mi? Sagt mi nech, dat noch jemand getötet wurde.«

»Nein, Käthe, wir waren bei Frau Braun«, antwortete Elke. Käthes überraschter Blick fiel Arndt sofort auf, ihre Augen verengten sich und ihre Mundpartie zeigte nach unten – eine typische Abwehrhaltung.

»Die Arme muss mit den Nerven bestimmt am Enn sein.«

»Ja, dat ist sie auch. Sag Käthe, kannst du etwas zum Verhältnis zwischen ihr und ihrem Sohn sagen? Es sah nicht so aus, als würden sie sich gut verstehen.«

»Dat tun sie auch nicht. Hebben se noch nie. Er war dem Horst näher als ihr.«

»Und warum?«

»Dat kann ich euch net sagen.«

Arndt blickte zu Käthe, sie schaute zur Seite, und er wusste, dass sie log. Sie fasste sich an die Nase und ihre Augen waren überall, nur nicht bei den beiden Polizisten.

»Haben Sie wirklich keinen Verdacht? Gerade, wenn der Vater ermordet wurde, sollte man doch meinen, dass die Familie zusammenhält und noch enger zusammenrückt. Aber es sah aus, als würde Frau Braun ihren Sohn meiden.«

»Wirklich Kinner, ik witt dat net. Die Braun war mi schon immer net ganz geheuer.«

»Wie lange kennen Sie die Frau Braun?«

»Schon lange, Pansdörp ist ein kleines Dörp.«

Arndt warf Elke einen Blick zu und fragte: »Sagen Sie: Wie reagieren Ihre Gäste auf die Morde?«

»Ach, Kinners, seit die LN darüber berichtet hat, gift es kenn anderes Thema. Schnattermäuler vor dem Herren.«

»Und was schnacken Sie so, Käthe?«

»Ach, mi interssiert dat nech. Es is schlimm genug, dat beide dot sin, da mut ik mi net noch an ihrem Geschnacke beteiligen tun.«

»Denkst du, irgendeiner von deinen Gästen könnte uns weiterhelfen?«

»Ik habe lang nachgedacht, aber mi fällt keiner ein.«

Arndt musterte sie genau und es war glasklar: Käthe war sichtlich nervös.

»Sagen Sie: Wie war Ihr Verhältnis zu Frau Braun?«

»Ach, Kinners, die Braun und ik waren nie Frünn und werden nie welche sein. Aber sie deit mi leid. Aber warum interessiert euch dat?«

»Käthe, wir müssen dich das jetzt fragen, sei nicht bös. Uns ist zu Ohren gekommen, dass du … nun …«

»Dass Sie eine Affäre mit Horst Braun hatten«, beendete Arndt den Satz, da Elke wieder zu weichherzig zu werden drohte. Aus Käthes Gesicht wich jegliche Mimik, ihre Augen wurden starr und schienen ins Nichts zu schauen. Ihre Mundwinkel zuckten und ihre rechte Hand zitterte. Sie versteckte ihre rechte Hand unter dem Tisch, in der Hoffnung, das Zittern bemerkte keiner.

Bingo!, dachte Arndt und war auf ihre Antwort gespannt.

»Im Dörp wird viel geschnackt, man sollte nech alles glöven.« Käthes Stimme war sehr zerbrechlich und ihr Blick war überall, nur nicht bei Arndt und Elke. Sie senkte ihren Kopf und Arndt sah auch, warum: Tränen kündigten sich an.

»Bitte, Käthe …«

»Meine Kollegin hat recht, Käthe. Wir wissen das aus einer sehr zuverlässigen Quelle. Wenn Sie uns etwas verschweigen, müssen wir Sie darauf aufmerksam machen, dass Sie sich strafbar machen. Schließlich sind wir mitten in laufenden Ermittlungen. Und Sie wollen doch nicht, dass noch jemand getötet wird?«

»Wat hat denn unsere Affäre mit dem Mörder zu tun?« Nun war es um Käthe geschehen. Sie legte ihr Gesicht in beide Hände, damit Arndt und Elke ihre Tränen nicht sahen. Ihre Hände zitterten und das leichte Schluchzen verriet, dass die geballte Ladung ihrer Emotionen sie übermannt hatte. Anscheinend war es weit mehr gewesen als nur eine Affäre.

»Wie lange ging diese Affäre?«, fragte Arndt ungerührt und sachlich.

»Wi hebben uns … geliebt.« Ihre Stimme war sehr leise und wurde durchs Schluchzen und die Hände vor ihrem Mund gebrochen. Elke nahm ein Taschentuch aus ihrer Jacke und reichte es Käthe.

Käthe nahm das Taschentuch, tupfte sich die rot unterlaufenden Augen und putzte sich die Nase.

»Wie meinen Sie das? Geliebt …?«, fragte Arndt und ahnte schon, was jetzt kam. Ein Mann, der falsch spielte und am Ende zwei Frauen unglücklich machte.

»Er hat die olle Hexe nie geliebt. Aber Horst war zu weich, um sich von ihr zu trennen.«

Zu weich? Horst? Das konnte sich Arndt nach all den Beschreibungen über Braun kaum vorstellen. Aber erfolgreiche Männer konnten sehr widersprüchlich sein. Im Business und ihren Mitarbeitern gegenüber knallhart, aber ihren Frauen gegenüber echte Weicheier. Wie es schien, war Braun genau so ein Mensch. Seine Frau hatte die Pantoffeln an, also musste er seinen Frust an seinen Mitarbeitern rauslassen. Aber was, wenn ihm die devote Art gegenüber seiner Frau gefiel? Es gab genug erfolgreiche Männer, die Dominas besuchten, um sich erniedrigen zu lassen.

Die Welt war voll von durchgeknallten Menschen, der gesellschaftliche Status war sehr selten ein Hinweis darauf, wer wie sehr tatsächlich durchgeknallt war. Sein Polizeiberuf führte ihm das immer wieder auf negative Weise vor Augen.

»Also haben Sie sich auf eine Affäre mit ihm eingelassen?«

»Ja, weil ich ihn geliebt heff, ümmer nur ihn. Die olle Hexe hett ihn mi stibitzen tun.« Käthe nahm ihr Taschentuch und wischte sich die Tränen vom Gesicht.

Arndt sah in Elkes Gesicht, dass sie Mitleid mit Käthe bekam. Sie war einfach zu gutherzig. Obwohl sie eine sehr gute Polizistin war, wurde sie emotional öfter mal schwach. Arndt war da ganz anders. Tränen konnten ihn nicht beeindrucken. Im Berufsleben und auch privat hatte ihm seine Ex-Frau oft vorgeworfen, dass er zu wenig Emotionen zeigte, dabei hielt sich Arndt eigentlich durchaus für einen emotionalen Menschen, der auch mal weinen konnte. Das letzte Mal hatte er geweint, als sein Großvater starb.

»Wie lange ging diese Affäre?«, fragte er und sah Elkes Blick, der aussah, als wolle sie abbrechen. Doch Arndt dachte gar nicht daran.

»Fast vierzig Johre.«

»Fast vierzig Jahre?« Arndt wollte seinen Ohren nicht trauen.

»Ja, ik sagte doch, wi hebben uns geliebt.«

»Und Frau Braun hat nichts davon gemerkt?«

»Ik witt dat nech, aber gewünscht heff ik dat. Und wenn, sie hätte ihn nie gehen lassen und er war zu fledig, um sik zu trennen. Jetzt is er doot und ik kann nech einmal zu seiner Gräff.«

Arndt sah Käthe an und sah all die Trauer und Enttäuschung in ihren Augen. Er war überzeugt, dass sie nicht log. Hier sprach wirklich eine trauernde und zutiefst verletzte Frau, die seit Jahrzehnten in der Hoffnung lebte, dass sich ihr Liebster irgendwann doch noch für sie entschied. Aber er hatte sich nicht für sie entschieden und ihre Liebe hatte es ihr nicht erlaubt, sich nach einem anderen Mann umzuschauen. Und so waren die Jahre und Jahrzehnte verstrichen, bis man merkte, dass man alt war und all die Jahre einem Hirngespinst Treue hielt.

Käthe konnte einem leidtun, da sie der beste Beweis dafür war, wie viel stärker blinde Liebe im Gegensatz zu gesundem Menschenverstand war. Nur Liebe und Hass ließen Menschen Dinge tun, die sie bei klarem Verstand niemals taten. Arndts Gedanken waren bei Käthes Tochter. Ob sie am Ende vielleicht sogar Brauns Tochter war?

Er fragte sich, ob ihr toter Mann Willi etwas von der Affäre mitbekommen hatte und ob sie sich wirklich getrennt hätte. Aber inzwischen war das ja eh egal, deswegen fragte er auch nicht danach. Ihm war aufgefallen, dass sie viel mehr plattdeutsche Wörter gebrauchte als beim letzten Mal.

»Käthe – können Sie sich vorstellen, dass vielleicht jemand von Ihrer Affäre Wind bekam und deswegen Braun getötet hat?«

»Nee, wi hebben ümmer aufgepasst. Nech mal mein Will wusste etwas von unserer Affäre. Und wieso bringt der Mörder dann Emil um?« Käthe schaute unsicher auf den Boden. Anscheinend, so dachte Arndt, brachte der Gedanke an Willi ihr schlechtes Gewissen hervor. Was sie sagte, machte jedoch Sinn. Wahrscheinlich hätte man versucht, Braun zu erpressen, aber nicht zu ermorden. Und wieder war dieser Faktor Emil, der einfach nicht in dieses Puzzle passte. Gerade, als er eine weitere Frage stellen wollte, klingelte sein Telefon.

»Tschuldigung, da muss ich kurz ran«, sagte Arndt, stand auf und nahm das Gespräch im Hinausgehen entgegen.

Keine zwei Minuten später kam er wieder herein. »Elke, wir müssen los.«

Sie schaute verdutzt, stand aber auf.

»Käthe: Vielen Dank für das offene Gespräch.« Elke drückte Käthe an sich und Arndt reichte ihr die Hand und verabschiedete sich ebenfalls.

»Was ist los?«, wollte sie auf dem Parkplatz wissen.

»Wir haben einen dritten Toten.«

»Ist nicht dein Ernst?«

»Doch, leider. Und rate mal wer?«

»Mach's nicht so spannend. Ein Rentner?«

»Ja, Kurt Müller.«

»Scheiße! Doch nicht der Kurt Müller, von dem Opa erzählt hat??«

»Ich fürchte fast. Ich habe die Adresse. Techauer Weg.«

»Das grenzt ans Waldgebiet, Richtung Sportplatz. Ich lotse dir den Weg.«

Beide bestiegen das Auto und fuhren los, während Elke Arndt den Weg wies.

»Und was sagst du zum Gespräch?«, fragte Arndt.

»Arme alte Frau. Aber ich glaube, dass Käthe nichts mit den Morden zu tun hat. Vor allem, wenn jetzt auch noch Kurt Müller ermordet wurde, macht es die ganze Sache nicht gerade einfacher.«

»Das sehe ich genauso, Kollegin. Wenn es wirklich unser Müller ist, muss das Motiv wirklich in der Vergangenheit zu finden sein. Dann können wir auch nicht mehr davon ausgehen, dass die beiden Morde zuvor nicht in Verbindung zueinander standen. Eifersucht und Habgier fallen als Motiv auch raus. Somit können wir die Brauns, Wölks oder Käthe als Verdächtigen ausschließen. Vielleicht ist Rache das Motiv, daher das Wort ›**MÖRDER**‹ an der Wand.«

»Gut möglich, aber ich kann mir irgendwie nicht vorstellen, dass diese Menschen jemanden getötet oder einen Mörder gedeckt haben. Das macht einfach keinen Sinn. Also haben wir nichts. Die Nächste bitte rechts.«

»Wie Sie befehlen, Kapitän«, Arndt hob die Hand, salutierte und lächelte, was sie erwiderte. »Nicht ganz. Was ist mit Herbst?«

»Das kann ich mir nicht vorstellen, der ist doch viel zu jung. Als unsere Opfer zusammen abhingen, war der noch gar nicht auf der Welt. Außerdem ist er kein Pansdorfer.«

»Stimmt, gute Beobachtungsgabe. Dann bleibt nur noch Hans Krause.« Seinen Gedanken, dass auch Elkes Großvater ein potenzieller Verdächtiger sein könnte, behielt er für sich, weil er es selber nicht für möglich hielt und es ihr gegenüber auch nicht verantworten konnte, ihren über allen geliebten Großvater als Verdächtigen anzusehen. Sie würde ihm das niemals verzeihen, dessen war er sich sicher.

»Hans? Ein ehemaliger Polizist? Kann ich mir nicht vorstellen. Welches Motiv soll er haben? Am Ende der Straße links, Arndt. Dann sind wir auch schon fast da.«

»Ein Motiv fällt mir auch nicht ein. Aber bei drei Morden ist die Wahrscheinlichkeit sehr groß, dass es jemand aus dem Bekanntenkreis war. Vielleicht hat Hans ein Geheimnis und einer der Toten drohte ihm, daraufhin bekommt er es mit der Angst zu tun und beschließt, alle zu töten.«

»Kann ich mir wirklich nicht denken, Arndt. Der Hans war immer für seine Gesetzestreue bekannt. Der hat keine Leichen im Keller. Er liebte seinen Polizeiberuf, das hast du selber gesehen.«

»Wenn nicht, bedeutet es, dass es jemand anderer war, den wir noch gar nicht auf dem Radar haben. Und das bedeutet …«

»… dass Hans das nächste Opfer ist«, beendete Elke den Satz. »Das weiße Haus auf der linken Seite ist es.«

Arndt fuhr den Wagen auf den Innenhof und parkte. Vor der Tür wartete eine ältere Dame. Das Haus war ein kleines Einfamilienhaus und in direkter Nachbarschaft standen noch weitere Häuser, deren Bewohner vielleicht etwas gesehen haben könnten. Danach fing auch schon das Waldgebiet an.

Drei Morde innerhalb von drei Tagen, das war sicherlich mehr, als so ein kleines Dorf ertragen konnte. Die Boulevard-Presse würde sich freuen.

»Sind Sie von der Polizei?«, fragte die Frau, die vor der Haustür wartete.

»Ja, von der Mordkommission. Das ist meine Kollegin Elke Henschel. Und ich heiße Arndt Schumacher. Haben Sie den Mord gemeldet?«

»Ja, ich bin die Pflegerin. Ich arbeite für das DRK.«

»Und wie heißen Sie?«, fragte Elke.

»Ich heiße Andrea Schmitt. Herr Müller litt an Paraplegie. Er wurde von uns regelmäßig betreut.«

Wurde …, stimmte Arndt ihr in Gedanken zu.

»Wo ist das Opfer?«

»Im Wohnzimmer.«

»Und wann haben Sie ihn entdeckt?«

»Das war um 17 Uhr. Ich komme jeden Tag um 17 Uhr, um Herrn Müller zu helfen. Er ist, äh … war an den Rollstuhl gefesselt.«

»Besitzen Sie einen Schlüssel für die Wohnung?«

»Ja.«

»Ist die Tür offen?«

»Ja.«

»Gut, Frau Schmitt. Ich möchte Sie bitten, hier zu warten. Wir werden kurz in die Wohnung gehen. Gleich kommen noch Kollegen von der Spurensicherung.«

»Darf ich auch drin warten? Ist sehr kalt.«

Beide warfen sich einen Blick zu und beide konnten sich ein Schmunzeln nicht verkneifen. Als Pflegerin war man wahrscheinlich kranke und auch tote Menschen gewohnt. Die meisten Zeugen hätten draußen gewartet.

»Ja, aber bitte im Flur. Und nichts anfassen.«

»Danke«, antwortete Schmitt und zusammen betraten sie die Wohnung. Während Frau Schmitt im Flur wartete, traten Arndt und Elke ins Wohnzimmer, wo sie den toten Kurt Müller vorfanden. Er war, mit nacktem Oberkörper, an seinen Rollstuhl gefesselt und war über und über mit Blut bedeckt. Auf dem Boden lag eine große Blutlache und wie bei den Opfern zuvor fehlten auch ihm die Augäpfel. Nach dem Blut zu urteilen, konnte die Tat noch nicht allzu lange her sein. Es sah noch sehr frisch aus und aus der linken Brust und den Augenhöhlen tropfte es noch immer. Arndt vermutete, dass auch bei Müller die Todesursache unzählige Messerstiche in die linke Brust, also ins Herz waren. Er wurde somit »übertötet« – wie die vorherigen Opfer.

»Scheiße, kann noch nicht lange her sein, Elke.«

»Ja, hast recht. Vielleicht hat ihn ein Nachbar gesehen.«

»Wir sollten die unbedingt befragen. Ich glaube, Müller kannte den Mörder.« Arndts Blick war auf die Gläser auf dem Tisch gerichtet.

»Also doch jemand aus dem Bekanntenkreis.«

»Wir müssen unbedingt Hans Krause aufsuchen.«

»Schau mal an die Wand, Arndt.«

An der Wand stand, wie beim letzten Mord auch, das Wort »**MÖRDER**«.

Aber es stand da noch etwas anderes. Unter dem Wort *MÖRDER* stand noch: »Öffne die Augen, Arndt!«.

Arndt war zu keiner Antwort fähig. Er schloss die Augen, in der Hoffnung, dass er sich das nur einbildete. Aber als er sie wieder öffnete, stand da noch immer derselbe Satz: »Öffne die Augen, Arndt!«

Was geschah hier? Wieso hatte ihm der Mörder eine Nachricht zurückgelassen? Vor allem: Woher kannte der Mörder seinen Namen? Bedeutete das nicht zwangsläufig, dass es nur jemand sein konnte, den sie bereits verhört hatten? Und da fiel ihm nur ein Name ein: Hans Krause.

Hans Krause war für sein Alter noch immer sehr robust und fit. Ihm wäre es ein Leichtes gewesen, diese Männer zu töten. Aber warum sollte er ihm eine Botschaft hinterlassen? Lief er damit nicht Gefahr, dass man ihn schnappte?

Wollte er vielleicht geschnappt werden?

»Was geht hier vor sich?«, fragte Elke noch immer verunsichert.

KAPITEL 25

Thomas schaute auf die Uhr. 19.25 Uhr.

»Wie gerne wäre ich jetzt bei dir, Arndt. Wie gerne wollte ich lauschen, um zu hören, was du und deine Kollegin denken.« Er saß nackt auf der Couch und surfte im Internet auf der Seite *www.serien-killer.com.*

Die Seite befasste sich mit Serientätern. Seit zwei Tagen las er sich durch die Beiträge und war überrascht über die Motive und Gründe, die Menschen zu Serientätern machten. Einige ihrer Taten fand er erschreckend und er empfand nur Hass für sie, auch wenn er zugeben musste, dass das Lesen ihn faszinierte und ihn erregte.

Wieder andere faszinierten ihn und mit ganz wenigen von ihnen fühlte er fast eine Seelenverwandtschaft. Wie mit Herbert Mullin. Wie Mullin wurde auch er von der Gesellschaft nicht gewürdigt und falsch verstanden. Selbst Mullins freiwillige Selbsteinweisung in die Psychiatrie wurde von der Gesellschaft falsch aufgenommen. Es war ein Hilfeschrei, aber sie ignorierten ihn, dabei wollte er doch nur einer von ihnen sein. Normal – so, wie auch Thomas sich immer nur wünschte, normal zu sein, weil ihm alle sagten, dass er es nicht war. Aber im Gegensatz zu Mullin war es ihm gelungen.

Er war normal, und dass es so blieb, dafür würde er sorgen. Außerdem war er nicht schizophren, wie dieser Mullin.

Andererseits: Wer sagte, dass Mullin wirklich schizophren war? Vielleicht redete ihm die Gesellschaft das nur ein, um ihn loszuwerden? Soweit Thomas aus seinen Recherchen deuten konnte, hatte Mullin wirklich alles unternommen, um ein Teil der Gesellschaft zu werden. Er hatte versucht, Frauen kennenzulernen, war bereit gewesen, mit der Richtigen den Bund der Ehe zu schließen, aber keine war auf sein Anwerben eingegangen. Er hatte versucht, in Bars Freunde zu finden, aber keiner hatte sein Freund sein wollen. Überall, wo er Wärme, Liebe und Freundschaft angeboten und gesucht hatte, war er auf Ablehnung gestoßen. Wieso konnte die Gesellschaft nur so grausam sein?

»Wie ich, Mullin, mein Bruder. Aber Übermenschen sind immer einsame Menschen. Wie auch schon Einstein richtig erkannte: ›Ich lebe in jener Einsamkeit, die peinvoll ist in der Jugend, aber köstlich in den Jahren der Reife.‹ Auch Einstein war einer von uns.«

Er stand auf und ging zur Küche, nahm aus dem Kühlschrank einen Fruchtjoghurt und einen Löffel aus dem Geschirrschrank. Bei seiner Bewunderung für Mullin verdrängte er, dass Mullin 13 Morde zu verantworten hatte.

Ungern erinnerte sich Thomas an seine Kindheit und seine Jugend zurück. Seine Mutter hatte ihn allein großziehen müssen, das war für sie alles andere als leicht gewesen. Wie hätte er ihr jemals für irgendetwas die Schuld geben können!? Sie war eine Kämpferin und hatte versucht, ihm das Bestmögliche zu bieten, auch wenn es oft nicht viel war.

Beim Gedanken an seine Mutter kamen ihm die Tränen.

»Du hast es versucht, Mama, aber es war nicht genug …«, schluchzte er, setzte sich wieder auf die Couch und aß seinen Joghurt. Sein Blick fiel auf den Monitor seines Laptops. Er klickte auf den Namen Emile Louis. Als er fertig war mit Lesen, klappte er den Deckel des Monitors wütend herunter. Die leere Joghurtverpackung wie auch den Löffel warf er vor

Wut Richtung Küche. Beide klatschen nach wenigen Metern auf den Boden.

Emile Louis, ein Franzose, war der Busfahrer einer Behinderteneinrichtung gewesen, der in den 70ern reihenweise behinderte Mädchen im Alter von 15 bis 26 Jahren vergewaltigt und einige von ihnen auch getötet hatte. Aufgrund der Unfähigkeit der französischen Justiz war er erst im Jahr 2006 ins Gefängnis gekommen, was nichts anderes bedeutete, als dass er all die Jahre noch ungestört unzähligen jungen Frauen hatte nachstellen und sie vergewaltigen können.

»Genau deswegen ist es richtig, was du tust«, hörte er eine Stimme in sein Ohr flüstern. Er kannte diese Stimme und er vertraute dieser Stimme. Die Stimme des Hasses.

»Ja, du hast recht. Auf unsere Politiker und Gerichte ist kein Verlass.«

»Sehr gut. Und genau deswegen musst du auch weitermachen. Wenn du nicht wärst, würden sie noch leben und Menschen wie Braun würden noch immer den Wohltäter spielen und die Gesellschaft narren. Sie sind alle Mörder und verdienen …«

»… zu sterben«, beendete Thomas den Satz und beruhigte sich allmählich.

Er war ein Held. Er hatte mit Psychos wie Louis nichts gemein. Er tötete keine Hilflosen oder Schutzbedürftigen, er richtete Mörder. Er war ein *Judge!*

Sein Blick fiel zur Wanduhr: 20.05 Uhr.

Ob die Presse schon Bescheid weiß?, fragte er sich und ging in sein Arbeitszimmer. Er betätigte den Lichtschalter. Die Jalousien waren immer unten, da er neugierige Blicke fürchtete. Sein Arbeitszimmer war mehr als nur ein gewöhnliches Arbeitszimmer. Es war seine Kommandozentrale, seine Asservatenkammer und sein Taktierraum.

Eine Wand des Zimmers war mit Fotos zugeklebt, die andere Wand mit einer großen Landkarte, auf der Pansdorf verzeichnet war. Auf den Fotos waren seine Opfer in unterschiedlichsten Lebenslagen zu sehen. Die Fotos und die Markierungen auf der Landkarte waren das Ergebnis von zwei Jahren harter Arbeit, von zwei Jahren Beschattungen. Alles, was er währenddessen gesehen, wahrgenommen oder mitbekommen hatte, war hier akribisch dokumentiert und aufgezeichnet. Nur so war er in der Lage, alle Gerechtigkeitstaten zeitnah und ohne größere Zwischenfälle durchzuführen.

Drei von ihnen hatten bereits ihre gerechte Strafe erhalten. Fehlten noch zwei. Sein Blick wanderte zu einem Foto auf dem Tisch. Es war das Foto, das er aus Wölks Wohnung mitgenommen hatte. Zwei Köpfe waren mit rotem Edding-Stift durchgekreuzt. Er nahm den Stift und kreuzte auch Müllers Kopf durch. Zwei Gesichter lächelten ihn noch an.

»Du bist der Nächste«, grinste er. Wenn alles nach Plan lief, war der Spuk schon in zwei Tagen vorüber.

Und was dann?, dachte er. Er konnte ja schließlich nicht einfach weitermorden. Diese Männer verdienten es, zu sterben, das war seine einzige Intention gewesen: die Mörder ihrer gerechten Strafe zuzuführen, damit nicht ein Justizskandal wie der mit Louis Deutschland heimsuchte. Damit diese Mörder nicht doch noch einmal zuschlugen. Schließlich war es bewiesen, dass viele Massenmörder manchmal nach Jahren oder gar Jahrzehnten erneut zuschlugen. Dieses Risiko durfte er nicht eingehen. Sie waren alt, aber sie waren Mörder. Wieso sollte es also nicht denkbar sein, dass sie sich wieder verbündeten, um sich dem Blutrausch hinzugeben?

Nun stand er vor der Frage: Was wurde aus ihm, wenn die letzten beiden Mörder gerichtet waren? Sollte er Pansdorf verlassen? Aber wohin sollte er? Er hatte niemanden, keiner vermisste ihn, und wenn er ehrlich war, gefiel ihm Pansdorf. Pansdorf war ein schönes, idyllisches Dorf, hier fühlte er sich wohl und hier konnte er sich gut vorstellen, alt zu werden. Und hier war Käthe. Wenn er sich Mühe gab, wer weiß …, vielleicht konnten Käthe und er ein Paar werden. Schließlich waren beide allein, und Menschen, die allein waren, sehnten sich doch nach einem Partner. Jedem Topf seinen Deckel! Dieser Gedanke machte sein Herz froh.

Er öffnete einen Schubladenschrank. Vor über einem Jahr hatte er bei einem Juwelier eine Halskette gekauft, die er Käthe schenken wollte, aber bis jetzt traute er sich nicht, sie ihr zu überreichen und ihr seine Zuneigung zu gestehen. Als er die Schublade öffnete, sah er die Taschenlampe, die dem Waldmenschen gehörte. An den Waldmenschen dachte er schon gar nicht mehr, doch wie er jetzt die Lampe betrachtete, waren seine Erinnerungen wieder bei ihm.

Was, wenn er mich doch gesehen hat?, dachte er und ein kalter Schauer lief ihm über den Rücken. *Aber er ist kein Mörder, er hat nichts damit zu tun,* versuchte er diesen wirren und ängstlichen Gedanken abzuschütteln. Dennoch wollte dieser Gedanke nicht verschwinden, da die Möglichkeit bestand, dass der Waldmensch ihn doch erkannt hatte.

»Wenn er dich gesehen hätte, wäre die Polizei längst hier. Er hat nichts gesehen«, ermahnte er sich selbst, nichts Unüberlegtes zu tun. »Aber was, wenn er der Polizei aus purer Angst nichts erzählt hat?« Damit konnte er leben, oder? Angst war ein guter Klebstoff für die Lippen. Aber was, wenn die Gewissensbisse dieses Waldmenschen irgendwann so groß wurden, dass er doch zur Polizei ging? Verstand der Waldmensch überhaupt, was er tat? War er sich der noblen Taten von Thomas bewusst? Sicherlich nicht. Für ihn war Thomas ein Mörder, ein Freak! Dabei war er der Freak. Welcher normale Mann lebte schon freiwillig isoliert und zurückgezogen im Wald?

Auch ihn hatte er anfangs beschattet, allerdings aus reiner Neugierde, da er wissen wollte, was dessen Beweggründe waren, der Zivilisation Lebewohl zu sagen. Vielleicht konnten sie

Freunde werden. Aber schon sehr bald hatte er bemerkt, dass er mit ihm nichts gemein hatte. Er verlor das Interesse an ihm und widmete sich wieder der Beschattung und Beobachtung seiner Mörder.

Und jetzt suchten ihn Gedanken heim, die nichts in seiner Welt zu suchen hatten. Er war ein Gerechtigkeitsvollstrecker, kein Mörder. Aber diese blöde Taschenlampe, die er mitnahm, brachte diese bösen Gedanken mit.

»Wieso habe ich diese Taschenlampe nur mitgenommen?«, warf er sich vor. Er nahm sie und warf sie in die andere Ecke des Raumes, wo sie unter lautem Klirren in ihre Einzelteile zerbarst. Er atmete durch die Nase und nahm die Gläser mit den Augen, die er sich ins Arbeitszimmer in eine Vitrine gestellt hatte, und versuchte, durch seine Trophäen Ablenkung zu finden. Sein Blick blieb bei Müllers Augen hängen. Noch immer sahen sie traurig aus. Ihm war, als würden die Augen zu ihm sprechen, ihm sagen: »Ein Richter zu sein bedeutet, unpopuläre Entscheidungen zu treffen.«

Wie recht die Augen doch haben, dachte er. All die Jahre, Jahrzehnte, hatte er auf diese eine Woche hingearbeitet, in seinen Gedanken alles wieder und wieder durchgespielt, sich vorgestellt, wie er die Mörder ihrer gerechten Strafe zuführte, um danach wie ein Held für immer in der Versenkung zu verschwinden. Aber die Wirklichkeit schrieb ihre eigenen Geschichten. Mit jeder Tat nahm auch etwas anderes von ihm Besitz, was er in seinen Gedankenspielen nie berücksichtigt hatte: die Lust und die Erregung, die er bei seinen Taten verspürte.

Er warf einen Blick auf die Wand mit den Bildern und seine Augen suchten die Fotos seiner Taten. Er hatte die Bilder der letzten beiden Toten nebeneinander aufgehängt. Von Wölk besaß er leider keines, da er bei seiner ersten Tat schlichtweg nicht daran gedacht hatte. *Schade,* musste er feststellen, aber die Fotos von Braun und Müller waren dafür besonders gut gelungen. Sie wirkten sehr plastisch, fast so, als geschah die Tat gerade vor seinen Augen erneut. Das erregte ihn.

Die moderne Technologie war schon eine feine Sache. Man konnte mit der Digitalkamera Fotos machen und direkt mit dem eigenen Drucker in bester Qualität ausdrucken. Wer ging heute noch in den Fotoladen, um Fotos zu entwickeln? Er jedenfalls nicht. Er musste kichern. Was wohl die Angestellten dächten, wenn sie seine Bilder entwickeln müssten?

Der Anblick seiner Taten stimmte ihn milde und er beruhigte sich. Diese Taten, diese Bilder waren Meisterwerke. Behutsam streichelte er die Fotos mit der Innenseite seiner rechten Hand.

»Ob ich eins der LN schicken soll?« Je länger er die Fotos anstarrte, desto ruhiger wurde er und desto mehr stieg die Erregung in ihm auf. Weitere Fotos würden diese Wand schmücken. Aber wieder kam er auf die Frage, was danach geschehen sollte. Tief in seinem Unterbewusstsein flüsterte ihm etwas zu, dass er danach unmöglich aufhören könnte, denn viel zu sehr würde er dieses Gefühl der Erhabenheit, diese Erregung und dieses Adrenalin vermissen. Aber es gab nun einmal nicht mehr als fünf Mörder, die es zu richten galt. Und drei davon waren bereits gerichtet. Folglich gab es also schon bald ein Ende.

Aber war die Welt nicht voll von Mördern, von Schuldigen, die frei rumliefen, unschuldige Menschen drangsalierten, töteten und bei denen die Politik, die Justiz versagte? Thomas dachte an Arndt. Wenn bei der Polizei nur solche Versager arbeiteten, wen konnte es da wundern, dass die Welt voller Ungerechtigkeiten war? Und dass Arndt ein Versager war, stand für ihn außer Frage. Schließlich hatte Thomas zweimal die Möglichkeit gehabt, ihn zu töten, und nur seine Gnade hatte Arndts Leben gerettet.

Jetzt war Arndt in der Bringschuld, indem er die Botschaften richtig verstand und das Richtige tat! Die nächsten Tage sollten zeigen, ob er sich in Arndt täuschte oder ob er wirklich ein Versager war.

Arndt hin oder her, er wusste, dass er eine Entscheidung zu fällen hatte. Was geschah mit ihm, nachdem er alle Mörder ihrer gerechten Strafe zugeführt hatte? Sollte er das große Finale, das er vor Jahren bereits beschlossen hatte, Wirklichkeit werden lassen oder sollte er sich gegen sein Finale entscheiden und all die anderen frei laufenden Mörder ebenfalls ihrer gerechten Strafe zuführen? Er, der »Dunkle Judge«!

Thomas, der Batman! Dieser Gedanke gefiel ihm, aber er war nach wie vor unschlüssig. Das große Finale bedeutete, dass er in die Geschichtsbücher einginge, wie ein Charles Manson, Jack the Ripper oder Robert Hansen, der erst zu weltweitem Ruhm gelang, als Hollywood sein Leben verfilmte. Nicolas Cage und John Cusack spielten im Film »Frozen Ground« die Hauptrolle. Und wenn jemand wie Hansen, der Nutten vergewaltigte und tötete, solch eine Kulisse bekam, welche Kulisse bekäme er, der *Judge?* Seine Motive waren schließlich viel nobler. Thomas wünschte sich Leonardo DiCaprio in der Hauptrolle, denn er meinte, dass er ihm ähnlich sah. Was jeder andere sicherlich belächelte, aber was wussten die Menschen schon wirklich? Nichts! Sie wussten ja nicht einmal, dass er es war, der für Gerechtigkeit sorgte. Und er musste entscheiden, ob es so bleiben oder ob die Welt es erfahren sollte.

Er wollte nicht missverstanden werden. Er machte die Taten nicht des Ruhmes wegen, oder weil er ein Held sein wollte. Das brachten die Taten nun einmal mit sich, schließlich berichtete die LN schon über ihn. So bestand kein Zweifel für ihn, dass nach der dritten Gerechtigkeitstat auch die BILD-Zeitung und die Nachrichten über ihn berichten würden.

Ja, er war ein Held, aber das war nicht seine Intention. Es war die Wunde, die er schon so lange mit sich trug und für die er die alten Männer verantwortlich machte. Somit waren die Taten nichts als ein reinigendes Gewitter für seine Seele.

Ohne diese Männer müsste auch kein Blut an seinen Fingern kleben. Aber im Leben konnte man sich oft nicht für den einfachen Weg entscheiden und Thomas wollte nicht mehr davonlaufen. Das hatte er Jahrzehnte lang getan und er war stolz auf sich, dass er irgendwann angehalten, sich umgedreht und sich seinen Ängsten gestellt hatte. Und wie er sich eingestehen musste, mit großem Erfolg.

Und nun stand er an einer Weggabel und musste eine weitreichende Entscheidung treffen. Wie erkannte Charlie Chaplin schon richtig: »An den Scheidewegen des Lebens stehen keine Wegweiser.« Wie Chaplin in seiner Paraderolle fühlte sich auch Thomas als Vagabund, als jemand, der nirgends hinpasste, sich aber nichts sehnlicher wünschte als ein Heim, um Wurzeln zu schlagen, um sagen zu können: »Hier ist mein Heim, hier will ich begraben sein.«

Und er dachte wieder daran, ob Pansdorf dieses Heim sein könnte. *Warum sollte es das nicht?* Er war sich über die Tragweite seiner Taten nicht bewusst. Thomas konnte nicht glauben, dass sie ihn jagen könnten, bis er getötet oder ins Gefängnis gebracht würde. Er war so von seiner Mildtätigkeit überzeugt, dass es für ihn ausgeschlossen war, dass er der Gesellschaft keinen Gefallen tat, indem er die Mörder umbrachte. Er machte die Welt ein Stück besser, ein Stück liebenswürdiger.

In den letzten Jahrzehnten hatte er sich ein dickes Fell zugelegt, denn nur dieses dicke Fell hatte ihn das ertragen lassen, was er hatte ertragen müssen, wenn die Erwachsenen über ihn bestimmten. Manchmal – so erinnerte er sich bitter zurück –hatte er es gewagt, sich zu wehren, aber schon sehr schnell zeigten ihm die Erwachsenen, die Männer, die Macht über ihn besaßen, was sie davon hielten, wenn er sich wehrte. Also hatte er sich irgendwann nicht mehr gewehrt, sondern war still geblieben und hatte alles ertragen, in dem Glauben, dass es irgendwann aufhörte. Dieses Irgendwann war sein 18. Geburtstag gewesen.

Einen Erwachsenen konnten sie nicht mehr rumschubsen, schlagen oder sich an ihm vergehen. Und so geschah es auch. Und in all der Zeit wuchs der Hass auf diese alten Männer. Niemals wollte er die Verantwortlichen vergessen, die die Schuld an seinem Unglück trugen, und diesem Schwur war er bis zum heutigen Tag treu geblieben, auch wenn er bei Müller für einen kurzen Moment gezögert hatte.

»Du musst dich entscheiden«, sagte er zu sich selbst und betrachtete seine Augen, seine Trophäen. Sein Blick fiel wieder auf die zerbrochene Taschenlampe und prompt waren seine Gedanken auch wieder beim Waldmenschen.

Vielleicht war der Waldmensch seine Prüfung. Er blickte zur Funkuhr, die auf der Vitrine stand und 21.45 Uhr anzeigte. Thomas grinste und fletschte seine Zähne – seine Augen begannen diabolisch zu leuchten.

KAPITEL 26

»Was hat das zu bedeuten?«, fragte Elke erneut. Ihre Stimme holte Arndt aus seinen Gedanken. Er war wie benommen und fassungslos, dass der Mörder ihm eine Botschaft hinterlassen hatte.

»Ich weiß es nicht, Elke.«

»Woher kennt er deinen Namen?«

»Gute Frage. Entweder er spielt mit uns oder es ist jemand, den wir verhört haben?«

»Oder es ist jemand, der eine der Personen kennt, die wir verhört haben.«

»Oder so. Jedenfalls hat er uns, ohne es zu wissen, einen großen Gefallen getan. Der Kreis der Verdächtigen wird jetzt kleiner, zumal wir davon ausgehen können, dass er den Toten kannte.«

»Ja, das Trinkgelage deutet drauf hin.«

»Und wieder ein Buchstabe, den er in den Oberkörper geritzt hat. Diesmal ein A. Also haben wir: A, N und A. Was mag das bloß bedeuten?« Beide schauten sich den Buchstaben auf dem Oberkörper genauer an, ohne etwas zu berühren.

»Vielleicht ein Wort oder die Anfangsbuchstaben eines Satzes. Wollen wir auf die Spurensicherung hoffen, A N A kann alles Mögliche bedeuten.«

»Stimmt, Elke. Komm, wir befragen mal Frau Schmitt. Vielleicht hat Sie etwas für uns.«

Frau Schmitt wartete noch geduldig, als beide Polizisten vom Wohnzimmer in den Flur traten.

»Und, ist er tot?«

»Ja«, antwortete Arndt mit leicht irritiertem Ausdruck, schließlich hatte sie ja vorhin selbst gesagt, dass er tot sei. Oder lag es daran, dass sie unter Schock stand? Nach ihrem Äußeren zu urteilen, wirkte sie nicht so, aber er wusste auch, dass das täuschen konnte.

»Frau Schmitt: Dürfen wir Ihnen ein paar Fragen stellen?«, fragte Elke in leisem Ton.

»Ja. Wenn ich helfen kann, gerne.«

»Wie lange arbeiten Sie schon für Herrn Müller?«

»Seit knapp drei Jahren.«

»Wir gehen davon aus, dass Müller Besuch hatte. Wissen Sie, von wem?«

»Ja, ich weiß, dass er Besuch hatte. Er hat jede zweite Woche Besuch.«

Arndt wurde hellhörig. War das die heiße Spur, auf die sie hingearbeitet hatten? Die Information, die endlich Licht ins Dunkel bringen würde und ihnen half, den Täter zu fassen?

»Wie hieß die Person?«

»Soviel ich weiß: Thomas.«

»Thomas? Und weiter?«

»Das weiß ich leider nicht, aber Herr Müller hat immer in den besten Tönen von ihm geschwärmt.«

»Haben Sie ihn kennengelernt?«

»Leider nicht, obwohl ich es sehr gerne getan hätte. Er muss ein sehr freundlicher und eloquenter Mensch sein. Aber Müller meinte, dass er Fremden gegenüber sehr scheu und schüchtern sei.«

Mist, fluchte Arndt leise.

»Wissen Sie, wie lange er diesen Thomas schon kannte?«, wollte er wissen.

»Schon eine ganze Weile. Ich würde mal vermuten, so an die zwei Jahre. Jedenfalls nicht ganz so lange, wie ich ihn schon pflege.«

»Sind Sie sich sicher?«, fragte diesmal Elke und warf Arndt einen Blick zu. Und er wusste auch, warum.

»Ja, ganz sicher. Müller erzählte mir sehr viel. Er war ein sehr redseliger Mensch und als er Thomas kennenlernte, erzählte er mir das. Ich glaube, sie haben sich am Mühlenteich kennengelernt, aber nageln Sie mich bitte nicht auf das Datum fest.«

Am Mühlenteich?, dachte Arndt und musste unweigerlich an den Waldmenschen denken. Was, wenn er ihnen nicht die ganze Wahrheit erzählte und doch wusste, wie er aussah? Er hoffte, dass seine Kollegen ein halbwegs vernünftiges Phantombild gezeichnet hatten. Der Mörder hatte mit Müller einen Fehler begangen. Er wurde fahrlässig. Die Gläser auf dem Tisch sagten Arndt, dass dieser Thomas dringend tatverdächtig war.

Schmitt lieferte ihm aber eine noch viel wichtigere Information. Dieser Thomas und Müller hatten einander vor zwei Jahren kennengelernt. Hatte Herbst nicht erzählt, dass er vor zwei Jahren nach Pansdorf gezogen war? Konnte das Zufall sein? Arndt glaubte nicht an Zufälle. Aber wie konnte er diesen Herbst überführen? Vielleicht war das aber auch gar nicht so schwierig, denn vielleicht wollte Herbst ja auch geschnappt werden? Diese Anspielung mit den Tatort-Filmen und jetzt die Botschaft, die er ihm zurückließ: Vielleicht waren das mehr als nur Zufälle und Herbst wollte, dass man ihn fasste, bevor er wieder zuschlug. Mit Herbst als Hauptverdächtigen würde auch Hans Krause entlastet, obwohl er sich als Verdächtiger genauso gut eignete.

Bei Herbst stellte sich Arndt nur die Frage nach dem Motiv. Herbst war nicht alt genug und kam auch nicht aus Pansdorf.

Ein persönliches Motiv konnte er also eigentlich nicht haben. Die Toten waren aber alle befreundet und früher sogar in einer Clique gewesen. Genau das sprach eher für jemanden aus dem Bekanntenkreis.

Das entscheidende Teil im Puzzle fehlte noch, aber das würde er auch noch finden.

»Frau Schmitt: Hat er Ihnen erzählt, wie dieser Thomas aussieht oder wo er wohnt?«

»Ehrlich gesagt, habe ich ihn das nie gefragt, aber so wie er über ihn gesprochen hat, muss er schon älter sein, da er ihn für sehr reif und intelligent hielt und ich mir kaum vorstellen kann, warum ein junger Mann die Freundschaft zu einem Rentner im Rollstuhl sucht.«

Schmitts Gedanken waren nicht abwegig. Aber wenn Thomas der Mörder war und ganz bewusst seine Freundschaft gesucht hatte, dann sagte das nicht unbedingt etwas über sein Alter aus.

»Also wissen Sie auch nicht, wo er wohnt?«, wiederholte Elke die Frage von Arndt.

»Leider nicht. Aber sicherlich in Pansdorf. Soviel ich weiß, kam er immer zu Fuß.«

Sehr gut, dachte Arndt. Wie viele mit dem Namen Thomas mochten in Pansdorf schon leben? Das Telefonbuch würde Auskunft geben. Aber was ist mit denen, die nicht im Telefonbuch verzeichnet waren? Auch das war kein Problem, da die Polizei mit richterlichem Beschluss vom Einwohnermeldeamt alle Namen bekam, nach denen sie verlangte. Leider war die Polizei nicht die NSA. Für sie wäre es ein leichtes gewesen, dank ihrer Spähprogramme diesen Thomas ausfindig zu machen.

Arndt musste es versuchen. Auch wenn das Risiko groß war, dass der Mann vielleicht gar nicht Thomas hieß. Aber er war fest entschlossen, jedem kleinen Hinweis nachzugehen. Und sicherlich würde Willy auch genug Leute dafür abstellen. Mit diesem dritten Mord und dieser Botschaft hatte sich die Tragweite drastisch verändert. Nun konnte niemand mehr von regionalen Morden sprechen, sondern von den Taten eines Serientäters mit nationaler Bedeutung.

»Wissen Sie, ob jemand anderer aus Müllers Bekanntenkreis diesen Thomas kennt?«

»Herr Schumacher, das kann ich mir kaum vorstellen. Wie gesagt, Thomas soll ein sehr schüchterner und scheuer Mensch sein. In Pansdorf ist es nicht einfach, Freundschaften zu schließen. Aber Müller meinte, dass Thomas auch ab und an bei Käthe vorbeischaute, da ihm dort die Atmosphäre sehr gefällt.«

»Bei Käthe? Denken Sie, Käthe kennt ihn?«

»Wenn nicht Käthe, wer dann?«

Käthe? Und schon wieder Käthe. Verschweigt sie etwa noch mehr? Arndt hoffte es nicht, denn so langsam nahm seine Geduld ein Ende. Wie er bereits im Laufe des Tages befürchtet hatte: Es würde ein langer Tag werden. Sie mussten auf die Spurensicherung warten und dann Hans Krause, Käthe und diesen Michael Herbst aufsuchen. Und wer weiß, wen noch? Arndt fasste sich an die Stirn und rieb sie.

»Denken Sie, dass Thomas der Mörder ist?«, fragte Schmitt und er sah die Bestürzung in ihren Augen.

»Wir denken nichts, Frau Schmitt. Wie versuchen nur, Informationen zu sammeln, die uns in unseren Ermittlungen helfen können.«

Diese Antwort schien ihr deutlich zu missfallen, da sie Arndt einen abfälligen Blick zuwarf.

»Besaß Herr Müller ein Handy?«

»Wieso, Frau Henschel?«

»Vielleicht steht dort Thomas Nummer drin.«

»Nein, tut mir leid, aber Müller hielt nichts von Handys oder Computern. Er ist eine andere Generation.«

Auch dieser kleine Strohhalm löste sich in Luft auf. Gerade als Arndt etwas sagen wollte, hörte er ein Klopfen an der Tür. Er drehte sich um, ging zur Tür und öffnete sie. Die Jungs von der Spurensicherung waren eingetroffen.

»Jung, dich kann man auch keine Minute allein lassen«, lachte Ole ihn an.

»Du findest das Kunstwerk im Wohnzimmer. Kommt.« Arndt grinste und ging voraus. Aus dem Augenwinkel sah er wieder den missbilligenden Blick von Schmitt, die anscheinend ein Problem mit der lockeren Art der beiden hatte, da sie sich über einen Ermordeten lustig machten. Das war in ihren Augen sicherlich pietätlos. Schmitt wusste nichts.

Gerade die Spurensicherung, die jeden Tag mit Toten konfrontiert war, versuchte diese schrecklichen Bilder mit Humor zu verarbeiten. Wenn man jeden Toten an sich heranließ, dann war man schneller ein Fall für den Psychiater, als einem lieb sein konnte. Und diese Kollegen sahen Leichen, die selbst Arndt nicht zu sehen hoffte: vergewaltigte Frauen, denen Körperteile herausgeschnitten oder -gerissen worden waren, oder tote, missbrauchte und zerstückelte Kinder. Nein, die Spurensicherung war nicht zu beneiden. Das waren ganz harte Hunde und man konnte ihnen nur herzlich wünschen, dass sie ihren Humor dabei behielten.

»Das sieht ja schön aus. Ich hoffe, ihr habt nichts angefasst.«

»Ich nicht, aber bei Elke wäre ich mir nicht so sicher«, lachte Arndt.

»Na, um dich mach ich mir Sorgen, Jung. Elke macht so was nicht. Wenn alle Kollegen wie Elke wären, wären weniger Beweise kontaminiert.« Ole lachte sein herzliches Lachen. Er hatte eine tiefe Stimme und war 54 Jahre alt, so groß wie Arndt, aber deutlich kräftiger. Auf dem Haupt trug er keine Haare mehr.

»Was denkst du, warum er ihm die Hände an den Rollstuhl gebunden hat?«

»So wie ich das sehe, wollte er wohl diesmal ein wenig von seinem Muster abweichen. Vielleicht eine spontane Reaktion.«

»Was meinst du damit?«

»Wahrscheinlich hat er ihn angebunden, um ihm erst die Augäpfel zu entfernen.«

»Du meinst, Müller lebte noch?«, fragte Elke leicht erschrocken.

»Ja, sehr gut möglich. Auch wenn ich mich damit ein bisschen aus dem Fenster lehne. Sicher kann ich es erst nach den Untersuchungen sagen.«

»Und wie lange dauert es?«

»So lange es dauert, Arndt. Aber wir haben ja morgen früh eh eine Besprechung. Vielleicht habe ich da schon etwas Verwertbares. Na, dich scheint ja der Mörder besonders ins Herz geschlossen zu haben.« Ole zeigte grinsend auf die Wand, wo der Satz mit Arndts Namen stand.

»Witzig«, knurrte Arndt. »Ich glaube, wir stören hier nur, Elke.«

»Richtig erkannt.« Ole grinste. »Aber passt bitte auf, dass ihr nichts anfassen tut.«

»Wie du wünschst, Kollege …« Arndt grinste ebenfalls und strich ehrfürchtig und angewidert mit der Hand über seinen Namen an der Wand. Ole warf ihm dafür einen grimmigen Blick zu. »Weißt du, ob Willy auch kommt?«

»Was ist mit mir?«, hörte er eine Stimme hinter sich fragen.

»Hallo Willy«, sagte Elke und reichte ihm die Hand zur Begrüßung.

Arndt reichte ihm auch die Hand. Willy betrat das Wohnzimmer und schaute sich den Tatort kurz an.

»Kommt ihr beiden raus? Wir sollten die Kollegen nicht bei ihrer Arbeit stören.«

»Danke, Willy, das versuche ich Arndt auch schon die ganze Zeit klarzumachen.« Ole lachte herzhaft auf. Arndt grinste nur und folgte Elke und Willy. Zusammen verließen sie das Wohnzimmer.

Auf dem Flur stand Frau Schmitt und wollte nach Hause gehen. Einen Arzt wollte sie nicht. Marco, ein noch neuer und wenig erfahrener Kollegen im Team, wies Arndt an, ihre Personalien aufzunehmen. Dann ließ er sie gehen und folgte Elke und Willy vors Haus.

Willy seufzte bedrückt und sichtlich angespannt. »Kinders, was geht hier vor sich?«

»Das wissen wir noch nicht, Willy. Aber wir vermuten, dass Täter und Opfer sich kannten.«

»Alle Opfer waren Jugendfreunde«, ergänzte Elke, »und kurz vor seinem Tod hatte Müller Besuch von jemandem namens Thomas.«

»Und wo ist dieser Thomas?«

»Das wissen wir nicht. Wir wissen nicht mal, ob es überhaupt sein richtiger Name ist. Aber es würde Sinn machen, sich beim Einwohnermeldeamt alle Adressen von den Pansdorfern geben zu lassen, deren Vorname Thomas ist.«

»Gut, Arndt. Wenn uns das hilft, den Kreis der Täter einzuschränken, besorge ich euch die Liste. Morgen früh habt ihr sie.«

»Wie war die Pressekonferenz?«

»Nach dieser Tat für die Katz. Drei Morde innerhalb so kurzer Zeit werden den Druck auf uns nochmals verstärken. Ich muss ihnen etwas liefern. Schon bald wird mir auch die Polizeidirektion im Nacken sitzen. Ich brauche ein paar Fakten, einen Täter, und das so schnell wie möglich.«

»Wenn das so einfach wäre …«

»Mist, Arndt … habt ihr die Nachbarn interviewt? Vielleicht haben sie jemanden gesehen.«

»Nein, noch nicht.«

»Scheiße, Arndt, wieso nicht?«, Willys Stimme wurde laut und Arndt fürchtete, dass er wieder einen seiner Anfälle bekam, was nichts anderes bedeutete, als dass der Druck enorm sein musste.

»Weil wir vielleicht …«

»… gerade das tun wollten«, ergänzte Elke seinen Satz und kniff ihm in die Seite.

Arndt hielt inne und schwieg. Sie hatte recht, mit Willy konnte man jetzt nicht argumentieren.

»Gut, wenn ihr Kollegen braucht, sagt mir Bescheid. Ich stelle euch so viele Leute wie nötig ab. Dieser Fall hat höchste Priorität.«

»Danke«, antwortete Arndt, »werden wir tun.« Willy musste der Arsch gewaltig brennen, dachte er, wenn er den Fall schon mit höchster Prio auszeichnete.

»Ich nehm' die zwei Häuser und du die anderen zwei, Elke, o. k.? Danach treffen wir uns wieder hier.«

»Geht klar, Kollege.«

Zehn Minuten später trafen sich beide wieder im Vorhof von Müllers Haus. Willy war inzwischen weggefahren. Niemand hatte irgendetwas gesehen – oder hatte es gesehen haben wollen.

»Mist!«, zischte Arndt. »Wir sollten Hans Krause aufsuchen.«

»Hältst du ihn noch immer für verdächtig? – Jetzt, nach dieser Information über diesen Thomas?«

»Das weiß ich, ehrlich gesagt, nicht. Wenn er nicht verdächtig ist, ist er ja vielleicht das nächste Ziel. Er war der Vierte in der Clique.«

Beide bestiegen den Wagen und Elke wies ihm den Weg zu Krause. Vor Krauses Haus hielten sie an. »Hör zu, Elke: Ich weiß, du hast ein freundschaftliches Verhältnis zum Krause. Ich kann das auch allein machen. Ich werde ihm sicherlich ein paar unschöne Fragen stellen müssen.«

»Ich komm mit.« Sie stieg aus dem Wagen und beendete somit jede Diskussion bereits im Keim, sie preschte sogar vor, um selbst die Klingel zu drücken. Wieder hörten beide den Schäferhund von Krause bellen. »Aus, Hasso!«, hörten sie ihn rufen, bevor er die Eingangstür öffnete. Krause hielt Hasso am Halsband.

»Oh, Elke, schön, dich zu sehen. Kommt doch bitte rein.«

Beide betraten die Wohnung und folgten Krause ins Wohnzimmer, wo seine Frau saß. Als sie Elke sah, stand sie freudestrahlend auf. »Elke, du hier!? Schön, dich zu sehen. Setzt euch doch.« Elke und Frau Krause umarmten einander.

»Das ist mein Kollege, Arndt Schumacher«, stellte Elke ihren Partner vor.

Frau Krause gab ihm die Hand und Arndt erwiderte. Er schätzte sie auf Mitte 50 und sie war keine 1,65 Meter groß. Sie trug kurzes schwarzes Haar und strahlte sehr viel Warmherzigkeit aus. Im Gegensatz zu ihrem Mann war sie Arndt auf Anhieb sympathisch.

»Wollt ihr etwas trinken? Kaffee?«

»Nein danke, Irmchen. Wir sind leider zeitlich sehr angebunden.«

»Dann setzt euch doch. Habe dich ja ewig nicht mehr gesehen. Wie geht's Mama und Papa?«

»Gut, danke.«

»Sehr schön.«

Arndt sah, dass Hans nervös war, denn er schwang seinen Oberkörper auf seinem Sessel sitzend hin und her. »Na, Elke, dann mal raus mit der Sprache«, platzte Hans schließlich heraus, »was schafft euch her?

Elke warf Arndt einen kurzen Blick zu, um sein Einverständnis zur nächsten Frage einzuholen. Sie und er waren wirklich ein sehr gutes Team, musste er wieder feststellen, denn er verstand sofort. Meistens genügte ein kurzer Blick zwischen ihnen.

Arndt bezweifelte, dass viele Kollegen diese nonverbale Kommunikation beherrschten. So gesehen war Elke ein Glücksgriff gewesen. Er wollte gar nicht daran denken, was geschehen wäre, wenn er eine miesepetrige Kollegin erwischt hätte: so eine

Kampflesbe wie Sabine Bruhns. Bruhns arbeitete für das LKA in Köln, Arndt hatte sie dort auf einem Lehrgang im vergangenen Jahr kennengelernt. Wenn sie mit dem falschen Bein aufstand, dann mal gute Nacht. Dabei war sie eine verdammt kompetente Kollegin. Aber mit ihr zusammenarbeiten hätte er nicht gewollt.

Elke passte schon perfekt zu ihm und er musste sich eingestehen, dass er ihr das viel zu selten zeigte. Da war er dann manchmal doch einfach ein wenig zu sehr wie Bruhns – also ein egoistisches Arschloch. Aber auch daran würde er arbeiten. Wahrscheinlich.

»Kurt Müller ist tot.« Während Elke diesen Satz aussprach, beobachtete Arndt aus den Augenwinkeln jede Bewegung von Krause. Dessen Augen erstarrten, wurden groß, sein Mund öffnete sich ein bisschen und blieb offen stehen. Es war, als erfahre er gerade von seinem eigenen Tod. Diese Meldung traf ihn tatsächlich, ob aus Mitgefühl oder Angst, vermochte Arndt jedoch nicht zu deuten. Auch seine Frau schien mitgenommen, aber in ihrem Gesicht konnte er Mitgefühl erkennen.

Was verschweigst du, Krause?, hätte er ihn am liebsten gefragt. Nach einigen endlos langen Sekunden schien Krause sich zu fassen. Er schluckte die Erstarrung hinunter und bemühte sich, einen Satz auszusprechen. In dem herausbrechenden Gestotter spiegelte sich dann all seine Verunsicherung wider: »Wie … wie … wie konnte das passieren?«

»Er wurde ermordet. Wir gehen vom selben Täter aus wie bei Wölk und Braun. Es tut mir wirklich sehr leid, dir, euch das mitteilen zu müssen.«

»Wie schrecklich«, antwortete Irmchen und nahm ein Taschentuch, um sich die Tränen aus dem Gesicht zu wischen. »Wer tut nur so etwas Schreckliches in unserem schönen Pansdorf?«

»Genau das wollen wir herausfinden, Irmchen. Bevor noch mehr Menschen sterben müssen.«

»Du denkst doch nicht, dass er noch mehr Menschen töten wird?«

»Das weiß ich nicht, Irmchen. Ich hoffe, Hans kann uns helfen. – Hans: Sagt dir der Name Thomas etwas?«

Sehr gut, dachte Arndt, weil Elkes erste Frage nicht seine Vergangenheit ansprach. Das hätte ihn als erfahrenen Polizisten vermutlich veranlasst zu glauben, er sei verdächtigt.

»Thomas? Ich kenne einige mit dem Namen Thomas. Wie ist der Nachname?«

»Das wissen wir leider nicht, aber er war mit Müller befreundet.«

»Also Thomas Heinrich und Thomas Schäfer müssten Kurt auch kennen. Verdächtigt ihr einen von denen?«

»Nein, aber wir würden uns gerne mit ihnen unterhalten. Haben Sie die Kontaktdaten von den beiden?«, fragte Arndt.

»Ja, warten Sie. Ich schreibe Ihnen die Adressen auf.« Krause stand auf, ging für Stift und Papier zum großen Wandschrank, schrieb die Adressen auf den Zettel und reichte ihn Arndt, der ihn dankend entgegennahm. – »Ich kann mir aber beim besten Willen nicht vorstellen, dass einer von denen ein brutaler Mörder sein soll. Das macht für mich keinen Sinn. Sie sind beide weit über sechzig Jahre alt.«

»Sie werden auch nicht des Mordes verdächtigt, Herr Krause. Wir müssen aber jedem Hinweis nachgehen, um den Mörder endlich schnappen zu können. Wie gut waren Sie mit Müller befreundet?«

»Wir waren gute Freunde. Mit ihm verbindet mich eine lange Freundschaft. Wieso?«

»Weil wir glauben, dass die Morde in einem Zusammenhang stehen.«

»Wie meinst du das, Elke?«

»Nun – Wölk, Braun und Müller waren befreundet. Und soweit wir wissen, warst du auch mit allen befreundet. Ihr wart doch alle in einer Clique.«

»Ja, ja, aber das ist doch schon Jahrzehnte her. Nachdem alle geheiratet haben, hat sich diese Clique aufgelöst.«

»Und genau deswegen glauben wir, dass der Täter im Bekanntenumfeld zu suchen ist.«

»Kind, das macht keinen Sinn. Der Täter müsste auch schon Rentner sein und welches Motiv soll er haben, die Jungs nach so langer Zeit zu töten?«

Arndt sah, dass Krause nervös war. Seine rechte Hand zitterte und er versuchte, sie zu beruhigen, indem er sie in der linken Hand festhielt. Auch seine Stimme hob sich, ein deutlicher Hinweis darauf, dass er nicht die Wahrheit sagte.

»Herr Krause, deswegen müssen wir alles wissen, was uns helfen kann. Sie sind der letzte Überlebende dieser Clique und somit unser wichtigster Zeuge.«

»Das stimmt doch gar nicht. Käthe, Edgar, Klaus, und dein Opa Hans waren genauso in dieser Clique.«

Jetzt war Arndt überrascht. Der Opa von Elke war ebenfalls Teil dieser Clique? Hatte er nicht gesagt, dass er nur ab und an mit ihnen abhing? Hatte er gelogen? Arndt wehrte sich dagegen, diesen Gedanken weiterzuspinnen.

»Ja, aber nur noch Sie waren Kernmitglied.«

»Kernmitglied? Jetzt werden Sie nicht albern, Herr Schumacher. Wir waren jung und haben alle auf dem Bolzplatz oder vorm Bahnhof abgehangen«, blaffte Krause zurück. Seine Stimme wurde laut und seine Augen groß, Wut lag in ihnen.

»Beruhig dich doch, Schatz, die wollen doch nur helfen.«

»Irmchen, dummes Irmchen. Die verdächtigen mich«, platzte es aus Krause heraus. Irmchens Gesichtsausdruck zeigte Arndt, dass sie über diese Beleidigung gekränkt war.

»Wir verdächtigen dich nicht, Hans. Wir machen nur unseren Job. Und wir machen uns Sorgen. Vielleicht bist du das nächste Opfer.«

»Kind, jetzt werd' doch nicht bekloppt. Du machst Irmchen nur Angst. Wieso sollte man mich töten wollen? Schau mich an. Sehe ich so aus, als ob ich mich fürchten müsste?«

»Damit ist nicht zu scherzen, Hans. Wenn du uns etwas vorenthältst, dann rück damit raus, bitte. Du als Polizist solltest doch am besten wissen, dass es kein Zufall sein kann, wenn innerhalb so kurzer Zeit drei Freunde getötet wurden. Bitte, denk nach.«

Krause blickte zu Elke. Seine Augen wurden schmal und er schien abzuwägen, was er sagen sollte.

»Kind, ich kann mir wirklich kein Motiv vorstellen. Ich will damit nicht sagen, dass wir liebe Jungs waren, das sicherlich nicht. Aber wir haben nichts anderes getan als das, was alle jungen Männer in dem Alter nun mal so tun: einen über den Durst trinken und hier und da mal eine Schlägerei, aber bringt man deswegen jemanden um?«

»Herr Krause, da gebe ich Ihnen recht, deswegen bringt man niemanden um. Aber wenn man vielleicht einen Mord gedeckt hat?« Arndt griff zum letzten Strohhalm. Elke und er hatten zwar im Auto beschlossen, nicht zu viel über die Morde preiszugeben, aber Krause wollte einfach nichts gewusst haben und Arndt spürte, dass er damit log. Also musste er es riskieren.

»Mord?«, fragte Krause mit ruhiger Stimme aber entsetztem Blick.

»Ja, der Täter hat als Botschaft das Wort *MÖRDER* am Tatort hinterlassen.«

Krauses Gesicht wurde blass und seine Unterlippe bewegte sich, aber es folgten keine Worte. Auch seine Frau schien schockiert und fassungslos. »Also, Herr Krause, wenn Sie etwas zu sagen haben, sagen Sie es bitte jetzt. Ein Mörder läuft frei herum und es ist nicht auszuschließen, dass Sie das nächste Opfer sind. Decken Sie einen Mord?«

»Schatz, sag es Ihnen, bitte!«

KAPITEL 27

Thomas hatte eine Entscheidung getroffen. Der Waldmensch war eine Bedrohung für ihn und deswegen musste er sterben. Der Waldmensch hatte zwar nicht auf seiner Liste derer gestanden, die er der Gerechtigkeit zuführen musste, aber er hatte ihn gesehen. Und wie konnte ein Held der Nacht unbemerkt weiter für Gerechtigkeit sorgen, wenn jemand wusste, wer er war? Auch Batman war nur deshalb so erfolgreich, weil er seine Identität verbergen konnte.

Deswegen musste der Waldmensch sterben und Gott war sein Zeuge, er tat das nicht gerne, aber manchmal war das Leben grausam: grausam, weil es unpopuläre Entscheidungen von einem abverlangte. Er würde lernen, damit umzugehen. Für einen Helden gab es nun einmal nicht immer nur Sonnenschein.

So zog er sich zu später Stunde an, packte seine »Werkzeuge« ein und begab sich in den Wald. Da keine Nachtbewachung angeordnet war, hatten die Polizisten vor der Hütte des Waldmenschen zwei Stunden vor seinem Erscheinen die Bewachung beendet und waren nach Hause gefahren.

Er stand vor der Hütte und schaute hinauf in den Himmel. Es war eine sehr klare, kalte Nacht. Sein Atem bildete in der Kälte dicke Wolken. Er versuchte, Kreise aus ihnen zu bilden, was ihm aber sichtlich misslang. Selbst die Handschuhe konnten die Kälte nicht zurückhalten. Er war den Weg bis zur Hütte zu Fuß gegangen. Seine Nasenspitze war bereits rot angelaufen, seine Lippen färbten sich bläulich.

Die Sterne und der Halbmond schienen auf die Hütte herab. – »Schade, kein Vollmond«, lachte er leise und betrat die Hütte. Der Waldmensch lag auf der Matratze in seinen Schlafsack gehüllt und schnarchte leise.

Süße Träume, kicherte er in Gedanken. Er beugte sich über den Waldmenschen, der noch immer fest schlief. Thomas sah ihn genauer an und musste feststellen, dass er wirklich sehr hässlich war und sein Tod deshalb wohl niemanden stören würde. Er lebte allein und zurückgezogen wie ein Freak. Er war nicht normal, also vermisste ihn auch keiner. Er holte das Messer aus seiner Jacke und wollte ihm einen schnellen Tod bescheren.

Kehle aufschneiden und deine Pflicht ist erledigt, dachte er gnädig. Hier ging es nicht darum, einen Mörder seiner gerechten Strafe zuzuführen, deswegen musste er auch keine Botschaft hinterlassen oder seine Augen herausschneiden. *Vielleicht hat er aber schöne Augen,* fragte er sich, als er sich bückte, um das Messer an der Kehle anzusetzen.

Gerade als er mit dem Messer einen feinen Schnitt setzen wollte, bewegte sich der Waldmensch und spürte die kalte Schneide am Hals. Wie von der Tarantel gestochen wachte er auf, schreckte hoch, schrie und schnellte vom Messer weg Richtung Wand. Das passierte so schnell, dass Thomas nicht wusste, wie ihm geschah. So schnell hatte er das Messer nicht ansetzen können. Aber er hatte den Waldmenschen verletzt, daran bestand kein Zweifel. Das Blut am Messer war der beste Zeuge.

»Ich wollte dir einen friedlichen Tod gönnen, aber gut!« Thomas schrie und Wut blitzte in seinen Augen, weil er seine perfekt geplante Tat nicht nach seinen Vorstellungen hatte durchführen können. »Dann eben anders!!«

Der Waldmensch schrie vor Angst und es machte nicht den Anschein, als hörte er freiwillig damit auf.

»Halt's Maul!«, brüllte Thomas ihn an und trat mit dem Messer im Anschlag auf ihn zu. Der Waldmensch versuchte auszuweichen. In seinen Augen stand die Panik, aber Thomas kreiste ihn immer wieder ein, wie der Wolf seine Beute.

»Mach's nicht noch schlimmer«, redete er sanftmütig auf ihn ein, »es ist schnell vorüber, versprochen.«

»Bitte, bitte, ich habe nichts gesehen. Bitte, ich will nicht sterben«, flehte der Einsiedler umso heftiger um Gnade.

»Nimm's nicht persönlich. Ich habe nichts gegen dich, aber du hast mich gesehen.«

»Ich habe der Polizei nichts gesagt. Ehrlich. Ich werde auch nichts sagen.«

»Ich kann dieses Risiko nicht eingehen.«

»Bitte, ich werde schweigen, ich schwöre es. Ich habe doch nichts gesehen.«

»Lass das Gejammer und nimm dein Schicksal wie ein Mann«, befahl ihm Thomas, denn das kleinlaute Gewimmer ging ihm allmählich auf die Nerven. Seine Entscheidung war getroffen und kein Jammern der Welt würde ihn nun noch davon abbringen können. Wie sollte man bei solch einem Lärm präzise arbeiten?

Beide trennte nur noch ein kleiner Schritt voneinander. Er versuchte, ihm durch einen Steppschritt das Messer in den Bauch zu rammen, aber der Waldmensch wich aus. So leicht wollte er sich nicht geschlagen geben. Thomas stolperte und fiel über die Matratze zu Boden.

Diese Situation nutzte der Waldmensch, um schnellen Schrittes auszuweichen. Er wollte aus der Hütte fliehen, dabei fiel sein Blick auf sein Messer. Er hatte es immer im Schlafsack, aber durch den Sturz von Thomas lag es nun quasi vor seinen Füßen. Schnell griff er danach.

»So, du Wichser. Was jetzt?«, blaffte er mit einem fiesen Grinsen.

»Nichts, ich werde dich noch immer töten.« Thomas Stimme klang völlig gelassen. Er ließ sich von so einem kleinen Messer nicht bedrohen, schon gar nicht, wenn ein Freak wie dieser Waldmensch das Messer in der Hand hielt. Im Gegensatz zu ihm war er geübt im Umgang mit der Klinge, und einen Menschen zu töten, war auch gar nicht so einfach, wie man sich das dachte.

»Verpiss dich und ich lasse dich am Leben«, versuchte der Waldmensch ihn einzuschüchtern.

»Du verstehst das nicht. Ich kann dich nicht am Leben lassen. Hier geht es um mehr als um dich und um mich. Hier geht es um Gerechtigkeit. Ich habe nicht zu entscheiden. Ein Held zu sein, ist nicht leicht, glaub mir das. Und ich habe lange überlegt, wie ich diese Prüfung meistern kann. Die Antwort bist du und dein Tod.«

Thomas machte einen Schritt auf ihn zu. Er war die Ruhe selbst, da er den Waldmenschen noch immer nicht als Gefahr fürchtete, viel zu sehr war er in seinem Rausch. Dieser Rausch flüsterte ihm zu, dass er unbesiegbar war und dass er das Richtige tat. Wie hätte er sich da fürchten können? Er liebte dieses Gefühl, denn mit dem Rausch kam auch die Erregung zurück, deren Intensität er bei seiner Tat an Müller vermisst hatte.

»Dann wirst du sterben!«, schrie der Waldmensch und wie ein Verrückter lief er auf ihn zu, um ihm das Messer in den Körper zu rammen. Thomas wich diesem unkontrollierten Angriff aus und stach sein Messer in den Rücken des Angreifers.

Der Waldmensch schrie auf und fiel zu Boden. Thomas nutzte die Chance, zog das Messer heraus und stach erneut zu. Der Waldmensch schrie erneut heftig. Blut spritzte und Thomas wusste, dass der Waldmensch das nicht überlebte. Er drehte ihn auf den Rücken, bückte sich und hielt ihm das Messer an die Kehle.

»Wie Abraham«, waren seine Worte und seine Pupillen wurden groß und schwarz vor Erregung in Erwartung dessen, was jetzt passieren sollte.

KAPITEL 28

Hatte Arndt das eben richtig verstanden? Meinte Krauses Frau gerade wirklich, dass er es sagen solle? Bedeutete das dann nicht, dass er mit seiner Annahme richtig lag, dass Krause einen Mord deckte? Wenn dem so war, war das ein enormer Fortschritt in ihren Ermittlungen und sie waren dem Mörder ein gewaltiges Stück dichter an den Fersen.

Also handelte der Mörder aus Rache? Arndt war bis in die Fingerspitzen gespannt. Sein Blick wanderte zu Krause, der auf den Boden schaute und zögerte, doch dann antwortete: »Spinnst du, Weib?«

»Wenn du was weißt, sag es Ihnen, bitte. Ich will dich nicht verlieren.« Irmchen standen die Tränen in den Augen.

»Ich weiß nichts, weil es keinen Mord gibt! Sind denn hier alle verrückt geworden?«, blaffte er in die Runde, aber seine Stimme klang sehr unstet dabei.

Krause stand auf und wieselte erregt im Wohnzimmer auf und ab. Arndts kleine Hoffnung jedoch wurde durch Krauses Gebell wieder zunichte gemacht.

Aber warum war Krause dann nervös? Irgendetwas stimmte nicht und Arndt fühlte, dass Krause mit sich kämpfte. – »Herr Krause, was immer Sie verunsichert, sagen Sie es uns bitte. Nur so können wir Sie schützen.«

»Mich braucht niemand zu schützen! Verdammt noch mal, ich weiß nichts, weil es nichts gibt!«

»Beruhigen Sie sich bitte, Herr Krause.«

»Sie haben leicht reden! Ihre Freunde wurden nicht ermordet … ich … ich … glauben Sie mir, ich weiß es nicht, warum sie getötet wurden. Ich wünschte es, aber es gibt für mich kein Motiv. Der Mörder erlaubt sich einen Scherz mit ihnen.«

Krauses Stimme sank und er setzte sich zurück auf den Sessel, sein Atem ging schwer.

»Gut, Herr Krause, eine letzte Frage: Sagt ihnen die Buchstabenkombination A N A etwas?«

»Nein, sollte sie?«

»Danke, wir wollen Sie dann nicht weiter stören. Danke für Ihre Zeit.« Arndt stand auf und gab Elke damit zu verstehen, dass es Zeit war zu gehen. Beide verabschiedeten sich von den Krauses und gingen zum Wagen.

»Wohin jetzt?«

»Zu Käthe«, antwortete er, startete den Motor und fuhr los, »Krause lügt. Irgendetwas verheimlicht er.«

»Ich weiß nicht, Arndt. Er war Polizist und für seine Gesetzestreue und Strenge bekannt und gefürchtet. Es fehlt mir das Motiv.«

»Aber warum dann dieser Ausraster? Ihr Pansdorfer seid sturer als jeder Fels!«

»Na, weil er Angst hat. – Nicht alle, lieber Arndt, sind stur.«

»Na gut, du nicht.« Er zwang sich ein Lächeln ab, obwohl er noch sehr viel Wut in sich trug. »Vor wem soll er Angst haben? Vor uns?«

»Nein, aber dass er der Nächste ist. Immerhin wurden alle seine alten Freunde ermordet.«

»Also, ich weiß nicht. Am liebsten würde ich ihn mit aufs Revier nehmen.«

»So einfach geht das aber nicht.«

»Ich weiß, leider«, antwortete Arndt und fuhr auf den Parkplatz vor Käthes Kneipe. Der Parkplatz war gut besetzt.

Sie betraten die Kneipe, und wie der Parkplatz vermuten ließ, war die Kneipe sehr gut besucht. Sie schenkte gerade Bier aus, als sie die beiden sah.

»Hallo Käthe, wir müssten dich noch mal kurz sprechen.« Elke musste ihre Stimme heben, weil es sehr laut in der Kneipe war.

»Kinners, ihr seht doch, wat en Betrieb grad herrscht. Aber goot.« Sie ging zu ihrer Tochter, sprach kurz mit ihr und winkte dann beide Polizisten in den Raum hinter der Theke.

»Ach Kinners, wenn ihr kommt, bringt ihr ümmer schlechte Nachrichten.«

Beide setzen sich gegenüber von Käthe.

»Wir wünschten, wir könnten mit guten Nachrichten kommen, aber du hast leider recht. Kurt Müller wurde ermordet.«

»Oh mien Gott. Wie schrecklich!« Käthes Gesicht wurde kreideblass und ihre Lippen trocken, sie schluckte und ihre Augen flackerten darüber, wie hart diese Nachricht sie traf.

»Käthe, es sind jetzt drei Freunde innerhalb kurzer Zeit ermordet worden. Wir sind davon überzeugt, dass der Mörder ein persönliches Motiv hat. Vielleicht Rache. Und dieses Motiv vermuten wir in der Vergangenheit.«

»Kinners, wat soll ik sagen, ik witt dat nech. Wirklich, ik lüge euch nech an.«

»Sagen Ihnen die Buchstaben A N A etwas?«, kam Arndt auf den Punkt.

Sie überlegte kurz und antwortete dann: »Nee.«

»Wir wissen, dass Müller mit einem Thomas gut befreundet war. Sie trafen sich regelmäßig bei ihm. Sagt Ihnen dieser Name etwas?« Arndt hatte die Diskussion langsam satt. Käthe, Krause, alle wussten sie nichts, waren schockiert, von den Morden zu hören, aber waren bei den Ermittlungen keine Hilfe. Wenn sie ihm etwas vorenthielten, sollten sie ihn noch von einer ganz anderen Seite kennenlernen. So langsam reichte Arndt diese dörfliche Sturheit.

»Ja, heff schon von ihm gehört. Aber selber noch nie gesehen.«

»Aber wir haben gehört, dass er hier ein und aus ging.«

»Dat mag stimmen, aber dann nech unter diesem Namen, oder er hett sik mi nech vorgestellt. Gerade die Neu-Pansdörper sind nech so gesellig. Und ik will die Lueed nech belemmern.«

Arndt sparte sich einen Kommentar. Die Neu-Pansdorfer waren also die Seltsamen. Dabei sollten sich die Alteingesessenen mal an die eigene Nase fassen. Er konnte nur seinen Kopf schütteln über so viel Ignoranz. Er hatte es schon fast vermutet. Thomas war also nicht sein echter Name. Sicherlich hatte er ihn benutzt, um sich das Vertrauen von Müller zu erschleichen. Aber warum? Bei Wölk und Braun hatte er sich nicht die Mühe gemacht. Arndt fasste sich wieder an die Schläfe, da seine rechte Kopfseite schmerzte. Kopfschmerzen waren das Letzte, was er jetzt gebrauchen konnte.

»Sagt Ihnen der Name Michael Herbst etwas?«

»Ja. Meinen Sie den Neuankömmling: groß, schlank, blass und kurze blonde Haare?«

Neuankömmling? Der wohnte doch schon seit zwei Jahren in Pansdorf. Wann galt man für die Alteingesessenen als Pansdorfer?, fragte sich Arndt, dem diese Mentalität überhaupt nicht gefiel.

»Ja, genau den.«

»De kommt öfter her. Ein ganz ruhiger. Pichelt ein, zwei Alster und verschwindet dann wieder.«

»Und was spricht man so über ihn?«

»Nech viel. Ik glaube, der sucht auch keinen Anschluss. Komischer Keerl.«

»Gut, Käthe, danke für deine Zeit.«

»Darf ich Sie um etwas bitten?«, fragte Arndt.

»Ja, klar.«

»Bitte denken Sie noch einmal über die drei Buchstaben nach: A N A. Sie können die Anfangsbuchstaben von einem Satz sein oder eine plattdeutsche Bedeutung haben. Vielleicht fällt Ihnen etwas ein. Und überlegen Sie noch mal ganz gründlich, ob Sie uns wirklich nichts weiter zu erzählen haben. Der Mörder läuft noch frei rum und es wäre unverantwortlich, wenn er wegen der Sturheit von ein paar Dorfbewohnern weiter morden kann. Sie wollen doch kein Blut an Ihren Händen haben?«

Käthe antwortete nicht und wich seinem Blick aus. Beide verließen die Kneipe und bestiegen den Wagen.

»Zu Herbst?«

»Ja, Elke. Hast du vielleicht ein Aspirin für mich?«

»Leider nicht. Soll ich Käthe fragen?«

»Nein, ist schon gut. Zeig mir lieber den Weg.«

Ohne sich über das Gespräch zu unterhalten, lotste Elke Arndt vor die Wohnung von Herbst. Er parkte den Wagen an der Straße.

»Ja, bitte«, hörten sie aus der Gegensprechanlage.

»Guten Abend, Herr Herbst. Verzeihen Sie die Störung. Schumacher und Henschel von der Mordkommission. Können wir bitte mit Ihnen sprechen?«

»Klar, kommen Sie doch bitte hoch.«

Der Türöffner summte. Beide betraten den Flur und stiegen die Treppen zur Wohnung von Herbst hinauf, der vor der Wohnungstür bereits auf sie wartete.

»Kommen Sie doch bitte herein.« Herbst begrüßte beide freundlich. Beide erwiderten die Begrüßung und folgten ihm ins Wohnzimmer, wo sie Platz nahmen. Den Getränkewunsch lehnten beide ab, daraufhin kam Herbst gleich zur Sache: »Nun, wie kann ich Ihnen behilflich sein?«

»Kennen Sie einen Kurt Müller?« Elke warf Arndt einen überraschten Blick zu. Anscheinend hatte sie nicht mit so einer direkten Frage gerechnet, aber ihm war das herzlich egal. Sein Kopf dröhnte und ihm war nicht nach Smalltalk.

»Nein, sollte ich?«

»Ja, er kannte Sie.« Elke und Herbst schienen über diese Aussage sehr überrascht.

»Da muss er sich irren, ich habe diesen Namen noch nie gehört. Aber ich treffe mich gerne mit ihm, wenn ich so ein Missverständnis aus der Welt räumen kann.« Herbst sprach mit einer Ruhe in Stimme und Körperhaltung, dass Arndt davon ausgehen musste, dass er nicht log. Sein Bluff war also nach hinten losgegangen. Elke warf ihm einen erneuten Blick zu, der ihn ermahnte, aber Arndt war gerade in Hochform.

»Schade, Herr Herbst, aber das kann Herr Müller leider nicht mehr. Er wurde ermordet.«

»Oh, ein weiterer Toter in diesem an sich so langweiligen Dorf.«

»Sagten Sie nicht, dass Sie Pansdorf lieben?«

»Langweilig bedeutet ja nicht schlecht. Ich mag Langeweile. Ich bin kein Mensch von Überraschungen. Aber allmählich ist es vorbei mit der Langweile in dieser schönen Einöde.«

»Wo waren Sie heute in der Zeit zwischen 14 Uhr und 17 Uhr?« Arndt nervte diese stoische Ruhe seines Gegenübers. Seine Kopfschmerzen wurden heftiger, zumal er das Gefühl hatte, dass Herbst Gefallen an diesem Gespräch fand.

»Sie verdächtigen doch nicht mich, oder? Ich habe gearbeitet.« Herbst zeigte mit einem abfälligen Grinsen seine Zähne.

»Gibt es dafür Zeugen?«

»Sie verdächtigen mich wirklich? Wie amüsant. Nein, es gibt keine Zeugen. Vielleicht erinnern Sie sich, dass ich Ihnen sagte, dass ich im Home Office arbeite.«

»Dürfen wir uns umsehen?«

»Tun Sie, was Sie nicht lassen können.«

Arndt stand auf und schaute sich im Raum um. Elke folgte ihm.

»Was soll das werden?«, flüsterte sie ihm zu.

»Das weiß ich selber noch nicht«, war seine Antwort, als beide das Schlafzimmer betraten.

»Arndt, das können wir nicht machen.«

»Klar, siehst du doch.«

»Arndt, das kann ein Disziplinarverfahren mit sich bringen«, ermahnte sie ihn im Flüsterton.

»Mir egal. Ich habe diese Spielereien satt. Jetzt schaffe ich Fakten.« Elke berührte ihn mit der Hand an den Lippen, denn er sollte leise sein. Arndt jedoch war dermaßen geladen, dass es ihm egal war, ob Herbst ihn hörte oder nicht. Er ging auf volles Risiko und hoffte, dass er mit seiner Einschätzung über Herbst richtig lag. Seine Hoffnung war, dass er und dieser Thomas ein und dieselbe Person waren.

Die Tür zum Schlafzimmer war weit geöffnet. Im Schlafzimmer war nichts Auffälliges, also kehrten beide wieder ins Wohnzimmer zurück und Arndt sah an Elkes Gesichtsausdruck, dass sie nicht guthieß, was er tat. Jetzt gab es aber kein Zurück mehr. Sein Blick fiel auf die Tür rechts neben dem Schlafzimmer. Sie war zu. Alle anderen Türen waren offen.

»Was ist dahinter?« Arndt zeigte mit dem Finger auf die geschlossene Tür.

»Mein Arbeitszimmer.«

»Wieso ist sie zu?«

»Wieso nicht? Ich arbeite in dem Zimmer, dort will ich meine Ruhe.«

Arndt schritt entschlossen auf das Zimmer zu. Herbst stand von seinem Platz auf. Sein Blick war zuerst auf das Zimmer gerichtet, dann auf Arndt.

Nervös, dachte Arndt überheblich. Arndt ließ sich nicht beirren, er war nun nur noch einen Schritt von der Tür entfernt.

»Sie wollen doch nicht tatsächlich in mein Arbeitszimmer?«

»Sollte es einen Grund geben, warum ich das nicht tun sollte?«

»Nun …«, Herbst zögerte und von seiner stoischen Ruhe war nichts mehr geblieben. Er kaute auf der Unterlippe. »Ich möchte Sie bitten, das Zimmer nicht zu betreten.«

»Abgelehnt!«, antwortete Arndt überheblich und nahm den Türgriff in der Hand.

»Sie dürfen da nicht rein, ohne einen Durchsuchungsbefehl.«

Er schaute ihn abwertend an. »Durchsuchungsbefehl? Ich brauch keinen Durchsuchungsbefehl.« Arndts Hand war am Halfter seiner Waffe.

»Ich möchte Sie nochmals bitten, diese Tür nicht zu öffnen.«

»Warum? Was verstecken Sie dahinter? Die Augen von den Getöteten, Sie Freak?«

Herbst antwortete nicht, aber sein Ausdruck zeigte Erschrockenheit und Angst. Nun war Arndt auch angespannt und neugierig darauf, was sich wohl hinter der Tür verbarg. Vorsichtig öffnete er.

KAPITEL 29

Er hatte es getan. Tatsächlich! Er hatte den Waldmenschen getötet und er musste sich eingestehen, es fühlte sich verdammt gut an. Wieso hatte er nur so lange mit sich gehadert? Die Prüfung!?

Ja, es musste eine Prüfung gewesen sein. Er war zwar nie bibeltreu gewesen, aber schon zu den Anfängen der Menschheit, egal ob Adam, Eva oder Abraham, bis hin in die Gegenwart: Besondere Menschen werden geprüft. Wie Jesus durch den Teufel geprüft wurde, wurde Thomas durch den Waldmenschen geprüft. Der Waldmensch war sein Opferlamm und er bestand seine Prüfung.

Die Glücksgefühle, die Erregung waren Beweis genug, dass er richtig handelte. Ansonsten müsste er jetzt doch traurig sein, den Tränen nahe oder ein schlechtes Gewissen haben, wie er es bei seiner Gerechtigkeitstat an Müller fast gehabt hatte.

Aber nichts dergleichen geschah. Als er das Messer an die Kehle von dem Penner setzte, überkam ihn die Erregung so stark, dass der Adrenalinstoß eine Welle von Glücksgefühlen in ihm auslöste. Neben den Glücksgefühlen stieg auch die Erregung ins Unermessliche. Er konnte sich nicht mehr bremsen. Thomas schnitt ihm die Kehle durch und es war ein guter Schnitt, ein sauberer. Blut strömte aus dem Hals und Thomas war sich sicher, dass der Waldmensch sofort starb. Er bezweifelte, dass ein Schlachter es besser machen könnte, oder gar ein Hannibal Lecter. Er war stolz auf sich.

Und in diesem Moment kam es über ihn, er konnte es nicht kontrollieren, die Erregung war dermaßen schnell gekommen, dass er explodierte und ein nasser Fleck sich zum Zeugen dieses wunderbaren Schauspiels in seinem Intimbereich ausbreitete. Und das Schönste daran: Er hatte kein schlechtes Gewissen darüber, dass normale Menschen beim Töten nicht sexuell erregt waren, er es aber dennoch war. Was bedeutete das nun?

Diese Frage stellte er sich, als er nackt in seinem Badezimmer vor dem Spiegel stand. Bedeutete das, dass er vielleicht falsch lag?

Gehörte Sexualität nicht zu den normalsten Dingen auf der Erde?

Ohne Sex keine Fortpflanzung und somit kein Bestehen der Menschheit! War er also das Opfer einer großen Lüge? Denkbar war es, denn wieso sollte etwas, das solche Glücksgefühle hervorbrachte, das sich so gut anfühlt, schlecht sein?

»Vielleicht ist es Zeit, die Regeln zu überdenken«, antwortete er seinem eigenen Spiegelbild mit einem schelmischen Grinsen.

»Sehr gut! Mach dich frei«, ermunterte ihn sein Spiegelbild und er kannte diese Stimme, denn aus ihr sprach kein geringerer als der Hass. Und der Hass kannte seine wahre Identität, schließlich war er ein Teil von ihm, sein bester, sein einziger Freund und engster Vertrauter. Vielleicht war es Zeit, sich der Welt zu offenbaren, denn nur so konnte er wirklich ruhmreich sein. Aber Batman war auch ruhmreich, obwohl niemand seine wahre Identität kannte. Fast niemand – bis auf diesen dämlich naiven Butler.

Und da war sie wieder, diese Unentschlossenheit. Thomas war schon immer ein sehr unentschlossener Mensch gewesen. Er hielt das für eine Schwäche, an der er arbeitete, aber das war gar nicht so einfach. Sie übermannte ihn, ohne dass er es kontrollieren konnte. So auch jetzt.

Sollte die Welt erfahren, wer er ist, oder sollte er, wie Batman getarnt, für Gerechtigkeit sorgen? Thomas hoffte, dass der Hass eine Antwort für ihn parat hielt.

»Soll ich mich der Welt offenbaren?«

»Wieso solltest du? Sie werden dich nicht verstehen, sondern dich jagen, versuchen, dich zu töten oder einzusperren.«

»Aber wie soll dann die Welt wissen, dass ich es war, der für Gerechtigkeit sorgt?«

»Es ist noch zu früh. Irgendwann werden sie es verstehen und dann kannst du dich ihnen offenbaren. Aber bis dahin genieß es.«

»Sicher?« Unsicherheit lag in seiner Stimme.

»Ja«, war die kurze und dominante Antwort des Hasses, »vertraue mir.«

»Das will ich.«

»Sehr gut.« Sein Spiegelbild grinste ihn an und er grinste verlegen zurück.

Er war unsicher. War er wirklich noch nicht so weit? War die Zeit, sich der Welt zu offenbaren, noch nicht gekommen? Dabei fühlte sich Thomas durchaus stark und bereit genug. Aber er vertraute dem Hass. Der Hass war immer für ihn da, in all den Jahrzehnten hatte er ihn nie im Stich gelassen. Auf ihn konnte er sich verlassen.

Auch in den vielen dunklen Stunden seines früheren Lebens: Wenn es Thomas schlecht ging, kam der Hass und beruhigte ihn, sprach ihm Worte des Mutes und der Hoffnung zu. Worte, die aber auch den Hass stärker werden ließen. Er wusste nicht, dass er es war, der den Hass zu dem machte, der er heute war: zu seinem Herrn. Aber es waren diese Erwachsenen, die ihn in seiner Kindheit und seiner Jugend erst dazu gebracht hatten, weil sie seine Zerbrechlichkeit und seine Schwäche schamlos ausnutzten! Und wo war in all der Zeit seine Mutter? Bedeutete für Kinder die eigene Mutter nichts anderes als Gott?

Er musste sich also in Geduld üben und war sich sicher, dass er diese Geduld habe. Schließlich hatte er sich über vierzig Jahre in Geduld geübt, bevor er seine Rache bekam. Jetzt war deshalb nicht die Zeit des Nachdenkens, sondern die Zeit des Genusses. Viermal war er in den Genuss gekommen und noch zwei Male standen aus. Was geschah danach? Der Hass würde ihm schon sagen, was käme. Vielleicht machte er Urlaub, um dann mit neuen Kräften und einem Plan seine Aufgabe als *Judge* wieder aufzunehmen. Die Welt war voll von ungesühnten Ungerechtigkeiten.

Thomas wusch seine Hände und sein Gesicht. Er hatte die Prüfung mit dem Waldmenschen gemeistert, ihm einen kurzen und schmerzlosen Tod beschert. Wenn der Waldmensch nicht wild geworden wäre, hätte er den Tod nicht einmal bemerkt. So war der Waldmensch also selbst schuld daran, dass er ein bisschen hatte leiden müssen. Im Gegensatz zu Müller schnitt er dem Waldmenschen die Augen erst nach dessen Tod heraus. Ursprünglich hatte er die Augen gar nicht mitnehmen wollen, aber nach seiner Erregung, nachdem er gekommen war und den Waldmenschen nach draußen geschleift hatte, war es über ihn gekommen.

Thomas konnte nicht anders. Die Augen sprachen zu ihm, flehten ihn gerade zu an, seine Trophäen sein zu dürfen. Wie konnte er ihnen diese Bitte abschlagen? Der Waldmensch hatte schöne Augen. Er säuberte und betrachtete sie. So hässlich der Freak auch war, so schön waren seine Augen und er war stolz und froh, dass er sie nun bei sich wusste.

Schon morgen besäße er ein weiteres Paar: die des Möchtegernpolizisten Hans Krause. Wie jeden Mittwoch würde seine Frau auch morgen um 13 Uhr von ihrer Schwiegertochter abgeholt, damit Oma auf die Enkelkinder aufpasste, während sie bei einem alleinlebenden Arzt dessen Wohnung auf Vordermann brachte. Wie naiv doch die Krauses und der Ehemann der Schwiegertochter waren.

Die gute Mutter putzte nicht nur den Boden, sondern sorgte auch dafür, dass das Rohr vom werten Herrn Doktor gereinigt wurde. In den letzten zwei Jahren der Observierung seiner fünf Opfer, ihrer Familien und ihrem Umfeld war ihm eins bewusst geworden: Diese tolle heile Welt gab es nicht. Männer betrogen ihre Frauen und Frauen betrogen ihre Männer und alle spielten sie die vorbildliche Familie vor. Die gesellschaftliche Fassade des Glücks war wichtiger als die Wahrheit.

Mit seinem Wissen könnte er ganze Familien zerstören, aber das war nicht seine Aufgabe. Er war ein *Judge* und nicht die Kirche. Fremdgehen war nicht strafbar. Mord hingegen schon. Und deswegen sollte es Krause morgen genauso ergehen wie den anderen. Auf ihn freute er sich besonders, diesen arroganten Schnösel …

Thomas grinste und warf einen erneuten Blick in den Spiegel. Er sah einen Mann in seinen besten Jahren. Viele würden sagen, sie seien bereits vorüber, aber nicht Thomas. Sein Leben begann erst.

KAPITEL 30

Um 8.55 Uhr betrat Arndt das Kommissariat 1 – Mordkommission – der Polizeidirektion Lübeck. Er war verkatert, sein Schädel dröhnte und dementsprechend war auch seine Laune.

Für nichts in der Welt, trotz des Frustsaufens gestern Abend, wollte er heute erneut zu spät erscheinen, daher hatte er seinen Wecker auf 8.20 Uhr gestellt, war aufgestanden, hatte sein Gesicht gewaschen, sich angezogen und war ohne Umschweife und Kaffee zur Polizeidirektion gefahren.

Der Abend gestern war alles andere als erfolgreich verlaufen. Als er die Tür zum Arbeitszimmer von Michael Herbst öffnete, hoffte er … ja, auf was hoffte er eigentlich? Herbst war nervös, als er die Tür öffnen wollte, daher machte sich bei Arndt die kleine Hoffnung breit, dass Herbst vielleicht doch der Täter war. Aber weit gefehlt.

Herbst hatte sich im Arbeitszimmer ein SM-Studio eingerichtet. Überall lag SM-Spielzeug herum, ein Andreaskreuz stand an der Wand und noch einige andere Gerätschaften, die Arndt noch nie gesehen hatte, zierten den dunklen Raum.

Deshalb also … Herbst war peinlichst berührt. Auch Elke war verunsichert, aber Arndt konnte nicht anders, als lauthals loszulachen. Er konnte es nicht aufhalten und prustete regelrecht los. Sie sah Arndt verwundert an und Herbsts blasser

Schädel wurde rot vor Scham. Arndt war das herzlich egal, er brüllte vor Lachen und es dauerte eine ganze Weile, bis er sich wieder beruhigte.

Herbst war ein Freak, aber kein Mörder. Er spielte sich nur auf, wollte wichtiger erscheinen, als er tatsächlich war, und Arndt war ihm voll auf den Leim gegangen.

Nach einer kurzen Verabschiedung verzogen sich beide zum Wagen. Elke war stocksauer wegen des Alleinganges ihres Kollegen, aber er hörte ihr gar nicht richtig zu. Gemeinsam statteten sie Thomas Heinrich und Thomas Schäfer, die mit Müller befreundet waren, einen Besuch ab. Beide waren schockiert, zu erfahren, dass Müller ermordet worden war, und beide hatten ein wasserdichtes Alibi.

Arndt fuhr Elke nach Hause. Sie wollte am nächsten Tag mit der Bahn nach Lübeck fahren, da ihr Wagen noch auf dem Parkplatz der Polizeidirektion stand. Während Elke sich sicherlich bald schlafen legte, es war inzwischen nach 22 Uhr, fuhr er ohne Umwege zu seiner Lieblingskneipe auf der Hüxstraße und ließ den Alkohol nur so fließen.

Am nächsten Tag im Besprechungsraum waren bereits alle Kollegen versammelt und Arndt war wie immer der Letzte. Er warf einen Blick auf die Uhr an der Wand. Sie zeigte 8.59 Uhr, also war er pünktlich. Er schenkte sich selbst ein Lächeln, weil ihm Willys Blick auf die Uhr nicht entgangen war.

Nach der obligatorischen Begrüßung und seinem Kaffee fühlte sich Arndt halbwegs in der Lage, dem Meeting zu folgen.

»So, wo wir jetzt vollzählig sind, können wir ja starten. Ist's recht, lieber Arndt?«

»Wieso guckst du mich so an, Willy? Du hast doch 9 Uhr gesagt, und als ich reinkam, war es 8.59 Uhr, also überpünktlich.« Arndt grinste und nahm einen Schluck vom Kaffee.

»Einmal möchte ich erleben, dass du mal dreißig Minuten vorher erscheinst, wie Elke. Und wer hat das Protokoll von gestern geschrieben? Elke wieder! Du bist wirklich ein hoffnungsloser Fall … aber ich will mich nicht schon so früh am Morgen aufregen. Ole, fang du bitte an.«

»Wir haben noch nicht alle Spuren ausgewertet, aber nach bisherigen Erkenntnissen können wir davon ausgehen, dass es sich bei den drei Taten um ein und denselben Täter handelt.«

Wow, das habt ihr rausgefunden, Gratulation, wollte Arndt applaudierend sagen, aber er verkniff sich diese sarkastische Bemerkung, da er Ole brauchte. Wenn das jedoch alles war, was die Spurensicherung mitzuteilen hatte, dann mal gute Nacht.

Ole nahm einen Schluck Kaffee aus seinem Becher. »Alle drei Opfer wurden durch mehrfache Messerstiche ins Herz übertötet. Wölk und Braun wurden die Augäpfel erst nach dem Tod entfernt. Bei Müller änderte er seine Vorgehensweise und entfernte erst die Augäpfel und tötete sein Opfer erst danach. Ebenfalls durch gezielte Messerstiche. Interessant ist dabei die Anzahl der Einstichwunden.«

»Wie meinst du das?«, unterbrach ihn Arndt.

»Nun, Wölk wurde mit 70 Messerstichen geradezu übertötet. Wir können davon ausgehen, dass Wölk vor dem Tod schon nackt war. Braun hingegen wurde mit 17 Messerstichen ebenfalls übertötet. Sein Oberkörper wurde aber erst nach seinem Tod entkleidet. Ich gehe davon aus, dass er das getan hat, um den Buchstaben N in seinen Körper zu ritzen, dazu aber gleich mehr. Müller wurde mit 19 Messerstichen aufgefunden. Auch bei ihm wurde der Oberkörper erst nach dem Tod frei gemacht. Ich denke, aus demselben Grund: um den Buchstaben A auf seinen Oberkörper zu ritzen.«

»Und welche Bedeutung hat die Anzahl der Stiche?«, fragte Elke.

»Das wissen wir noch nicht genau, aber ich vermute, dass es ein Datum ist, der siebzehnte Tag eines bestimmten Monats im Jahr 1970. Ich hoffe, dass uns Bernd dazu noch wertvolle Informationen liefern kann.«

»Und A N A?« Arndt nahm einen Schluck von seinem Becher.

»Das ist komplizierter. Es könnten die Buchstaben eines Namens sein …«

»Frauenname?«

»Vielleicht. Vielleicht auch ein Männername. Es gibt unzählige Namen mit diesen Buchstaben. Es könnte aber auch etwas komplett anderes damit gemeint sein. Ein Gebäude, ein Satz, ein Gegenstand jeder Art. Wir können nicht mit Bestimmtheit sagen, wofür A N A steht, die Frage würde ich gerne an Bernd weiterreichen.«

»Bevor Bernd loslegt, was hast du noch für uns, Ole?«, fragte Willy.

»Beim ersten Mord haben wir leider so gut wie kaum verwertbare Spuren finden können. Fußabdrücke von Sandalen, ein paar lange dunkle Haare, ansonsten nichts Verwertbares. Die Kälte war leider ein guter Helfer für den Mörder.«

»Was die Fußabdrücke und die langen, dunklen Haare anbelangt, Ole: Wir wissen, wem sie gehören«, sagte Arndt.

»Ach wirklich?«, fragte Ole überrascht.

»Ja. Dem Waldmenschen. Der lebt im Pansdorfer Wald, komischer Kauz. Ich habe zwei Kollegen gebeten, ihn zu beobachten und ein Phantombild zu zeichnen, da Elke und ich davon ausgehen, dass er den Mörder gesehen hat. – Willy?«

»Ja, Arndt?«, fragte Willy ironisch.

»Haben die Kollegen das Phantombild gezeichnet?«

»Nein, haben Sie nicht, weil der Waldmensch Stock und Stein geschworen hat, nichts gesehen zu haben. Um 21 Uhr sind sie in den wohlverdienten Feierabend gefahren.«

»Mist, den knöpf ich mir vor«, platzte es spontan aus Arndt heraus. Willy warf ihm einen grimmigen Blick zu, aber ihm war das egal. Der Waldmensch hatte seine Abmachung gebrochen, das würde er nicht so einfach auf sich sitzen lassen. Er mochte ihn eh nicht, und wenn er nicht kooperierte, sollte er spüren, zu was Arndt fähig war. Ihn wurmte es, dass die Pansdorfer so passiv waren und die Polizei nicht unterstützten. Fast hatte er das Gefühl, dass sie Arndt und Elke nicht einmal wirklich ernst nahmen.

»Gut, Ole, fahr bitte fort«, bat Willy.

»Wie gesagt, beim ersten Mord haben wir kaum Spuren gefunden. Aber der Täter hat in Wölks Wohnung Spuren hinterlassen. Wir fanden Haare auf dem Sessel und die gleichen Haare haben wir auch in Brauns Villa gefunden. Ich vermute, dass es dort zu einem Kampf mit ihm kam, bevor der Mörder ihn unschädlich machte. In Müllers Wohnung haben wir ebenfalls Haare gefunden sowie Lippenabdrücke und Speichelreste an verschiedenen Gläsern.«

»Reicht das für eine DNA-Analyse?«, fragte Willy.

»Ja, aber leider hat die Datenbank keine verwertbaren Informationen geliefert. Der Mörder ist demzufolge noch nicht vorher auffällig geworden. Jedenfalls nicht so, dass er in der DNA-Datenbank verzeichnet worden wäre.«

»Dann sollten wir alle Pansdorfer zu einem DNA-Test bitten«, warf Arndt als Anregung in die Runde.

»Ich weiß nicht …«, wollte Ole einwenden, aber Arndt unterbrach ihn: »Hallo? Was gibt es da nicht zu wissen? Ein Mörder läuft frei herum und wir haben seine DNA-Werte. Mit so einem Massentest können wir das Schwein fassen.«

»Und was ist, wenn er nicht in Pansdorf wohnt?«, gab Bernd zu bedenken und damit seinem Kollegen Rückendeckung.

»Er wohnt in Pansdorf!«

»Wie kommst du darauf?«, fragte Willy.

»Weil die Betreuerin von Müller, diese Schmitt vom DRK, gesagt hat, dass Thomas Müller immer zu Fuß aufsuchte.«

»Wer ist Thomas?«, fragte Bernd.

»Thomas ist der, der Müller zuletzt lebend gesehen hat. Elke und ich denken, er ist unser Mörder.«

»Gut, dass du das sagst. Ich habe hier die Liste mit allen Einwohnern, die Thomas heißen. Und so schwer es mir fällt, ich muss Arndt zustimmen. So ein DNA-Massentest könnte erfolgsversprechend sein.« Willy schenkte ihm ein freundliches Nicken, das Arndt gerne annahm, da er ihn eh viel zu selten lobte.

Für Arndt war dieser DNA-Massentest mehr als nur eine Chance, da er überzeugt davon war, dass der Täter in Pansdorf lebte. Und jetzt hatten sie verwertbare DNA von diesem Psycho, daher war es nur folgerichtig, dass sie diesen Test anordneten.

»Ich muss Arndt auch beipflichten. Ich glaube, dieser Test wäre zielführend und Pansdorf ist auch kein großes Dorf. Wenn wir uns nur auf die männliche Bevölkerung beschränken, dann haben wir vielleicht 1 000 Leute, die getestet werden müssen.« Elke nahm die Kanne mit Kaffee und füllte ihren Becher.

»Willy: Was denkst du, wie lange wir brauchen, bis wir die Genehmigung vorliegen haben?«, wollte Arndt wissen.

»Gib mir zwei Stunden, dann können wir schon in einer Woche den Test durchführen.«

»Was? Eine Woche?«

»Na klar, wir müssen ja die Bewohner informieren und ihnen alles organisieren, das geht leider nicht so schnell, Arndt.«

»Scheiße, so viel Zeit haben wir nicht. Geht das nicht schneller?«

»Nein. Das war eigentlich sogar schon sehr optimistisch.«

Arndt schaute genervt.

»Du weißt, dass so ein Test freiwillig ist, Arndt?«

»Ja, ich weiß, Ole. Aber glaub mir, die, die nicht mitmachen, werde ich persönlich aufsuchen. Jeder, der nicht mitmacht, ist ein Verdächtiger.«

Polizeiliche Androhung, wie beispielsweise, dass man die Personen auf dem Revier verhören würde oder dass sie bei Verweigerung mit zu den Tatverdächtigen zählen, war die beste Belehrung für die, die den Test verweigerten, davon war Arndt überzeugt.

Er wollte diesen Massentest. Willy hatte grünes Licht gegeben und niemand konnte ihn von diesem Vorhaben abbringen. »Bernd, kannst du etwas über den Täter sagen?«, fragte Arndt, da ihn die weiteren Informationen von Ole nicht wirklich interessierten. Es gab eine DNA und sie würden ihren Massentest bald haben, was interessierten ihn da noch andere Spuren? Eher noch ein Täterprofil. Er hoffte, dass Bernd ihm wertvolle Informationen liefern konnte. Bernd arbeitete als Fallanalytiker und genoss einen exzellenten Ruf.

Er war ein Quereinsteiger und hatte lange Zeit in Köln als Fallanalytiker gearbeitet. Er hatte Psychologie und Philosophie studiert und seine große Leidenschaft waren Serientäter. Also musste er an diesem Fall ein besonderes Interesse haben. Wie oft bekam man in Lübeck schon die Gelegenheit, solch einen Fall zu analysieren?

Bernd warf Willy und Ole einen Blick zu. »Mach ruhig, Bernd, unser lieber Arndt ist nun mal einer der Ungeduldigen. Ein Wunder, dass er schon länger als eine Stunde bei uns sitzt.« Ole lachte und sein Blick war kurz bei der Wanduhr.

»Nun gut, aus meiner Sicht ein höchst interessanter Fall. Wie es aussieht, waren alle Opfer Freunde, wahrscheinlich Freunde seit Kindes- oder Jugendtagen. Ein verschwundenes Foto aus Wölks Wohnung, das alle bisherigen Opfer zusammen zeigt, untermalt diesen Verdacht. Wir vermuten, oder ich bin davon überzeugt, dass auf dem Foto alle Opfer abgelichtet sind – also auch mögliche zukünftige.«

»Habt ihr in der Wohnung weitere Gruppenfotos gefunden?«, fragte Elke.

»Ja, einige. Aber keine, die die bisherigen Opfer zusammen zeigen. Also gehen wir davon aus, dass es nur dieses eine Foto gibt. Es muss dem Täter durch Zufall in die Hände gefallen sein.«

»Also kennt der Täter das Opfer persönlich? Ein alter Freund?«, fragte Willy.

»Nein, das glaube ich nicht. Er kannte die Opfer sicherlich, aber Freundschaft, das glaube ich nicht. Wahrscheinlich zu Müller, aber da bin ich noch am Analysieren, weil das nicht wirklich zum Täterprofil passt.«

»Wieso nicht, Bernd?«, war Arndts Frage.

»Nun, er wahrt Distanz. Der Täter will keine Emotionen zu seinen Opfern aufbauen. Er hat sie wahrscheinlich lange genug beobachtet, bevor er zuschlug. Er ist mit Sicherheit nicht so alt wie die Opfer.«

»Und warum nicht? Welches Motiv soll ein Fremder haben, Rentner zu töten?«

»Das ist eine sehr interessante Frage. Ich stell die aber erst mal zurück, Arndt.« Arndt schaute grimmig drein, aber Bernd ließ sich davon nicht beirren. »Warum er nicht in ihrem Alter ist, hätte dir Ole erzählt, wenn wir ihn hätten aussprechen lassen.« Ole grinste und warf ihm einen überheblichen Blick zu, den Arndt zu ignorieren versuchte. Bernd fuhr fort: »Die RNA-Expressionsanalyse für Haare schließt darauf, dass der Täter wahrscheinlich zwischen 30 und 50 Jahre alt ist. Ein Lob gebührt Ole, da dieses Verfahren doch noch sehr unbekannt ist und viel Aufwand mit sich bringt.«

»Danke, Kollege. Aber auch ohne die Analyse hätte ich den Täter auf dieses Alter geschätzt, da die Haare kräftig und farbintensiv waren. Der Täter muss kurzes, volles blondes Haar haben. Und wenn die Anzahl der Messerstiche das Jahr 1970 ergeben, können wir davon ausgehen, dass er zu diesem Zeitpunkt bereits gelebt hat, also wird er wohl auf die Ende 40, Anfang 50 zugehen.«

Wie Michael Herbst, dachte Arndt enttäuscht, da Herbst nach der gestrigen Aktion als Täter ausschied. Herbst war nur ein durchgeknallter SM-Freak, der nach Aufmerksamkeit schrie.

»Gut. Und was soll das Motiv sein, wenn er sie gar nicht kennt?«

»Gleich, Arndt. Nur Geduld. Wie eben ausgeführt, muss der Täter seine Opfer über eine gewisse Zeit hinweg observiert haben, da er die Taten binnen kurzer Zeit ausführte. So etwas muss gut organisiert werden. Daraus schließe ich, dass er ein sehr strukturierter und analytischer Mensch ist, wahrscheinlich überdurchschnittlich intelligent. Es würde nicht wundern, wenn er einen Raum eingerichtet hat, wo er die Informationen über die Täter sammelt und auswertet. Eine Art Kommandozelle.«

»Du meinst, er hat die Rentner über Monate beobachtet, Fotos gemacht und dokumentiert, was sie wann und wo tun? Wie ein Agent?«, wollte Elke wissen.

»Eher wie ein Serientäter, wie man sie aus amerikanischen Serien kennt«, antwortete Bernd und grinste. »Ja, davon bin ich überzeugt. Möglicherweise sogar über Jahre hinweg.«

»Aber wieso so lange?«

»Nun, wenn er sehr strukturiert vorgeht, will er keine Fehler machen. Sicherlich ein Pedant. Und die kleinste Abweichung von seinem Plan führt unweigerlich dazu, dass er von seinem Vorhaben ablässt. Glaubt mir, drei Morde innerhalb so kurzer Zeit erfordern sehr viel und sehr gründliche Planung. Vor allem, ohne dass es irgendjemand bemerkt. Das heißt, er hat nicht nur die Opfer beobachtet, sondern auch deren Umfeld. Was machen die Nachbarn, die Ehefrauen, Freunde oder Kinder …!? Bei jeder Tat war im unmittelbaren Umfeld niemand anwesend, sondern immer erst, nachdem er den Tatort verlassen hatte. Das ist schon bewundernswert …«

»Bewundernswert?«, unterbrach ihn Arndt kopfschüttelnd. »Dieser Freak …«

»Ja, aus meiner Sicht schon. Ich kenne in Deutschland keinen Fall, wo jemand derart viel Disziplin und Ausdauer bewiesen hätte, um kurz nacheinander mehrere Menschen vollkommen unbehelligt zu töten. Ich heiße das nicht gut, aber ich kann versuchen, ein Profil zu erstellen, und welcher Fähigkeiten es hierfür bedarf. Auch wenn wir die Taten alle missbilligen, so dürfen wir den Täter nicht unterschätzen. Er ist intelligent und verdammt gut vorbereitet. Wer immer das nächste Opfer ist, ich denke, es wird sehr bald passieren und das Opfer wird den Tod finden.«

Elke und Arndt warfen sich einen erschrockenen Blick zu. Hatte Bernd gesagt, dass der nächste Tote quasi schon vorprogrammiert war? Arndt wollte das nicht glauben, auch wenn sein Gefühl diese Annahme bestätigte.

»Scheiße, Bernd. Das darf nicht sein. Wir müssen wissen, wer das nächste Opfer ist.«

»Dann müsst ihr im Freundeskreis der Opfer suchen. Jeder Freund ist ein potenzielles Opfer.«

»Aber nur Freunde, die mit allen befreundet waren?«

»Ja, sicherlich. Jedenfalls noch.«

»Wie?«

»Es würde mich nicht wundern, wenn er langsam in einen Blutrausch gerät. Und Serientäter, die so kurz hintereinander mehrere Morde begehen, fangen an, unberechenbar zu werden. Sehr gut möglich, dass er diesen Blutrausch gestillt wissen möchte und sich neue Gründe sucht, warum er noch andere Menschen als die ursprünglich geplanten töten muss.«

»Aber es gibt doch Serientäter, die jahrzehntelang nicht zuschlagen?«, fragte Elke und warf Arndt einen besorgten Blick zu. Arndt wusste auch, warum. Es ging um ihren Großvater. Er war auch ein Freund aus frühen Tagen, gehörte der Clique an und war somit in höchster Gefahr.

Arndt wollte Willy bitten, eine Streife vor dem Haus von Elkes Großeltern abzustellen. Was Krause anbelangte, den würde er heute noch einmal persönlich aufsuchen. Und entweder kam er mit der Sprache heraus oder er nahm ihn mit aufs Revier.

»Das stimmt, Elke, aber hier kommt noch eine andere Besonderheit hinzu. Die Morde erregen ihn sexuell?«

»Wie? Hat er Sex mit den Leichen?«, platzte es angewidert aus Arndt heraus.

»Nein«, lachte Bernd, »aber die Tat an sich erregt ihn. Wir haben fremde Spermaspuren in Brauns Wohnung gefunden.«

»Und bei den anderen?«

»Da keine. Und genau diese sexuelle Erregung macht mir Sorgen. Wenn ihn neben dem Blutrausch die Morde auch noch sexuell erregen, muss man davon ausgehen, dass er das Morden so schnell nicht sein lassen wird, weil er diesen Kick braucht. Bevor du, Arndt, einen Einwand hast: Das macht schon Sinn. Wenn wir davon ausgehen, dass Rache sein Motiv ist, dann war sein ursprünglicher Gedanke, dass die Opfer es verdienten, zu sterben. Vielleicht hat er eine schizophrene Persönlichkeit, die sich immer mehr entfaltet, je mehr Menschen er tötet.«

»Verdienten zu sterben? Hält er sich für einen Richter?«, fragte Elke ungläubig.

»Ja, durchaus möglich. Du magst verwundert sein, aber für mich ist das Wort ›MÖRDER‹ eine klare Botschaft. Nicht er ist der Mörder, sondern diese Toten sind die Schuldigen. Und er rächt sich nun an ihnen, lässt quasi die Gerechtigkeit obsiegen.«

Arndts Gedanke, Krause mit aufs Revier zu nehmen, wurde immer stärker, je länger er Bernd zuhörte. Krause musste ihnen etwas verheimlichen, daher auch der Wutausbruch gestern.

»Aber die Zeugen, die wir befragt haben, wie Hans Krause zum Beispiel, der mit allen drei Opfern befreundet war, haben alle geleugnet, dass es je eine Tat in der Vergangenheit gab, die ein Verbrechen sein könnte. Bernd, du musst wissen, dass Hans Krause in Pansdorf unser ehemaliger Dorfpolizist war, seit ich denken kann. Und ich bin geneigt, ihm zu glauben.«

»Er lügt, Elke«, antwortete Bernd mit einer derart stoischen Ruhe, dass Arndt nun erst recht gewillt war, aus Krause die Wahrheit herauszubekommen. Und Käthe würde er auch mit aufs Revier nehmen. Die Zeit der Spiele war vorüber. Er war schon viel zu lange viel zu nachsichtig gewesen: sicherlich auch, weil diese Personen ein persönliches Verhältnis zu Elke hatten. Aber nach diesen Erkenntnissen wäre alles andere höchst fahrlässig.

»Bist du sicher?«, fragte Elke betont.

»Ja, der Täter ist davon überzeugt, dass die Opfer schuldig sind und er sie richten muss. Und das bringt mich auch zum Motiv. Aber ich warne hier schon mal. Es ist nur meine persönliche These.«

»Na, dann mal raus damit.« Arndt war neugierig. Das Motiv könnte entscheidend dazu beitragen, den Täter zu finden.

»Was immer es war, es muss etwas mit der Kindheit des Täters zu tun haben. Vielleicht wurde seine Schwester oder sein Bruder ermordet oder starb bei einem tragischen Unfall, den er aber als Mord betrachtet. Er war jung und es kann gut sein, dass sich der Vorfall ganz anders zugetragen hat, als er ihn wahrnahm oder heute in Erinnerung hat. Ein Unfall mit Fahrerflucht zum Beispiel. Unterlassene Hilfeleistung. Selbst der misslungene Versuch zu helfen, die Unfähigkeit, Schlimmes abzuwenden – alles vorstellbar, und all das kann unter Schock die Realität verzerren. Er ist von diesem Gedanken so besessen, dass er um sich herum eine Mauer baut und diese Mauer wird mit den Jahrzehnten immer größer und stärker, da ihr

Zement am Ende nur noch der Hass ist. Vielleicht lebte er all die Jahre in Pansdorf und sah diese »Mörder« an jedem Tag. Da wünschte er sich nichts sehnlicher, als all die Verantwortlichen zu töten. Vielleicht sind seine Eltern nach diesem tragischen Unfall umgezogen, aber er hat seinen Hass mitgenommen und irgendwann war der Hass so groß, dass er den Mut fand, nach Pansdorf zurückzukommen, um die Mörder ihrer, seiner Meinung nach, gerechten Strafe zuzuführen.«

»Sehr gewagte These«, sagte Willy. Arndt hingegen fand sie gar nicht so abwegig. Hass konnte ein sehr starkes Motiv sein, jemanden zu töten. Vor allem, wenn er Jahrzehnte in einem reifte.

»Ich weiß, aber in so kurzer Zeit war es das Beste, was für mich logisch klang. Wenn ich mehr weiß, dann gibt es vielleicht ein neues Motiv. Aber ich lehne mich mal sehr weit aus dem Fenster und behaupte, dass Hass sein eigentliches Motiv ist und dass die Antwort in der Vergangenheit liegt. Einen Unfall mit Todesfolge halte ich auch für sehr wahrscheinlich. Elke, Arndt, ihr solltet die ehemaligen Freunde von den Opfern mal danach befragen.«

»Danke, Bernd, du hast mir wirklich weitergeholfen.« Arndt warf ihm einen anerkennenden Blick zu, denn das könnte der entscheidende Hinweis gewesen sein. Ein tragischer Unfall in seiner Kindheit, der von unserem Täter nicht als Unfall angesehen wurde. Seine Gedanken waren augenblicklich beim Mühlenteich im Pansdorfer Wald. Was, wenn der Mörder als Kind mit seinem Bruder oder seiner Schwester, vielleicht im Winter, auf dem Mühlenteich gespielt hat?

Vielleicht ist sein Geschwisterchen im Eis eingebrochen und man hat versucht, es zu retten, was aber leider misslang. Unser Täter hat das in jungen Jahren natürlich ganz anders wahrgenommen und sich in den Gedanken hineingesteigert, dass diese Männer sein Geschwisterchen getötet haben. Hat Bernd nicht gesagt, dass der Mörder eventuell schizophren sei? Konnte diese Krankheit, und soweit Arndt wusste, war Schizophrenie eine Krankheit, nicht zu dieser falschen Wahrnehmung geführt haben? Und soviel er wusste, konnten auch Kinder schon an dieser Krankheit leiden.

Jetzt habe ich dich an den Eiern, Hans Krause, freute sich Arndt.

»Gerne, Arndt. Ich hoffe, dass ich nächste Woche noch mehr weiß. Aus beruflicher Sicht ein wirklich sehr interessanter Fall. Wie gerne würde ich mich mit diesem Täter unterhalten.« Bernd befeuchtete mit der Zunge seine Lippen und seine Augen leuchteten. Arndt sah an Elkes Ausdruck, dass er ihr wohl nicht ganz geheuer schien. Er war eh davon überzeugt, dass auch bei Bernd ein paar Schrauben locker saßen. Welcher vernünftige Mensch suchte sich so einen Job aus?

Dabei war er ein eigentlich sehr attraktiver Mann. Er war sechsundvierzig Jahre alt, so groß wie Arndt, hatte kurzes, dunkelbraunes Haar und kämmte es zu einem Seitenscheitel. Nur wenige graue Haare verzierten das Haupt. Bernd hatte strahlend blaue Augen und sein Körper zeigte, dass ihm das Fitnessstudio nicht fremd war. Sein Gesicht war markant und sehr männlich und sein Körper zeigte natürliche Bräune.

Soweit Arndt informiert war, besaß er zwei Doktortitel und war Gastdozent an den Universitäten in Lübeck und Hamburg. Vielleicht war er auch schon Professor, das konnte er aber nicht mit Bestimmtheit sagen, da er mit ihm selten zu tun hatte. Genau genommen, hatte Willy Bernd jetzt zum ersten Mal zu einem Fall hinzugezogen.

Bernd arbeitete erst seit knapp einem Jahr in Lübeck. Die Gründe für seinen Wechsel kannte er nicht, nur seinen Ruf, dass er einer der besten auf seinem Gebiet war.

»Ich hätte noch eine andere These …«

»Welche?«, fragte Arndt.

»Nein …, die ist noch viel zu unausgegoren, dafür bräuchte ich noch ein paar mehr Hinweise.«

»Nur Mut«, versuchte Arndt, ihm die zweite These zu entlocken. Er mochte Bernd. Er war klug, sicherlich intelligenter als alle Kollegen im Raum zusammen, und er war interessant.

»Nein, das kann ich nicht. Tut mir leid. Dafür muss ich mehr Informationen zusammentragen.« Bernd lachte schelmisch, formte die Augen zu Schlitzen und blickte zur Seite. Es sah so aus, als wäre er sich seiner geistigen Überlegenheit sehr wohl bewusst, versuchte dies aber nicht zu zeigen.

Ein Gentleman, grinste Arndt in Gedanken.

»Sag, Bernd, was ist mit den Zeichen, die der Mörder auf den Oberkörper der Opfer reingeritzt hat?«, fragte Elke.

»Oh, ja, ganz klar eine Botschaft an uns.«

»Und welche?«

»Das weiß ich nicht, deswegen habe ich das auch nicht erwähnt. Aber sie wird auch etwas mit der Vergangenheit zu tun haben und ich fürchte, wenn er seine ursprüngliche Absicht, alle Schuldigen zu töten, realisiert hat, werden wir vielleicht auch erst erfahren oder verstehen, welche Botschaft das war.« Bernd zeigte wieder dieses vorsichtige, leicht überhebliche Grinsen, ohne dabei arrogant wirken zu wollen. Arndt bekam jedoch das Gefühl, dass er durchaus ein sehr arroganter Mensch sein konnte. Aber waren das nicht alle superintelligenten und gebildeten Menschen? Deswegen bestand Arndts Freundeskreis auch nur aus »Normalos« wie ihn. Auf intellektuelle Gespräche in seiner Freizeit hatte er, ehrlich gesagt, keine Lust.

»Wenn nicht du, wer von uns sollte es sonst wissen? Soweit ich weiß, bist du der Einzige hier mit zwei Doktortiteln«, versuchte Arndt, Bernds Eitelkeit zu kitzeln, da er spürte, dass Bernd etwas vermutete, es aber nicht sagen wollte.

»Danke, Arndt. Den Professor solltest du nicht vergessen, wenn du schon mal dabei bist. Aber das ist nicht wirklich von

Bedeutung«, lachte Bernd und fügte hinzu: »Ich weiß es wirklich noch nicht. Aber sobald ich etwas Stichfestes habe, bist du der Erste, der es erfährt. Es kann alles sein. Die Buchstaben für einen Satz, für einen Ort oder auch eine Sache …«

»Oder für den Namen der gestorbenen Person. Der Name seines toten Bruders oder seiner toten Schwester«, unterbrach ihn Elke, doch Arndt wandte seinen Blick nicht von Bernd ab. Er war über diesen Querschuss deutlich verärgert, auch wenn es nur ein kurzes Zucken seiner Gesichtsmuskeln, genauer gesagt, seiner rechten äußeren Lippenpartie verriet. Arndts hervorragender Beobachtungsgabe war es jedenfalls nicht entgangen. Sie verzogen sich kurz nach unten und seine Augen spien Blitze.

Doch viel eitler als angenommen, dachte Arndt und war insgeheim stolz auf Elke.

»Sehr gute Idee, Elke. Nehmen wir mal an, dass es ein Name ist. Der Name des Opfers, das im Jahr 1970 in Pansdorf ums Leben kam. Darüber muss es doch Unterlagen geben«, sagte Willy schon fast euphorisch.

»Nicht, wenn der verantwortliche Polizist, Hans Krause, sie vernichtet hat«, wand Arndt ein.

»Wieso sollte er? Wenn es sich um einen Unfall handelte …«, warf Elke in den Ring und Arndt spürte, dass sie noch immer überzeugt davon war, dass ihr lieber Hans Krause unschuldig war. Diese verdammte Pansdorfer Sturheit regte ihn nur noch auf, aber er wollte sich nicht mit ihr anlegen. Eine miesepetrige Elke war das Letzte, was er jetzt gebrauchen konnte.

»Wie auch immer. Ich werde zwei Kollegen aus dem Archiv bitten, sich alle gemeldeten Todesfälle im Jahr 1970 aus Pansdorf und Umgebung anzuschauen. So viele dürften es ja wohl nicht sein. Muss ja auch was Positives haben, dass die Opfer alle Dörfler sind.«

Elke warf Willy einen abfälligen Blick zu, schließlich war sie ja auch ein Dörfler! Und wo immer es ging, verteidigte sie ihre

Dörfler. Die Stadtmenschen konnten manchmal sehr gehässig sein. Auch Arndt erlaubte sich öfter einen Scherz über Dörfler, aber vor allem, weil er wusste, dass es Elke wurmte. Ihm machten diese Nickelichkeiten Spaß. Er musste sich eingestehen, dass sie heute wieder sehr gut aussah. Ihre Haare waren nach hinten zu einem Zopf gebunden und sie trug einen schwarzen Pulli, der ihre schöne Figur und ihren Busen betonte.

Sie war eine sehr attraktive Frau, daran bestand für ihn schon seit Langem kein Zweifel.

»Wenn denn die Zahlen für 1970 stehen, und für das Datum der Tat. Was sagst du dazu, Bernd?«, fragte Ole.

»Doch, das macht Sinn. Ich wollte noch darauf zu sprechen kommen. Die Zahlen stehen mit großer Wahrscheinlichkeit für das tragische Ereignis, das unseren Täter dazu gebracht hat, diese Morde zu planen und auszuführen.«

»Gut. Das ist viel mehr, als ich mir – ehrlich gesagt – erhofft habe. Die Kollegen sollen sich bitte beeilen, Willy. Die Zeit rennt uns davon.«

»Lieber Arndt, 1970 liegt mehr als 40 Jahre zurück. Damals gab es keine Server, wo man Akten digital und zentral speicherte. Aber sei unbesorgt, die Kollegen werden sich genau so viel Mühe geben wie du auch.« Der ironische Unterton war ihm nicht entgangen. Willy hasste es, wenn man ihm klugscheißerisch kam und Arndt bekam es wieder zu spüren.

»Ich glaube, die Suche nach den Bewohnern mit dem Namen Thomas können wir uns schenken. Nach all den Informationen, die wir nun haben, heißt er garantiert nicht Thomas. Und die beiden, die mit Müller befreundet waren, haben ein wasserdichtes Alibi. Sie wären eher in der Liste der möglichen Opfer einzusortieren. Wir sollten uns lieber überlegen, wie wir so schnell wie möglich eine Liste mit allen potenziellen Opfern bekommen, bevor der Psycho erneut zuschlägt.« Arndt ging auf den ironischen Kommentar von Willy nicht ein.

»Käthe und Opa können uns bestimmt helfen.«

»Ja, Elke, gute …«

Bevor Arndt seinen Satz aussprechen konnte, klopfte es an der Tür und Willy bat die Person herein. Ein Kollege trat ein.

»Was gibt's, Jochen?«

»In Pansdorf wurde eine weitere Leiche gefunden.«

KAPITEL 31

Pünktlich um 8.33 Uhr stand er auf. Ein aufregender Tag wartete auf ihn. Er stellte seinen Wecker immer auf krumme Zahlen. Das hatte er sich bereits als Kind angewöhnt. Warum? Weil nur Langweiler ihre Uhren auf halbe, viertel, ganze oder dreiviertel Stunden stellten. Und er war kein Langweiler. Obwohl er die Uhr stellte, benötigte er sie ganz selten. Seine innere Uhr stand einer Funkuhr in nichts nach. Exakt um 8.33 war er erwacht und er fühlte sich gut.

Thomas hatte gut geschlafen, obwohl die Nacht kurz gewesen war. Er glaubte, dass er auch gut geträumt hatte, obwohl er sich nicht mehr daran erinnerte. Er war neugierig. Nackt betrat er den Flur, um seinen Briefkasten zu öffnen, schließlich wollte er wissen, ob die LN ihn wieder auf der Titelseite hatte. Er ging stark davon aus, schließlich war die dritte Tat nicht zu verachten.

Er holte die Zeitung und die zwei Briefe, die im Briefkasten lagen, heraus und kehrte in seine Wohnung zurück. Die Briefe legte er ungeöffnet auf die Flurkommode. Das konnte er noch früh genug tun, es war nun wirklich nicht wichtig.

Mit der LN in der Hand ging er in die Küche, brühte einen Kaffee auf und setzte sich auf den Stuhl am Küchentisch. Er schlug die Zeitung auf und sein Herz sprang in die Luft. Die

Freude war so groß, dass er fürchtete, sein Herz könnte ihm aus dem Hals und in die Freiheit entspringen. Tatsächlich, Thomas schaffte es erneut auf die Titelseite: »*DREIFACHER MORD AN RENTNERN IN PANSDORF!*«

Thomas Hände wurden klitschnass, als er den Titel las, und sein Mund ganz trocken. Da der Kaffee zu Ende gebrüht hatte, stand er auf und füllte einen Becher. Wie so oft nahm er sofort einen kräftigen Schluck des schwarzen Kaffees und verbrannte sich daran. Er schrie den Schmerz kurz aus, aber das Brennen im Rachen blieb noch. Er grinste. Der Schmerz war immer nur von kurzer Dauer und er gestand sich ein, dass er diesen kurzen heftigen Schmerz mochte. Er nahm noch einen Schluck, mit gleichem Resultat, danach las er den Artikel.

Der Artikel war hervorragend recherchiert. Der Journalist schien sehr gute Kontakte zur Lübecker Polizei zu haben. Es war derselbe Journalist, der auch schon den gestrigen Artikel geschrieben hatte. Thomas überlegte, ob er ihm als Belohnung ein Foto schicken solle. Er würde dafür natürlich ein anonymes E-Mail-Fach anmelden und die E-Mail über einen VPN versenden, damit man sie nicht zu ihm zurückverfolgen konnte.

Er wischte den Gedanken jedoch erst einmal beiseite, da ihm einige Stellen im Artikel missfielen. So nannte ihn der Journalist einen Psychopathen und Serientäter. Aber er war kein Psycho und kein Serientäter. Sah dieser Mann nicht, dass er ein *Judge* war, dass er nicht der Freude wegen tötete? Bei diesem Gedanken musste er kurz kichern, schließlich empfand er sogar sehr große Freude und Erregung, aber das wollte er sich in diesem Moment nicht wirklich eingestehen. Er tötete, weil es seine Pflicht war, Gerechtigkeit walten zu lassen, wo die Gesellschaft versagt hatte.

Thomas war kurz gewillt, der LN einen Leserbrief zu schreiben, aber auch das schob er beiseite, denn alles in allem war es ein guter Artikel und in Schleswig-Holstein war er jetzt ein berühmter Mann. Das machte ihn schon ein wenig stolz.

Er nahm seinen Laptop auf den Tisch und startete ihn. Danach gab er ins Browserfenster www.bild.de ein, schließlich war er neugierig, ob die BILD ihm endlich auch eine Titelstory widmete. Thomas wurde kreidebleich, sein Blut wich aus sämtlichen Adern zurück in sein Herz und drohte zu platzen, als die BILD-Seite sich aufbaute und er die Titelstory las: *»MONSTER KILLT UNSCHULDIGE RENTNER IN OSTHOLSTEIN!«*

Er nahm einen großen Schluck aus seinem Becher und klickte auf den Text. Eine neue Seite öffnete sich und mit jeder Zeile, die er las, stieg seine Wut dermaßen, dass er zur Hälfte des Artikels wütend und angewidert abbrach und den Laptop voller Wut im Bauch zur Seite schubste. Der Laptop blieb am äußersten Rand des Tisches stehen.

Angewidert, mit offenen, glasigen Augen trank er den restlichen Kaffee aus dem Becher. Es dauerte eine ganze Weile, bis sich Thomas beruhigte. Es war für ihn unverständlich, wie die BILD so einen Müll schreiben konnte.

Er war kein Monster! Monster waren diese Rentner, denn es war ihre Schuld, dass er zu dem geworden war, der er war, dass er keinen Ausweg fand, als diese Mörder zu töten, weil die Gesellschaft sich ihrer Verantwortung entzog. Warum also machte die BILD ihn zu einem Monster?

Er versuchte sich zu beruhigen. Die BILD war die Schmierenzeitung, das Käseblatt schlechthin. Sie verkauften ihre Zeitung nun einmal mit reißerischen Texten und nicht mit Fakten. Und hieß es nicht, jede Nachricht, auch eine schlechte Nachricht, sei gute Werbung? Vielleicht war es ja gut, wenn die Menschen Angst vor ihm hatten. Er, der *dunkle Judge* – sie fürchteten ihn, obwohl er einer von ihnen war. Das hörte sich nicht schlecht an.

Thomas versuchte, sich den verrissenen Artikel schönzureden, und je länger er an den *dunklen Judge* dachte, desto mehr glaubte er daran. Sein Blick wanderte wieder zum Laptop und er war froh, dass er nicht vom Tisch gefallen war. Obwohl er die 50.000 Euro von Braun besaß, wollte er mit dem Geld nicht um sich schmeißen. Wer konnte schließlich wissen, wofür es noch gut war?

Er schenkte sich einen weiteren Kaffee ein, zog den Laptop wieder an sich und fuhr ihn aus dem Stand-by hoch. Sein Blick wanderte zur Uhr. 9.45 Uhr – somit war noch genug Zeit für seine Vorbereitung. Thomas' Gedanken waren bei dem Waldmenschen und somit auch bei Arndt. Ob ein Spaziergänger die Leiche inzwischen entdeckt hatte? Schließlich hatte er die Leiche nach draußen getragen, aus der Hütte hinaus, damit ihn Spaziergänger oder Jogger schnell finden konnten. Was wohl Arndt, sein Kontrahent, jetzt dachte?

Es machte ihn stolz, einen Kontrahenten zu haben, den er beim Namen kannte. Unweigerlich musste er wieder an Batman denken. Batmans Kontrahent, Detective Jim Gordon. Aber Gordon war, im Gegensatz zu Arndt, sehr intelligent und Batman fast ebenbürtig. Thomas hielt Arndt nicht für intelligent und schon gar nicht für ebenbürtig.

Batman und Gordon wurden Freunde. Konnte er also auch mit Arndt befreundet sein? Er dachte, nicht, da Arndt ihm intellektuell einfach nicht gewachsen war. Er wollte ihm aber eine Chance geben. Wenn Arndt seine Botschaften richtig verstand, musste er erkennen, dass er, der Judge, einer der Guten war, und ließe ihm dann sicherlich ebenfalls eine Botschaft zukommen. Wer weiß, ob nicht Arndt und er sogar gemeinsam für Gerechtigkeit sorgen könnten!?

Ein richtiger, sein erster Freund. Der Gedanke gefiel Thomas und ließ ihn fast sentimental werden. Er öffnete die Webseite der MoPo und auch dort war die Titelseite ihm gewidmet.

Der Titel ähnelte der BILD: »*BRUTALER PSYCHOKILLER ERMORDET UNSCHULDIGE RENTNER!*«

Und wieder stieg die Wut in ihm. Auch die MoPo begriff nichts. Diese Rentner waren nicht unschuldig. Sie waren die eigentlichen Mörder und er tat das, wozu die Gesellschaft zu feige war. Er versuchte, sich zu beruhigen, und trank den Becher leer. Eine weitere Seite wollte er nicht öffnen. Er musste sich an diesen Ruhm erst einmal gewöhnen. Das war alles doch ein wenig zu viel auf einmal.

Ein Star zu sein, war alles andere als leicht, stellte er fest. Er stand auf und begann mit seinen Vorbereitungen. Auf Krause freute er sich ganz besonders. Sie hatten die gleichen Augen.

KAPITEL 32

Knapp eine Stunde später trafen Elke, Arndt, Willy, die Kollegen von der Spurensicherung und Bernd Tucholsky am Tatort ein.

Der Zeuge, ein knapp dreißigjähriger Mann, wartete 20 Meter vor der Hütte auf sie.

»Sie haben die Leiche entdeckt?«, kam Arndt direkt auf den Punkt.

»Ja.«

»Ist sie in der Hütte?«

»Nein, sie liegt davor. Ich habe sie beim Spazierengehen entdeckt. Sieht echt übel aus.«

»Kann sich bitte einer um ihn kümmern und seine Daten aufnehmen?«, kommandierte Arndt in die Runde und ging direkt auf die Leiche zu. Ein Kollege von der Spurensicherung blieb beim Zeugen, während der Rest der Truppe ihm folgte.

»Nichts anfassen!«, schrie Ole ihm lachend hinterher. Bei der Leiche handelte es sich tatsächlich um den Waldmenschen. Die Kälte hatte ihn gut konserviert und das Gesicht schien, als wäre es exakt im Moment des Todes erstarrt. Fast wirkte es wie eine teuflische Karnevalsmaske.

»Nicht erschrecken, Arndt. Das ist nichts Ungewöhnliches, Jung. Bei dem Nachtfrost, den wir zurzeit haben, wird die Spurensicherung es nicht gerade einfach haben.« Ole lachte wieder sein tiefes, aus dem Bauch kommendes Lachen.

»Das Schwein hat ihm die Kehle durchgeschnitten und die Augen entfernt. So ein kranker Wichser. Der Arme gehörte doch gar nicht zu der Rentner-Clique.« Arndt fluchte, weil er sich selber Vorwürfe machte. Wieso hatte er nicht angeordnet, dass die Polizeistreife auch über Nacht blieb? Dieser dumme Fehler hatte diesem Mann das Leben gekostet. Wut machte sich in ihm breit.

Elke klopfte ihm auf die Schulter, da sie wohl ahnte, was wirklich in ihm vorging. Arndt war über die Geste dankbar, aber sie konnte ihn nicht wirklich beruhigen.

»Er war ein potenzielles Risiko.«

»Wie bitte?«, fragte Arndt, der Bernd nicht zugehört hatte.

»Du lagst schon richtig mit deiner Annahme, dass das Opfer hier vielleicht etwas gesehen hat, denn den gleichen Gedanken hatte sicherlich auch der Täter. Und deswegen musste er ihn töten. Er wollte und konnte nicht riskieren, dass der Waldmensch ihn enttarnte, und wenn du dir die Leiche anschaust, wirst du auch sehen, dass er nichts in seinen Oberkörper geritzt hat. Damit will er uns sagen, dass dieser Tod in keiner Verbindung zu seiner Botschaft an uns steht. Kollateralschaden quasi. Der arme Kerl war zur falschen Zeit am falschen Ort.«

»Was für ein kranker Wichser. Der spielt mit uns«, fluchte Arndt und trat mit dem rechten Fuß in den harten Waldboden.

»Was ist, wenn es ein Nachahmer war? Schließlich hat die Presse die Taten breitgetreten und es gibt doch immer wieder diese Durchgeknallten, die durch solche Taten aus ihrem Rattenloch gekrochen kommen«, mutmaßte Elke, um Arndt zum Nachdenken anzuregen.

Unwahrscheinlich war es immerhin nicht, denn das Opfer wies nicht die gleichen Merkmale auf wie die anderen. Arndt war geneigt, seiner Kollegin recht zu geben. Vielleicht war es aber auch nur der unfruchtbare Keim in seinem Gewissen, der hoffte, dass es nicht derselbe Täter war.

»Nein, das glaube ich nicht. Wenn ich mir die Augenhöhlen anschaue, sehe ich das gleiche Schnittmuster. Es muss sich um dasselbe Fleischermesser handeln. So ein Schnitt ist nicht so einfach«, verwarf Ole ihre These.

»Arndt, das solltest du dir anschauen«, sagte Willy, der in der Hütte war.

Arndt und Elke betraten die Hütte. Der Mörder hatte auf dem Boden eine Nachricht hinterlassen: »Öffne die Augen, Arndt ☺«.

Arndt ballte die Hand zur Faust und fluchte. »Der spielt mit uns!«

»Der Smiley ist aber schon originell«, hörte er Oles tiefe Stimme, der auch die Hütte betrat.

»Sehr witzig, Ole. Mir ist nicht nach Scherzen. Braucht ihr Elke und mich hier?«

»Mir wäre lieber, wenn ihr, vor allem du, nicht hier wärt. Du verunreinigst nur wieder Beweise.« Ole klopfte Arndt auf die Schulter. Ole hatte die Sensibilität einer Dampflok. Er wusste einfach nicht, wann man Späße machte und wann man es besser sein ließ.

»Gut, dann werden Elke und ich uns Krause und Käthe schnappen. Willy, kannst du mir bitte einen Gefallen tun?«

»Welchen, Arndt?«, fragte er und es lag diesmal nichts Zynisches in seiner Stimme. Willy mochte cholerisch sein, aber er spürte, wenn einer seiner Mitarbeiter seinen Moment hatte. Und Arndt war gerade in so einem Moment und so, wie er ihn kannte, konnte er sich auch vorstellen, dass er ahnte, warum Arndt so angepisst war.

»Eine Streife vor dem Haus von Elkes Großeltern abstellen!? Und besser auch noch eine vor Hans Krauses Haus?«

»Denkst du, die könnten die Nächsten sein?«

»Ich hoffe, nicht, aber wir müssen vorsichtig sein. Du siehst ja, der Freak ist zu allem fähig.«

»Gut, mach ich. Schickt mir doch die Adressen an mein Smartphone.«

»Mach ich, Willy. Danke«, antwortete Elke und danach warf sie Arndt einen dankbaren Blick zu. Arndt nickte nur kurz.

Beide gingen zum Wagen.

»Was machen wir jetzt? Erst zu Käthe oder Krause?«

»Ich fahr dich zu deinem Großvater. Ich glaube, es wäre ratsam, ihn darüber aufzuklären, dass eine Polizeistreife vor seinem Haus patrouillieren wird.«

»Willst du nicht mit?« Elkes Stimme klang überrascht und besorgt zugleich.

»Nein, ich werde direkt mit Käthe sprechen ...«

»Und ich soll nicht dabei sein?« Der Vorwurf war deutlich herauszuhören.

»Ja, das wäre mir sehr lieb. Ich werde Käthe diesmal hart rannehmen, mit Androhung aufs Revier, und vielleicht wird sie mir allein gegenüber etwas offener sein.«

»Wenn du meinst.« Mehr sagte Elke nicht. Er wusste, was das bedeutete: Sie war eingeschnappt.

»Weist du mir den Weg?«, fragte er und ging auf ihren Vorwurf nicht weiter ein.

Sie antwortete nicht. Arndt startete den Motor und fuhr los, kurz vor der Kreuzung bat sie ihn in trockenem unterkühltem Ton, rechts abzubiegen und bei der nächsten Kreuzung links und dann wieder rechts. Danach erreichten sie das kleine Haus von ihren Großeltern. Sie stieg ohne ein Wort aus.

Arndt wollte noch etwas sagen, ließ es aber sein. Er fuhr zu Käthe und hoffte, dass sie endlich mit Informationen rausrückte. Der Tod des Waldmenschen traf ihn viel tiefer, als er sich eingestehen wollte, und er wollte ihre Kneipe nicht verlassen, bevor er die nötigen Informationen bekommen hatte. Sie log, daran bestand kein Zweifel.

Der Parkplatz war leer. *Um so besser,* dachte Arndt.

Er betrat die Kneipe. Kein Gast war anwesend und wie es schien, hatte Käthe erst kürzlich die Kneipe geöffnet. Sie war allein und putzte.

»Hallo Käthe.«

»Hallo Arndt. Wat verschafft mir die Ehr? Segg nech, dat noch jemand gestorben is.«

»Wir müssen reden, Käthe.« Seine Stimme ließ keinen Spielraum zu. Sie wirkte sichtlich erschrocken über den rauen Tonfall, bat Arndt dann aber in den Raum hinter dem Tresen.

»Möchtest du wat picheln?«

»Ja, ein Schnaps wäre toll«, antwortete Arndt, denn genau danach brannte sein Körper, und es war gut, dass Elke nicht dabei war. Der Alkohol lockerte ihre Zunge vielleicht.

Käthe schenkte beiden einen Schnaps ein. Beide tranken auf ex und sie klopfte ihr Schnapsglas auf den Tisch.

»Noch einen«, antwortete Arndt und ohne zu antworten, schenkte Käthe beiden noch einen ein. Auch den tranken sie auf ex und sie klopfte das Glas wieder auf den Boden.

»So, Jung, wat kann ik für di tun?«

»Keine Spiele mehr, Käthe!«

»Wat?« Käthe war sichtlich erschrocken. Sie füllte wieder beide Schnapsgläser und Arndt hatte nichts einzuwenden. Der Schnaps brannte gut in der Kehle und wärmte nicht nur seinen Körper, sondern betäubte auch sein Gewissen.

»Der Mörder hat erneut zugeschlagen. Und es werden noch mehr Menschen sterben, wenn nicht endlich jemand den ersten Schritt macht und seine nordische Sturheit ablegt.«

»Du wullt mi unterstellen, ik lögen?«

»Das nicht, Käthe. Sicherlich nicht bewusst. Aber ich glaube, du gibst dir auch nicht gerade Mühe, uns zu helfen.«

Arndt nahm diesmal selber die Schnapsflasche in die Hand und schenkte ein. Beide tranken auf ex. Käthe war ziemlich trinkfest. Bei diesem Beruf verwunderte ihn das aber auch nicht. Arndt war allerdings nicht minder trinkfest und es hatte sich etwas Typisches eingeschlichen, was bei Betrunkenen schnell und unbewusst passierte: Beide duzten sich. »Hast du dir Gedanken gemacht, was A N A bedeuten könnte?«

»Ja, de ganze Nacht. Mi will nix einfallen. Dat deit mi leid.«

»Verdammt Käthe, ich bin es satt, diese hohlen Phrasen zu hören. Ein Verrückter läuft durch Pansdorf und schlachtet Rentner, deine Freunde, ab, und du sagst, es tut dir leid. Denk nach!« Seine Stimme erhob sich, aber sie ließ sich davon nicht einschüchtern, stattdessen schenkte sie erneut ein und wieder tranken beide auf ex.

Langsam spürte er die Wirkung des Alkohols. Käthe hingegen wirkte noch völlig nüchtern, was aber auch täuschen konnte.

»Nix, verdammt, Arndt! Denkst du, ik will dat Swien nech bi'n Kanthaken kriegen?«

»Dann hilf mir. Wir gehen davon aus, dass es jemand ist, der 1970 in irgendeiner Verbindung zu den Toten stand. Etwas muss 1970 passiert sein und der arme Malte Hansen musste sterben, weil er zur falschen Zeit am …« Arndt beendete den Satz nicht, da ihm nicht entging, dass Käthes Gesicht erstarrte, als sähe sie plötzlich einen Geist vor sich.

»Hansen«, brachte sie mit Mühe aus den Lippen heraus.

»Ja, so hieß der Waldmensch. Wieso?«

»Anika Hansen«, mehr kam nicht von ihren Lippen. Sie griff zur Schnapsflasche und schenkte sich einen ein, sie trank ihn sofort, dann schenkte sie ihm und sich erneut einen ein und trank auch den auf ex. Arndt war mehr als verwirrt.

»Anika Hansen? Wer ist Anika Hansen?«

»A N A!« stammelte Käthe zaghaft und ängstlich und Arndt spürte, dass er der Lösung des Rätsels sehr nahe war. A N A konnte sehr gut für Anika stehen. Er nahm die Schnapsflasche und füllte beide Gläser. Er durfte Käthe jetzt nicht verlieren. Das Wort Hansen schien bei ihr eine längst vergessene Erinnerung erweckt zu haben. *Vergessen oder verdrängt,* dachte er. Beide tranken und er fragte behutsam und mit sanfter Stimme: »Was ist mit Anika Hansen?«

»En Jungdeern.«

Arndt sagte nichts, er wollte ihr alle Zeit der Welt geben.

»Se war narrsch na Emil. Hat sik immer aufgedrängt. Aver se war zu jung. Sechzehn oder siebzehn. Eenerdags kam si heulend to mi. Ik fragte se, wat los wäre und se sagte, de Jungs hätten sik an ehr vergangen, alle fünf.« Käthe hielt ein und Tränen standen ihr in den Augen. Arndt war sprachlos. War das der Schlüssel? War Anika Hansen vergewaltigt worden und der Täter rächte sich nun für dieses Verbrechen, weil es ungesühnt geblieben war? War der Täter etwa der Bruder von Anika? Aber warum hinterließ er als Botschaft das Wort *MÖRDER* und nicht *Vergewaltiger?*

»Was hast du dann getan, als Anika gestand, dass sie vergewaltigt wurde?«

»Ik heff ehr necht geglaubt, aber heff Horst gefragt, der heff sik lustig über se gemacht. Horst seggt mi, dat deern heff zu veel gepichelt auf dem Füerwehrfest und sik an de Emil rangeschmissen.«

»Wann war das?«

»Dat mutt im August 1970 gewees sein.«

»Und du hast Horst geglaubt?«

»Jo, ik heff Horst geliebt. Un jeder im Dörp wusste, dat Anika narrsch na Emil war.«

Arndt schnaufte kurz. Es passte alles zusammen. 1970, die Buchstaben A N A, das Motiv. Ihn sollte es nicht wundern, wenn das Dorffest am 17.08.1970 gewesen war, an besagtem Abend, als das unschuldige, Mädchen geschändet wurde, weil sie in einen der Jungs verliebt war. Krause könnte sich auf etwas gefasst machen. Die Taten waren zwar strafrechtlich schon längst verjährt, da das deutsche Strafrecht gemäß § 78 StGB nur für Mord keine Verjährung vorsah, aber moralisch konnte in Arndts Augen so eine Tat niemals verjähren. Und vielleicht war genau das auch die Botschaft des Täters.

Die Rechtsprechung mochte die Taten nicht mehr anklagen können, aber der Bruder, der diese Tat niemals vergessen konnte und nun nach Rache sann, stellte die Tat mit einem Mord gleich. War das wirklich des Rätsels Lösung? Für Arndt klang es sehr plausibel.

In diesem Moment kam ihm noch ein anderer Gedanke, der ihn wie Eis am Körper frösteln ließ. Was, wenn es nicht der Bruder war? Was, wenn Anika Hansen selbst der gesuchte Täter war? Jahrzehntelang hatte sie versucht, die Tat zu verdrängen, aber der Hass in ihr war immer größer geworden, bis sie sich entschied, Rache zu üben.

Lebte sie vielleicht noch in Pansdorf? Wie groß muss der Schmerz sein, wenn man seine Peiniger immer und immer wieder zu sehen bekommt und weiß, dass sie niemals für ihre Taten büßen werden? Aber warum ist sie nicht zur Polizei gegangen oder hat sich ihren Eltern anvertraut?

»Ist Anika zur Polizei gegangen?«

»Ne, dat glove ik nech.«

»Und ihre Eltern?«

»De Tieden waren anners, domals. Ik glove, se hett dat niemanden erzählt. Wohrschienlich hett se sik dat eh nur eingeredet.« Ihr Gesichtsausdruck sagte allerdings etwas ganz anderes. Wahrscheinlich wollte das die Käthe aus dem Jahre 1970 glauben, weil sie in Horst verliebt war, aber jetzt, mit drei Toten, wie konnte sie weiterhin daran glauben?

»Lebt sie noch in Pansdörp?«

»Nee, sovell ik witt, is se nach Hamburg gezogen."

»Hat sie hier noch Familie?«

»Nee, de Öllern sind vor Jahren gestorben.«

»Hatte sie keine Schwester oder einen Bruder?«

»Se war ein Einzelkind. Villicht war dat mit ein Grund, warum se ümmer Anschluss suchte.«

Wenn sie ein Einzelkind war, bedeutete es, dass der Mörder schon mal keiner aus der Familie sein konnte. Blieb somit nur noch Anika als Täter übrig. Er musste mehr über sie erfahren.

»Käthe: Weißt du, wo sie gewohnt hat?«

»Ja, ik schreib dir das auf. Sag, Arndt, glaubst du, se is de Mörder?«

»Ich weiß es nicht, Käthe. Aber gut möglich.«

»Also wurde se vergewaltigt und ik heff ihr nech glöven wollen.« Käthe nahm die Hände und verdeckte damit ihr Gesicht. Ihre Tränen konnte sie nicht mehr zurückhalten. Arndt ließ ihr diesen kleinen Augenblick und er antwortete ihr auch nicht. Er wollte ihr keine Vorwürfe machen. Wofür auch? Käthe war verliebt gewesen und hatte Horst deshalb geglaubt. Liebe, das zeigte sich ihm einmal wieder, konnte die Menschen sehr naiv und blind machen.

Nachdem Käthe ihre Tränen getrocknet hatte, nahm sie Stift und Papier und notierte die ehemalige Adresse von Anika Hansen. Arndt nahm den Zettel und las ihn. Anika Hansen wohnte in der Bahnhofstraße, in Pansdorf.

»Weißt du, wer jetzt da wohnt?«

»Ja, ein altes türkisches Ehepaar.«

Arndt nickte nur. Den Besuch bei diesem Paar konnte er sich sparen, sie konnten ihm sicherlich keinerlei Informationen geben. Er musste Willy bitten, dass die Kollegen die Adresse und Anika Hansen einmal gründlich durchleuchteten. Sie konnte ja schließlich nicht spurlos verschwunden sein.

»Danke, Käthe, du warst mir eine große Hilfe.« Arndt reichte ihr die Hand zum Abschied. Sie erwiderte im Sitzen. Ihre Augen waren ganz rot von den vielen Tränen und er wusste, dass dies nicht die letzten sein würden.

Er ging zum Wagen, rief sofort Willy an und informierte ihn. Willy schien über diese Informationen sehr überrascht, aber versprach, sofort Mitarbeiter mit der Recherche zu beauftragen, und hoffte, bis zum nächsten Morgen früh mehr über Anika Hansen in Erfahrung zu bringen. Zusätzlich bat er Willy, ob die Kollegen von der Recherche in Erfahrung bringen könnten, ob es im August 1970 ein Feuerwehrfest in Pansdorf gegeben habe. Für ihn selbst bestand kein Zweifel, aber er wollte es sich bestätigen lassen.

Arndt startete den Wagen, überlegte kurz, ob er Elke anrufen sollte, ließ es aber bleiben. Vielleicht war es besser, wenn er Hans Krause allein aufsuchte. Das Gespräch mit Krause könnte schmutzige Details aus der Vergangenheit offenbaren. Details, die Elke schwer treffen könnten. Er wusste nämlich nicht, welche Rolle ihr Großvater in dieser Vergangenheit spielte. War er auch an der Vergewaltigung beteiligt gewesen und war er vielleicht die fünfte Person? Wenn dem so war, dann war es das einzig Richtige, Krause allein aufzusuchen. Für Elke bräche eine Welt zusammen. Ihr über alles geliebter Großvater ein Vergewaltiger? An diesen Gedanken wollte nicht einmal Arndt denken, als er den Parkplatz verließ.

Er fand das Haus von Hans Krause sofort. Er war von den vielen kleinen Schnäpsen zwar angetrunken, war aber der Auffassung, noch alles unter Kontrolle zu haben. Elke wäre sicherlich anderer Meinung gewesen. Ein Polizeiwagen stand vor dem Haus. Er stieg aus und ging auf den Wagen zu.

Der Fahrer ließ das Fenster runter.

»Danke, Kollegen«, sagte Arndt, kurz und knapp.

»Kein Ding, hatten sogar schon eine Begegnung mit Hans Krause«, antwortete der Polizist, der am Steuer saß und konnte sich ein Grinsen nicht verkneifen.

»Echt? Was hat er gesagt?«

»Na, der hat losgebrüllt, dass er keinen Schutz braucht und dass es ein Unding sei, ihn ohne seine Erlaubnis zu beschatten.«

»Was habt ihr ihm geantwortet?«

»Dass er seine Beschwerde an die Polizeidirektion Lübeck leiten soll.« Arndt und die beiden Polizisten lachten.

»Na, dann versuch ich mal mein Glück.«

»Ich drück die Daumen.«

Er klingelte an der Eingangstür. Nur wenige Sekunden später öffnete Krause die Tür. Er hielt Hasso am Halsband fest, der wie bei den Besuchen zuvor bellte, aber still war, sobald Krause ihn am Halsband festhielt.

»Guten Tag, Herr Schumacher, wie kann ich Ihnen helfen?« Die Begrüßung war frostig. *Zeigst du also dein wahres Gesicht,* war sein Gedanke.

»Ich muss mit Ihnen reden. Darf ich eintreten?«

»Kommen Sie rein.« Krause ging voraus. »Die Kollegen da draußen sind nicht zufällig auf Ihrem Mist gewachsen?«

Arndt folgte ihm ins Wohnzimmer. Krause schien allein zu Hause zu sein.

»Doch, wir wollen Sie schützen.«

»Schützen? Mich? Sie sind doch verrückt. Was denken Sie, was das Dorf denkt, wenn sie den Streifenwagen sehen? Die werden doch glauben, dass ich etwas mit dem Fall zu tun habe.«

»Da stimme ich Ihnen nicht zu, Herr Krause. Hier geht es um Ihren Schutz. Sie sollten dankbar sein.«

»Dankbar? Sie scherzen wohl! Ich will den Streifenwagen hier weg haben, habe ich mich da deutlich genug ausgedrückt?«

Du sturer alter Bock! Denkst du, du kannst mich mit deiner Art einschüchtern? Fick dich ins Knie, hätte Arndt ihm am liebsten an den Kopf geknallt. Er antwortete jedoch mit einem Lächeln: »Herr Krause, ich habe das nicht zu entscheiden. Wenden Sie sich bitte an die Polizeidirektion Lübeck.«

»Das werde ich, darauf können Sie Gift nehmen. Ich kenne den Direktor und den Staatsanwalt in Lübeck persönlich. Was wollen Sie von mir?« Krause schien sehr angepisst. Keine Spur von Freundlichkeit lag in seiner Stimme und Arndt spürte, dass Krause ihn loswerden wollte. Er verstand seine Aufregung nicht. Er sollte doch dankbar sein, dass eine Streife darauf aufpasste, dass er nicht das nächste Opfer wurde. Oder fühlte er, der ehemalige Dorfpolizist, sich durch diese Maßnahme so sehr in seinem Stolz verletzt? Dem Macho Krause war alles zuzutrauen. Was aber, wenn Krause der Mörder war und nun durch die Beobachtung der Polizei seine weiteren Taten nicht mehr unbemerkt ausführen konnte? Diesem Gedanken wollte Arndt aber keinen Glauben schenken.

»Sie sollten sich setzen, Herr Krause.«

»Ich möchte aber stehen.«

»Nun gut, dann will ich auch direkt zum Punkt kommen.«

»Nur zu!«

»Was sagt Ihnen der Name Anika Hansen?«

Krauses Mine versteinerte sich, seine Augen hetzten hin und her und Arndt sah, dass sein großer Körper wankte, aber er versuchte, sich zu beherrschen.

»Woher haben Sie den Namen?«, fragte Krause gebrochen, verletzt und mit schwacher Stimme.

»Von Käthe.«

»Was hat Käthe Ihnen erzählt?«

»Sie geht davon aus, dass Sie und ihre Clique Anika damals vergewaltigt haben.« Arndt log, aber das Risiko war er bereit einzugehen. Er hatte Krause an den Eiern, also würde er auch zudrücken.

»Das hat sie gesagt?« Die Frage klang nicht danach, dass sie an ihn gerichtet war, sondern eher als Vorwurf an Käthe.

»Ja, das hat sie ausgesagt. Anika war in Emil Wölk verliebt und im August 1970 auf dem Feuerwehrfest kam es zu einer Massenvergewaltigung.«

»So war das nicht!«, blaffte Krause und setzte sich. Seine Hände zitterten und er bekam Schaum in den Mundwinkeln.

Er nahm ein Tuch aus der Hosentasche und wischte sich seinen Mund trocken.

»Anika war verrückt. Jeder bei uns im Dorf wusste das. Sie hing immer bei uns ab, aber sie war viel zu jung, um in unserer Clique zu sein. Dennoch ließ sie nicht locker und suchte immer unsere Nähe. Und Käthe hat recht, Anika war verrückt nach Emil. Aber Emil wollte nichts von ihr wissen, weil sie ihm zu jung war. Aber sie stellte Emil nach, auch auf dem Feuerwehrfest. Wir haben viel getrunken und da ist es passiert …« Krause hielt kurz inne und wandte seinen Blick zum Fenster.

»Was ist passiert?«

»Nicht, was Sie denken. Emil hat mit Anika geschlafen und sie dachte, sie wären ein Paar. Aber er war betrunken, konnte sich hinterher nicht mal an den Sex mit ihr erinnern. Für sie jedoch war er die große Liebe. Mit 16 ist das auch kein Wunder.«

»Herr Krause, Käthe hat etwas von einer Vergewaltigung erzählt.«

»Es gab keine Vergewaltigung. Anika hat das in ihrer Enttäuschung Käthe gegenüber erzählt, weil sie sich rächen wollte. Jeder im Dorf wusste, dass Anika durchgeknallt war, deswegen wurde sie ja auch von allen gemieden. Wenn Sie mich fragen – sie hatte etwas Schizophrenes an sich.«

Arndt wusste nicht, was er glauben sollte. Konnte es wirklich sein, dass Anika sich die Vergewaltigung ausgedacht hatte, weil Emil Wölk ihre Liebe nicht erwiderte? Es wäre nicht das erste Mal, dass Menschen, deren Liebe nicht erwidert wurde, so etwas taten. Aber warum dann die Morde? Rache, wegen verschmähter Liebe? Arndt rieb sich die Schläfe. Das tat er öfter, wenn er in einer gedanklichen Zwickmühle war.

»Wenn es keine Vergewaltigung gab, warum wurden Ihre Freunde ermordet?«

»Ich weiß es nicht. Ich frage mich das auch die ganze Zeit. Ich finde keine Antwort darauf. Anika kann das unmöglich gewesen sein, sie müsste inzwischen ja auch schon um die 60 Jahre alt sein und mit ihren 1,50 Meter ist sie für die Jungs keine Gefahr.«

Wenn Anika nicht der Mörder war, sie keine Geschwister hatte und auch nicht vergewaltigt wurde, wer war dann der Mörder? Erlagen sie einem großen Irrtum und jemand spielte mit ihnen? Er wusste es nicht. Er warf Krause einen kurzen Blick zu und sah einen emotional angeschlagenen alten Mann vor sich. Von seiner Dominanz und Arroganz war nicht mehr viel zu spüren. Seinen Gedanken, ihn mit aufs Revier zu nehmen, verwarf Arndt. Er musste diese Anika Hansen ausfindig machen. Vielleicht konnte sie Licht ins Dunkel bringen und bis dahin mussten sie zusehen, dass jeder der Freunde aus der Clique unter Polizeischutz stand.

»Herr Krause, können Sie mir bitte alle Personen aufschreiben, die damals in der Clique waren und öfter mit Ihnen abhingen und heute noch in Pansdorf leben.«

»Ja, warum?«

»Weil jeder von ihnen das nächste Opfer sein könnte.«

Krause antwortete nicht. Er stand auf, nahm Stift und Papier und schrieb ihm alle Namen und Adressen auf, danach reichte er Arndt den Zettel.

»Ich will trotzdem, dass der Streifenwagen verschwindet.«

»Wenden Sie sich dazu bitte an die Polizeidirektion. Aber ich möchte ihnen, zu Ihrem eigenen Schutz, dringend davon abraten.«

Krause antwortete nicht. Arndt verabschiedete sich und wollte sich wieder zum Wagen bewegen, als er mit einem Fußgänger zusammenstieß.

KAPITEL 33

Thomas trennten nur noch ein paar hundert Meter von Krauses Haus. Je näher er dem Haus kam, desto größer wurde seine Vorfreude und desto breiter sein Grinsen. Krause würde er auch bei lebendigem Leib die Augäpfel rausschneiden. Allein bei dem Gedanken daran bekam er einen Ständer. Doch dann sah er etwas, das ihm gar nicht gefiel. Ein Wagen parkte auf der anderen Straßenseite von Krauses Haus. Ein Streifenwagen.

Panik überkam ihn. War er aufgeflogen? Hatte er Arndt doch unterschätzt?

»Einfach weitergehen«, flüsterte er sich zu, »nichts anmerken lassen, einfach weitergehen.« Mit diesen leisen Worten wollte er sich beruhigen und versuchte, nicht verdächtig zu erscheinen. Dennoch schlug ihm sein Herz bis an den Kehlkopf. Er fürchtete, die Polizisten könnten seinen Herzschlag hören und ihn anhalten.

Nur noch wenige Meter trennten ihn nun noch von dem Streifenwagen. Sein Blick war auf die Straße gerichtet. *Nur nicht auffallen!*

Doch dann passierte es. Er prallte mit einem Fußgänger zusammen, den er nicht kommen gesehen hatte. Thomas erschrak und sah zu dem Fußgänger auf. Er wollte seinen Augen nicht trauen. Es war Arndt.

»Oh, verzeihen Sie. Ich habe Sie nicht gesehen.«

»Schon gut, nichts passiert.« Er stand auf und versuchte, sich seine Nervosität nicht anmerken zu lassen, dennoch konnte er nicht anders. Er warf ihm einen kurzen vielsagenden Blick zu.

»Kennen wir uns?«, fragte Arndt.

»Nicht, dass ich wüsste«, antwortete Thomas mit einem kurzen Lächeln und ging weiter. Sein Herz raste und Angstschweiß durchnässte ihn kalt, aber auch vor Erregung.

Trotz dieser gefährlichen Situation war er erregt. Wie gerne hätte er das Gespräch mit ihm vertieft, aber die Polizisten im Streifenwagen machten ihn zu nervös.

Als er sich einige Hundert Meter entfernt hatte, beruhigte er sich allmählich.

Konnte es Zufall sein, dass er gerade Arndt in die Arme lief? Thomas wollte nicht an Zufälle glauben, also bedeutete es, dass er ihn aller Wahrscheinlichkeit nach wohl doch unterschätzte. Konnte er vielleicht doch ein ebenbürtiger Widersacher werden?

»Vielleicht«, flüsterte er, als er der Straße Richtung Mühlenteich folgte. Er konnte unmöglich nach Hause gehen, dafür war er viel zu aufgewühlt. Der Tag war nicht nach Plan verlaufen. Eigentlich hätte er jetzt in Krauses Wohnzimmer sein müssen, um ihn zu richten, stattdessen stand ein Streifenwagen vor dessen Haus und er war Arndt in die Arme gelaufen. Das Schlimme an der Situation war, dass er nicht wusste, warum.

Er hoffte, bei einem Spaziergang im Wald seine Gedanken ordnen zu können, damit er die nächsten Schritte angehen konnte. Er wusste, er musste noch vorsichtiger werden. Die Polizei war ihm auf den Fersen. Ihn trennten nur wenige Hundert Meter von der Stelle, wo er den Waldmenschen getötet hatte. Thomas überlegte, ob er nicht einmal vorsichtig schauen sollte, ob die Spurensicherung noch da war. An der Waldkreuzung entschied er sich aber für den linken Waldpfad und somit weg von der Hütte des Waldmenschen. Sein Gedanke war beim fünften Mann, den er gleich nach Krause töten wollte. Der Letzte auf dem Foto. Er überlegte, ob er stattdessen nicht einfach ihm einen Besuch abstatten sollte, bevor er einen erneuten Anlauf mit Krause unternahm. Und ein weiterer Gedanke kam ihm: Ob er nicht für eine kurze Zeit untertauchen und irgendwo in Urlaub fahren sollte? *Vielleicht in die Berge,* dachte er.

Schließlich konnte die Polizei Krause, den Feigling, nicht ewig beschützen. Und wenn alle glaubten, dass der *Judge* Pansdorf verlassen hätte, würde er zurückkehren und Krause seiner gerechten Strafe zuführen.

KAPITEL 34

Arndt winkte den Kollegen im Streifenwagen zu, als er seinen Wagen bestieg. Er rief Elke an, die ihm mitteilte, sie sei mit Willy auf dem Revier. Ihre Stimme klang noch immer, als sei sie sauer.

Er startete den Motor und wollte auch aufs Revier fahren. Während der Fahrt musste er jedoch plötzlich an den kleinen Zusammenprall mit dem Fremden denken. Irgendwie kam ihm dieser Fremde vertraut vor. Diese Stimme hatte er schon einmal gehört, aber er wusste nicht, von wo.

Er fuhr von der Autobahn herunter, um sich beim McDonalds auf der Lohmühle ein Big Mac-Menü zu kaufen.

Während er sein Big Mac-Menü aß, fiel es ihm wie Schuppen von den Augen: Er war mit ihm schon mal zusammengestoßen. Das war abends gewesen, vor Käthes Kneipe. Der betrunkene Mann. Konnte das ein Zufall sein, dass dieser Mann gerade zu der Zeit dort spazieren ging? Oder war er gar der Mann, den sie suchten? Der gerade Krause töten wollte, aber in seinem Plan gehindert wurde, weil der Streifenwagen vor dem Haus stand?

»Du spinnst«, sagte er zu sich, »langsam halluzinierst du.« Es musste ein Zufall sein. Dieser Mann passte nicht zu den bisherigen Ermittlungsergebnissen. Er biss in seinen Big Mac, nahm einen Schluck Cola und spülte seine wirren Gedanken über diesen komischen Zusammenprall mit hinunter.

Eine halbe Stunde später erreichte er die Polizeidirektion und ging direkt in Willys Büro, wo Bernd und Elke bereits warteten.

»Gut, dass du da bist, Arndt. Setz dich.«

Er setzte sich auf einen freien Stuhl, warf Elke einen kurzen Blick zu, den sie aber kaum wahrnahm. Arndt verstand sie nicht. Was war daran so schlimm, dass er sie nicht mit zu Käthe genommen hatte? Frauen machten sehr gerne mal aus einer Mücke einen Elefanten. Seine Ex war in dieser Hinsicht besonders schlimm gewesen. Er war zu stolz, um sich die Frage zu stellen, wie er es gefunden hätte, wenn Elke ihn, ohne seine Zustimmung, nicht mit zu Ermittlungen mitgenommen hätte. Arndt wäre sicherlich genauso sauer gewesen, aber im Gegensatz zu ihr würde er es nie zu so einer Situation kommen lassen, da Arndt seine Meinung nicht für sich behielt und schnell damit herausrückte, wenn ihm was nicht passte.

Aber wollte er, dass sie so wurde wie er? Sicherlich nicht, denn dann wären sie die längste Zeit Kollegen gewesen. *Sie wird sich beruhigen, wie immer,* hoffte er.

»Hier, Willy, die Liste. Das sind alles potenzielle Opfer.«

»Acht Personen?«

»Ja, die hat jedenfalls Krause genannt.«

»Gut. Elke und du solltet alle Personen aufsuchen und befragen, falls noch nicht geschehen, und ich werde dafür sorgen, dass diese Personen Polizeischutz erhalten. Aber lange werden wir das nicht machen können. Wir müssen Ergebnisse liefern.« Willy griff zum Hörer, kurze Zeit später betrat ein Kollege das Büro.

»Hier, Frank, die Liste. Bitte kümmere dich darum, dass Kollegen vor Ort sind, und rufe die Personen auf der Liste vorher an, damit sie sich nicht fürchten, wenn plötzlich die Polizei vor ihrer Haustür Streife fährt. Maile bitte die Adressen auf dem Zettel auch an Elke, Arndt und mich.«

»Mach ich, Chef«, antwortete Frank und verließ mit dem Zettel das Büro.

Arndt hoffte, dass der Täter bei so massiver Polizeipräsenz in Pansdorf sein Vorhaben vorerst auf Eis legte. Das gäbe ihnen genug Zeit, um herauszufinden, was es mit Anika Hansen auf sich hatte.

»Na, Arndt, dann berichte mal von deinem Gespräch mit Käthe und Krause. Ich habe jedenfalls veranlasst, alles über Anika Hansen herauszufinden. Was wir mit Bestimmtheit sagen können ist, dass es ein Feuerwehrfest im Sommer in Pansdorf gab, genauer gesagt am 17.08.1970.«

»Sehr gut, Willy. Danke. Dann wissen wir, dass es etwas mit diesem Datum zu tun hat und dass Anika Hansen die zentrale Rolle in dieser Mordserie spielt.« Arndt räusperte sich kurz.

»Hast du getrunken?«, fragte Elke streng, da sein schlechter Atem den Raum erfüllte.

»Nicht wirklich. Vielleicht ein, zwei Schnäpschen, um Käthe die Zunge zu lockern«, antwortete Arndt und konnte sich ein Grinsen nicht verkneifen. Willy verzog nur das Gesicht, sagte aber nichts. Elke verdrehte ihre Augen.

»Sehr gut, Arndt. Wie mir scheint, sind wir der Auflösung des Rätsels sehr, sehr nahe. Also steht A N A für Anika, die Zahlen haben wir einem genauen Datum zugeordnet, und wie Willy mir sagte, behauptet Anika, dass sie vergewaltigt wurde, von Wölk und seinen Freunden. Die Frage ist natürlich: Wie glaubwürdig ist sie? Sie war mit wohl sechzehn Jahren sehr jung und war obendrein auch noch in Emil Wölk verliebt. Ist das richtig?« Bernds Blick war tief und fordernd, fast, als wolle er Arndts Seele durchleuchten.

»Ja. So jedenfalls hat es Käthe erzählt, und diesmal bin ich geneigt, ihr zu glauben.«

»Und was hat Krause gesagt?«, fragte Elke, ohne Arndt direkt anzuschauen.

»Er hat das mit der Vergewaltigung nicht bestätigt. Er meinte, dass beide auf dem Fest waren und viel Alkohol getrunken wurde. Wölk und Anika hatten wohl Sex, aber für ihn war es nur Lust, während Anika verliebt war und er ihr das Herz brach. Sie hoffte auf eine Beziehung mit ihm, aber er ließ sie abblitzen, also fing sie an, sich diese Geschichte auszudenken. Anscheinend war sie psychisch sehr labil und jeder im Dorf hielt sie für ein bisschen verrückt, was mir Käthe zuvor auch schon erzählt hat.«

»Das wäre doch nichts Neues, dass sich ein junges Mädchen aufgrund von verschmähter Liebe rächen will.«

»Da hat Elke gar nicht so unrecht«, gab Willy zu bedenken.

»Ich weiß nicht. Es mag stimmen, aber bringt man deswegen, über vierzig Jahre später, diese Männer um?«

»Da muss ich Arndt beipflichten. Es muss etwas Dramatisches passiert sein. Aber du hast doch Willy am Telefon erzählt, dass sie ein Einzelkind war.«

»Ja, Bernd.«

»Das macht es nicht gerade einfacher, den Täter zu finden.«

»Warum, Bernd?«

»Nun, ich bin davon überzeugt, dass Rache das Motiv ist. Wenn jemand aber über vierzig Jahre wartet, um die Rache Realität werden zu lassen, bedeutet das, dass er diesen Gedanken sehr lange mit sich trug. Wahrscheinlich ist diese Person geblendet von Hass gegen diese Männer und Hass kann nach vierzig Jahren zu einer gefährlichen Explosion führen. Wie wir gerade ja erleben. Das aber bedeutet, diese Person steht im direkten Zusammenhang mit Anika oder der Tat. Anika hatte aber keine Geschwister und wahrscheinlich hat sie die Vergewaltigung auch nur Käthe anvertraut.

Wir dürfen nicht vergessen: Es war das Jahr 1970. Sie war wohl gerade erst 16, die Zeiten waren andere. Wie würde das

Dorf über sie denken und sprechen? Sicherlich würde man sie beschimpfen und es würde üble Nachrede entstehen. Es war schon sehr mutig von ihr, Käthe so etwas anzuvertrauen, aber nachdem Käthe sie nicht ernst genommen hat, hat sie sich sicherlich nicht mehr getraut, noch irgendjemandem sonst etwas zu sagen. Somit kommt eigentlich nur sie als Täterin in Betracht.«

»Bernd, ich stimme mit dir überein. Aber genau dort liegt das, was mir Bauchschmerzen macht. Sie müsste jetzt um die 60 Jahre alt sein und war nur 1,50 Meter klein. Wie soll sie diese Taten begangen haben?«

»Hass und Rache können Menschen ungewohnte Fähigkeiten und Kräfte verleihen, unterschätze das nicht. Und sie hatte den Überraschungsmoment. Keines der Opfer würde sie ernst nehmen. Die Opfer könnten überrascht sein, sie zu sehen, und diesen Überraschungsmoment könnte sie genutzt haben, um ihre Opfer zu überwältigen. Außerdem hatte sie ein Messer bei sich.«

»Bernd, ich möchte das glauben, aber das passt nicht. Ole hat gesagt, dass es zu einem Kampf zwischen Braun und dem Täter kam und bei Müller hat der Täter die Augäpfel entfernt, bevor er ermordet wurde. Ich kann mir wirklich nicht vorstellen, dass sie es getan hat.«

»Ein Liebhaber?«

»Ein Liebhaber, Elke?«, fragte Willy überrascht.

»Ja. Was, wenn sie wirklich vergewaltigt wurde und diese Tat niemals vergessen hat und jetzt einen Liebhaber hat oder einen Ehemann und sich mit ihm zusammen rächt? Erinnert ihr euch noch an den Fall Schmadtke?«

»Ja, was ist damit?«, fragte Willy.

»Na, da war es doch auch so. Der Mann war ihr verfallen und hat für sie Tankstellen überfallen, um ihre Kaufsucht zu stillen, damit sie ihn nicht verlässt. Auch, als er verhaftet wurde und sie sich von ihm abwandte, war er ihr noch verfallen.«

»Ja, aber sie war auch eine Super Babe«, lachte Arndt und sah den wütenden Blick von Elke. Sofort schämte er sich für diese Bemerkung und fasste nach: »Aber Elkes Gedankengang macht Sinn. Sie muss einen Helfer haben und vielleicht ist das wirklich ein Liebhaber oder ihr Ehemann. Ich hoffe, die Kollegen von der Recherche bringen Licht ins Dunkel.« Er lächelte ihr wohlwollend zu. Sie drehte ihr Gesicht aber von ihm ab. Willy schien dies auch zu bemerken, da er Arndt einen abwertenden Blick zuwarf.

»Die Idee mit dem Liebhaber oder Ehemann finde ich gut, Elke. Das kann Sinn machen. Wir müssen Anika Hansen ausfindig machen. Haben wir sie, werden wir auch den Täter schnell haben.« Bernd schenkte ihr einen anerkennenden Blick, was sie mit einem Lächeln und leicht roten Wangen quittierte.

Sie wird doch nicht den Schnösel mögen, dachte Arndt.

»Gut, also müssen wir auf die Rechercheabteilung warten. Ihr beide könnt in der Zwischenzeit die Namen auf der Liste von Krause abarbeiten. Vielleicht erfahrt ihr ja noch mehr.« Willy zeigte auf Arndt und Elke. »Sobald die Recherche sich bei mir meldet, rufe ich euch an. Und jetzt ab an die Arbeit.«

Beide wollten gerade das Büro verlassen, als Willy ihnen noch hinterherrief: »Und bitte, Arndt, respektiere deine Kollegin. Sei nett zu ihr.«

Er antwortete nicht, aber Elke konnte sich ein Grinsen nicht verkneifen. Beide verließen das Büro und gingen Richtung Parkplatz.

»Ich fahre«, antwortete sie mit ernster Miene. Er nickte nur. Er wollte diesen unsinnigen Streit mir ihr nicht noch vertiefen. Sie schenkte ihm ein Lächeln und fast glaubte Arndt, dass sie nicht mehr sauer auf ihn war. Er erwiderte das Lächeln.

»Hör zu, Elke. Die Sache mit Käthe war nicht bös gemeint. Wirklich.«

»Ist schon gut«, antwortete sie und fuhr auf die Autobahnauffahrt.

»Nein, ich möchte, dass du mir glaubst. Ich halte dich wirklich für eine sehr gute Kollegin.«

»Das Gefühl habe ich nicht.«

»Das ist aber so. Ich weiß, ich bin nicht immer einfach, aber da steckt keine Böswilligkeit hinter.«

»Warum durfte ich dann nicht mitkommen?«

»Weil ich wollte, dass du das mit deinem Opa klärst, und weil ich das Gefühl hatte, dass Käthe in deiner Gegenwart gehemmt war.«

»Du spinnst!«

»Nein, wirklich. Außerdem konnte ich sie mit Alkohol eher zum Reden bringen, du …«

»Was ist mit mir?«

»Na ja, du hättest das sicherlich nicht zugelassen.«

»Wir sind Polizisten, und wenn nicht mal wir uns an Gesetze halten, wer dann?« Elkes Stimme wurde laut.

»Es tut mir wirklich leid. Du bist der einzige Mensch, den ich kenne, der meine Marotten aushält. Ich versuche, mich zu ändern, aber das ist nicht so einfach. Kannst du mir noch einmal verzeihen?« Arndt setzte sein Sonntagslächeln auf und wollte das Gespräch so schnell wie möglich beenden, da er fürchtete, dass es noch eskalieren könnte. Frauen waren unberechenbar, und er leider auch. Vor allem, wenn er wütend wurde, konnte er für keine Worte eine Garantie geben.

»Na gut, Partner, dieses Mal noch.« Elke versuchte, ihn wütend anzuschauen, aber es gelang ihr nicht, denn kurz darauf entschlüpfte ihr ein ungebetenes Lächeln. Und Arndt gefiel dieses Lächeln. Er lächelte zurück und er konnte sehen, wie ihre Wangen leicht rot wurden. Sie schaute wieder auf die Straße.

In den nächsten Stunden besuchten sie alle Personen auf der Liste, aber keine davon konnte ihnen nützliche Hinweise liefern. In einer Sache schien Krause die Wahrheit zu sagen. Die Namen auf der Liste waren vollständig. So musste er nicht mehr fürchten, dass noch weitere Personen in Gefahr waren. Alle bestätigten, dass Anika in Emil Wölk verliebt war und ihm nachgestellt, aber Wölk ihr zu verstehen gegeben hatte, dass er nichts von ihr wolle, da sie viel zu jung sei. An das Feuerwehrfest konnte sich keiner mehr erinnern.

Gegen 21 Uhr fuhr Elke zu sich nach Hause und wollte Arndt den Wagen übergeben. Sie wollte dann am nächsten Tag den Zug zur Arbeit nehmen, aber er lehnte dankend ab, sodass sie ihn zum Bahnhof fuhr.

Um 21.17 Uhr bestieg er die Regionalbahn nach Lübeck. Er konnte sich nicht erinnern, wann er das letzte Mal mit der Bahn gefahren war. Es musste schon eine Ewigkeit her sein, er als begeisterter Autofahrer. Willy meldete sich an diesem Abend nicht mehr, sodass Arndt auf den nächsten Tag und die Ergebnisse der Recherche hoffte und die Bahnfahrt nutzte, um seine Gedanken zu sortieren.

KAPITEL 35

Es war inzwischen kurz vor 18 Uhr, die Dunkelheit kam über Pansdorf und die Sterne sprachen eine Sprache, die die Menschen nicht verstanden – und somit auch nicht ihre Geschichten. Stattdessen erfreuten sich die Menschen an ihrem hellen Schein, der ihnen den Himmel verzauberte, dabei war dieses Licht Milliarden von Jahren alt. Doch die Menschen konnten nur mit ihren Augen sehen. Ihre Herzen und ihr Verstand blieben blind.

Thomas ging im Wald einige Stunden spazieren, genug Zeit eigentlich, um sich abzureagieren, aber es gelang ihm nicht wirklich. Nicht einmal die Katze, die mitten im Wald auftauchte, konnte ihn ablenken. Sie miaute und er glaubte, dass sie fror.

Vielleicht gehörte sie einem der Bewohner der wenigen Häuser, die in der Nähe zum Mühlenteich lagen, oder sie war entflohen. Sie miaute, als er sie ignorierte und an ihr vorbeigehen wollte, also blieb er stehen. Sie kam zu ihm und umkreiste seine Beine. Ihr Schwanz streifte dabei seine Unterschenkel.

»Ist dir nicht kalt?«, fragte er besorgt.

»Miau, miau«, mehr antwortete die Katze nicht. Er kraulte und streichelte sie und sie ließ es geschehen. Ihr Körper fühlte sich nicht kalt an. Durch die Handschuhe hindurch fühlte Thomas überhaupt nicht, ob die Katze kalt war oder warm. »Ich dachte, Katzen sind sehr scheu«, grinste er und wieder antwortete sie nur: »Miau, miau.«

Thomas streichelte sie weiter, streichelte zuletzt nur noch ihren Hals und er wusste nicht, was dann geschah. Er griff zu seinem Messer. Das Messer, das für Krause gedacht war, aber ungenutzt hatte bleiben sollen. Er hasste es, wenn etwas nicht wie geplant lief. Dieser Arndt war schuld daran, dessen war er sich sicher. Thomas überlegte, ob er ihm heute Abend nicht einen Besuch abstatten sollte. Zweimal hatte er dessen Leben verschont, aber heute Abend wollte er ihn töten!

Er streichelte das Fell der Katze mit der kalten Klinge. Die Katze fauchte und kratzte nach dem Messer. Das weckte Erinnerungen an längst vergangene Zeiten in ihm. Als Kind, und vor allem als Jugendlicher, hatte es ihm große Freude bereitet, Tiere zu quälen. Einmal hatte er einer Katze mit einer Schere den Schwanz abgeschnitten, da er wissen wollte, ob die Katze danach weiterleben würde und ob die Katze ohne Schwanz Probleme mit der Balance haben würde. Für ihn waren das wissenschaftliche Arbeiten, keine Tierquälerei.

»Du dummes Vieh«, verhöhnte er die Katze. Mit der anderen Hand hatte er sie am Hals gepackt. Sie konnte sich nicht befreien, obwohl sie versuchte, ihre Krallen in seine Hand zu schlagen. Aber die Handschuhe schützten Thomas, obwohl er den Schmerz spürte. Dieser Schmerz war kein unangenehmer, er … ja, er erregte ihn …, musste er sich eingestehen und dann geschah es. Mit einer schnellen Bewegung hob er den Hals der Katze und setzte das Messer an.

Ein feiner Schnitt, Blut sprang ihm entgegen und landete auf dem unteren Saum seiner Winterjacke. Die Katze schrie kurz auf und dann war es still. Keine Bewegung.

»Ein sehr guter Schnitt«, sagte er zufrieden und ließ die Katze am Boden ausbluten. Er warf ihr einen letzten Blick zu und ging dann weiter, als sei nichts gewesen. Das Messer steckte er zurück in die Jacke, blutverschmiert, wie es war.

Das Blut, der Geruch und die Freude am Töten ließen ihn seine Wut über Arndt und Krause für einen kurzen Augenblick vergessen. Also beschloss er, Krause aufzusuchen. Vielleicht war die Polizei inzwischen ja schon weg. Ein Blick auf seine Uhr verriet ihm, dass es gerade 18 Uhr war. Krauses Ehefrau erschien frühestens um zwanzig Uhr: genug Zeit, den Mörder für seine Tat zu richten. Thomas sah sich noch immer als *Judge* und dadurch legitimiert, das zu tun, was er tat. Und das bedeutete auch, dass er Unschuldige außen vor ließ. Die Frau von Krause war unschuldig. War sie das wirklich? Sie lebte mit einem Mörder zusammen. *Wie konnte man da unschuldig sein?*, fragte er sich. Thomas konnte und wollte jetzt nicht an Frau Krause und ihre Verantwortung denken, er war zu aufgewühlt und der Tod der Katze verschaffte nur für kurze Weile Befriedigung. Sie war eine Katze, kein Mensch, und schon gar nicht Krause.

Obwohl es schon dunkel war, sah er bereits aus sicherer Entfernung, dass der Streifenwagen noch immer vor dem Haus der Krauses stand.

»Mist!«, fluchte er leise und wieder stieg die Nervosität ihn ihm hoch. Dennoch bog er diesmal nicht in die Seitenstraße ab, sondern folgte der Straße. Etwas trieb ihn. Neugierde!

Ihn trennten nur noch wenige Meter vom Streifenwagen, in dem zwei Männer saßen. Thomas überlegte und traf dann eine Entscheidung. Sein Herz schlug wie verrückt, als er an das Fenster der Beifahrertür klopfte.

Der Polizist ließ das Fenster herunter. »Guten Abend, wie kann ich helfen?«, fragte er freundlich.

»Guten Abend. Ich komme gerade von einem etwas längerem Spaziergang und bin in Sorge.«

»Wieso? Ist Ihnen etwas zugestoßen?«

»Nein, nein. Aber ich glaube, ich habe eben etwas Verdächtiges gesehen.«

»Wie meinen Sie das?«

»Nun, ich war im Wald spazieren. Und seit diesen Morden bin ich sehr vorsichtig. Aber da treibt sich so ein Mann herum.«

»Ein Mann? Was für einer? Wo?« Aufregung schwang in seiner Stimme mit.

»Das weiß ich nicht. Er trug eine Maske und war ganz in Schwarz gekleidet, deswegen bekam ich Angst. Wieso sollte ein Mann eine Maske tragen? Es sei denn …« Thomas hielt inne, um die Spannung künstlich hochzuhalten.

»Sind Sie sicher, dass er eine Maske trug und nicht bloß eine Mütze? Es ist schließlich kalt.«

»Ganz, sicher. Er ist noch immer da.«

»Wo?«

»Am Bahnhof. Er ist mir vom Mühlenteich aus gefolgt.«

»Sie sollten nach Hause gehen. In Ihrem eigenen Interesse sollten Sie momentan nachts nicht mehr allein im Wald spazieren gehen.«

»Danke, nach diesem Erlebnis werde ich das auch nicht mehr. Ich hoffe, dass Sie das Schwein bald fassen.«

»Bitte«, antwortete der Polizist und die Fensterscheibe fuhr hoch. Thomas sah, dass sich beide Polizisten einen kurzen Blick zuwarfen und dann fuhr der Streifenwagen los. Er konnte sich ein Lachen nicht verkneifen. War die Polizei wirklich so leicht zu narren? Anscheinend schon, dabei war das nicht einmal sein Plan gewesen. Er hatte eigentlich nur wissen wollen, warum und vor allem wie lange sie vor Krauses Hütte patrouillieren sollten.

»Manchmal muss man auch Glück haben«, dachte er grinsend. Ihm war allerdings auch bewusst, dass er aller Wahrscheinlichkeit nach ein Zeitfenster von vielleicht nur zehn Minuten hatte. Die Polizisten würden schnell merken, dass niemand am

Bahnhof herumlungerte. Was würden sie dann tun? Sicherlich das Revier anrufen und den Fall melden und dann zurück zu Krauses Haus fahren. Wenn sie halbwegs intelligent waren, würden sie bei Krause klingeln, um zu schauen, ob alles in Ordnung war. Thomas schätzte die beiden Beamten aus dem Bauch heraus nicht als schlau ein. Wie konnte man so dumm sein und seinen Posten verlassen? Im Krieg wurden so ganze Schlachten verloren. Es traf nun mal viel zu oft zu, dass das schwächste Glied in der Kette den Ausgang vieler Handlungen entschied.

Dennoch konnte Thomas kein Risiko eingehen. Zehn Minuten waren sein Zeitfenster. Er warf einen Blick auf seine Uhr. Sie zeigte 18.35 Uhr. Danach ging er mit einem Grinsen und steigender Erregung zur Haustür von Krause.

KAPITEL 36

Es war eine unruhige Nacht gewesen. Arndt wachte bereits um 7 Uhr morgens auf. Ans Einschlafen war nicht mehr zu denken, sodass er aufstand, sich frisch machte und in Ruhe frühstückte. Um 8.24 Uhr betrat er die Polizeidirektion und lief im Flur einem sichtlich überraschten Willy in die Arme.

»Sehe ich richtig, oder muss ich meine Brille putzen?«

»Du trägst keine Brille.«

»Ich weiß, du Schlauberger. Was ist los? Sag bloß, du lässt meinen Worten Taten folgen?« Willy lachte.

»Vielleicht«, antwortete Arndt vielsagend, weil er ihm nicht stecken wollte, dass er einfach nur schlecht geschlafen hatte.

»Oder schlechtes Gewissen wegen Elke?«

»Wieso, sollte ich?«

»Ach, Arndt. Ich sage dir das jetzt als Freund und nicht als Chef. Eine bessere Partnerin als Elke wirst du nie wieder bekommen. Sei manchmal nicht so ein harter, egoistischer Hund.«

»Danke für die Blumen.«

»Nix Blumen, Jung! Ich meine das ernst. Ein Schritt wäre, dass du mal den Schreibkram machst.«

»Oh, Willy …« Arndt wollte diese Diskussion nicht anfangen. Es gab nun einmal Dinge im Polizeialltag, die er einfach hasste. Und dazu gehörte alles, was mit Büro, Schreibtisch und dem Tippen zu tun hatte.

»Nur ein gut gemeinter Ratschlag, Arndt. Du wirst sie verlieren.«

»Wie, verlieren?« Arndt war tatsächlich erschrocken.

»Was denkst du, wie lange sie sich das noch gefallen lassen wird? Sie ist eine verdammt gute Mitarbeiterin. Irgendwann wird sie um ihre Versetzung bitten. Seien wir ehrlich, mit dir an ihrer Seite kommt sie nicht wirklich voran. Und ich werde ihr diese Bitte nicht abschlagen können.«

»Boah, Willy. So ein Arsch bin ich nun auch wieder nicht.« Er drehte sich um und wollte in sein Büro und damit einer weiteren Diskussion aus dem Weg gehen.

»Du weißt, dass ich recht habe!«, rief er ihm hinterher, bevor Arndt sich in sein Büro verdrückte.

Willy hatte recht, das musste er sich eingestehen. So hatte er sich den Start in den Tag allerdings nicht vorgestellt. Er wollte Elke nicht als Kollegin verlieren. Der Gedanke, dass er einen neuen Partner bekam, ließ ihn erschaudern.

»Ein bisschen Freundlichkeit und weniger Selbstgefälligkeit, ist das so schwer?«, sagte er zu sich selbst. Sie war noch nicht im Büro, was eigentlich so gut wie nie vorkam.

Obwohl sie in Pansdorf wohnte, erschien sie regelmäßig vor ihm im Büro. Diese Gelegenheit nutzte Arndt, um für beide einen Kaffee aus der Küche zu holen. Als er den Kaffee an ihrem Schreibtisch abstellte, wurde die Tür geöffnet. Elke trat ein.

»Du, schon hier?«, fragte sie sichtlich überrascht.

»Ja, konnte nicht schlafen«, antwortete er ehrlich.

Sie legte ihre Jacke ab, ging zu ihrem Schreibtisch und sah den Becher mit Kaffee.

»Für mich? Womit habe ich das verdient?«

»Weil ich manchmal ein Arschloch bin, Kollegin.«

Sie sah ihn an und schien verblüfft über die ehrlichen Worte, aber ein kurzes Grinsen kam über ihre Lippen und Arndt sah ihre Wangengrübchen, die er so mochte.

»Danke, das ist lieb von dir.« Sie lächelte ihn an und ihm fiel ein Stein vom Herzen.

Willy machte ihm tatsächlich Angst mit seinen Worten, dass Elke ihn als Partner verlassen könnte. Willy hatte noch nie über sie und ihn in so einer Deutlichkeit gesprochen. Was, wenn sie schon um ihre Versetzung gebeten hatte? Er wollte gar nicht dran denken. Allein arbeiten war gut und schön, aber sicherlich würde Willy ihm einen besonders unbeliebten Partner an seine Seite stellen. Die beliebten würden sich weigern, mit dem Einzelgänger Arndt zusammenarbeiten zu wollen. Außerdem hatte er sich an Elke gewöhnt und er mochte sie.

»Gern geschehen, Kollegin …«, sagte Arndt, und ehe er seinen Satz beenden konnte, klingelte sein Telefon. Er nahm den Hörer ab.

»Willy will uns im Büro sehen. Die von der Recherche haben etwas herausgefunden.«

Beide eilten mit ihrem Kaffeebecher in Willys Büro.

»Schön, dass ihr da seid. Setzt euch. Als Erstes die schlechte Nachricht.«

»Wurde noch jemand ermordet?«, fragte Elke sichtlich erschrocken, als sie sich setzte.

»Nein, nein. Aber dieser Mistkerl von Krause hat durchgesetzt, dass die Streife nicht mehr vor seinem Haus stehen darf.«

»Was?«, brüllte Arndt lauter, als beabsichtigt.

»Ja, du hörst richtig, Arndt. Kein Grund, laut zu werden.« Willy nötigte sich ein Grinsen ab. »Ich habe einen Anruf von der Staatsanwaltschaft bekommen, dass wir den Streifenwagen zurückpfeifen sollen.«

»Wie kann der so blöd sein? Merkt er nicht, dass wir das tun, um ihn zu schützen?«

»Diese Frage kann nur er dir beantworten, Elke. Am besten, ihr sucht ihn heute auf.«

»Das werden wir, aber der Mann ist so von sich überzeugt – das wird schwierig, Willy. Der denkt, die Pansdorfer könnten schlecht reden, wenn sie den Streifenwagen sehen. Ein eitler Fatzke, wenn du mich fragst.«

»Nun gut. Ihr kümmert euch darum. Aber die Jungs von der Recherche haben etwas gefunden.« Und wie auf Zuruf trat Thorsten Jahnke ein. Er arbeitete seit über 15 Jahren für die Polizei Lübeck.

»Hallo, Thorsten. Schön, dass du kommst. Setz dich bitte.«

»Danke, Willy«, antwortete Thorsten, begrüßte Elke und Arndt und setzte sich auf einen freien Stuhl.

Willy bot ihm einen Kaffee an und drängte zur Sache, als Thorsten ablehnte: »Na, gut, Thorsten, dann mal raus mit der Sprache. Was hast du herausgefunden?«

»Das war gar nicht so einfach, zumal Anika Hansen seit Jahren tot ist.«

Diese Nachricht traf Arndt überraschend. *Tot?* Anika Hansen konnte und durfte nicht tot sein. Damit platzten seine Theorie und seine Hoffnung, dass Anika Hansen etwas mit den Morden zu tun hatte. War es am Ende doch nur ein dummer Zufall, dass der Mörder gerade diese Opfer ausgesucht hatte? Nein, das war unmöglich. Die Botschaften, die er hinterließ, hatten sie doch direkt zu Anika Hansen geführt!

Was aber, wenn er die Botschaften hinterließ, um genau das zu erreichen? Ein *Hoax,* eine falsche Fährte? Ihm drehte sich der Magen um. Er wollte nicht daran glauben, denn das würde nichts anderes bedeuten, als dass sie wieder am Anfang ihrer Ermittlungen standen und der Mörder weiter unbehelligt Menschen töten konnte.

»Wie? Tot?«, fragte Elke genauso überrascht wie Arndt.

»Nun, sie starb 1984 an einer Überdosis.«

»Überdosis?« Arndts Verwirrtheit stand ihm ins Gesicht geschrieben.

»Thorsten – erzähl mal der Reihe nach, bitte.«

»O. k., Willy. Anika Hansen wurde am 22.11.1952 geboren und lebte mit ihren Eltern in Pansdorf. Sie war das einzige Kind der Eheleute Hansen.«

»Dann war sie minderjährig, als sie vergewaltigt wurde.«

»Wie bitte, Arndt?«

»Nichts, Thorsten. Erzähl bitte weiter.«

»Nun, gut. Im Dezember, kaum volljährig, ist sie nach Hamburg gezogen. Sie lebte bis zu ihrem Tod in Hamburg im Bezirk Wandsbek.«

»Weißt du, warum sie nach Hamburg gezogen ist?«

»Ich habe eine starke Vermutung.«

»Und die wäre?«

»Weil sie schwanger war.«

»Scheiße!«, platze es ungewollt aus Arndt heraus.

»Wie bitte?«

»Verzeih, Thorsten. Der Jung kann einfach nicht stillhalten, wenn andere erzählen«, antwortete Willy, aber seine Miene verriet Arndt, dass er seinen Mund halten sollte.

»Sorry, Thorsten.«

Thorsten nickte nur und erzählte weiter: »Sie muss Pansdorf schwanger verlassen haben, denn am 12. Mai 1971 brachte sie in der Wandsbeker Klinik ein Kind zur Welt. Ich kann mir sehr gut vorstellen, dass diese Schwangerschaft der Grund ihres Auszugs war. Die Zeiten waren damals anders. Ein schwangeres Mädchen, ohne Mann, in einem kleinen Dorf – das wäre sicherlich alles andere als einfach.«

»Was geschah dann?«, fragte Arndt, während sein Verstand auf Hochtouren arbeitete und sich bereits eine Theorie zurechtlegte, die Arndt aber bestätigt wissen wollte. Ein kalter Schauer lief ihm den Rücken hinunter, weil er wieder an den Fußgänger denken musste, mit dem er kollidiert war.

»Zwei Jahre später heiratete sie und nahm den Namen Gabel an. Die Ehe war von Gewalt gezeichnet. Ihr Ehemann war ein in Hamburg bekannter Kleinkrimineller und Drogenabhängiger. Ich habe unzählige Anzeigen gegen ihn bei der Recherche gefunden. Er muss seine Frau des Öfteren krankenhausreif geschlagen haben, da auch darüber Berichte in Polizeiakten durch unsere Abteilung gefunden wurden.«

»Wie kann man als Frau bei so einem Menschen bleiben?«, fragte Elke schockiert.

»Tja, Elke. Vielleicht war es Liebe oder finanzielle Abhängigkeit oder beides. Am Ende sicherlich auch die Drogen. Denn kaum war sie mit ihm verheiratet, wurde auch sie wegen kleinerer Drogendelikte auffällig. Das Jugendamt drohte, ihr das Kind wegzunehmen, da sie fürchteten, dass der Sohn missbraucht wurde. Auch der Junge wurde immer wieder ins Krankenhaus eingeliefert, mit Hämatomen und Brüchen. 1980 machte das Jugendamt Ernst und entzog ihr und ihrem Ehemann das Sorgerecht. Der Junge, Olaf Gabel, kam in ein Jugendheim. Sie unterzog sich einer Therapie und bekam sechs Monate später ihren Sohn zurück. 1982 starb ihr Ehemann an einer Überdosis. Anika Gabel geriet in den Jahren danach immer wieder mit der Polizei in Konflikt, weil sie beim Dealen oder Drogenkonsum erwischt wurde. Wieder drohte das Jugendamt mit dem Entzug des Sorgerechts.

Die betreuende Sachbearbeiterin schilderte gegenüber der Polizei, dass Olaf Gabel extrem verhaltensgestört sei und sich nicht in die Gesellschaft integrieren lasse. Er sei extrem störrisch, aggressiv und gewaltbereit. Anika Gabel habe bei der Erziehung komplett versagt, da sie nicht mal auf sich selbst aufpassen könne.

1984 wurde Olaf Gabel mit schweren Verbrennungen am Oberkörper ins Krankenhaus eingeliefert. Seine Mutter sagte aus, dass beim Kochen der Kochtopf verrutscht sei und ihn getroffen habe. Die Ärzte gaben allerdings gegenüber der Polizei an, dass sie das für äußerst unwahrscheinlich hielten. Denkbar sei eher, dass der Kochtopf mit heißem Wasser bewusst auf den Jungen geschüttet worden sei.« Thorsten hielt kurz inne. Arndt warf Elke einen kurzen Blick zu. Sie war von den Erzählungen schockiert, aber auch er war von dem eben Gehörten berührt. Kinder waren die ärmsten Schweine. Wenn sie Dreckseltern hatten, war ihre Zukunft bereits am Tage ihrer Geburt ruiniert. Er musste an seinen eigenen Sohn denken.

»Was geschah dann?«, fragte Willy, der genauso entsetzt war.

»Der Junge wurde im Sommer 1984 aus dem Krankenhaus entlassen. Das Jugendamt war kurz davor, seiner Mutter das Sorgerecht zu entziehen. Aber zwei Wochen nach der Entlassung des Jungen aus dem Krankenhaus starb die Mutter an einer Überdosis Heroin.«

»Der Goldene Schuss«, kommentierte Arndt für sich selbst, dafür allerdings zu laut.

»Offiziell ja. Aber im Abschlussbericht stand, dass Anika Gabel zwar drogenabhängig war, aber sie wurde nicht als ›Goldener-Schuss‹-Kandidat gesehen.« Thorsten hob die Finger, um Luftgänsefüßchen zu malen.

»Wurde sie ermordet?«

»Denkbar ist es. Beweisen werden wir das aber nicht können. Es klingt verrückt, aber der mit der Untersuchung beauftragte Polizeikollege stellt in seinem Abschlussbericht die Theorie auf, dass auch der Junge der Mutter die tödliche Nadel gesetzt haben könnte.«

»Und wie kommt er drauf?«

»Die Einstichwunde entspricht nicht der, wie es jemand täte, der sich selbst die Nadel setzt. Wir dürfen nicht vergessen, 1984 war die Forensik noch nicht so fortgeschritten und für die Polizei war sie ein Junkie. Daher wurde der Fall auch sehr schnell zu den Akten gelegt.

Der Junge kam in ein Waisenhaus, geriet dort aber auch schnell mit dem Gesetz in Konflikt. Schlägereien, Diebstahl und Tierquälerei waren einige der Vergehen. Einmal zeigte er die Heimleitung an, weil die Aufseher ihn vergewaltigten. Untersuchungen konnten diese Behauptung allerdings nicht bestätigen. Dennoch kam er in ein anderes Heim. Dort das gleiche Spiel. Olaf Gabel wurde zu einem Einzelgänger, die anderen Heimkinder mieden ihn und die Ärzte diagnostizierten eine erbliche Schizophrenie. Mit 18 Jahren verließ er das Waisenhaus und fing eine Ausbildung an, seitdem schien sich sein Leben auch in normale Bahnen zu entwickeln.«

Arndt stutzte. »Was meinst du mit normalen Bahnen?«

»Er wurde polizeilich nicht mehr auffällig.«

»Wo wohnt er jetzt?«, fragte Arndt, weil er ihn aufsuchen wollte. Anika Hansen war tot, aber ihr Sohn Olaf Gabel lebte, er war also die einzige Schnittstelle zur Vergangenheit.

»Ihr werdet es nicht glauben, aber er ist vor zwei Jahren nach Luschendorf gezogen.«

»Luschendorf? Wo ist denn das?«, fragte er enttäuscht, weil damit wohl auch der Sohn als Verdächtiger ausschied. Schmitt vom DRK hatte ausgesagt, dass Thomas Müller zu Fuß besucht habe und wenn dieser ominöse Sohn der Täter oder an den Taten beteiligt war und zu Fuß seine Opfer aufsuchte, bedeutete das, dass er aus der Umgebung war, also in Pansdorf wohnte. Oder war es denkbar, dass er von auswärts kam, seinen Wagen irgendwo in Pansdorf abstellte und dann zu Fuß seine Opfer aufsuchte? Arndt mochte nicht an diesen Gedankengang glauben, das machte einfach keinen Sinn.

Mitten in seine trüben Überlegungen hinein bemerkte er ein überlegenes Grinsen in Elkes Gesicht. »Luschendorf ist ein

Nachbardorf von Pansdorf, Richtung Scharbeutz«, erklärte sie triumphierend, als er sie anschaute.

»Wie lange braucht man zu Fuß nach Pansdorf?«

»Nun, Arndt, wohl nicht länger als 15 bis 20 Minuten.«

»Echt?«

»Ja, klar. Im Gegensatz zu Pansdorf ist Luschendorf wirklich ein kleines Kaff«, lachte Elke.

»Thorsten, hast du die Adresse?«

»Ja, habe mir schon gedacht, dass ihr diesem Olaf einen Besuch abstatten wollt«, grinste Thorsten und reichte ihnen einen Zettel.

»Bergstraße in Luschendorf, kenne ich«, sagte Elke, als sie den Zettel nahm und die Adresse las.

»Denkt ihr, er hat was damit zu tun?«, fragte Thorsten.

»Warum nicht?« fragte Arndt. »Warum sollte er zurück nach Pansdorf kommen, wenn nicht, um seine Mutter zu rächen? Und zwei Jahre passt wie die Faust aufs Auge. Schmitt meinte doch, dass Müller vor zwei Jahren diesen Thomas kennengelernt hat.«

»Ich mag dir recht geben. Aber warum wartet er so lange, bis er zuschlägt, und vor allem: Warum meldet er seinen Wohnsitz an?«, fragte Willy in die Runde.

»Bernd hat doch gesagt, dass er sehr gründlich ist. Deswegen die lange Zeit, bis er zuschlägt. Er will ganz sichergehen, die Richtigen zu töten, da er die Clique für schuldig hält. Und wenn er so ein Pedant ist, warum sollte er seinen Wohnsitz nicht anmelden? Er will doch keinen Verdacht erregen. Und Olaf Gabel, dieser Name steht in keinerlei Verbindung zu Anika Hansen …«

»Er fühlt sich also sicher«, ergänzte Elke Arndts Gedanken.

»Genau, Kollegin.«

»Aber woher weiß er von der Vergewaltigung?«

»Von seiner Mutter. Vielleicht hat sie es ihm erzählt. Wie auch immer, wir werden das hoffentlich sehr bald herausfinden.«

»Gut. Braucht ihr einen Durchsuchungsbefehl?«

»Kann nicht schaden, Willy. Elke und ich werden ihm trotzdem vorab einen Besuch abstatten. Bis wir den Beschluss haben, ist es sicher schon Nachmittag.«

»Gut, dann ab mit euch und ich besorg den Beschluss.«

»Machen wir«, antwortete Elke gehorsam, dann wandte sie sich an Thorsten und bedankte sich bei ihm für seine gründliche Arbeit. Alle drei standen auf und verabschiedeten sich von Willy.

»Denkt auch an Krause, bitte.«

»Den werden wir direkt nach Gabel aufsuchen«, antwortete Arndt, bevor er die Bürotür hinter sich schloss.

Keine dreißig Minuten später parkte er vor dem Wohnblock, in dem Gabel wohnte.

»Olaf Gabel«, las Arndt laut vom Klingelschild vor. Elke betätigte die Klingel, aber nichts geschah. Sie drückte ein zweites Mal und wieder geschah nichts.

»Scheint nicht da zu sein«, kommentierte sie das Ausbleiben jeder Reaktion.

»Mist«, antwortete Arndt und drückte auf eine andere Klingel. Die Tür summte, ohne dass sie eine Stimme durch den Lautsprecher hörten. Elke öffnete die Tür und beide betraten den Hausflur.

»Im zweiten Stock«, hörten sie eine Stimme rufen. Beide schauten sich verwundert an, folgten aber der Stimme. Im zweiten Stock vor der Wohnung wartete eine junge Frau vor ihrer Wohnung. – »Oh, Sie sind ja gar nicht der Paketbote«, sagte sie enttäuscht.

»Nein, das sind wir nicht. Wir sind von der Polizei. Das ist meine Kollegin Elke Henschel und mein Name ist Arndt Schumacher.« Das Wort Mordkommission ließ Arndt bewusst weg. Er wollte keinen Raum für Tratsch öffnen.

»Oh! Und zu wem wollen Sie?«

»Wir wollten zu Herrn Gabel.«

»Der ist nicht da.«

»Woher wissen Sie das?«, fragte Elke.

»Nun, ich habe ihn vor einer halben Stunde auf dem Flur getroffen, als ich die Post geholt habe. So, wie der eingepackt war, geht der bestimmt wieder spazieren.«

»Spazieren?«

»Ja, Frau Henschel. Komischer Typ. Der geht, glaube ich, jeden Tag spazieren. Ein Einzelgänger, redet wenig, aber sonst eigentlich ganz freundlich. Was hat er denn angestellt?«

»Nichts, wir wollten nur mit ihm sprechen.«

»Dann sollten Sie heute Abend wiederkommen. Wenn der draußen ist, kommt er immer erst spät wieder. Manchmal kann ich ihn von meinem Küchenfenster aus sehen.«

»Danke Frau …«

»Preuß, Anke.«

»Danke, Frau Preuß«, sagte auch Elke und Preuß schloss die Tür hinter sich zu. Beide gingen die Treppe hinunter zum Ausgang, als Arndt plötzlich stoppte und sich Richtung Flur wendete.

»Wo willst du hin?«, fragte sie, aber ihr Blick verriet, dass sie die Antwort bereits kannte.

»Komm!«, sagte er mit leisen Worten und betrat den Flur des ersten Stocks. »Hier wohnt er.« Auf dem Klingelschild an der Wohnungstür stand: *Olaf Gabel.*

Er betätigte die Klingel. Elke warf ihm einen irritierten Blick zu: »Sie hat doch gesagt, dass er nicht da ist.«

»Ich will nur ganz sichergehen.«

»Und was jetzt?«

Arndt grinste, sodass Elke sich gezwungen sah, hinzuzufügen: »Arndt, wir haben keinen Durchsuchungsbefehl. Das ist strafbar.«

»Nicht bei Gefahr in Verzug. Ich spüre es, der hat was damit zu tun. Das ist unsere Chance, Elke.«

Sie verdrehte die Augen und antwortete: »Na gut. Aber versuch, die Tür nicht zu beschädigen.«

»Ich doch nicht.« Arndt grinste noch breiter und nahm aus seiner Jacke eine Plastikkarte sowie ein Spezialwerkzeug. Das Spezialwerkzeug war mehr eine Nadel, die sich aber hervorragend dafür eignete, abgeschlossene Haustüren zu öffnen, solange sie kein Spezialschloss hatten. Und diese Tür war eine Standardtür mit einem einfachen Zylinderschloss, wie man sie in jedem Baumarkt bekam.

Er hatte immer Spezialwerkzeug zum Öffnen von abgeschlossenen Türen bei sich. Sein Job brachte es manchmal mit sich, dass er sich Zugang verschaffen musste, in der Regel natürlich nur, wenn er einen Hausdurchsuchungsbefehl hatte. Doch diesmal musste er mit der Regel brechen. Es stand einfach zu viel auf dem Spiel und er wollte diese Chance nicht verstreichen lassen. Wenige Sekunden später und mit ein bisschen körperlichem Druck war die Tür geöffnet, ohne dass es einen äußerlichen Schaden gab.

»Siehst du, noch heil«, grinste Arndt. Elke nickte nur.

Sie betraten die Wohnung. Instinktiv hatten beide ihre Hand am Griff ihrer Waffen. Im Wohnzimmer fanden sie nichts Auffälliges außer Ausgaben der Lübecker Nachrichten aus den letzten Tagen auf dem Esstisch. Arndt ignorierte sie zunächst.

Vom Wohnzimmer aus betraten sie das Schlafzimmer: auch dort war nichts Auffälliges. Das Bett war mit Bettwäsche für eine Person bezogen, sodass Arndt davon ausging, dass Gabel nicht nur Single war, sondern wohl auch kaum Damenbesuch bekam. Er war auch Single, aber sein Bett war immer für zwei Personen bezogen, schließlich konnte man ja nie wissen, ob man nicht auf einer Party oder in einer Bar eine Frau kennenlernte. Er konnte sich ein kurzes Kichern nicht verkneifen. Elke schien diesen Gedanken zu erraten, denn sie verdrehte nur die Augen.

Die Wohnung machte einen sehr ordentlichen und gepflegten Eindruck. Hier wohnte ein Mensch, wie ihn sich wahrscheinlich jeder Vermieter wünschte. Die Wohnung erinnerte vom Aufbau her stark an die Wohnung von Herbst. Sie war zwar nicht so modern und so groß, aber vom Grundriss sehr ähnlich.

Sie kehrten ins Wohnzimmer zurück und Arndt öffnete die nächste Tür. Vollkommene Dunkelheit! Er suchte mit der rechten Hand den Lichtschalter und betätigte ihn.

KAPITEL 37

Das Schicksal meinte es gut mit Thomas. Die gestrige Nacht war sehr unruhig verlaufen und er wusste auch, warum: Er hatte seinen Plan, Hans Krause zu richten, nicht in die Tat umsetzen können. Als er gestern Abend, nachdem er den Streifenwagen weggelockt hatte, bei Krause klingelte, hatte ihm keiner die Tür geöffnet. Darüber hatte er sich dermaßen aufgeregt, dass er die ganze Nacht keine Ruhe fand.

Gegen 10 Uhr morgens beschloss er, zum Supermarkt nach Pansdorf zu gehen, um ein paar Besorgungen zu erledigen. Wie immer ging er zu Fuß. Er mochte den Winter und die kalte Luft, die sich um sein Gesicht schmiegte und ihm seine Zerbrechlichkeit offenbarte, denn die Luft flüsterte: »Zieh dich aus, du dummer Mensch, damit ich über dich komme und mit in mein Reich nehme. Du dummer, einfältiger Mensch.«

Ja, er war ein dummer einfältiger Mensch, denn die Kleidung schützte ihn. Ansonsten: Was könnte er gegen die Kälte schon ausrichten? Nichts! Sein Körper, der Körper des Menschen, war alles andere als stark. Selbst kleinste Bakterien konnten diesen Körper töten. Diese Erkenntnis war für ihn essenziell, denn sie zeigte die Zerbrechlichkeit, das Ende und somit, dass alle Menschen gleich waren. Auch Außenseiter wie er waren nicht schlechter als die tollen, hippen und erfolgreichen Menschen. Und diese Erkenntnis zeigte ihm noch etwas anderes: Lebe dein Leben, lass dich nicht von falschen Freunden und falschen Idealen leiten. Falle nicht auf, dann wirst du auch keinen Gefahren begegnen.

Sein Leben lang war er vor Gefahren weggelaufen. Aber nicht vor Gefahren der Natur, sondern vor Gefahren der Gesellschaft. Sie war es, die er wirklich fürchtete, weil sie ihn nicht verstand und ihn ausgrenzte oder zu einem Monster, einem Außenseiter sterilisierte. Daher rührte dieser Wunsch in all den Jahrzehnten, einfach »nur« normal zu sein.

Aber seit er ein *Judge* war, änderte sich alles. Er war nun berühmt und auf der Sonnenseite des Lebens und das wollte er für kein Geld der Welt aufgeben. Selbst in der Ausgabe der LN dieses Tages war ihm ein großer Artikel gewidmet. Die Webseiten der BILD und MoPo besuchte er nicht. Es war nicht nur der Ruhm, der ihn trieb, sondern auch die Lust und die Erregung, die er spürte, wenn er richtete. Dieses Gefühl war das schönste Gefühl, das er jemals genießen durfte. Und er wollte mehr davon, viel mehr. *Vielleicht,* so dachte er, *hat Mama dieses Gefühl bei den Drogen gehabt.*

Obwohl die Gesellschaft, die Familie, eigentlich jeder ihn für einen Versager hielt, musste er feststellen, dass er es weit gebracht hatte. Und jetzt war das Schicksal auch wieder auf seiner Seite. Gestern schien es ihn für einen kurzen Augenblick verlassen zu haben, aber nun war es mit guten Nachrichten zurückgekehrt.

Im Supermarkt traf er Irmchen Krause. Sie war am Wurststand und unterhielt sich mit einer Freundin. Das Thema war natürlich der Serientäter, stellte Thomas amüsiert fest, doch Irmchen schien ziemlich aufgebracht, denn sie sagte mit hektischen Bewegungen und aufgeregt: »Ich verstehe den Hans nicht. Hat er doch tatsächlich den Streifenwagen vor unserem Haus abziehen lassen.«

»Ach Irmchen, du kennst doch deinen Hans. Zu stur und stolz ist er.«

»Aber der Mörder läuft doch noch frei herum.«

»Na, den Hans haut so schnell keiner um, Irmchen. Kind, was hältst du davon, dass wir unsere Einkäufe erledigen und danach gemeinsam nach Scharbeutz fahren?«

»Gute Idee, Helga.«

Sehr gute Idee, Helga, bestätigte Thomas in Gedanken. Er konnte sein Glück nicht fassen. Hatte der arrogante Schnösel doch tatsächlich seinen eigenen Polizeischutz beendet. Für ihn stand fest: Es musste ein Zeichen gewesen sein. Ein Zeichen, dass er richtig handelte. Ein Zeichen, dass seine Aufgabe noch nicht beendet war. Sofort wischte er seinen Gedanken nach Urlaub oder Auszeit weg. Ein *Judge* konnte nun einmal nicht selber bestimmen, wenn er gebraucht wurde. Das Schicksal bestimmte den Zeitpunkt. Und nun offenbarte ihm das Schicksal, dass es so weit war.

Sein Körper war wie ein Trichter, der sämtliche Emotionen und Gefühle in sich aufsog und sich daran labte, denn der Tag der Rache war wieder gekommen. Er beendete seine Käufe und lief nach Hause. Die Vorbereitungen dauerten gerade einmal fünfzehn Minuten. Ohne Umwege lief er zu Krauses Haus. Das Adrenalin, die Vorfreude auf das, was gleich passieren sollte, ließen ihn die Kälte und die Anstrengung des Laufens vergessen.

Kurz vor dem Haus verlangsamte er sein Tempo und sah einen Opel Corsa vor der Einfahrt parken. Es war der Wagen von Irmchen. Zehn Minuten später verließen Irmchen, ihre Freundin und der dumme Köter das Haus und bestiegen das Auto. Dass der Hund mitging, kam ihm nur recht. So musste er den Hund nicht töten.

Als das Auto außer Sichtweite war, ging er zum Haus und klingelte. Sein Gesicht strahlte in erwartungsvoller Freude auf das, was gleich passieren sollte.

Krause stand in der Tür. »Ja, wie kann ich helfen?«, fragte er.

»Guten Tag, Herr Krause. Mein Name ist Felix Körner, Kriminalpolizei Lübeck. Es geht um den Polizeischutz …«

»Ich denke, das ist geklärt. Ich brauche niemanden«, blaffte Krause, er schien alles andere als gut gelaunt zu sein.

»Ich muss das leider schriftlich von Ihnen bestätigt wissen. Immerhin läuft ein Serientäter in Pansdorf frei herum.«

»Aha. Und wer genau schickt Sie?«

»Ähm … Arndt Schumacher.«

»Der arrogante Schnösel hat es nicht mal nötig, selber vorbeizukommen, was?«

»Es tut mir leid, ich mache nur meinen Job.«

»Na, dann kommen Sie mal rein.«

Krause ging vor und Thomas, mit einem großen Grinsen, hinterher. Seine Hand hielt das Messer in seiner Jackentasche fest und war bereit, bei der kleinsten falschen Bewegung von Krause zuzustechen.

»Nehmen Sie doch bitte Platz. Wollen Sie etwas trinken?«

»Ja, ein Wasser wäre nett«, antwortete Thomas, der über den plötzlichen freundlichen Ton von Krause irritiert war, aber der Auftrag des Judge war jetzt wichtiger als seine kleine Furcht.

»Gut, ich bring Ihnen was«, antwortete Krause und verschwand kurz. Thomas überlegte, wie er ihn kaltstellen sollte. Krause war schon ein anderes Kaliber als Braun oder Wölk: groß, kräftig und ihm somit körperlich überlegen. Er musste Krause wahrscheinlich erst töten, bevor er an seine Augen kam. Wie konnte er ihm aber die Gelegenheit geben, sich zu den Vorwürfen zu äußern? Ihn töten, ohne ihm die Möglichkeit auf ein Schuldbekenntnis zu geben, konnte auch keine Lösung sein. Er war ein *Judge* und als *Judge* war das Schuldbekenntnis wichtiger Bestandteil des Richterspruchs, der selbstverständlich nur auf Tod lauten konnte.

Krause betrat das Wohnzimmer mit zwei Gläsern, reichte Thomas eins davon und setzte sich auf den Sessel gegenüber der Couch.

»Gibt es Neuigkeiten über die Bestie?«

»Bestie? Wie kommen Sie darauf, dass er eine Bestie ist?«

»Was ist er sonst? Schlachtet arme Rentner ab. Wie erbärmlich ist das bitte!«

»Sie liegen da falsch, Herr Krause. Er schlachtet die nicht ab, sondern richtet sie. Seine Botschaften sind eindeutig.«

»Was für Botschaften?«

»Na, dass nicht er der Mörder ist, sondern die Männer, die er richtet. Alle haben Blut an ihren Händen.«

»Jetzt spinnen Sie aber. Das ist ein Freak. Je schneller man ihn hinter Schwedische Gardinen steckt, desto besser für unser Dörp. Wenn Sie mich fragen: gleich abknallen, den Psycho.«

»Er ist kein Psycho! Wie können Sie über einen Menschen urteilen, den Sie nicht kennen?« Thomas Stimme wurde laut. Ihre Blicke trafen sich. In seinen Augen lagen Wut und Hass, aber in Krauses Augen sah man ein heimtückisches Lachen.

»Sie Freak«, antwortete Krause mit hinterlistigem Lächeln.

»Wie bitte?«, fragte Thomas erschrocken, doch ehe er die Situation durchschaute, war auch schon eine Waffe auf ihn gerichtet. Krause lachte laut.

»Sie Idiot! Dachten Sie wirklich, Sie könnten mich narren? Mich, der über 45 Jahre bei der Polizei gearbeitet hat?«

Thomas erschrak, da er noch immer Mühe hatte, zu begreifen, was hier geschah. Er war doch gekommen, um Krause zu richten. Aber jetzt war eine Waffe auf ihn gerichtet, auf den Richter!

»Was tun Sie da? Machen Sie bitte keine Dummheiten, Herr Krause!«

»Halt's Maul. Glaubst du wirklich, ich habe dir abgenommen, dass du von der Polizei bist? Ein Polizist zeigt immer seine Marke. Wo ist denn deine, du Wichser?«

Game Over!, stand in großen Lettern in Thomas' subtiler Welt eingraviert. Warum sollte er sich also noch verstellen? Kein Wunder, dass er sich auf Krause so sehr freute. Er war der wahre Teufel, seine Meisterprüfung, die es zu bestehen galt. Die Ausgangslage war aber leider alles andere als erfreulich. Die Waffe war auf ihn gerichtet, nicht auf Krause. Mit seinem Messer würde er da nur wenig ausrichten können.

Feige zusammenbrechen, oder sich dem Kampf stellen? Dem Kampf stellen! Ein Judge rennt nicht davon. Es ist dein Schicksal!

Thomas blickte zu Krause. Er befreite sich von seiner inneren Angst und fing an zu lächeln. Das Lächeln wurde breiter, zeigte Thomas' Zähne, und aus dem Lächeln wurde ein Lachen. Thomas lachte. Er lachte Krause aus. Krause wurde wütend und brüllte: »Halt's Maul!«

Aber er lachte weiter, bis er ein deutliches Klicken hörte. Es war der Abzug der Waffe. Thomas hielt inne.

»Haben Sie den Mut, mich zu töten?«

»Dumme Frage, ich habe schon ganz andere getötet. Ich bin Polizist, das gehört zu meinem Beruf. Und dich wird eh niemand vermissen.«

»Sie waren Polizist. Jetzt sind Sie nur noch ein erbärmlicher Rentner.«

»Für wen hältst du Dreckskerl dich eigentlich?«

»Seit wann habe ich Ihnen erlaubt, mich zu duzen?« Thomas Stimme war bestimmt und es lag etwas Forderndes in ihr.

»Du hast keine Bedingungen zu stellen. Wieso hast du meine Freunde getötet? Wer bist du?«

»Weil ihr Mörder seid.«

»Mörder? Spinnst du?«

»Ja! ihr habt meine Mutter und mein Leben auf dem Gewissen!«, schrie Thomas ihm seine Wut entgegen.

»Deine Mutter? ... Wer ist deine Mutter? ... Sag nicht, dass du der Bastard von der Anika Hansen bist?«

»Ja, Vater!«, antwortete Thomas, der in Wirklichkeit Olaf Gabel hieß, ein Bastard war und seit er denken konnte, von seiner Mutter auch daran erinnert wurde. Vor allem, wenn sie unter Drogen stand, ihn schlug, Bastard nannte und ihm jeden einzelnen Namen ihrer Peiniger mit Schlägen in seinen Verstand hämmerte.

Für den kurzen Bruchteil einer Sekunde konnte Gabel Unsicherheit in Krauses Gesicht sehen, aber dann verschwand diese Unsicherheit und wich wieder dieser kontrollierten kalten Maske.

»Sag nie wieder Vater, du Bastard!«, schrie Krause.

»Wieso? Vielleicht bist du mein Vater! Wer sagt mir, dass nicht du in sie reingespritzt hast? Wir haben die gleiche Augenfarbe, Vater«, verhöhnte ihn Gabel. Gabel war auch zum Du übergegangen – so sprachen sie wieder auf Augenhöhe.

Außerdem duzt man doch in der heutigen Zeit seinen Vater, stellte er süffisant fest.

»Ich bin nicht dein Vater! Und wir haben Anika auch nicht getötet, du Idiot, sonst wärst du nicht auf der Welt«, blaffte Krause ihn an.

»Du verstehst nichts, Vater. Du hast sie umgebracht, als du mich gezeugt hast. Ein Monster hast du aus ihr gemacht. Voller Hass auf dich, dich hat sie gesehen, wenn sie mich sah. Mich hat sie gehasst und ich habe dich gehasst, denn geliebt habe ich nur meine Mutter, nur ich allein habe sie geliebt und nur sie allein. So sehr habe ich sie geliebt, dass ich sie von ihrem Leid erlöst habe.«

Gabels Augen wurden feucht, er fuhr aber fort: »Ihr habt uns alles genommen. Ich weiß, meine Mutter liebte mich auf ihre Weise.« Gabel konnte nicht anders, aber die Erinnerungen an seine Kindheit und seine Mutter kamen plötzlich und heftig. Ihm war nicht einmal bewusst, warum er diesem Mörder sein Herz ausschüttete. Tränen standen ihm immer mehr in den

Augen, aber er wollte keine Schwäche zeigen und weigerte sich zu weinen.

»Du bist ein Freak, wie deine Hure von Mutter. Es ist doch ihre Schuld, dass es so gekommen ist. Sie hat uns nie in Ruhe gelassen …«

»Und deswegen habt ihr sie vergewaltigt?« Gabels Tränen waren wieder verschlossen und die Tür zur Wut wurde geöffnet.

»Es war nur Spaß. Wir alle haben auf dem Feuerwehrfest viel mehr getrunken, als wir vertragen konnten, und sie hat nicht locker gelassen. Schon dort knutschte sie die ganze Zeit mit Emil, also haben wir sie mitgenommen …«

»Und dann vergewaltigt. Ihr Schweine!«, platzte es aus Gabel heraus.

»Nein, wir haben sie nicht vergewaltigt! Niemand hat sie dazu gezwungen, mit uns zu kommen. Der Horst hatte einen Partykeller und sie war ja nicht allein da. Käthe und die anderen Mädels waren auch dort …«

»Lass Käthe aus dem Spiel …«

»Du Freak. Jetzt weiß ich, woher mir dein Gesicht bekannt vorkommt. Du bist öfter bei Käthe …« Krause konnte sich ein fieses Grinsen nicht verkneifen. »Die Mädels sind irgendwann alle gegangen, nur Anika nicht. Sie wollte Emil verführen, diese kleine Hure, hat mit ihren Reizen gespielt, sich auf seinen Schoß gesetzt und ihn geil gemacht. Und dann hat Emil sie aufgefordert, sich auszuziehen. Und was macht die Schlampe? Sie zieht sich aus, vor uns allen. Ihr Körper war so knackig und unschuldig, wie hätten wir da noch wegschauen können …«

»Ihr habt sie vergewaltigt! Ihr Mörder!«

»Es war ihre Schuld … wir waren betrunken …«, versuchte Krause eine Rechtfertigung für ihre abscheuliche Tat zu suchen.

»Und wer hat in sie gespritzt?«

»Das ist doch scheißegal!«

»Für mich nicht.«

»Suchst du deinen Vater, du Freak?«, verhöhnte ihn Krause.

»Wer hat in sie reingespritzt? Du?«

»Ich weiß es nicht. Wir waren alle betrunken. Es ist auch scheißegal.«

»Und was jetzt? Wollen Sie mich töten?«

»Ja! Du bist wie eine Zecke. Und keiner wird mich dafür belangen. Du bist eingebrochen, wolltest mich töten und da habe ich dich erschossen.«

»Sie haben doch gar nicht die Eier, mich zu …« Bevor Gabel seinen Satz aussprechen konnte, hörte er den Knall.

Kapitel 38

Arndt und Elke wollten ihren Augen nicht trauen, als er den Lichtschalter betätigte. Der Raum glich einer Kommandozentrale. An der einen Wand hingen unzählige Fotos, an der anderen Wand eine große Landkarte von Pansdorf. In der Mitte des Raumes befand sich ein großer Holztisch, wo unzählige Notizen lagen und ein Batzen Geldscheine.

Sein Blick fiel auf eine Vitrine, auf der vier Marmeladengläser standen. *Die Augen!* Elke hustete vor Ekel und auch Arndt musste kurz schlucken. Sie hatten ins Schwarze getroffen. Es gab keinen Zweifel, Olaf Gabel war der Rentnermörder!

»Er hat sie alle observiert«, stellte sie angewidert fest.

»Ja. Was das für eine Arbeit gewesen sein muss. Echt krank, der Typ.«

»Ja, das ist …«, bestätigte sie, hörte dann aber plötzlich auf zu sprechen. Er warf ihr einen Blick zu und erschrak. Elke war kreidebleich, alle Farbe war aus ihrem Gesicht gewichen, als wäre sie dem Teufel höchstpersönlich begegnet. Sie blickte wie erstarrt auf die Wand mit den Fotos. Arndt folgte ihrem Blick und dann sah er es auch.

Für einen kurzen Augenblick haute es ihn auch von den Socken, aber er fasste sich schnell wieder. An der Wand hingen Fotos von Hans Henschel, Elkes Großvater.

Ihr standen die Tränen in den Augen und je mehr sie die Bilder von ihrem Großvater anstarrte, desto weicher wurde dieser Schutzwall. Dann konnte sie nicht mehr an sich halten. Sie weinte. Sie hielt sich die Hände vors Gesicht, damit Arndt die Tränen nicht sah, aber das Schluchzen konnte sie nicht verbergen.

Arndt hatte großes Mitleid, da er gut nachfühlen konnte, welche Gedanken in ihr vorgingen. Ihr Großvater, ein Vergewaltiger, der fünfte Mann? Elke war ein sehr moralischer Mensch und nun überwältigte sie die Einsicht, dass ihr Großvater, den sie über alles liebte, eine Minderjährige vergewaltigt hatte. Wie könnte sie das so einfach wegstecken? Wie sollte Arndt sie auch trösten können? Worte waren die falsche Antwort, also berührte er sie zärtlich und drückte sie an sich, umarmte sie und streichelte ihr Haar.

Es war die erste zärtliche Berührung, die sie in den letzten drei Jahren austauschten. Bis dahin war ihr Verhältnis immer auf professioneller Ebene verlaufen. Wäre die Situation eine andere gewesen, hätte Arndt sich eingestanden, dass er ihre körperliche Nähe suchte und ihm diese Umarmung sehr gefiel, da sie ein Gefühl von Wärme und Geborgenheit in ihm auslöste. Er würde Elke nicht im Stich lassen. Jetzt erst erkannte er, dass sie für ihn weit mehr als nur eine Kollegin war. Ob er ihr das jemals sagen könnte? Er wusste es nicht. Zu diesem Zeitpunkt war das auch egal.

»Das muss nichts heißen. Er war doch Teil der Clique«, redete Arndt behutsam auf sie ein, um sie zu beruhigen. Auch wenn die Fotos an der Wand etwas anderes sagten: Soweit er das überschauen konnte, wurden dieselben fünf Männer observiert und fotografiert. Bedeutete das auch gleichzeitig, dass es diese fünf Männer waren, die Anika Hansen vergewaltigten? Olaf Gabel schien davon auszugehen. Aber entsprach das der Wahrheit? Die Einzigen, die darauf eine Antwort haben könnten, waren Hans Krause und der Großvater von Elke. Diesen

Gedanken wollte Arndt aber nicht mit ihr teilen. Er wollte die Situation für sie nicht noch schlimmer machen, als sie ohnehin schon war. »Elke: Gabel ist ein Freak, der seinen Wahnvorstellungen erlegen ist. Dein Großvater war nie der innere Kern der Clique.« Ihr Atem ging schwer, aber diese Worte schienen Balsam für ihre geschundene Seele zu sein, denn es schien zu wirken. Ihr Schluchzen wurde weniger. Sie schaute zu ihm auf und er blickte in ihre geröteten und verweinten Augen. Er wurde nervös: Sie hatte sehr schöne Augen.

»Aber diese Fotos?«

»Ich kann es mir unmöglich vorstellen. Nicht dein Opa«, tröstete Arndt sie und versuchte, ihr Mut zu machen.

»Ich habe Angst.«

»Ich weiß, aber ich bin für dich da.«

»Versprochen?«

»Ja, versprochen«, antwortete Arndt und Elke legte ihren Kopf an seine Brust. Er musste sich beherrschen, dass seine Gefühle nun nicht auch noch ihn trafen. »Wir müssen dringend Krause aufsuchen, bevor ein Unglück passiert.«

»Und Opa?«

»Die Polizei wird ihn schützen. Aber ruf ihn an, um zu hören, ob alles o. k. ist.«

»Das werde ich«, antwortete sie leise, holte ihr Smartphone heraus und rief bei ihrem Großvater an. Er war am Telefon bei bester Laune. Sie legte auf und verkniff sich die Tränen.

»Was machen wir jetzt?«

»Wir fahren zu Krause. Wir stellen ihn zur Rede und geben eine Fahndung nach Olaf Gabel heraus. Ruf bitte die Zentrale an, damit Kollegen sich das hier mal genauer anschauen und ihn abfangen, falls er nach Hause kommt.«

»Soll ich hier auf die Kollegen warten?«

»Nein, du kommst mit mir, Partnerin«, lächelte Arndt und Elke erwiderte das Lächeln. Als Elke bei Willy anrief, wäre der beinahe vom Stuhl gefallen – weniger der Neuigkeiten wegen, sondern weil sie ohne Durchsuchungsbeschluss in die Wohnung eingedrungen waren. Aufgrund der dadurch gewonnenen Erkenntnisse lobte er beide allerdings für ihre Entschlossenheit und wollte alles Notwendige in die Wege leiten.

Beide machten sich danach sofort auf den Weg zu Hans Krause. Arndt parkte den Wagen am Straßenrand und sie gingen zur Haustür. Gerade in dem Moment, als er die Klingel betätigen wollte, hörten sie einen Knall.

»Scheiße, war das ein Schuss?«, fluchte Arndt und griff instinktiv zur Waffe.

»Ja, hat sich so angehört«, bestätigte sie ihn und griff ebenfalls zur Waffe. Er öffnete die unverschlossene Tür und vorsichtig betraten beide den Flur. Er gab ihr Zeichen, dass sie ihn decken sollte. Sie nickte. Vorsichtig öffnete er die Tür zum Wohnzimmer, Elke dicht hinter ihm, bereit, ihrem Kollegen Feuerschutz zu geben. Die Waffe war entsichert und sie waren bereit, jederzeit das Feuer zu erwidern.

Arndt warf einen vorsichtigen Blick ins Wohnzimmer und sah, dass Krause eine Waffe in der Hand hielt. Er folgte dem Lauf der Waffe und sah auf der Couch einen zweiten Mann. Die Kugel hatte seinen Schädel getroffen, denn Blut lief daraus hervor und die Couch herunter auf den Boden, wo eine Blutlache entstand.

»Herr Krause: Waffe fallen lassen!«, schrie er, als er das Wohnzimmer betrat.

Krause schien irritiert, hielt die Waffe noch immer auf den Toten und blickte dann zu Arndt und Elke, die nun beide im Wohnzimmer standen.

»Lassen Sie die Waffe fallen«, forderte er ihn erneut auf.

»Es war Notwehr«, kam es zaghaft über Krauses Lippen.

»Das haben Sie nicht zu beurteilen. Soweit ich das sehe, war der Mann nicht bewaffnet.« Er warf ihr einen Blick zu und sie ging zur Leiche, um ihren Tod zu bestätigen. »Er hat keine Waffe. Krause hat ihn erschossen. Kein Puls.«

»Herr Krause, lassen Sie bitte die Waffe fallen.«

»Es war Notwehr«, wiederholte Krause mit schwacher Stimme, um sich zu verteidigen.

»Herr Krause, nochmals: Waffe fallen lassen!«

»Hans, bitte, lass die Waffe fallen«, versuchte Elke ihr Glück mit sanften Worten, aber Krause schien unter Schock zu stehen, denn er reagierte nicht.

»Er wollte mich töten«, antwortete er stattdessen, fast schon flüsternd.

»Er war nicht bewaffnet«, entgegnete ihm Arndt und fügte hinzu: »Lassen Sie die Waffe fallen. Machen Sie bitte keine Dummheiten.«

»Bitte, Hans, lass die Waffen fallen.« Elke ging einen Schritt auf Krause zu. Krause jedoch reagierte nicht. Einen Überraschungsangriff wollte Arndt nicht wagen, da die Waffe entsichert war und er Krause in diesem Zustand alles zutraute.

»Hans, bitte, lass die Waffe fallen. Habt ihr sie wirklich vergewaltigt?« Ihre Worte waren sehr höflich und leise. Arndt wusste nicht, worauf sie hinaus wollte.

»Ich gehe nicht ins Gefängnis. Er wollte mich töten … es war ein Unfall, so wie es auch mit Anika ein Unfall war … sie war eine Schlampe …« Langsam schien Krause aus seinem Schockzustand zu erwachen, seine Augen waren nicht mehr ganz so glasig, sein Blick nicht mehr ganz so starr.

»Bitte, Hans, war mein Großvater dabei?«

Jetzt verstand Arndt. Elke wollte Gewissheit. Die Fotos, die sie in Gabels Wohnung gesehen hatte, würden sie ansonsten ein Leben lang verfolgen. Krause blickte zu Elke und seine Augen wurden feucht. Er konnte nicht einschätzen, was in dem Moment in Krause vorging, ob er Reue empfand oder wusste, dass man ihn wegen Mordes an Olaf Gabel anklagen würde.

Schließlich war er lange genug bei der Polizei. Er kannte die Spielregeln und er hatte einen Mann erschossen, der ihn nicht mit einer Waffe bedrohte. Von Notwehr konnte also keine Rede sein. Egal, ob dieser Mann ein Mörder war oder nicht, die deutsche Rechtsprechung bestrafte Selbstjustiz mit gleicher Härte wie Mord. Mord war Mord. Am Ende behielt Olaf Gabel doch recht und Hans Krause war ein Mörder.

»Nein, Kind, dein Opa war nicht dabei. Es war nie beabsichtigt. Es ist einfach passiert …« Krause weinte, dann richtete er die Waffe an seine Schläfe. Elke schrie panisch »Nicht …« heraus und stürzte auf ihn zu, aber es war zu spät. Krause richtete sich selbst. Das Projektil traf die rechte Schläfe und das Blut, das aus dieser klaffenden Wunde herausfloss, sagte, dass Krause tot war.

Sie weinte. Arndt nahm sie in die Arme und tröstete sie. *Vielleicht,* waren seine Gedanken, *ist das die beste aller Lösungen.* Er wusste nicht, ob Krause die Wahrheit gesagt oder Elke nur einen Gefallen getan hatte, indem er sagte, dass ihr Großvater nichts mit der Vergewaltigung zu tun gehabt habe. Letzten Endes war es egal. Wichtig war nur, dass sie das glaubte. Ob sie es konnte? Vielleicht. Arndt zumindest hoffte es, da er ihren Großvater mochte und auch um Elke besorgt war.

»Du solltest Willy und die Spurensicherung benachrichtigen«, sagte Arndt, da ihm etwas ins Auge gestochen war.

»Gut«, schniefte sie, die sich langsam wieder beruhigte. »Mein Handy ist im Auto.«

»Ich warte hier.« Elke verließ das Wohnzimmer. Arndt ging zur Couch, um sich das anzuschauen, was ihm ins Auge gestochen war.

Auf der Couch lag ein Foto. Es musste Gabel aus der Jacke gefallen sein. Er hob das Foto auf und warf einen Blick darauf. Es waren fünf junge Männer zu sehen, die lachten und Freude ausstrahlten. Ein Foto von fünf sehr guten Freunden, so wirkte es jedenfalls auf Arndt. Die Köpfe von drei Männern waren mit einem roten Edding-Stift durchgekreuzt. Es waren Wölk, Braun und Müller. Zwei Gesichter lachten ihn noch an: das Gesicht von Krause und … Henschel, Elkes Großvater.

Er steckte das Foto in seine Jackentasche. Niemand sollte es jemals zu Gesicht bekommen. Arndt wusste, dass die Aufarbeitung der Morde eine lange Zeit in Anspruch nähme und dass sicherlich auch Elkes Großvater unangenehme Zeiten bevorstanden, aber was auch geschah, er würde sie nicht enttäuschen und nicht von ihrer Seite weichen. Die Zeit heilte schon alle Wunden, das jedenfalls hoffte er. Das war auch das Gute am deutschen Rechtssystem, denn nur für *MORD* gab es keine Verjährungsfrist!

– ENDE –

Eine Bitte

Sollte Ihnen die Geschichte gefallen haben, würde ich mich sehr über eine positive Bewertung bei Amazon freuen.

Bisher erschienene Bücher der Lübecker Krimireihe:

Band 1: MORD §78 – Ein Lübeck-Krimi
Band 2: VERSTUMMT – Ein Lübeck-Krimi
Band 3: SEBASTIAN – Ein Ein Lübeck-Krimi
Band 4: TOTENBLÄSSE – Ein Lübeck-Krimi

Weitere Bücher, bei Amazon als Ebook oder Taschenbuch erhältlich:

Täuschung
Wüstengrab

Gerne können Sie auch direkt mit mir in Kontakt treten, alle Informationen dazu auf meiner Webseite:

www.salim-gueler.de
oder auf Facebook:
https://www.facebook.com/salim.gueler

Herzlichen Dank für Ihre Unterstützung

Ihr
Salim Güler

Printed in Poland
by Amazon Fulfillment
Poland Sp. z o.o., Wrocław

54033393R00200